다시 사는 인생 3권

다시 사는 인생

마인네스 장편소설

3권

생각정거장

다시 사는 인생 3권

다음 날 황태수의 보고를 전해 들은 경환은 밀려오는 짜증에 애꿎은 최석현만 잡고 있었다.

"최 차장님, 딸을 예뻐하는 건 이해하겠는데 티 좀 나게 하지 마세요. 최 차장님 때문에 저나 타케우치 차장이 얼마나 시달리며 사는 줄 아십니까? 회사 그만두고 보육원이라도 차릴 생각이신가 보죠?"

최석현의 지극정성에 하루에도 몇 번씩 수정의 잔소리를 들어야 했던 경환은 기회를 놓치지 않고 최석현에게 핀잔을 줬지만, 정작 최석현은 태연하기만 했다.

"사모님이 지금 하신 말씀을 알기라도 한다면 사장님 더 힘드실 텐데."

최석현의 협박에 경환이 뒷목을 잡고 쓰러지는 흉내를 내는 것으로 최석현의 판정승이 났다. 무거웠던 분위기가 두 사람으로 인해 어느 정도 풀리자 경환은 깊은 한숨을 내쉬었다.

"한 번은 부딪칠 거라고 생각하고 있었습니다. 겸사겸사 한번 가려고 했습니다. 황 부사장님께서 일정을 통보해 주시고 본사를 당분간 지켜 주십시오. 쿡 부사장님은 이번 한국 방문에 저와 동행하는 걸로 하시죠."

"알겠습니다. 팀을 꾸려 일정을 조율하겠습니다."

SHJ는 인원을 보강하고 휴스턴에서 주목받는 기업으로 성장해 나가고 있었다. 경환은 법이 허용하는 한도 내에서 지역 정치인들에게 꾸준히 후원금을 지원했고, 그들이 주최하는 행사나 자선사업에 SHJ의 이름으로 적극적인 참여를 했다. 텍사스 주 자체가 공화당 위주의 보수지역이긴 했지만, 경환은 공화당과 민주당을 가리지 않고 지역 발전을 위해 달라는 명목으로 꾸준히 아낌없는 지원을 하고 있었기 때문에 지역 정치인들 사이에 SHJ의 이름이 회자되는 건 당연한 일이었다.

"이번 한국 방문은 길게는 보름 정도로 예상하고 있습니다. 회사는 당분간 황 부사장님이 이끌어 주십시오. 그리고 최 차장님과 이다나는 이번 출장부터 저를 수행해 주시기 바랍니다."

최석현은 당연하다는 듯 고개를 끄떡였고, 이다나는 첫 해외 출장에 대한 기대감에 환한 미소를 지어 보였다. 회사의 규모가 확대되면서 최석현과 이다나는 경환의 전담비서 직분을 수행했다.

"한국 정부의 요청이 있다고는 하지만, 정확히 어느 라인에서 사장님의 한국 방문을 요청했는지에 대한 정보는 아직 입수되지 않고 있습니다. 정식으로 체신부의 공문을 받은 뒤 움직이시는 게 좋지 않겠습니까?"

황태수의 말도 일리는 있었지만, 부딪쳐 볼 생각이었다. 영사관을 통했다고 해도 비공식적인 한국 방문을 요청했다는 것은 주위의 시선을 의

식하고 있음을 뜻했다. 이런 비공식적인 만남을 요청하는 곳을 경환은 대충 감을 잡고 있었다.

"쿡 부사장님은 저희의 한국 방문을 휴스턴 시 정부와 주 정부에 통보해 놓으시기 바랍니다."

"알겠습니다. 그쪽에서도 저희를 주목하고 있으니, 서로 도움을 주려고 할 겁니다."

문민정부라고는 하지만, 아직은 공권력을 무시하지 못하는 한국이었기 때문에 경환으로서도 혹시 모를 사태에 대한 대비는 해둬야 했다.

"황 부사장님께서 출장에서 돌아오시면 바로 한국으로 들어갈 수 있게 쿡 부사장님과 최 차장님은 일정을 조정하시기 바랍니다. 황 부사장님은 출장 준비는 다 되셨나요?"

SHJ와 KBR은 서로 간의 이해관계로 인해 더 이상의 업무합작은 진행하지 않고 있었다. 그러나 FPSO 입찰 성공 이후 각 기업들의 합작 제의가 넘치는 지금, 경환도 딱히 KBR과의 합작에 연연할 생각이 없었다. 이번 황태수와 코이치의 해외 출장은 영국의 KENTZ를 시작으로 각 유럽 플랜트업체와의 합작을 추진하고 아울러 중동과 아프리카를 돌면서 발주처들과의 우호관계 수립을 목적으로 하고 있었다. 경환은 전권을 황태수에게 위임한 상태였다.

"차질 없이 준비를 완료했습니다. 그런데 뜻밖에도 미쓰비시중공업에서 저희와의 업무합작을 협의하자는 제의를 또 해왔습니다. 좋지 못한 관계 때문에 거절하려 했으나, 타케우치 차장이 재미있는 의견을 내놔서 고민 중입니다."

FPSO 입찰이 끝난 이후 미쓰비시중공업은 나리타 치히로 사장이 물러나고 새롭게 다나카 아사히 사장 체제로 넘어갔다. 그러나 질긴 생명력을 자랑이라도 하듯 모모이 아키라 상무는 무슨 이유에서인지 자리를 유지하고 있었다. 아키라의 의견을 아사히 사장이 받아들여 미쓰비시중공업에서는 업무제휴를 끊임없이 SHJ에 요청했다. 그러나 경환은 일언지하에 이를 거절하고 오히려 미쓰비시중공업이 당분간 해외 입찰에 나서지 못하게 할 생각이었다.

"그래요? 타케우치 차장님이 직접 말씀해 주시겠습니까?"

코이치는 경환의 엄명에 야근을 하는 횟수는 현저히 줄었지만, 아직도 SHJ 내에서 워커홀릭이란 별명으로 불리고 있었다. 이번 출장을 준비하면서 모든 협상전략을 수립할 정도로 코이치는 탁월한 업무 능력을 보여 황태수와 경환을 만족시켰다.

"우선 저희의 전략은 JSC와 미쓰비시중공업의 해외 입찰을 철저히 막는다는 것입니다. 그러나 JSC와 달리 일본의 대형 그룹 계열인 미쓰비시중공업에 큰 타격을 줄 수는 없습니다. 이럴 바에야 미쓰비시중공업과의 업무합작으로 JSC를 더 압박한다면 JSC 인수 시점이 빨라질 수도 있다고 봅니다."

경환은 코이치의 의견에 멍한 기분으로 고개만 끄떡이고 있었다. 자신은 잭을 이용했다는 분노에 사로잡혀 단순하게 미쓰비시중공업을 배척하고 있었지만, 코이치는 냉철한 시각으로 여러 상황을 분석하고 있었기 때문이었다. 코이치의 말대로 미쓰비시중공업을 이용해 JSC의 해외 입찰을 철저히 막는 것도 좋은 방법이란 생각이 들었다.

"타케우치 차장님, 본래 계획은 한국 기업들을 이용해서 JSC나 미쓰비시중공업과 경쟁한다는 방침 아니었나요?"

"발주국가의 특성에 맞게 저희가 대처하면 된다고 생각합니다. 나이지리아는 한국의 대후가 강하지만, 알제리나 오만은 한국 기업보다는 일본 기업에 대해 호의적입니다. 미쓰비시중공업을 이용해야 될 또 한 가지 이유가 있습니다."

각 나라의 호감 정도에 따라 JSC의 경쟁업체를 결정하자는 코이치의 의견은 상당히 현실적이며 검토해 볼 가치가 있다고 경환은 판단했다.

"다른 이유라뇨? 말씀해 주세요."

"보수적인 일본의 특성상 대표적인 플랜트업체인 JSC가 해외자본에 넘어가는 것을 일본 정부가 수수방관하지 않을 수도 있다는 점입니다. 일부 지분참여를 허용하는 조건으로 미쓰비시 그룹을 이용한다면 이런 문제를 해결할 수 있다고 판단됩니다."

경환은 코이치의 제안을 들으며 합리적인 그의 판단에 동의하고 있었다. 경환도 일본 정부가 쉽사리 JSC의 인수를 방관하지는 않을 거라 생각했다.

"타케우치 차장님의 제안이 흥미로운 것은 사실입니다. 제 감정에 사로잡혀 미쓰비시중공업을 적대시한 것이 부끄럽네요. 이번 출장에서 돌아온 후에 좀 더 검토를 해서 보고해 주십시오."

처음 코이치가 합류했을 때 JSC 회장의 아들이란 이유로 달갑지 않게 바라보는 시선이 많았지만, 코이치는 신경 쓰지 않고 자신이 맡은 일에 매진하는 모습을 통해 부정적인 시각을 모두 불식했다. 이제는 SHJ의 모든 영업전략이 그의 머리에서 나오고 있다고 해도 과언이 아닐 정도였다.

며칠 후 황태수는 타케우치와 실무팀을 이끌고 장기 출장을 떠났고, 린다는 경환과의 한국 방문 일정을 조율하며 대대적인 투자를 집행했다.

"제임스, 오성전자에서 북미지역의 독점판매권에 대해 전향적으로 검토하겠다는 답변을 받았어요. 그런데 한 가지 조건이 있어서……."

린다는 경환과 단둘이 있을 땐 이름 부르기를 좋아했다. 경환도 처음부터 서로 이름을 불렀기 때문에 별로 개의치 않았다.

"린다, 오성건설에서 저희와의 업무제휴를 조건으로 내세웠나요?"

린다는 그 사실을 어떻게 알았느냐며 눈을 동그랗게 뜨고 경환을 바라봤다. 오성 그룹이라면 충분히 그럴 수 있다고 생각했을 뿐이었다.

"대현중공업과 아동건설이 아마 자극을 줬을 겁니다. 흠, 린다의 생각은 어때요?"

경환은 점차적으로 업무를 린다와 황태수에게 일임하면서 그들의 의견을 최우선으로 반영하며 SHJ를 운영했다.

"황 부사장과 의견은 교환했어요. 황 부사장은 제임스가 반대만 하지 않는다면 오성건설과의 업무제휴에 반대하지 않겠다고 하더군요. 제임스 말대로 오성전자의 이동통신 단말기사업이 노키아나 모토로라의 아성에 도전할 정도라면 오성의 조건을 받아들여야 한다고 생각해요."

1995년만 하더라도 오성전자의 단말기가 전 세계 1위로 올라선다는 예측을 하는 사람은 아무도 없었다. 더욱이 지금은 CDMA 상용화가 성공한다는 보장도 없었다.

"황 부사장님이 그렇게 말했다면 나도 반대할 생각은 없습니다. 오성 그룹과의 일은 린다가 맡아서 하세요. 제일 좋은 것은 오성전자에 우리가 투자를 하는 건데, 직접투자에 대해서도 린다가 검토해 보세요."

투자와 컨설팅을 분리했지만 이 둘은 서로 시너지효과를 만들어 냈다. 회사의 규모가 커지고 있었지만 업무체계가 잡혀 가면서 경환의 업무는 이전보다 줄어들었다.

"정우야, 거긴 위험해."

경환은 급히 뛰어가 정우를 안아 들었다. 태어난 지 1년이 돼 가는 정우는 집안 구석구석을 기어 다녀 경환과 수정을 항상 긴장시켰다.

"으앙 으앙."

자신의 의지가 꺾인 게 억울해서인지 정우는 경환의 품에서 몸부림치며 울었지만, 경환은 정우를 놓아 줄 생각을 하지 않았다.

"자식이 누굴 닮아서 고집이 이렇게 센지."

"닮긴 누굴 닮았겠어요? 자기 판박이인데."

수정은 2년 만에 한국에 간다는 생각에 들떠, 여러 개의 여행 가방을 펼쳐 놓은 채 짐 정리에 정신이 팔려 있었다.

"그렇게 좋아? 한국에서 사는 거보단 여기가 좋지 않아? 맏며느리 노릇 안 해도 되잖아."

"그런 말이 어디 있어요? 날 그런 속물로 봤다 이거예요?"

수정은 짐 싸던 손을 놓고 뒤를 돌아 경환을 째려봤다. 수정의 따가운 시선에 경환은 정우를 안은 채 급히 베란다로 향했다. 정우는 경환의 품이 좋았는지 울음을 멈추고 품 안에서 조용히 잠이 들었다. 경환은 아무에게도 말할 수 없는 고민에 빠져 있었다. 내년에 희수가 태어난 이후의 계획이 아직 세워져 있지 않았기 때문이었다. 좀 더 많은 시간을 가족들과 보내고 싶었지만 SHJ를 손에서 놓을 수는 없었다. 황태수나 린다를 못 믿는다는 것은 아니지만 아직 SHJ는 모래성 위에 세워진 집이었다. 다행히 시간적 여유가 있는 상태였기에 경환은 좀 더 고민을 할 생각이었다.

경환을 포함한 십여 명의 SHJ 직원들이 김포공항 입국장을 통과하고 있었다. 그들 중에는 수정과 정우의 모습도 보였다. 이다나는 SHJ-화성플랜트에서 준비한 차량을 확인하기 위해 서둘러 피켓을 체크했다.

"사장님, 호텔로 먼저 가시겠습니까?"

경환을 수행하기 위해 같이 입국한 최석현이 급히 경환에게 다가와 물었다.

"아닙니다. 저와 식구들은 먼저 본가로 가겠습니다. 호텔은 저녁에 들어갈 생각이니 우선 차장님이 체크인만 해 놓으십시오."

공식적인 출장을 온 상태라 경환은 직원들과 함께 호텔에서 지낼 계획이었다. 여러 가지 변수를 생각하고 있었기에 경환은 본가나 처가보다는 호텔에서 지내는 게 여러모로 유리하다고 판단했다. 본가로 먼저 간다는 경환의 말에 최석현이 당황하자, 경환은 웃으며 그런 최석현을 바라봤다.

"걱정하지 마세요. 여기서 택시를 타고 가면 됩니다. 차장님은 직원들이 한국에 익숙하지 않으니 쿡 부사장님을 지원해 주세요."

경환은 린다와 몇 마디 말을 나눈 뒤, 정우를 안은 수정과 함께 택시 승강장으로 향했다.

"이경환 사장님이시죠?"

자신을 부르는 소리에 급히 뒤를 돌아본 경환의 곁으로 말끔한 양복을 차려입은 중년의 사내가 다가왔다.

"맞습니다. 누구십니까?"

"김형섭이라고 합니다. 안기부에서 일하고 있습니다."

안기부와는 엮일 일이 없다고 생각한 경환은 인상을 찡그렸다. 안기부와 연결되어 좋은 일이 없다고 생각했기 때문이었다. 경환은 가방을 수정에게 맡기고 김형섭에게 다가갔다.

"제가 오늘 입국했습니다. 몸도 피곤하고 기다리는 직원들도 있으니 오늘은 대화를 짧게 했으면 합니다. 무슨 일이신가요?"

김형섭은 경환의 말을 이해한다는 듯이 고개를 끄떡이며 미소를 지어 보였다.

"우선 이번 방한을 기쁘게 생각합니다. 다름이 아니라 이 사장님을 만나고 싶어 하는 분이 계십니다. 내일이라도 시간을 내 주셨으면 합니다."

경환은 김형섭이라는 인물에 대한 기억이 전혀 떠오르지 않았다. 그러나 겪어야 될 일이라면 빨리 처리하는 게 낫다는 생각이 들었다.

"내일 오후에 잠시 시간을 내겠습니다. 오늘은 이만 돌아가 주십시오."

"알겠습니다. 오후에 차를 호텔로 보내겠습니다. 내일 뵙겠습니다."

말을 마친 김형섭은 경환에게 악수를 청한 뒤 빠르게 사라졌다. 집으로 돌아가는 경환은 오랜만에 서울을 찾아 들떠 있는 수정과 달리 깊은 생각에 빠졌다.

본가에 도착한 경환은 간단히 인사만 드리고 수정과 정우를 남겨둔 채 호텔로 향했다. 서운해하시는 부모님들께 죄송하긴 했지만, 안기부에서 자신의 일거수일투족을 지켜보고 있을지도 모른다는 생각이 경환을 서두르게 만들었다. SHJ가 미국 법률의 보호를 받는 미국 기업이긴 하지만, 아직 한국에는 자신이 지켜야 될 가족들이 있었다. 서둘러 호텔에 도착한 경환은 급히 린다와 최석현을 커피숍으로 불러냈다.

"무슨 일이라도 있으신가요?"

예상보다 이른 시간에 호텔에 도착한 경환을 살피던 린다는 심상치 않은 일이 경환의 주변에 발생하고 있다는 것을 느꼈다.

"저희가 예상했던 일들이 서울에서 진행되고 있는 것 같습니다. 공항에 KCIA 직원이 나와 있더군요."

KCIA라는 소리에 린다는 인상을 썼다. 한국에 오기 전 한국 정부의 압력이 들어올 수 있다는 경환의 말을 그리 심각하게 받아들이지 않았었다. SHJ는 엄연히 미국 기업이고 이번 퀄컴의 지분 인수도 합법적으로 이뤄졌기 때문에 한국 정부가 나설 일이 아니라고 린다는 생각했다. 단지 경환이 한국인이란 사실이 KCIA를 움직였다는 사실을 감지한 린다는 생각을 정리했다.

"사장님이 한국인이란 사실이 그들을 움직인 것 같네요. 우선은 저희가 만들어 놓은 매뉴얼대로 진행하겠습니다. 만남 자체를 무산시켜야 될까요?"

린다는 경환이 한국인이지만, 미국 기업의 대표를 건드린 대가를 받아 낼 생각이었다. 미국인인 린다는 아직 한국은 미국의 입김에서 자유로운 나라는 아니라고 보고 있었다.

"아니에요. 아직 어느 선에서 움직이는지 확인이 안 되니, 내일 만남은 가져 볼 생각입니다. 그들이 움직이기 전에 우리가 먼저 움직여야겠습니다. 그리고 당분간 사무실이나 호텔방에서의 대화는 가급적 조심하는 게 좋을 것 같습니다."

경환의 말을 들은 두 사람은 호텔과 단기 임대한 사무실이 아닌 커피숍으로 그들을 부른 이유를 그제야 이해하고 있었다. 시계를 확인한 최석현은 휴스턴이 새벽시간임에도 불구하고 휴대폰을 들어 황태수에게 연락을 취했고 린다 또한 비상연락망을 통해 전화를 시도할 무렵 박화수가 빠르게 다가왔다.

"급하게 박 사장님을 불러서 죄송합니다. 좀 확인할 일이 있어서요."

"아닙니다, 사장님. 말씀하십시오."

공항으로도 나오지 못하게 한 경환의 급한 호출을 받은 박화수는 직감적으로 심각한 일이 진행되고 있다는 것을 느꼈다. 그걸 증명이라도 하듯 커피숍에 모인 사람들의 표정은 무거웠다.

"SHJ-화성플랜트를 인수하는 과정에서 잡음은 없었다고 보고받았습니다. 혹시 세무 관련이나 인수하는 과정에서 실수한 부분이 있나요?"

경환이 자신을 부른 이유를 어림잡아 감을 잡은 박화수는 긴장된 표정으로 경환의 질문에 빠르게 답해 나갔다.

"전혀 없습니다. 사장님 지시대로 투명하게 일을 처리했습니다. 해외자본을 들여오는 과정에서 세금 탕감을 해 주겠다는 제안도 거절하고 화성산업의 체납된 세금을 전액 완납했습니다."

박화수의 말을 전적으로 믿지만, 한국의 공권력은 믿을 수 없었다. 투명하다고 소리쳐 봐야 여론을 움직여 기업 하나를 매도하는 것은 일도 아니기 때문이었다. 경환은 미간을 찡그리며 한동안 깊은 생각을 한 후 박화수를 향해 입을 열었다.

"만약에 말입니다. SHJ-화성플랜트 전체를 해외로 이전시키거나, 최악의 경우 폐업을 하게 된다면 손실이 어느 정도입니까? 이런 일이 생기지는 않겠지만, 배수진을 좀 쳐야 될 일이 있을 것 같아서요."

경환의 예상치 못한 말에 박화수의 등에선 식은땀이 흘러내리기 시작했다. 죽어라 고생한 끝에 은행 차입금을 모두 상환하고 제2 공장을 건설하기 위해 전력을 기울이고 있는 상태에서 경환의 입에서 나온 폐업이란 소리는 박화수를 긴장시키기에 충분했다.

"금년도 신규 계약 건은 미화로 1억 달러에 근접하고 있고 계약을 추진하고 있는 물량은 그 이상입니다. 공장 전체를 해외로 이전시킨다면 마산지역 경제에도 큰 타격을 줄 수 있습니다. 폐업이라도 한다면 그동안 쌓아 온 SHJ의 좋은 이미지가 무너질 수도 있습니다."

특수플랜트 제작으로 방향을 전환한 SHJ-화성플랜트는 일반 철 구조물의 제작은 아웃소싱을 줘야 될 정도로 물량이 넘쳐나고 있었다. 박화수는 어떤 일이 진행되고 있는지 감을 잡을 수가 없었다.

"저희가 지분을 가지고 있는 한국의 이동통신사업 부분에 숟가락을 올려놓으려는 세력이 있는 것 같습니다. 다른 건 문제가 안 되지만, SHJ-화성플랜트가 맘에 좀 걸려서요. 검토만 해 놓으십시오. 큰일이야 있겠습니까?"

경환은 박화수를 안심시켜 주려고 했지만, 표정은 여전히 굳어 있었다. 박화수는 자초지종을 알기 위해 최석현을 재촉했다.

SHJ와의 회의를 낙관하던 오성전자는 냉랭한 분위기를 연출하는 SHJ 협상팀들로 인해 곤욕을 치르고 있었다. 협상을 주도하는 이세일 사장은 갑작스러운 SHJ의 변화에 당황했다.

"쿡 부사장님, 이유가 뭡니까? 기본적인 사항에 대해서는 이미 합의를 하지 않았습니까? 느닷없이 모든 어젠다를 원점으로 돌리자고 하시면 곤란합니다."

이미 그룹 회장에게 보고까지 된 사항이라, 일이 틀어지기라도 한다면 회장의 질책을 온전히 자신이 감당해야 했다. 린다는 이세일의 급한 마음은 안중에도 없었다.

"오성전자와의 거래에 문제가 있는 것은 아닙니다. 또한 모든 것을 원점으로 돌리자는 소리도 아니지 않습니까? 단지 기술이전에 대한 속도를 조절하겠다는 겁니다."

퀄컴의 라이선스 기술을 제공하지 않겠다는 말은 막바지에 와 있는 단말기 제조에 큰 문제를 초래하는 중차대한 일이었지만, 린다는 눈 하나 깜빡이지 않고 이를 거절하고 나섰다. 이세일은 오성건설과의 합작 건이 마음에 걸렸다.

"오성건설과의 합작 제의에 대해서는 그룹 차원에서 다시 검토하겠습니다. 그러니 SHJ도 기본 합의대로 움직였으면 합니다."

"오성건설과의 합작이 문제가 되는 것은 아닙니다. 우리가 염려하는 것은 이권사업에 개입하며 투명성을 보이지 않는 한국 정부 때문입니다. 따라서 저희 SHJ는 투명성이 확보되기 전까지 이 문제를 보류하겠다는 겁니다."

린다의 말에 이세일은 미치고 팔짝 뛰고 싶었다. 정치인들의 이권 개입은 어제오늘 일이 아니었다. 그나마 이번 정권은 예전보다 나아졌다고는 하지만 여전히 파리들은 꼬이고 있었고, 이 문제는 자신의 선에서 해결할 문제는 아니었다.

"저희의 방문을 한국의 정보기관에서 기다리고 있었습니다. SHJ는 대표의 국적이 한국이란 것을 제외하고는 엄연히 미국 기업입니다. 저희는 이번 일을 상당히 심각하게 보고 있습니다."

이세일은 그제야 갑작스런 SHJ의 변화를 이해할 수 있었다. 오성 그룹은 정부도 함부로 할 수 없는 힘을 가지고 있다는 사실을 아는 이세일은 이를 갈며 안기부를 씹기 시작했다.

김형섭이 보낸 승용차는 경환과 경환을 수행하기 위해 이다나가 동승한 채로 무교동에 도착했다. 경환은 의미심장한 웃음을 보이고는 급히 최석현에게 전화를 돌렸다. 직원의 안내에 따라 들어선 사무실에는 김형섭이 문 앞까지 나와 경환을 반갑게 맞이했다.

"하하하, 이 사장님. 먼 길 오시느라 고생했습니다."

"무교동 사무실에서 절 보자고 하실 줄은 몰랐습니다. 김 소장님은 자리에 계시겠죠?"

김형섭은 자신의 신분을 밝혔음에도 전혀 기죽지 않고 이곳이 어떤 사무실인지 알고 있는 경환을 재미있다는 눈초리로 바라봤다. 김형섭은 경환을 소장실 안으로 인도했고 소장실에선 자그마한 키에 단단한 인상을 한 김수철이 경환을 기다리고 있었다.

"여직원은 밖에서 기다리게 하는 것이 좋지 않겠습니까?"

"그렇게 하시죠."

경환은 밖에서 대기하라는 지시를 내렸지만, 이다나는 그럴 생각이 없어 보였다. 이미 린다가 경환을 주위에서 보좌하라는 지시를 따로 내렸고, 미국인인 자신이 경환의 옆에 있는 것이 좋다는 판단을 해서인지 직원에게 의자를 요청한 이다나는 사무실에 터를 잡고 앉아 버렸다.

"누추한 사무실을 방문해 주셔서 감사합니다. 김수철 소장이라고 합니다."

"SHJ 대표 이경환입니다."

짧게 소개를 마친 경환은 묵묵히 커피만 마시고 있었다. 김수철은 탐색전이라도 하듯 경환을 살폈지만, 경환은 자신이 누구인지 알고 있음에도 표정의 변화를 보이지 않았다.

"젊은 분이 대단하십니다. 미국에서 사업을 일으킨 것도 놀라운데 동종업계에서 막대한 영향력을 행사한다고 들었습니다. 같은 한국인으로서 자랑스럽습니다."

김수철의 공치사를 가벼운 미소로 흘려버린 경환은 김수철이 원하는 것이 무엇인지 감을 잡기 시작했다. 무교동 사무실로 불리는 이곳은 선거기획과 정책을 연구한다는 처음 의도와는 다르게 이권에 개입하면서 변질되어 갔다. 이런 이권사업의 개입은 차기 정권을 노리는 세력에게는 좋은 먹잇감이 될 수밖에 없었고, 결국은 법의 심판을 받게 된다는 것을 기억하고 있는 경환은 김수철과의 인연을 부정적으로 봤다.

"제가 한국인이라고 해서 SHJ가 한국 기업인 것은 아닙니다. 소장님께서 저를 만나자고 하신 이유가 아마 이동통신사업과 관련이 있다고 생각합니다만……."

경환은 말을 돌리지 않고 김수철을 향해 도발을 시도했다. 김수철은 의외로 적극적으로 나서는 경환과의 대화가 쉽게 풀릴 수도 있겠다고 생각했는지 미소가 가득한 얼굴로 말을 이었다.

"SHJ가 화성플랜트를 인수하는 과정에서 이 사장님의 지분 10%가 무상으로 양도된 사실이 좀 복잡해질 수 있다는 소문이 돌더군요. 그리고 SHJ 홍콩법인이 제일 그룹과 대후와의 거래에서 막대한 비자금을 운용한다는 내용도 있고요. 여기 계신 김형섭 차장님이 급히 근원지를 찾아 봉합을 해 놓긴 했지만, 주위에 말 전하는 걸 좋아하는 인간들이 많다 보니……."

사실이 확인된 내용은 아니었지만, 뒤가 켕긴다면 지레 겁먹을 것이라 예상했던 김수철은 담담히 자신의 말을 들으며 고개를 끄떡이는 경환에게 어색한 미소를 보였다.

"죄가 있다면 벌을 받아야 되는 게 당연한 것 아니겠습니까? 만약 저희가 화성플랜트를 인수하는 과정에서 불법적인 일에 관여됐다면, 마산지역의 경제가 걱정은 되지만 SHJ-화성플랜트를 폐업시키겠습니다. 한국 기업과 달리 미국 기업들은 투명성을 생명으로 하고 있습니다. 홍콩법인에 대한 유언비어는 강력하게 대응할 생각입니다."

경환의 강경한 발언에 김수철과 김형섭은 급히 얼굴색이 변하기 시작했다. 김수철의 심기가 불편해지고 있다는 생각에 김형섭이 나섰다.

"저, 이경환 씨. 나이가 어려서 뭔가 착각을 하고 있나 본데, 한국에서 사업을 하려면 그에 맞는 과정과 격식이 필요한 겁니다. 잘 생각해 봐요."

김형섭의 협박에도 경환의 얼굴색에는 변화가 없었다. 힘을 누르기 위해선 더 큰 힘을 이용하면 된다는 것을 알고 있었기 때문이었다. 이미 밖에서는 린다와 황태수가 미리 준비한 매뉴얼대로 움직이고 있었다.

"한국에서 사업을 하지 않으면 되는 거 아닙니까? SHJ-화성플랜트 외에는 한국과 연결된 사업은 없습니다. 제 개인에 대한 핍박을 생각하신다면 그렇게 하십시오."

경환은 마음의 정리가 끝났는지 미소까지 지어 보이며 김수철과 김형섭의 심기를 긁었다.

"아, 한 가지 말씀드릴 것이 있습니다. 지금쯤 청와대 외교수석과 경제수석은 상당히 시달리고 있을 겁니다. 제가 겁이 좀 많다 보니 소장님을 뵈러 오기 전 몇 군데에 조언을 구했습니다. 그런데 제가 거절을 했는데도 직접 무슨 일인지 알아보겠다며 발 벗고 나서더군요. 혹시라도 문제가 된다면 제 의도와는 다르게 확대된 것이니 이해를 부탁드리겠습니다."

경환의 빠른 대응에 김수철의 얼굴은 사색이 되어 가고 있었다. 경환의 말처럼 혹시라도 이런 내용이 청와대에 들어간다면, 정치 입성을 노리는 자신의 입지는 한순간에 무너질 수밖에 없었기 때문이었다. 또한 대통령의 방미가 얼마 남지 않은 상태에서 청와대가 이런 문제에 예민하게 반응할지도 모른다는 사실이 김수철을 구석으로 몰았다.

"저희는 이 사장님의 사업에 도움을 드리기 위해 이 자리를 마련한 겁니다."

김수철은 궁색한 변명으로 이 자리를 모면하려 했다.

"제가 좀 경솔했군요. 저도 한국인인데 안기부가 얼마나 두렵겠습니까? 이것저것 생각할 여유도 없이 행동을 했으니, 큰일이네요. 상원의원 몇 명과 미국대사관에 조언을 구한 거라서……. 제가 호텔로 돌아가 오해에서 생긴 일이라고 얘기는 해 보겠습니다."

경환은 얼굴에 인상을 쓰면서도 제대로 말을 하지 못하는 김수철과 김형섭을 놔두고 대기하고 있던 이다나와 함께 무교동을 빠져나갔다. 경환은 두 사람에게 당한 이번 일을 결코 묻어둘 생각이 없었다.

청와대 문기석 비서실장 집무실로 정학태 외교수석이 급하게 문을 열고 들어왔다. 7월에 있을 대통령의 방미를 준비하느라 정신이 없던 문기석은 정학태의 방문에 급히 하던 일을 멈췄다.

"정 수석? 방미 문제로 바쁘실 텐데, 무슨 일이십니까?"

정학태의 좋지 못한 표정을 의식해서인지 문기석은 급히 정학태와 함께 자리를 잡았다. 미국과 방미 스케줄을 조정하고 있던 정학태의 갑작스런 방문을 두고, 혹시라도 미국과의 일정 협의에 문제가 생겼을지도 모른다는 생각에 문기석은 긴장하며 정학태를 바라봤다.

"도대체 무슨 일이 벌어지고 있는지 알다가도 모르겠습니다. 안기부에서 장난을 치고 있는 것 같은데, 혹시 실장님은 알고 계십니까?"

"갑자기 무슨 말입니까? 안기부라뇨? 자세히 말해 보세요."

외교수석의 입에서 안기부란 소리가 나오자 문기석은 의아한 생각이 들어 정학태를 재촉했다. 안기부는 예전이나 지금이나 껄끄러울 수밖에 없었다.

"오늘 미국과 영국대사관에서 저에게 항의 전화를 해 왔습니다. SHJ란 미국 기업이 한국과의 업무협의를 위해 방한 중인데, 안기부에서 사찰을 했다고 하더군요. 그리고 SHJ의 사장을 협박한 모양입니다. 공식적인 답변을 주지 않는다면 대통령의 방미에 큰 걸림돌이 될 거라고 합니다. 이게 무슨 개망신입니까?"

문기석은 뒷골이 뻐근해져 급히 손으로 뒷목을 주무르기 시작했다. 자신도 보고를 받지 못한 일이기 때문에 급히 안기부장에게 전화를 걸었다. 문민정부가 시작되고 민간인 사찰에 대해 조심스럽게 접근하고 있었다. 이런 때에 한국 기업도 아니고 미국 기업의 대표를 사찰했다는 것은 심각한 외교 문제를 대동시킬 수 있는 상황이었고, 특히 야당의 좋은 표적이 될 수 있었기 때문에 문기석의 인상은 굳어졌다.

"이학승 부장님, 오랜만입니다. 안기부에서 SHJ라는 미국 기업을 사찰하고 있다는 소리가 들리던데, 제가 모르는 것이 있나요?"

전화기로는 당황한 이학승이 안절부절못하고 있는 것이 그대로 전달되고 있었다.

[SHJ에서 이동통신사업과 관련해 방한 중인 것은 알고 있지만, 절대 사찰을 지시한 적은 없습니다.]

"지금 미국과 영국대사관에서 정식으로 항의를 했습니다. 대통령의 방미가 얼마 남지 않은 상태에서 이런 문제가 불거지면 상당히 곤란합니다. 조사하셔서 오전 중으로 보고해 주세요."

신경질적으로 전화를 끊은 문기석은 이권사업에 관여하는 곳이 머리에 떠올랐지만, 입 밖으로 내뱉지는 않았다. 이때 집무실 문으로 노크 소리가 들리더니 박재윤 경제수석이 급히 방문을 열고 들어왔다.

"박 수석은 또 무슨 일이십니까?"

"SHJ란 미국 기업 때문에 찾아왔습니다. 오성 그룹과 제일 그룹, 그리고 대현 그룹에서 정부에 불만을 보이고 있습니다. 정부에서 미국 기업인 SHJ의 대표를 협박하고 있어, SHJ에서 세 그룹과의 업무합작을 모두 철회하겠다는 통보를 했다고 합니다. 저에게 사실 확인을 해 달라고 아우성입니다. 또한 SHJ에서 현재 투자 중인 SHJ-화성플랜트의 해외 이전과 폐업을 검토 중이라고 합니다."

박재윤의 보고에 문기석은 인상을 찡그렸다. 정권 실세의 아들이고 대선에 큰 역할을 해 왔기에 어느 정도 알면서도 눈감아 주고 있었지만, 이번은 정도가 심했다. 한국 기업도 아닌 미국 기업을 건드린 것은 자신도 납득할 수 없었다.

"도대체 SHJ란 곳이 어떤 회사입니까?"

미국과 영국대사관을 움직이고 한국의 대기업과 합작을 추진하고 있다면 만만히 볼 기업이 아니라는 생각에 급히 경제수석인 박재윤을 찾았다.

"투자와 컨설팅을 하는 회사입니다. 중국의 유연탄을 한국에 공급하고 지난번 대현중공업의 나이지리아 FPSO 입찰을 성공시킨 기업입니다. 또한 한국의 이동통신사업에 지분을 가지고 있기도 하고요. 미국에 본사를 두고 홍콩과 한국에 법인을 가지고 있다고 합니다. 특이한 것은 기업의 대표가 한국 국적이라는 겁니다."

문기석은 대충 그림이 그려졌다. 미국과 홍콩에 법인을 두고 있기 때문에 미국과 영국의 항의는 어쩌면 당연했다. SHJ의 대표가 한국인이란 사실로 인해 지금의 상황이 만들어졌다고 어렴풋이 생각하고 있을 때 김소명 민정수석이 들어오는 모습이 보였고, 문기석은 또 다른 불안감에 휩싸이기 시작했다.

"큰일입니다. 당 원내총무가 노발대발하더군요. 이번 대통령 방미에 맞춰 의원모임을 추진하고 있던 미국 측 상원의원이 연락을 해서는, 미국 기업인 SHJ에 대한 사찰과 협박을 멈추지 않는다면 모든 일정을 취소하겠다고 했답니다."

문기석은 뒤로 넘어가고 있었다. 이 정도까지 일이 확대됐다면 자신도 더 이상 방패막이를 해줄 수는 없었다.

"이 모든 중심에 SHJ란 기업이 있고, 그 기업의 한국인 사장을 건드린 게 무교동 사무실이겠죠?"

문기석의 말을 들은 세 수석들은 대답은 하지 않았지만, 고개를 끄떡이며 동의를 표했다. 빠른 수습이 필요하다고 생각한 문기석은 결정을 해야만 했다.

"대통령께는 제가 보고를 드리겠습니다. 민정수석께서 무교동을 방문해 주셔야겠습니다. 그리고 경제수석은 안기부장과 함께 SHJ 대표를 방문해 정중히 사과해 주세요. 더 이상 대통령의 방미에 문제가 생기면 안 됩니다."

수석들이 빠져나간 후 문기석은 줄담배를 피워 댔다. 금융실명제를 통해 투명한 정부를 만들겠다는 의지가 이 한 번으로 무너질 수도 있었다. 더 이상은 무교동의 안하무인식 이권 개입을 봐줘서는 안 된다고 생각했지만, 대통령의 재가를 받아 내기가 쉽지 않을 것임을 알고 있었다. 그래도 자신의 임무는 대통령을 보좌하는 것이었기에 결심을 굳힌 문기석은 양복 상의를 걸치고 집무실을 빠져나갔다.

SHJ의 실무팀들은 모든 일정을 취소한 채 호텔 안의 사무실에서 움직이지 않았다. 경환을 포함한 직원들은 여유 있는 모습을 보이는 반면, 경환으로부터 해외 이전과 폐업을 검토하라는 지시를 받은 박화수는 좌불안석이었다.

"박 사장님, 너무 긴장하시는 것 같습니다. 잘 풀리지 않겠습니까?"

경환은 대응책을 마련하면서 직접적으로 청와대를 노리는 전략을 수립했다. 외교부와 같이 관련부서를 공략했다면 시간적으로 지체될 수도 있고, 보고하는 과정에서 자신의 뜻이 변질될 수도 있다고 생각했기 때문이었다. 미국을 이용해 한국 정부를 압박할 수밖에 없다는 것이 경환을 씁쓸하게 만들었지만, 현실적으로 이보다 좋은 방법은 없었다.

"그래도 영국 정부에서 움직일 줄은 몰랐습니다. 어떻게 된 건가요?"

영국까지 경환을 비호하고 나설 줄은 예상하지 못했었다. 혹시라도 자신이 모르는 무언가를 가지고 영국과 거래한 것은 아닌지 경환은 확인해야만 했다. 그러나 경환의 예상과는 다르게 궁금증은 린다에 의해 간단히 해결됐다.

"이번 황 부사장의 출장에서 KENTZ와 컨설팅계약을 체결하지 않았습니까? KENTZ에서 SHJ가 홍콩에도 법인이 있다는 구실을 들어 압력을 가하도록 영국 정부에 요청했다고 합니다."

경환은 자국의 기업을 위해 발 벗고 나서는 영국이나 미국외교관들을 보며, 해외교민이나 기업을 무시하고 자신의 보신에만 급급해하는 한국외교관들의 구태의연한 작태에 짜증이 났다.

"그리고 이번 일에 텍사스 주 정부의 도움이 많았습니다. 귀국한다면 인사는 해야 될 거예요."

"그래요. 우선은 주 정부에 기부금을 최대로 해 주시고, 주지사와의 관계도 돈독히 할 필요가 있겠습니다."

린다의 요청을 받은 주 정부에서 적극적으로 SHJ에 도움을 주었다는 것을 알고 있는 경환은 주지사가 조지 W. 부시인 주 정부와의 관계에도 신경을 쓸 필요를 느끼고 있었다.

"이런 방법에도 정부가 움직이지 않는다면 어떻게 하실 겁니까?"

박화수는 여전히 불안한 표정을 짓고 있었다. 그만큼 SHJ-화성플랜트에 대한 애착이 누구보다도 강했다. 경환은 그런 박화수를 바라보며 가벼운 미소를 보였다.

"대통령의 방미가 얼마 남지 않았기 때문에 선택의 여지가 없을 거라고 봅니다. 혹시라도 바뀐 태도를 보이지 않는다면, 미국의 여론을 움직일 생각입니다. 그렇지만 그건 최후의 방법입니다."

각국의 외교 문제에 특히 신경을 많이 쓰고 있는 워싱턴포스트지에서 이 문제를 기사화한다면 한국 정부로서도 버티기 힘들다는 것을 알고 있었지만, 이 방법까지 쓰고 싶지는 않았다. 한국 정부와 자신의 싸움에 여론까지 움직이게 된다면 결국 욕먹는 것은 한국이기 때문이었다. 경환은 이쯤 해서 한국 정부가 자신과 타협해 주기를 진심으로 바랐다.

이학승 안기부장은 청와대의 연락을 받은 후, 부 전체를 뒤집고 있었다. 예상은 했지만, 정권 실세의 아들에게 줄을 대고 있는 김형섭 운영차장의 독단적인 행동이란 보고를 받은 이학승은 이를 갈며 김형섭을 호출했다.

퍽.

김형섭이 자신의 집무실에 들어오자 이학승은 재떨이를 들어 벽에 던져 버렸다.

"야! 이 새끼야, 죽으려면 너 혼자 나가 뒈져! 내가 너한테 이경환이 파라고 지시한 적 있었나!"

이학승의 분노에 김형섭은 눈을 질끈 감아 버렸다. SHJ의 대처가 이 정도로 빠를지 자신도 예상하지 못했던 부분이었다.

"저, 부장님, 그게 아니라…… 국익을 위해 움직였을 뿐입니다."

이번 정권이 김수철을 쉽게 쳐낼 수 없다는 것을 알고 있는 김형섭은 최대한 버텨야만 했다.

"어이구, 그러세요? 국익을 위하셨군요. 이 새끼야, 터진 주둥이 함부로 놀리지 마! 네가 좋아하는 김수철도 끈 떨어졌어. 넌 이 시간부로 직권 남용에 따라 면직처리 됐으니까, 감사팀에 가서 감사나 받아."

자신이 면직됐다는 소리에 눈을 크게 뜬 김형섭은 말을 할 틈도 없이 수사원들에 의해 명찰이 뜯긴 채로 끌려 나갔다. 이학승은 김형섭이 만든 SHJ에 대한 기밀서류를 살피며 깊은 한숨을 쉬었다.

김수철은 김형섭과 연락이 되지 않자 불안함에 사무실을 서성거리고 있었다. 어제 경환과의 만남이 끝난 후, 청와대의 분위기가 이상하게 흘러가는 정황이 보였기 때문이었다. 또한 느닷없는 민정수석의 방문은 김수철을 더욱 초조하게 했다. 나이가 어리다는 이유로 경환을 너무 쉽게 생각한 것을 후회했지만, 이미 상황은 김수철을 어렵게 만들고 있었다.

"소장님, 대선 이후로 뵙지를 못했군요. 좋지 않은 소식을 가지고 와서 저도 마음이 무겁습니다."

김소명의 말이 무엇인지 감을 잡은 김수철은 올 것이 왔다는 생각에 눈을 지그시 감아 버렸다.

"저는 단지 SHJ란 기업이 한국의 이동통신사업에 뛰어들어 필요 이상으로 국부가 새 나가지 않도록 조율하려 한 것뿐입니다."

김수철의 변명에도 김소명은 꿈쩍도 하지 않았다. 김수철이 이권에 개입하고 있다는 것은 청와대 사정팀에 의해 보고받아 알고 있었기 때문이었다.

"아무리 대표가 한국인이라 하더라도 SHJ는 엄연히 미국 기업입니다. 미국과 영국의 반발이 심상치 않고, 더욱이 소장님의 발언이 퍼지면서 중국 정부에서도 움직임을 보이려 하고 있고요. SHJ는 한국 기업들과의 모든 합작을 중단한 채 한국에서 철수를 준비하고 있다고 합니다. 아무리 생각해도 소장님이 이번에는 무리를 하신 것 같습니다."

깊은 늪에 빠진 것을 느낀 김수철은 자신의 꿈인 정치 입성이 여기서 좌절될 수는 없다는 생각에 급히 타협안을 제시하고 나섰다.

"오, 오해라고 하지 않습니까. 제가 이경환 사장을 다시 만나 보겠습니다. 이 문제를 대화로 풀어 보겠으니, 며칠 시간을 주십시오."

김소명은 고개를 좌우로 저으며 김수철을 바라봤다. 당과 청와대의 의견 조정을 담당하는 자신도 요새 들어 김수철에 대한 당 내부의 불만이 많아지고 있어 중간에서 이를 무마하기가 여간 힘든 게 아니었다.

"어, 어르신도 아시는 겁니까?"

김소명이 표정의 변화를 보이지 않자 김수철은 최후의 방어선을 펼치기 시작했다. 대선을 기획하고 승리로 이끈 자신을 쉽게 버리지는 못할 거라는 판단이 들어서였다.

"어르신의 지시를 받고 제가 오늘 소장님을 찾아온 겁니다."

담담히 자신이 맡은 일을 수행하고 있는 김소명을 김수철은 아무 말도 하지 못하고 바라봤다.

"어르신께서는 뭐라 하십니까?"

"오늘부로 무교동 사무실을 해체하고 소장님은 고향으로 내려가 자중하라고 하십니다. 이미 야권에서 냄새를 맡고 기회를 노리고 있다는 첩보도 입수됐습니다. 혹시라도 무교동 사무실이 언론에 들어간다면 사태가 심각해질 수도 있다는 판단입니다. 그때는 저희도 손을 쓸 수가 없습니다."

최후의 방어선도 허무하게 무너졌다는 것을 확인한 김수철은 김소명의 면전에서 고개를 떨구고 말았다. 자신이 지금까지 이룩해 놓은 미래에 대한 청사진이 경환과의 한 번의 만남으로 인해 산산이 무너져 버린 것을 믿을 수가 없었다. 김수철은 두 손으로 자신의 머리카락을 쥐어뜯었다.

린다는 미 대사관의 연락을 받은 후에야 환한 웃음을 지을 수 있었다. 공식적인 사과는 아니지만, 청와대 외교수석의 비공식적인 사과와 함께 재발 방지 및 관련자 처벌을 약속받았다는 내용이었다. 린다의 보고를 받은 경환은 그나마 이 정도에서 문제가 봉합됐다는 것에 안도했다.

"오성전자에서 몸이 달아 있어요. 이 정도 했으면 일정을 진행해도 무난하다고 생각합니다."

"제 생각도 쿡 부사장님과 같습니다. 청와대 경제수석의 요청도 있고 하니 우선 제가 경제수석을 만난 후에 취소된 일정을 진행하시죠."

경환은 박재윤 경제수석이 전화로 유감을 표명하며 재발 방지를 약속한 것으로 충분하다고 생각했지만, 박재윤은 경환에게 면담을 요청하고 나섰다. 경환도 한 번은 만나 볼 생각이었기에 박재윤의 요청을 받아들였다. 박재윤과의 만남을 생각하면서 깊은 사색에 빠져 있던 경환은 린다의 목소리에 정신을 차리고 린다를 바라봤다.

"퀄컴의 제이콥스 사장이 도착하면 같이 회의에 참석할 거예요. 기술적인 면에서는 저희보다는 제이콥스 사장의 말이 무게감이 있을 것 같다는 판단이 들어서요. 이참에 오성전자가 장난을 못 치게 할 생각도 있고요."

"오성전자가 애를 좀 먹겠네요. 받아 낼 건 철저히 받아 내세요."

오성전자를 압박하기 위해 퀄컴의 사장까지 불러들인 린다의 철두철미함에 경환은 혀를 내둘렀다. 향후 2년간 순차적 투자가 될 줄 알았던

3,500만 달러를 SHJ는 지난달 전액 집행했고, 자금난에서 어느 정도 벗어날 수 있게 된 퀄컴은 SHJ의 요청을 거절할 처지가 아니었다.

"걱정하지 마세요. 오성전자와 금성전자, 이 두 업체를 가지고 최선의 결과를 만들어 볼게요."

말을 마친 린다는 매혹적인 미소를 흘렸고, 경환은 린다의 손바닥에서 고생할 두 기업을 생각하며 고개를 좌우로 흔들었다.

"박 사장님은 그동안 마음고생이 많으셨나 봅니다. 그새 얼굴이 반쪽이 되신 걸 보면."

천국과 지옥을 오갔던 박화수는 경환의 말이 들리지 않는 듯 여전히 멍한 표정으로 허공을 바라봤다. 경환의 목소리가 재차 들리자 그제야 정신이 들었는지 박화수는 급히 경환을 주시했다.

"네? 아, 아닙니다."

"박 사장님은 해외에 제2 공장을 투자하는 방안을 적극적으로 검토해 주십시오. 언제가 될지는 모르겠지만, 미리 준비는 해 놓고 있어야 할 것 같습니다."

겨우 한숨을 돌렸다 생각했던 박화수는 경환이 해외 투자를 거론하자 또다시 긴장감에 사로잡혔다. 이번 본사 직원들의 방한은 박화수를 부쩍 늙게 만들었다.

"정부와 타협을 한 상태인데 해외 이전을 준비하라는 말씀이신가요?"

"한국에서는 고부가가치 특수플랜트만 제작하고, 일반 철 구조물 해외 공장을 설립해서 이전해야 할 거라고 봅니다. 염려하신 게 뭔지는 알겠지만, 일반 철 구조물을 떼어 낸다 해도 마산공장엔 전혀 문제가 없을 겁니다."

그제야 경환의 말을 이해한 박화수는 가슴을 쓸어내렸다. 인건비가 급속히 상승하는 상황에서 일반 철 구조물을 계속 안고 있을 수 없다는 것은 박화수도 알고 있었다. 아직 해외 이전은 시기상조이긴 하지만, 미리 검토는 해 놓을 필요가 있다는 것에는 박화수도 이의가 없었다.

"죄송합니다. 제가 괜한 걱정을 했나 봅니다. 우선 일반 철 구조물 해외 이전에 대해 검토해 놓겠습니다."

일반 철 구조물의 해외 이전이 시작됨과 동시에 SHJ는 컨설팅이라는 단순한 업무에서 벗어나, 해외플랜트 입찰에 적극적으로 참여할 계획을 구상했다.

"사장님, 도착했습니다."

신경 쓸 일이 많아서인지 경환은 최석현이 부르는 소리에 감았던 눈을 겨우 뜰 수 있었다. 최석현이 운전하던 승용차는 삼청동에 있는 한정식집에 도착했고, 검은 슈트를 입은 사내가 급히 다가오는 모습이 보였다.

"SHJ에서 오셨습니까?"

"네, 박재윤 수석님과 약속이 되어 있습니다."

최석현은 경호원으로 보이는 사내에게도 주눅이 들지 않는 모습으로 대답했고, 경환은 그 사내의 안내에 따라 식당 안으로 들어갔다.

"SHJ 대표 이경환입니다. 시간에 맞춰 도착했는데 먼저 와 계실 줄은 몰랐습니다."

"반갑습니다. 제가 연락을 드린 박재윤 수석입니다. 그리고 이분은 이학승 안기부장이십니다."

"본의 아니게 폐를 끼친 점 유감으로 생각합니다. 개인이 독단적으로 저지른 일이고, 그 직원은 현재 내부 규정에 따라 책임을 지게 될 겁니다."

경제수석과의 만남에 경호원이 보이는 것을 의아하게 생각한 경환은 이학승이 안기부장이란 사실을 확인하고서야 그 이유를 알 수 있었다. 안기부장까지 동석하게 될 줄 몰랐던 경환은 내심 당혹스러웠지만, 평정심을 유지하며 태연하게 두 사람과 가벼운 악수를 나눴다.

"이번 일은 안기부장께서도 말했듯이 한국 정부와는 관련이 없는 일입니다. 그러다 보니 저희도 매우 당혹스럽기까지 합니다. 아무쪼록 오해 없으시길 바랍니다."

박재윤은 나이는 어리지만, 경환을 향해 고개를 숙였다. 이학승의 뒤를 이어 박재윤까지 사과를 하자 경환도 이쯤 해서 한국 정부와의 껄끄러운 관계를 정리하는 게 좋겠다는 판단이 들어서인지 두 사람에게 고개를 숙였다.

"저도 과민반응을 보인 점에 대해서는 사과를 드립니다. 갑자기 안기부가 제 주위를 감시하고 있다는 생각에 경황없이 이곳저곳 문의를 한다는 게 이렇게까지 일이 확대될 줄은 몰랐습니다."

젊은 나이에도 불구하고 감정을 능숙하게 절제하는 모습에 박재윤과 이학승은 경환이 쉽게 이 자리에 올라서지 않았음을 느낄 수 있었다.

"다시는 이 사장님이나 SHJ에 불미스러운 일이 없도록 약속드리겠습니다."

"그렇게 말씀해 주셔서 감사합니다. 미 대사관을 비롯해 이번 일에 저와 관계된 곳에는 따로 연락을 취해 오해에서 비롯됐다는 것을 설명하겠습니다."

이학승의 말을 경환이 받자 긴장감이 흐르던 자리의 분위기는 누그러졌다. 박재윤은 굳어 있던 얼굴을 풀며 넥타이를 끌렀다.

“하하하, 이 사장님이 이렇게 말씀해 주시니 한시름 놨습니다. 가볍게 식사부터 하시죠.”

방문이 조용히 열리고 준비했던 요리들로 탁자가 가득 채워졌고, 세 사람은 가벼운 얘기를 나누며 식사를 하기 시작했다. 박재윤은 국제 경제에 해박한 지식을 가지고 있는 경환을 호기심 있게 바라봤고, 경환 또한 경제학자 출신인 박재윤에게 미래에 있을 국제 경제의 변화를 살짝 가미하며 그의 관심을 끌고 있었다. 이동통신사업과 IT 분야에 대해 서로의 의견을 교환하며 식사가 어느 정도 마무리되어 가고 있을 때, 경환은 박재윤을 향해 하나의 질문을 던졌다.

“박 수석님, 제가 국제 경제엔 문외한이지만 우리 회사 투자와 관련해 연구원들이 재미있는 보고서를 만들었습니다. 헤지펀드에 대해서 어떻게 생각하십니까?”

뜬금없이 헤지펀드에 대해 질문하는 경환을 고개를 갸우뚱거리며 쳐다봤지만, 박재윤은 별생각 없이 경환의 질문에 대답해 갔다.

“국제 증권이나 외환 시장을 공격적으로 투자해 높은 단기 차액을 노리는 자금을 운용하는 집단으로 알고 있습니다만.”

“우리 연구원들의 보고서 내용으로는 현재의 한국이 헤지펀드의 좋은 먹잇감이 될 수도 있다고 하더군요.”

경환의 뜻밖의 말에 박재윤은 고개를 저었다. 무역재정적자로 돌아섰다고는 하지만, 수출경쟁력이 높아졌고 국가신용도가 높은 상태에서 헤지펀드의 대상이 될 수는 없다고 생각했다. 그러나 박재윤이 놓치고 있는 것이 있었다. 이번 정권은 OECD 가입에만 신경을 쓴 나머지 국제경쟁력을 확보하기도 전에 1993년 12월 금융을 전격적으로 개방하는 악수를 범해 버렸다. IMF 사태는 그때부터 헤지펀드의 철저한 각본에 의해 진행됐다고 경환은 생각했다.

"그건 너무 확대 해석했다는 생각이 듭니다. 한국은 국가신용도도 높고 외환보유액도 충분하므로 헤지펀드의 대상이 될 수는 없다고 봅니다."

경환은 기가 막혔다. 300억 달러가 조금 넘는 수준의 보유액으로 헤지펀드를 막겠다는 박재윤의 말에 경환은 조용히 서류뭉치를 탁자 위에 올려놓았다.

"우리 SHJ 투자 연구원들이 만든 보고서입니다. 여기서 읽어만 주십시오. SHJ도 투자로 이익을 창출하는 기업이라 외부 유출이 어려운 점 이해 바랍니다. 우리 연구원들이 헤지펀드를 분석하며 작성한 시나리오입니다. 저는 충분히 실현 가능하다고 보고 있습니다."

박재윤은 별 관심은 없었지만, 사과하러 나온 자리다 보니 경환의 얼굴을 살려 준다는 생각으로 서류를 들춰 보기 시작했다. 그러나 서류를 한 장씩 넘길 때마다 박재윤의 인상은 굳어져 갔고, 서류의 마지막 장을 넘길 때까지 숨소리조차 내지 않고 있었다. 박재윤이 마지막 장을 넘기자 경환은 보고서를 회수했지만, 박재윤은 뭐에 홀린 사람처럼 눈동자의 초점을 잡지 못하고 있었다.

"박 수석님, 왜 그러십니까?"

박재윤의 표정이 심각하다는 걸 느낀 이학승은 서류의 내용이 궁금했지만, 차마 물어볼 수는 없었다. 박재윤은 한숨을 크게 내쉰 후 경환을 바라봤다.

"보고서를 보셔서 아시겠지만, 우리 연구원들의 의견은 헤지펀드는 대만과 한국, 일본을 공격 대상으로 보고 있고, 현실적으로 일본의 공격이 어렵기 때문에 대만을 첫 타깃으로 해서 최종적으로 한국을 노린다는 내용입니다."

1997년에 발생한 동남아 금융위기는 대만을 그 시작으로 했지만, 대만은 발 빠르게 고정환율을 사전에 풀어 버림으로써 심각한 타격에서는 벗어날 수 있었다. 대만에서 큰 재미를 보지 못한 헤지펀드는 홍콩을 노렸고 홍콩에서 재미를 보자 태국의 바트화를 집중적으로 공략하기 시작했다. 그러나 헤지펀드의 최종목표는 경제력에 비해 상대적으로 금융이 취약한 한국이었다는 것을 경환은 기억했다.

"현재 퀀덤, 타이거, 베이스펀드가 조용히 작전을 준비하고 있다는 게 사실입니까?"

"저희는 그렇게 보고 있습니다. 저희 연구원들의 판단은 원화가치가 고평가되어 있고, 외환보유고가 300억 달러로 많지 않다는 것에 주목했습니다."

"흠……."

박재윤은 머리를 굴리고 있었다. 보고서의 내용을 전적으로 믿을 수는 없지만, 그렇다고 무시할 수는 없을 정도로 정확히 한국의 문제점을 집어냈다. 퀀덤과 타이거펀드는 단기 차익을 위해서라면 무슨 짓이라도 서슴지 않는다는 것을 자신도 들어 알고 있었다. 외환보유고가 낮은 게 문제가 아니라, 1,100억 달러 규모의 외채 중에서 반 정도가 1년짜리 단기 외채라는 것이 문제였다. 혹시라도 헤지펀드와 손을 잡고 기간 연장을 해주지 않는다면 문제가 심각해질 수도 있었다.

"이건 어디까지 가상 시나리오입니다. 그러나 완전히 무시할 수도 없다는 게 저희 SHJ의 판단입니다."

"만약 헤지펀드가 한국 공략에 성공한다면 어떤 결과를 가져오리라 보십니까?"

헤지펀드의 공격이 지나간 후의 한국 상황에 대한 부분은 경환이 의도적으로 빼 버렸기 때문에 박재윤은 확인할 방법이 없었다.

"제가 경제학자도 아니고 너무 어려운 질문을 하시네요. 그러나 외환보유고가 바닥을 치게 된다면, 나라를 완전히 말아먹는 디폴트(채무불이행)나 모라토리엄(대외채무 지불유예) 같은 양아치 짓은 곤란하겠죠. 결국은 세계은행의 원조를 기대하거나 IMF에 구제금융을 신청하는 것 말고는 따로 방법이 없을 겁니다. 그러나 그건 헤지펀드가 오히려 노리는 점이라는 걸 아셨으면 좋겠습니다."

이학승은 경환과 박재윤의 대화를 이해할 수는 없었지만, 한국에 경제위기가 올 수도 있다는 말에 바짝 긴장했다. 국민들의 눈 밖에 난 안기부였지만, 국가를 지킨다는 사명감은 아직 남아 있었기 때문이었다.

"그걸 노린다는 게 무슨 말인가요?"

박재윤은 정신이 하나도 없었다. 말도 안 되는 소리라는 걸 알고는 있었지만, 너무나도 현실적으로 아귀가 맞게 돌아가는 경환의 말에 마음 한구석이 불편해졌다. 박재윤은 고개를 저으며 경환의 말을 부정하고 싶었다.

"구제금융으로 한국에 대한 장악력을 높인다면, 제일 먼저 주가가 바닥을 치고 자금이 막힌 기업들은 도산하겠죠. 헤지펀드가 마지막 한탕을 하기 위해서는 강력한 구조조정과 함께 외국자본의 기업지분율을 높여 싼값에 우량 기업의 주식을 대량 확보하게 될 겁니다. 그 이후는 박 수석님도 예측이 가능하시겠죠?"

경환은 말을 마친 후 놓인 술잔을 들어 목을 축였다. 박재윤은 눈을 한 번 감았다 떴다. 99% 불가능하다고 생각하고 있지만, 1%가 마음속에 걸렸다. 이미 SHJ의 보고서 내용은 머릿속에 남아 있었고, 그 내용에 대해 차분히 검토할 필요를 느꼈다.

"좋은 말씀 감사합니다. 아무쪼록 이번 한국 방문이 SHJ나 저희에게 좋은 기회가 되기를 희망합니다."

두 사람과 헤어져 호텔로 돌아가는 경환의 마음은 무거울 수밖에 없었다. 나라를 망조로 빠트린 IMF 사태를 막는 것은 더 이상 경환의 몫이 아니었다. 경환은 1997년을 한국 정부가 잘 넘기기를 간절히 바랐다.

아침 식사를 마친 경환은 급히 린다와 최석현을 불러 업무회의를 진행했다. 한국 정부와의 일이 마무리된 상태에서 가족들과 보낼 시간이 필요했던 경환은 회의를 서둘렀다.

"제이콥스 사장이 도착한 것 같던데, 앞으로의 일정은 어떻게 잡고 있나요?"

"오늘 오성전자와의 미팅을 시작으로, 내일 금성전자와 만날 예정입니다. 이와는 별도로 ETRI(한국전자통신연구원)와의 기술회의도 잡혀 있습니다."

며칠간 모든 일정을 취소한 상태에서 얼마 남지 않은 귀국 일자를 맞추기 위해서는 서둘러 일을 진행해야 했다. 그러나 일정이 촉박하다는 이유로 오성전자나 ETRI에 무턱대고 퍼 줄 생각은 전혀 없었다. 이번 회의에 경환이 참석하지 않고 린다에게 전적으로 맡긴 이유에는 같은 한국인이라는 감정에 휘둘려 SHJ의 이익을 포기하는 것을 방지하려는 의도도 있었다.

"기본합의가 되어 있다고 하더라도 철저히 SHJ의 이익이 우선시되어야 합니다. 쿡 부사장님이 잘하시리라 믿겠습니다."

"걱정하지 마세요. 아쉬운 건 우리가 아니니까요. 오성전자에서 서두르는 것을 보면 기술 개발은 끝나지 않았나 하는 생각이 들어요. 그리고 제이콥스 사장이 잠시 면담을 요청하는데 한번 만나 보시겠습니까?"

SHJ의 요청에 흔쾌히 한국을 찾아온 어윈을 거절할 명분이 없었다. 이유가 궁금하기도 했던 경환은 서둘러야만 했다.

"시간이 많이 없으니, 지금 제이콥스 사장과 만나겠습니다."

경환의 동의에 린다가 자리를 떠나자 최석현이 조용히 다가왔다. 며칠 동안 어려운 상황에서도 항상 자신의 곁을 지켜 주었던 최석현이 경환은 고마웠다.

"사장님, 정우 돌잔치에 참석하겠다는 곳이 많습니다. 장소가 비좁을 수도 있겠는데요."

경환은 묵고 있던 호텔의 중식당에서 가족들과 같이 온 출장자들과 함께 조촐히 치를 생각이었다. 정우의 돌잔치를 치르기 위해 입국했지만, 소문을 내지는 않았었다.

"번거롭게 만들고 싶진 않았는데, 참석하겠다는 곳이 어디인가요?"

"어떻게 알았는지는 모르겠지만 오성, 대현, 제일, 대후, 아동 그룹에서 참석하겠다고 합니다. 그리고 박재윤 경제수석도 연락을 해 왔습니다."

최석현의 말에 경환은 인상을 찡그렸다. 자칫 정우의 돌잔치가 기업들과의 업무회의 장소가 될 것이 염려됐기 때문이었다. 그렇다고 한두 곳의 요청만 받아들일 수는 없었기에 한참을 고민한 경환은 그들의 요청을 받아들이기로 했다.

"할 수 없네요. 최소 인원만 오도록 해 주시고, 절대 축의금은 사절하겠다고 통보해 주세요. 금반지 하나도 받지 않겠다는 뜻을 분명히 전달하세요. 호텔과 상의해 자리를 좀 만들어 주시고요."

최석현과 정우의 돌잔치에 대해 얘기를 끝낼 무렵, 린다와 어윈이 사무실로 들어오고 있었다. 경환은 자리에서 일어나 급히 어윈을 맞이했다.

"제이콥스 사장님. SHJ의 이경환입니다."

"어윈 제이콥스입니다. 퀄컴에 투자해 주셔서 감사합니다. 앞으로도 SHJ와 좋은 협력관계가 되기를 바라고 있습니다."

미국인답지 않게 크지 않은 키에 두꺼운 안경을 쓰고 있는 어윈은 사업가라기보다는 엔지니어에 가까운 외모를 하고 있었다. SHJ의 도약에 퀄컴이 지대한 영향을 끼친다는 것은 경환밖에는 아무도 알지 못했다.

"SHJ의 요청을 받아들여 주셔서 감사합니다. 앞으로 SHJ은 퀄컴의 진정한 파트너가 될 것입니다. 저와의 면담을 요청했다고 하셨는데, 무슨 일이신가요?"

어윈은 자신의 예상과는 달리 SHJ의 대표가 젊다는 사실에 놀라면서도 거만하지 않고 자신을 낮추는 모습에 안도하며 입을 열었다.

"그렇게 말씀해 주셔서 감사합니다. 우리는 한국의 CDMA 상용화를 확신하고 있습니다. 그래서 SHJ도 퀄컴에 투자했다고 믿습니다."

경환은 어윈이 절대 사업가 체질은 아니라는 것을 느끼며 가볍게 미소를 지어 보였다. 1997년 이후 세계의 이동통신사업을 이끌며 퀄컴의 회장에 오르는 어윈이지만, 1995년 당시엔 회사의 운영자금을 걱정해야 되는 중소기업 대표였을 뿐이었다. 말로는 한국의 CDMA 상용화를 확신한다고 하지만, 속내는 자신도 확신하지 못하고 있다는 것을 경환은 그의 표정에서 쉽게 읽을 수 있었다.

"글쎄요. 제가 한국인이라는 사실 때문에 퀄컴에 투자를 결정하긴 했지만, 투자를 담당하고 있는 쿡 부사장도 아직까지 반대를 하고 있습니다. 저는 제 모국인 한국을 위해 투자를 결심한 것일 뿐입니다. 5,000만 달러가 휴지가 되지 않도록 힘을 써 주십시오."

어윈의 표정이 굳어졌다. 5,000만 달러란 큰돈을 주위의 반대를 무릅쓰고 단지 자신의 모국을 위해 투자했을 뿐이라는 경환의 말이 어윈을 불안하게 만들었다.

"CDMA 기술은 미래의 이동통신 시장을 장악하게 될 것입니다. 그러기 위해서는 더 많은 자금이 투입되어야 하는데……."

SHJ의 투자로 자금의 유동성은 확보했지만, 기술 개발을 위해서는 더 많은 자금이 필요했다. SHJ에 자금 지원을 요청하려고 했지만, 어윈은 말을 이어가지 못했다. 주위의 반대가 계속된다면 경환도 쉽게 재투자를 결정하지 못할 거라 생각했기 때문이었다. 어윈의 말은 경환의 호기심을 자극했지만, 경환은 내색하지 않은 채 묵묵히 어윈의 말을 듣고 있었다.

"기술의 향상을 위해서는 자금이 많이 필요하다는 것은 압니다. 쿡 부사장님, SHJ의 자금 상황은 어떻습니까?"

경환의 반짝거리는 눈빛을 확인한 린다는 입꼬리를 슬쩍 말아 올리고는 급히 심각한 표정으로 바꿔 버렸다.

"사장님, 현재 실리콘밸리에 집중적으로 투자하고 있는 상태에서 자금을 돌리는 것은 개인적으로 반대합니다. 퀄컴의 투자는 5,000만 달러가 한계임을 말씀드리고 싶습니다."

자신의 뜻에 맞장구를 쳐 주는 린다를 바라보고는 경환은 표정을 바꾸며 한숨을 크게 내쉬었다.

"허……. 제가 SHJ의 대표이긴 하지만, 투자를 담당하는 쿡 부사장님의 의견을 마냥 반대할 수는 없는데 고민이네요. 사실 5,000만 달러를 투자하면서 한국의 로열티를 40% 가지고 있다고 하더라도, 퀄컴의 지분을 6%밖에 확보하지 못했다는 비판을 받고 있습니다. 이번엔 어렵겠습니다. 죄송합니다, 제이콥스 사장님."

어윈은 불확실한 한국의 상용화에 대한 로열티 40%를 넘겨주는 조건으로 5,000만 달러의 투자를 받아 냈을 때만 해도 공돈을 받는 기분이었다. 경환의 재투자를 쉽게 끌어낼 수 있다고 생각했던 어윈의 표정은 급히 어두워졌다.

"흠, 어느 정도의 자금이 필요하십니까? 사장님께서 제가 경영진의 반대를 물리칠 수 있는 명분을 주실 수 있다면 좋겠는데……."

경환은 오른손을 들어 이마를 눌러 가며 심각한 표정으로 어윈을 향해 입을 열었다. 그때 린다가 급히 경환을 제지하고 나섰다.

"사장님! 한국의 상용화가 실패하거나 성공하더라도 폭발력이 크지 않다면 SHJ의 손해는 너무 큽니다. 다시 한 번 생각해 주십시오."

린다는 퀄컴에 목을 매달고 있는 경환이 이해되지는 않지만, SHJ의 대표인 경환이 결정한 사항에 대해 반대할 생각은 없었다. 그동안의 모든 결과가 자신의 예측을 벗어나 있다는 것을 알고 있어서였다. 어윈은 린다가 반대하고 있지만, 경환이 흔들린다는 것을 알고는 경환을 움직이기 위해 급히 머리를 굴렸다. 경환의 흥미를 끌어낼 정도의 조건이 무엇인지 고민하던 어윈은 굳게 닫혀 있던 입을 열었다.

"지분 10%를 3,000만 달러에 넘기겠습니다."

어윈은 말을 마치고 경환의 눈치를 살폈지만, 경환의 표정은 그리 좋아 보이지 않았다. 어윈이 불안한 듯 눈동자를 굴리고 있을 때 경환이 고민을 마친 듯 담배를 입에 물었다.

"제이콥스 사장님, 너무 어려운 숙제를 저에게 주시네요. 흠, 14%라면 제가 경영진을 설득해 보겠습니다."

린다의 경악하는 모습을 옆에서 바라보던 어윈은 혹시라도 경환이 생각을 바꾸지 못하도록 급히 경환의 말을 받았다.

"좋습니다. 14%를 인정하겠습니다. 결정해 주셔서 감사합니다."

어윈은 오른손을 내밀어 악수를 청했고, 경환은 떨떠름한 표정을 지으며 환하게 웃고 있는 어윈의 손을 잡았다. 홍콩의 자금의 끌어온다면 본사의 자금에 손대지 않고도 충분히 자금을 확보할 수 있었기 때문에 큰 문제는 되지 않았다. 1999년을 시작으로 고공행진을 하는 퀄컴의 지분 20%를 확보한다는 생각에 경환은 쾌재를 부르고 싶었지만, 굳은 표정을 짓고 있는 린다를 의식하지 않을 수 없었다.

"쿡 부사장님이 투자에 대한 지분 인수를 제이콥스 사장님과 협의해 주십시오. 물론 쿡 부사장님의 걱정을 모르는 바는 아닙니다. 퀄컴에 이미 투자를 한 상태에서 파트너의 어려움을 외면할 수는 없지 않습니까? 제 의견을 따라 주셨으면 합니다."

린다의 잔소리를 들을 생각에 머리가 아파왔지만, 경환은 어윈과의 만남을 린다에게 넘기고 급히 사무실을 빠져나왔다.

한국에 와서도 가족들과 제대로 식사도 하지 못한 경환은 수정의 잔소리를 들어가며 본가에 도착했다. 오전 회의를 빨리 마치려고 했지만, 시간은 이미 점심을 가리키고 있었다.

"아버님, 어머님. 저희 왔어요. 정우는 보채지 않았나요?"

집에 들어서자 수정은 급히 정우를 확인했고, 정우는 뭐가 좋은지 연신 웃어 대며 거실 바닥을 기어 다니고 있었다. 경환은 일 때문에 제대로 찾아오지 못한 것이 미안했던지 머리를 긁적이며 집에 들어섰고, 역시나 어머니의 잔소리를 들어야만 했다.

"너는 어떻게 된 애가 첫날 얼굴만 보이고는 지금에서야 찾아오니? 아무리 일이 바쁘다고 하더라도 그렇지. 처가에도 아직 못 가 봤다며?"

"죄송해요. 한국에 오자마자 복잡한 일이 생겨서 어쩔 수 없었어요. 처가는 저녁에 찾을 생각이에요."

"사업하는 애가 당연히 바빠야지, 당신은 잔소리 좀 그만해. 그래, 일은 잘 해결된 거냐?"

"네, 잘 해결됐어요. 걱정하지 않으셔도 돼요."

중간에 나서 준 아버지 덕분에 경환은 안도의 숨을 쉴 수 있었다. 사실 김수철과의 일이 생기지 않았다면 가족들과 시간을 보내며 지낼 생각이었다. 숙소까지 직원들과의 빠른 업무 처리를 위해 호텔로 정했기 때문에 어머니의 잔소리는 어쩌면 당연할 수도 있었다. 경환은 정우를 안으려 했지만, 정우는 수정의 품에서 벗어나기가 싫었던지 경환의 손을 외면해 버렸다.

"정우가 자기 얼굴 잊었나 보네요. 어서 씻고 나오세요. 어머님이 점심 준비를 다 해 놓으셨어요."

뻘쭘해진 경환은 싫다는 정우를 억지로 안아 들고 식탁으로 향했다. 오랜만에 한국을 찾은 아들 내외를 위해 경환의 어머니는 푸짐하게 점심을 차렸고 경환은 그리웠던 한국 음식을 정신없이 흡입했다. 식사를 끝내고 경환은 준비했던 생각을 부모님께 꺼내 놓았다.

"아버지, 저도 이 연립이 맘에 들기는 하지만 아파트로 옮기시는 게 좋을 것 같아요."

"그렇게 하세요. 어머님도 연세가 더 드시면 아파트에서 생활하는 게 좋으실 거예요. 정우 아빠가 항상 맘이 불편했나 봐요. 이참에 옮기세요."

경환과 수정의 요청에도 경환의 아버지는 쉽게 답을 주지 못했다. 경환이 사업을 한다고는 하지만, 자식의 도움을 받아 집을 넓히고 싶진 않았다. 그러나 퇴직이 얼마 남지 않은 것이 자신을 고민하게 만들었다.

"여보, 자식 덕 좀 봅시다. 좀 있으면 승연이도 제대를 하는데……."

"아버님, 어머님 말씀대로 도련님도 곧 제대하는데 좀 큰 곳으로 옮기세요. 이번엔 저희 뜻을 받아 주세요."

수정까지 경환의 어머니를 거들고 나서자, 경환 아버지는 마지못해 고개를 끄떡였다.

"당신 뜻대로 하구려. 그리고 처가도 경환이 네가 신경을 써야 된다."

아버지의 허락이 떨어지자 경환도 크게 안도를 할 수 있었다. 대쪽 같은 아버지의 성품이 은근히 신경 쓰였기 때문이었다. 경환은 수정에게 어머니를 모시고 부동산을 찾아가라고 했고, 경환의 어머니는 환한 웃음을 얼굴에서 떨치지 않았다.

"어머님, 내일 저와 함께 부동산에 가 봐요. 집 보러 다니는 거 재미있을 것 같아요."

"호호호. 그래, 그러자꾸나. 너희들 덕분에 편하게 살겠다. 고맙다."

두 사람은 뭐가 좋은지 내일 집 보러 다닐 얘기를 나누고 있었지만, 경환의 아버지는 표정을 풀지 않았다. 경환은 그런 아버지의 고민을 이해할 수 있었다.

"아버지, 너무 걱정하지 마세요. 퇴직하시면 제 회사의 고문으로 출근하시도록 준비를 해 놨습니다. 그리고 건강에도 신경 쓰시고요."

"알겠다. 건강은 너도 신경을 쓰도록 해라."

전생과는 달라지겠지만, 그래도 경환은 일찍 돌아가시는 아버지를 항상 걱정했다. 자신의 뜻을 순순히 받아들이는 것을 확인한 경환은 본가에서 가족들과의 재회를 마치고, 보채는 정우를 간신히 달래 수정과 처가로 발길을 돌렸다.

정상길은 급한 마음에 돌잔치가 시작되기도 전 호텔에 도착해 경환과 자리를 같이하고 있었다. 오성전자가 발 빠르게 SHJ와의 합작을 추진하고 있는 데 비해 대현 그룹과의 합작에 미온적인 태도를 보이자, 정상길은 앞뒤 가리지 않고 경환을 찾을 수밖에 없었다. 또한 오성전자가 오성건설과 SHJ의 합작을 추진하면서 북미 시장의 독점권을 넘긴다는 소문 때문에 그룹 회장의 독촉이 나날이 심해지는 것도 한몫했다.

"하하하, 이 사장님. 제가 좀 일찍 도착했습니다. 커피라도 한 잔 주십시오."

넉살 좋게 웃으며 사무실로 들어서는 정상길을 반갑게 맞아 준 경환은 이다나에게 커피를 부탁하고 그를 회의실로 인도했다.

"FPSO 건조 때문에 정신이 없으실 텐데, 이렇게 와 주셔서 감사합니다. 현장에 나가 있는 직원을 통해 건조작업이 수월하게 진행되고 있다고 들었습니다."

FPSO를 건조 중인 울산에는 철통보안 속에 대현중공업과 KBR, SHJ의 실무팀이 밤낮없이 바쁘게 움직이고 있었다. 애초 SHJ의 내부에서도 현장에 팀을 파견하는 것에 대해서 불필요한 작업이라는 의견이 있었지만, 경환은 SHJ도 기술력을 습득해야 한다는 주장을 들어 전격적으로 한 개의 팀을 상주시키고 있었다.

"하하하, 현장은 제가 일주일에 한 번씩 내려가 확인하고 있습니다. 다름이 아니라 대현 그룹과의 컨설팅제휴가 자꾸 지연되다 보니 제가 맘이 급해서 실례를 무릅쓰고 일찍 찾아왔습니다."

예상은 하고 있었지만, 정상길은 누가 대현 그룹 사람이 아니랄까 봐 먼저 이유를 말했다. 오성건설과의 컨설팅제휴가 이미 확정된 상태에서 경환은 정상길의 심정을 충분히 이해했다.

"황 부사장님이 회사를 이끌고 있다 보니 경황이 없으셔서 지연되고 있다고 보고를 들었습니다. 다음 달에 부사장님이 한국을 방문할 예정이니 그때 대현 그룹과 계약하는 것으로 진행하시는 게 좋겠습니다."

경환의 확답을 받은 후에야 정상길의 얼굴이 환하게 펴졌다. 그룹 회장의 독촉을 매일 당하던 정상길은 오늘에서야 자신 있게 보고할 수 있다는 생각에 어깨를 활짝 펼 수 있었다.

"하하하, 한 달 정도야 못 기다리겠습니까? 그룹 회장님께서 축의금을 넉넉히 보내 주셨는데 받지를 않으시니 제가 드릴 것도 없고 난감합니다."

"뇌물은 사절입니다. 제가 받기라도 한다면 황 부사장님에게 혼이 납니다. 하하하."

경환은 축의금으로 한몫 잡을 생각은 없었다. 적지 않은 돈이겠지만, 그 정도에 코를 꿰이고 싶지는 않았다.

"대현 그룹과의 업무제휴는 계열사별로 계약하는 것으로 방향을 잡고 있습니다. 그룹 전체와 계약하는 건 SHJ에도 부담이 된다고 판단했습니다."

대현 그룹의 분열을 알고 있는 경환은 대현과의 컨설팅계약에 신중하게 접근하고 싶었다. 정상길은 경환의 말을 쉽게 이해하기 힘들다는 표정을 지어 보였다.

"하하하. 대현 그룹은 저희 SHJ가 먹기에 너무 커서 그렇습니다. 다른 이유가 있는 게 아니니 너무 심각한 표정 하지 마십시오. 제가 정 사장님을 많이 좋아하는 거 아시지 않습니까?"

경환은 대현중공업과의 합작에 대해 의견을 교환하며 정상길의 마음을 달래 줄 수밖에 없었다. 두 회사의 합작을 논의하던 경환이 시간을 확인하고 나서 안절부절못하는 모습이 정상길의 눈에 띄었다.

"사장님. 제가 부탁 좀 하고 싶은 게 있는데, 결혼하고도 아내에게 변변한 선물을 해 준 적이 없습니다. 그래서 반지를 하나 고르려고 하는데 같이 가 주실 수 있으십니까?"

생각지도 않은 경환의 부탁을 받은 정상길은 흔쾌히 자리에서 일어나 경환과 같이 호텔을 나섰다. 정상길의 차에 오른 경환은 압구정동에 있는 대현백화점으로 가려는 정상길에게 돌잔치 시간이 얼마 남지 않았다는 이유를 들어 호텔에서 가까운 백화점으로 가 달라고 부탁했다. 혹시라도 대현백화점에 가게 된다면 큰 할인을 해 주거나 혹은 공짜로 반지를 건네줄 것이 뻔했기 때문에 절대로 그건 막아야만 했다. 정상길은 아쉽기는 하지만, 극구 반대하는 경환을 대현백화점으로 끌고 갈 수는 없었다.

"이 사장님, 제가 보기에는 사모님이 아직 젊으시니 심플해 보이는 이 두 개 중에서 고르시는 게 좋을 것 같습니다."

느닷없는 정상길의 출현에 백화점에서는 점장이 직접 나와 두 사람을 안내했다. 점장은 정상길이 대현백화점을 놔두고 왜 이곳으로 왔는지 전혀 이해하지 못했지만, 깊게 생각할 여유가 없었다. 혹시라도 서비스에 문제가 생긴다면 점장의 자리를 지키지 못한다는 걸 알고 있어서 그런지 두 사람의 곁을 떠나지 않았다.

"역시 사장님을 모시고 오길 잘한 것 같습니다. 두 개 모두 맘에 들어서 고르기가 참 어렵네요. 흠, 이걸로 하겠습니다."

경환은 좀 더 심플해 보이는 다이아 반지를 고른 후에 정상길이 혹시라도 계산을 할까 급하게 신용카드를 꺼내 직원에게 건넸다. 500만 원이 넘는 큰 액수이긴 했지만, 결혼 후 중국과 미국으로 옮겨 다니면서도 불평하지 않는 수정을 위해서는 충분히 쓸 수 있는 금액이라 생각했다.

"특별 손님이시기 때문에 10% 할인을 해 드리겠습니다."

"정말 감사합니다. 정 사장님과 같이 오니 이런 혜택도 받을 수 있네요."

경환은 점장과 정상길에게 고마움을 표시했고, 점장은 그제야 환한 얼굴로 자신의 서비스에 만족하는 두 사람을 볼 수 있었다. 직원이 가져다 준 거래명세서에 사인을 한 경환은 신용카드를 갈무리한 후 고개를 연신 갸우뚱거리고 있었고, 점장은 혹시라도 문제가 생겼나 걱정되는 표정으로 경환을 바라봤다.

"손님, 무슨 문제라도 있으신가요? 말씀해 주시면 해결하겠습니다."

"아닙니다. 제 기분 탓인지, 자꾸 이상한 소리가 들려서요. 정 사장님은 아무 소리 안 들리시나요?"

정상길은 자신은 아무런 소리가 들리지 않는다는 표정으로 어깨를 들었다 놨지만, 경환은 여전히 께름칙한 표정을 짓고 있었다.

"흠. 점장님이 계셔서 말하기 좀 곤란하긴 하지만, 상층의 압력을 견디지 못해 측면의 골조에 미세하게 균열이 일어나는 소리인 것 같습니다. 기분이 좋지는 않네요. 제가 이쪽 계통에서 일을 하다 보니 이런 소리에 좀 민감합니다. 실례이긴 하지만, 안전검사를 받아 보시는 게 좋을 것 같습니다."

정상길은 경환의 말을 흘려듣지 않았다. 이런 자리에서 농담할 만한 사람이 아니란 걸 알고 있었다. 또한 경환의 예리한 감각을 무시해선 안 된다는 것을 FPSO 입찰에서 확인한 정상길은 점장에게 조용히 말을 건넸다.

"이분은 미국에서 이쪽 계통의 유명한 기업 대표입니다. 한번 알아보시는 게 좋으실 겁니다."

점장은 여러 가지 이상 징후에 대해 보고를 받아 알고 있었기에 경환의 지적에 놀랄 수밖에 없었다. 그러나 경영진들은 응급조치만 취할 뿐 원인분석에 관해서는 관심을 보이지 않았다.

"저희 백화점은 얼마 전에 안전검사를 받았습니다. 손님께서 착각을 하신 듯합니다. 정 사장님이 하신 말씀에 대해서는 위에 보고를 드리겠습니다."

점장은 아랫입술을 씹으며 인상을 구겼다. 경환은 시간을 확인하고서 급히 서둘러 삼풍백화점을 빠져나왔다. 돌잔치가 끝나면 바로 미국으로 돌아가야 하는 경환으로서도 답답한 심정이었지만, 정상길을 통해 삼풍 백화점 경영진에게 조언해 달라는 부탁을 하는 방법밖에는 마땅한 대안을 찾지 못했다.

"박 수석님, 어쩐 일이십니까?"

"중요한 약속이 있어 참석하러 가기 전에 강 장관님을 뵙고 싶어서 왔습니다. 제가 보낸 자료는 확인하셨나요?"

강석주 경제부 장관을 찾은 박재윤은 자신이 기억하고 있던 SHJ의 보고서 내용을 간단히 발췌해 강석주에게 보냈었다. 그러나 강석주가 전혀 반응을 보이지 않자 직접 찾아올 수밖에 없었다.

"아, 네. 박 수석님이 보내신 자료는 읽어 봤습니다. 관련 국장들과 얘기는 나눠 봤는데 내용이 너무 허무맹랑하다는 결론이었습니다. 그 자료는 누가 작성한 겁니까?"

강석주는 박재윤이 개인적으로 보낸 자료이긴 하지만, 청와대에 있는 박재윤을 무시할 수 없다는 생각에 국장급에게 내용을 검토하도록 지시를 내렸다. 자신과 마찬가지로, 국장급들 모두 실현 가능성 1%란 소리에 박재윤에게 따로 보고도 하지 않았다.

"저도 강 장관님과 다를 바 없지만, 만에 하나라도 그런 일이 발생하게 된다면 어려워질 수도 있지 않겠습니까? 1%라도 이에 대해 연구는 해 놓는 게 좋지 않을까 생각됩니다. 자세한 출처는 말씀드릴 수 없지만, 무시할 만한 곳은 아닙니다."

거듭된 박재윤의 부탁에 강석주는 짜증이 밀려왔다. 가뜩이나 1990년대 문민정부가 들어선 후로 무역재정적자가 하루가 다르게 벌어지고 있어 머리를 싸매고 누울 정도였는데, 이런 말도 안 되는 일까지 연구할 필요를 전혀 느끼지 않고 있었다.

"원화가 고평가되어 있고 이것을 우려하는 목소리가 있다는 것도 알고 있습니다. 고평가되어 있는 원화를 연착륙시켜 원화 공격을 사전에 막자는 게 그 보고서의 주 내용인데, 지금처럼 무역적자가 커지고 있는 상태에서 원화가치를 절하시킨다면 어떻게 되겠습니까? 수입 원자재의 가격 인상과 이에 따른 물가 상승은 불 보듯 뻔합니다. 가뜩이나 어려워지는 경제로 전두환 정권을 그리워하는 목소리가 심심치 않게 들리는 마당에 정권 퇴진 운동이라도 벌어지면 누가 책임을 지겠습니까?"

강석주의 말에 박재윤은 마땅한 말을 찾지 못하고 있었다. 자신의 생각 또한 강석주와 별 차이가 없었지만, 마음 한구석의 찜찜함은 사라지지 않았다. 1%의 가능성이라고 하지만, 그 1%의 가능성이 현실화된다면 한국 경제는 아사 직전까지 몰리게 되기 때문이었다.

"아직 시간이 있으니 고평가된 원화가치를 시장의 영향을 최소화하는 방법으로, 서서히 단계적으로 절하하는 것도 반드시 검토되어야 한다고 봅니다. 그리고 단기 외채를 장기로 돌리는 것도 협상해야 하고요."

"알겠습니다. 뭐, 검토는 해 보겠습니다. 제가 회의가 잡혀 있어서 길게 대화를 나누지 못하는 점 죄송합니다."

말을 마친 강석주가 급히 서류를 챙기는 모습을 보자 박재윤은 한숨을 쉬며 장관실을 나올 수밖에 없었다. 대통령에게 보고해 봤자 경제에 대해 큰 관심을 보이지 않는다는 것을 알고 있는 박재윤은 자신이 괜한 걱정을 하는 것은 아닌지 자괴감에 빠져들었다.

돌잔치 시작을 10분 남겨두고 겨우 식장에 도착한 경환을 수정은 매서운 눈으로 째려보고 있었다. 수정의 시선이 부담스러웠던 경환은 서둘러 자리에서 일어나 손님들을 맞이했다. 달라진 SHJ의 위상을 대변하는 듯 한국의 대표적 대기업들이 모두 참석했다. 경환은 수정과 함께 자리를 돌면서 감사함을 전했고, 오성전자를 시작으로 오성건설, 대현중공업, 제일 그룹, 대후, 아동건설 등 SHJ와 연관된 혹은 SHJ와 합작을 추진하는 기업 대부분이 참석하는 통에 전경련 회의를 하는 것 같은 착각이 들 정도였다. 손님들과 인사를 나누던 경환에게 박재윤이 식장에 들어오는 모습이 눈에 띄었다.

"바쁘실 텐데 여긴 어떻게 오셨습니까?"

"허허, 축하합니다. 한국 기업들과의 합작에 힘써 주시고 있는데 경제를 담당하는 제가 참석하는 것은 당연하지요."

경환은 박재윤과 함께 들어오는 커다란 화환을 보고는 매우 놀랐다. 대통령 이름으로 쓰여 있는 화환은 식장 맨 앞쪽으로 옮겨져 다른 기업에서 보내온 화환들을 모두 제치고 가장 눈에 띄는 곳에 놓이게 됐다. 박재윤의 등장에 각 기업에서 나온 사람들이 눈도장이라도 찍어야 한다는 듯 서로 몰려와 박재윤에게 인사를 청하자 정우의 돌잔치는 주객이 전도되어 가고 있었다.

"이 사장님, 돌잔치가 시작되기 전에 제가 좀 부탁을 할 일이 있습니다. 7월에 대통령께서 방미하십니다. 시간이 되신다면 경제인들과의 만찬 자리에 이 사장님이 참석해 주셨으면 합니다."

경제인들과 인사를 마친 박재윤은 경환이 생각지도 못한 뜻밖의 제의를 했지만, 경환은 답을 줄 수 없었다. 김수철과의 좋지 못한 인연을 알고 있는 대통령과의 만남이 껄끄러웠기 때문이었다.

"긍정적인 답변은 드릴 수 없을 것 같습니다. 미국에 돌아가서 생각해 보겠습니다. 큰 기대는 하지 마시기 바랍니다."

수정의 눈치에 경환은 단상에 마련된 탁자에 앉아 정우를 안아 들었고, 돌잔치는 많은 사람의 참석 속에 순탄하게 진행됐다. 돌잔치의 하이라이트인 돌잡이에서 정우는 뜬금없이 붓을 집어 들어 주위를 놀라게 했다.

"정우가 엄마를 닮아 그림에 소질을 보이겠는데?"

왜 돌잡이에 붓이 나와 있는지 이해할 수 없던 경환은 슬쩍 수정을 바라봤지만, 수정은 자신은 모른다는 듯 능청스럽게 연기했다. 경환은 정우가 그림을 그리겠다고 하더라도 반대할 생각은 없었다. 사업에 소질이 없다면 SHJ를 물려줄 생각이 전혀 없었기 때문이었다.

탈도 많고 말도 많았던 보름간의 한국 출장을 마치고 미국으로 돌아온 경환은 잠시 휴식을 취할 틈도 없이 업무에 복귀해야 했다. SHJ는 기존의 컨설팅 업무와 투자 업무를 공격적으로 추진하고 있어서인지 바쁘게 돌아갔다. 경환의 빈자리를 황태수가 무리 없이 메꾸고 있었다는 것이 그나마 다행일 정도였다. 그동안 밀려 있던 서류를 확인한 경환은 느긋하게 커피 한 잔을 즐기려 했지만, 관리팀을 맡고 있는 어스틴 스미스 차장의 방문에 마시던 커피를 내려놔야 했다.

"어서 오세요. 스미스 차장님. 커피 한 잔 하세요."

자리에 앉은 어스틴에게 커피를 한 잔 건네주며 경환은 맞은편에 자리를 잡았다. 어스틴은 린다가 SHJ로 합류할 때 같이 온 직원으로 본사와 해외지점의 관리를 담당하고 있었다.

"바쁘시니 본론만 말씀드리겠습니다. 급하게 직원들을 채용한 관계로 사무실 공간이 상당히 부족합니다. 마침 맞은편에 있던 업체가 이전하는데 그 공간을 저희가 임대하는 게 좋을 것 같아 찾아뵀습니다."

경환은 어스틴의 제안에 토를 달지 않았다. 현재 직원 수가 100명이 넘는 탓에 사무 공간이 비좁아 업무 효율이 떨어지고 있다는 사실을 경환도 알고 있었다. 회사가 커지면서 사옥 신축에 대한 유혹이 없는 건 아니지만, 아직은 때를 기다려야 했다.

"좋은 의견을 주셔서 감사합니다. 한 층을 다 사용할 수 있게 관리사무소와 협의해 주시고, 공간 활용 계획과 인테리어는 따로 계획서를 올려 주세요."

어스틴은 자신의 제안이 받아들여지자 한층 고무된 얼굴로 자리를 벗어났고 그동안의 업무보고를 위해 황태수가 급히 경환의 집무실로 들어왔다. FPSO 성공 이후 SHJ는 비약적인 발전을 거듭했다. KBR의 그늘에서 벗어나려는 경환의 의지도 포함되어 있었지만, SHJ의 업무 능력에 반신반의하던 업체들이 서둘러 합작 제의를 해 옴에 따라 SHJ의 주가는 하루가 다르게 뛰고 있었다. 황태수는 두툼한 보고서를 경환의 책상 위에 올려놓았다.

"그동안 컨설팅계약을 체결한 업체별 리스트와 현재 추진 중인 프로젝트를 정리한 내용입니다. 작년 말부터 시작해서 3억 달러 이하의 소형 프로젝트를 2건 성공했고 현재 6건을 추진 중에 있습니다. 6건의 입찰 총액은 대략 40억 달러 수준입니다."

경환은 보고서를 살피며 기쁨을 주체하지 못했다. 경환은 황태수가 추진하는 소형 프로젝트에 일절 관여하지 않았다. 경쟁사들은 SHJ가 참여한 프로젝트의 전략을 대폭 수정했기 때문에, 회귀에 대한 여파가 서서히 나타났다. 따라서 SHJ 자체의 컨설팅 능력을 제고시킨다는 목적으로 정보를 제공하지 않았고, 사실 이번 소형 입찰은 실패를 각오하고 있었다. 그러나 경환의 우려와는 다르게 황태수가 2건 모두 성공함으로써 SHJ는 경쟁사들에게 공포의 대상으로 자리매김했고, 이는 SHJ의 컨설팅비용을 5%까지 뛰게 만든 계기가 됐다.

"대단하십니다. 부사장님께서 고생이 많으셨습니다. 우리의 자체 능력이 증명된 이상, 앞으로 10억 달러 이하의 입찰은 현행대로 부사장님 주관으로 추진하시기 바랍니다."

"알겠습니다. 추진 중인 6건 중에서 알제리 프로젝트가 20억 달러 규모입니다. JSC와의 경쟁이 본격적으로 시작될 것 같아 타케우치 차장이 전담하고 있습니다."

경환도 기억하는 프로젝트였다. 이 알제리 프로젝트는 JSC로 낙찰되어 JSC를 1990년대 말까지 버틸 수 있게 만드는 계기가 된 프로젝트였다. JSC를 품을 생각을 하는 경환도 이 프로젝트를 성공해야만 했다.

"알겠습니다. 이 프로젝트는 저도 참여하겠습니다. 보고서가 준비되면 타케우치 차장의 브리핑을 받겠습니다."

FPSO 성공 이후 1997년까지 버틸 수 있는 유동자금이 확보됐기 때문에 경환은 거칠 것이 없다고 판단했다. 그동안은 한 번의 실패가 SHJ를 나락으로 떨어트릴 수 있었지만, 이익 대부분을 투자에 집중시켜 컨설팅을 뒷받침하는 데 성공했기 때문에 실패를 걱정할 필요가 없었다.

"그리고 사우디나 중동지역에 플랜트 공장을 건설하는 방안을 검토해 주십시오. SHJ-화성플랜트의 일반 철 구조물 제작을 해외로 이전해야 되겠습니다."

평소대로라면 반대하고 나섰겠지만, 황태수는 이내 포기했다. 경환은 자신의 사고방식으로는 감당할 수 없다는 것을 여러 번의 경험을 통해 알았고, 미래를 예측하는 부분에서는 자신은 도저히 흉내조차 낼 수 없었기 때문이었다. 그러나 궁금한 걸 물어보지 않을 수는 없었다.

"한국의 인건비 상승 폭이 예상을 뛰어넘고 있어서, 공장 이전은 저도 필요하다고 봅니다. 그러나 한국과 지리적으로 가깝고 낮은 인건비와 원자재 수급이 용이한 중국이 아니라 중동지역을 선택하는 이유가 있으십니까?"

전생의 기억만 없었다면 경환도 당연히 중국 이전이 최상의 답안이라고 생각했겠지만, 중국 내수와는 전혀 상관없는 플랜트의 중국 이전은 손실밖에 없다는 것을 경환은 알고 있었다. 지금은 중국이 외국자본 유치에 혈안이 되어 각종 혜택을 부여하고 있지만, 그 혜택은 얼마 가지 못하고 오히려 기술을 카피하는 수단으로 활용되고 만다. 더욱이 높은 불량률은 SHJ 제품의 신용도 하락을 가져올 것이 분명했다.

"저는 중국에 큰 메리트를 느끼지 못합니다. 기술이 도용당하지 않으면 다행이겠죠. 원자재 수급이 걱정되긴 하지만, 미래를 위해서는 중동지역에서 현지 제작을 하는 것이 우리에게 유리하다고 봅니다."

황태수는 경환의 뜻을 이해할 수 있었다. 그러나 확인은 해야 했다.

"컨설팅에서 벗어나 SHJ 이름으로 입찰에 나서겠다는 복안으로 현지 공장을 설립하시는 것이라 이해해도 되겠습니까?"

"그렇습니다. 언제까지 다른 기업 뒤치다꺼리만 할 수는 없습니다. 현재 우리가 부족한 것은 설계와 경험입니다. JSC가 될지는 모르겠지만, 우리의 부족한 부분이 메워지게 되면 본격적으로 나설 생각입니다. 그때를 대비하는 차원에서 중동지역에 현지 공장 설립이 필요하다고 봅니다."

경환의 큰 포부에 황태수는 고개를 흔들었다. 자신은 컨설팅 업무의 성과에 고무됐던 반면, 경환은 컨설팅을 뛰어넘어 직접 SHJ 이름으로 입찰에 나설 뜻을 분명히 밝혔다. 언제부터인지 모르겠지만, 나이는 단지 숫자에 불과하다는 것을 황태수는 절실히 깨달으며 경환을 진정한 자신의 보스로 따랐다.

"그럼 중동지역의 텃세를 감안해서 독자보다는 합작으로 추진하는 게 좋지 않을까요? 우리의 계획을 위해서라면 사우디의 아람코가 적격이라고 생각합니다."

경환은 고개를 끄떡여 황태수의 의견에 동의를 표했다. 앞으로 있을 대형 프로젝트의 많은 부분이 아람코에 의해 발주되기에 아람코와의 합작이 성공하게 된다면 SHJ로서도 큰 우군을 얻는 기회가 될 수도 있다고 생각했다.

"좋은 의견이십니다. 박화수 사장에게 아람코와의 합작을 추진하라고 지시를 내려 주세요. 그리고 부사장님이 뒤에서 도와준다면 큰 어려움은 없을 것 같습니다."

황태수와의 회의를 마친 경환은 집무실을 나와 린다를 찾아 사무실을 통과하고 있었다. FPSO 입찰 이후 늘어난 업무로 인해 직원들은 경환이 지나가는 것도 의식하지 못할 만큼 정신없이 자신의 일에 매진했다. 아직 직원들의 급여가 많지는 않지만, 경환은 급여를 보충하고 직원들의 사기를 높이기 위해 많은 성과급을 지급했다. 또한 고급 인력을 확보하기 위해 직원들 자녀 중 B+ 이상의 성적을 낸 대학생에게 등록금의 50%를 지원하는 정책을 폈다. 독립심이 강한 미국인들의 특성에 맞지 않는다는 의견이 있긴 했지만, 대학생을 둔 직원들의 사기를 높이는 의외의 성과를 보였다. 일부 젊은 직원들의 불만이 없는 건 아니었지만, 억울하면 결혼해서 대학에 보낼 때까지 근무하라는 말로 잠재워 버렸다. 이외의 여러 복지정책은 휴스턴 시 정부를 넘어 주 정부의 관심을 끌기에 충분했다.

"쿡 부사장님, 바쁘신가요?"

경환이 자신의 사무실로 직접 찾아오자 린다는 에릭과 나누던 얘기를 급히 멈추고 경환을 안내하기 위해 자리에서 일어났다.

"아니에요. 에릭과 투자에 대해 의견을 나누고 있었어요."

"잘됐네요. 존슨 차장과 함께 저도 참여하고 싶군요. 커피 한 잔 마시면서 두 분이 나누는 의견을 듣겠습니다."

오랜만에 만난 에릭과 악수를 하며 경환이 자리에 앉자, 린다는 급히 커피 한 잔을 건네주었다. 현재 SHJ에서 제일 바쁜 사람은 경환보다는 에릭이었다. 투자가 본격적으로 시작되면서 한 달의 반 이상을 외부로 출장 다니며 투자 상담을 해 오고 있었기 때문이었다. 가족들과 같이 있을 시간이 부족한 에릭에게 경환은 미안했지만, 정작 에릭은 이 일을 즐기고 있었다. 린다는 경환을 의식하지 않고 에릭과의 얘기를 이어 나갔다.

"에릭, 퀄컴의 투자는 예정대로 진행되나요?"

린다는 경환이 충동적으로 결정을 내린 퀄컴의 지분 인수를 먼저 꺼내 은근히 불만을 표시했지만, 경환은 별걱정이 없는 듯 싱긋 웃어 보이는 것으로 말을 대신했다. 린다는 반응을 보이지 않는 경환을 보며 고개를 절레절레 흔들 뿐이었다.

"로펌의 검토는 이미 마쳤고, 다음 주 승인이 떨어지면 바로 집행할 겁니다. 사장님 지시대로 투자금 3,000만 달러는 홍콩에서 이미 송금받았습니다."

2년만 지나면 왜 퀄컴에 목을 매고 투자했는지 이해하겠지만, 지금은 불확실한 회사에 8,000만 달러란 거금을 쏟아붓고 있는 이유를 알 수 있는 사람은 아무도 없었다. 만약 SHJ가 경환의 개인 소유가 아니었다면 이번 투자는 많은 반대에 부딪혀 시도도 해 보지 못하고 무산됐을 것이 분명했다.

"실질적인 경영참여는 어렵겠지만, SHJ의 입김이 항시 작용할 수 있도록 대비를 해두세요."

"그렇지 않아도 이번 투자협상을 하면서 한국을 전담하는 부사장 자리를 확보했습니다. 혹시라도 한국이 상용화에 성공한다면 이 자리가 중요한 역할을 할 수 있을 겁니다."

경환은 예상외의 성과에 에릭을 향해 엄지를 들어 보였다. 에릭은 무언가 찝찝했던지 급히 말을 꺼냈다.

"저는 지금 이 일이 좋습니다. 부사장 자리는 저 말고 다른 사람을 보내세요."

경환의 생각을 미리 읽어 버린 에릭의 선수에 경환은 당황하긴 했지만, 에릭을 제외하고는 부사장으로 보낼 마땅한 사람이 딱히 보이지 않았다. 적당한 다른 인물이 없다면 어쩔 수 없이 에릭을 설득할 생각이었다.

"그건 나중에 사장님과 협의하겠어요. 에릭의 의견은 충분히 반영하겠습니다. 오성전자에 대한 합작이 마무리 단계예요. 북미지역의 독점공급권을 획득한 만큼 각 지역을 세분화해서 전략을 수립해야 합니다."

단말기의 독점권을 확보한 상태에서 시급히 각 지역의 대리점을 확보해야 했지만, 이쪽의 일에는 전혀 경험이 없는 경환으로선 쉽게 조언할 수 있는 문제가 아니었다. 마땅한 방법이 나오지 않는다면 외부 인사를 영입하는 방법밖에는 없어 보였다.

"미국을 5개 권역으로 분리해서 각 권역에 대리점을 선정하는 방안을 연구하고 있습니다. 기존의 오성전자 대리점을 이용하는 방안도 있으니, 올해 안으로 저희에게 유리한 쪽으로 연구해 보겠습니다."

경환의 예상대로 투자 분야만큼은 린다의 감각을 따라갈 수 없었다. 두 사람의 얘기를 묵묵히 듣던 경환이 린다와 에릭에게 자신의 생각을 말했다.

"역시 두 사람의 팀워크가 빛을 내고 있네요. 한 가지 건의할 것은 지난번 헤지펀드를 연구하면서 예측한 아시아에 대한 공격이 발생했을 때 우리가 어떤 식으로 이익을 창출할지와, 현재 집중적으로 투자하고 있는 정보통신 분야의 하드웨어와는 별도로 소프트웨어의 라이선스를 확보하는 방안도 연구해 주십시오."

린다는 경환의 생각을 쉽게 이해하지 못했는지 고개를 갸우뚱거렸다. 현재 자신은 반도체와 관련된 기업과 정보통신 분야에 집중적으로 투자하고 있었기 때문이었다.

"정확히 어떤 분야의 소프트웨어인지 말씀해 주세요."

"저는 가끔 이런 생각을 합니다. 몇 년 전까지만 해도 도스 운영체제이던 PC였지만, 편리함을 원하는 고객의 요청 때문에 WINDOWS로 운영체제를 바꾸었습니다. 그렇다면 우리가 현재 사용하는 모바일 폰도 단순 전화통화에서 나아가 문자를 보낸다거나, 혹은 지금의 PC와 모바일 폰의 기능을 결합해 나올 수도 있지 않을까요? 이유는 인간은 만족을 못하고 편리함을 추구하기 때문이죠. 이런 기술을 우리가 선점할 수 있게 두 분이 관심을 두고 사소한 정보라도 흘리지 말아 주십시오."

경환의 발상은 린다의 상상을 뛰어넘고 있었다. 린다와 에릭은 급히 메모하기 시작했다. 정보를 전달한 경환은 린다의 사무실을 천천히 빠져나왔다. 이제부터는 린다와 에릭을 믿어야 했다.

주말을 맞아 수정과 정우를 데리고 허먼 파크를 찾은 경환은 유모차를 끌며 산책을 즐기고 있었다. 일요일이라 그런지 허먼 파크에는 휴스턴 시민들과 관광객들로 넘쳐났다. 수정은 유모차를 끄는 경환의 팔짱을 끼고 물끄러미 경환을 올려다봤다.

"왜? 내가 너무 잘생겨서 불안해?"

"응, 불안해요. 이렇게 잘난 남편을 주위에서 가만 놔두지 않으면 어쩌나 겁도 나고요."

수정은 경환의 어깨에 고개를 기댔고, 경환은 근처에 보이는 벤치를 향해 유모차를 끌었다. 다람쥐들이 유모차 주위를 지나가자 정우는 뭐가 좋은지 손을 뻗어 다람쥐를 잡으려 했지만, 유모차 밖을 빠져나갈 수는 없었다. 경환은 정우를 안아 들고는 풀밭에 털썩 주저앉았다.

"정우야, 다람쥐랑 놀고 싶어?"

이미 정우는 다람쥐에 정신이 팔렸는지 경환의 말에도 전혀 반응을 보이지 않고 다람쥐에게 시선을 고정해 버렸다. 수정도 경환을 따라 풀밭에 앉아 잔잔한 호수를 하염없이 바라봤다.

"그동안 내 투정을 받아 줘서 고마워요. 밖에서 고생하는 거 알면서도 자기한테는 어리광을 부리고 싶었나 봐요. 이젠 내가 자기를 챙겨 주고 싶어요. 우리를 위해 열심히 일해 줘서 정말 고마워요."

경환은 어깨에 기댄 수정의 머리카락을 쓰다듬어 주었다. 인생을 다시 살게 되면 모든 것에 감사한 마음이 든다는 사실을 말해 줄 수는 없었다. 경환은 수정을 바라보며 조용히 입을 열었다.

"내가 오히려 고맙지. 결혼하자마자 중국으로, 미국으로 옮겨 다녔어도 자기는 불평 한마디 하지 않았잖아. 자기가 내 옆을 지켜 줘서 내가 일에만 매진할 수 있었어. 자기야말로 잘 참아 줘서 고마워."

경환은 수정의 손을 살포시 잡으며 조그만 상자를 수정의 손바닥에 올려놓았다.

"우리 열심히 재미있게 살자. 그리고 크지는 않지만, 자기한테 주는 선물이야."

상자 안에는 삼풍백화점에서 구매한 다이아 반지가 반짝거리고 있었다. 경환은 집안 형편으로 결혼식 예물도 제대로 해 주지 못한 것이 항상 마음에 걸렸다. 경환의 앞에서 결코 내색한 적은 없었지만, 친구들의 결혼식에 참석하고 의기소침하던 수정의 모습을 기억하고 있던 경환은 그런 수정이 너무 고맙고도 미안했다. 경환은 반지를 꺼내 들고 수정의 손가락에 살며시 밀어 넣었다. 수정은 아무 말도 하지 못한 채 눈물을 글썽일 뿐이었다.

"너무 예뻐요. 그래도, 많이 비쌀 텐데……."

수정이 말을 마치기도 전에 경환은 고개를 숙여 수정의 입술을 찾았고 수정도 경환의 입술을 받아들였다. 엄마 아빠가 키스하는 모습에 샘이 났는지 정우가 급히 몸부림을 쳤고 경환과 수정은 정우를 달래며 웃었다.

"그런데 돈은 어디서 나서 산 거예요?"

경환은 급히 정우를 안아 들고 다람쥐를 찾겠다며 뛰어갔고, 수정은 경환의 뒷모습을 보며 어이가 없어 웃었다.

다음 날 출근과 동시에 황태수는 코이치와 함께 경환의 집무실을 찾았다. 본격적으로 JSC와의 경쟁을 준비하며 미쓰비시중공업과의 합작을 추진하기 위해, 코이치를 선발팀의 팀장으로 출장 보낼 계획이었다. 오늘은 코이치의 최종 브리핑을 듣는 자리였다.

"타케우치 차장님, 보고서는 잘 읽었습니다. 눈으로 보는 것보다는 차장님의 의견을 직접 듣고 싶어서 불렀습니다. 가장 궁금한 내용이 해외사무소 개설인데, SHJ에 필요하다고 보십니까? 제 생각에는 불필요하지 않나 싶어서요."

경환은 코이치의 보고서를 확인하고는 놀라지 않을 수 없었다. 알제리 프로젝트를 성공한 JSC가 1990년대 말 위기를 돌파하는 계기가 되는 것이 해외사무소의 개설을 통해 빠른 정보를 입수하는 것에서부터 시작했다는 사실을 알아서였다. 코이치가 SHJ에 합류하지 않았다면 이 제안은 JSC의 것이 됐을 터였다. 경환은 코이치의 입을 통해 직접 듣고 싶었다.

"기업은 생물과 같다고 생각합니다. 1970년대는 관리, 1980년대부터 지금까지는 영업이 기업의 생명을 좌지우지했다고 봅니다. 그러나 이후에는 정보가 최우선이 되어야 합니다. 남들보다 얼마나 빨리 새로운 정보를 입수해 활용하느냐가 기업의 경쟁력을 높이는 척도라고 보기 때문입니다. 그러기 위해선 현지에 사무소를 두고 남들보다 빠르게 현지화에 성공하고 정보를 입수해야 합니다."

경환은 황태수의 얼굴을 바라봤다. 황태수 역시 경환과 마찬가지로 놀라움을 표시하고 있었다. 경환은 고개를 끄떡이며 코이치를 지지하고 나섰다.

"좋은 지적을 해 주셔서 감사합니다. 타케우치 차장의 말에 전적으로 동의합니다. 이번 일본 출장을 시작으로 해외 거점 확보에 대한 것은 타케우치 차장님의 주관 하에 추진해 주십시오. 지원을 아끼지 않겠습니다."

황태수는 코이치의 어깨를 두드리며 신뢰를 표시했고 경환의 전폭적인 지지를 얻어 낸 코이치는 SHJ 합류 이후 처음으로 큰 보람을 맛보게 됐다. 경환은 잠시 숨을 고른 후 다음 질문을 코이치에게 던졌다.

"미쓰비시중공업과 대후건설을 비교하면서 알제리 프로젝트에 대응한다고 보고서에 나와 있는데, 설명을 부탁합니다."

"아프리카는 예전부터 일본 기업의 강세지역입니다. 그러나 10년 전부터 대후건설이 공격적으로 아프리카에 진출한 결과, 현재 미쓰비시중공업과 동등한 지위를 얻고 있습니다. 우리의 목적이 JSC의 철저한 고립이고 미쓰비시중공업의 도움이 필요하지만, 대후건설을 미쓰비시중공업의 대항마로 이용할 생각입니다. 어떤 결과가 나올지는 모르겠으나, 미쓰비시중공업이 우리의 의견에 부합되지 않는다면 대후건설을 파트너로 선정해도 무난하다는 생각입니다."

경환은 고개를 갸우뚱거리며 코이치에게 추가 질문을 던졌다.

"타케우치 차장은 JSC를 인수하기 위해서는 미쓰비시중공업과 공동인수를 해야 된다고 제안하지 않았습니까? 만약 대후건설과 이번 프로젝트를 진행한다면 문제가 있을 수도 있다고 보는데."

경환도 JSC 인수의 최대 걸림돌로 보수적인 일본 정부를 꼽고 있었다. SHJ의 부족한 부분을 메우기 위해서는 JSC의 설계 능력과 경험이 필요하다고 생각하는 경환은 코이치의 의견에 쉽게 동의하지 못했다.

"미쓰비시중공업은 우리가 JSC에 관심을 가지고 있다는 사실을 알지 못합니다. 알제리 프로젝트를 대후건설과 성공한다면 오히려 우리의 발목을 잡고 사정할 수도 있다고 봅니다. 아니, 그렇게 만들어 보이겠습니다."

일본에 대해서는 특별한 경험을 가지고 있지 못했던 경환은 자신보다 일본 사정에 밝은 코이치를 믿을 수밖에 없었다. 일본이라는 나라는 믿을 수 없지만, 코이치에 대한 믿음은 확고했기 때문이었다.

"부사장님, 타케우치 차장이 돌아오면 최석현 차장, 존슨 차장과 함께 부장으로 승진 발령을 내리겠습니다. 준비해 주십시오."

경환은 자리에서 일어나 코이치와 악수를 나눴다. JSC는 코이치로 인해 더 깊은 수렁에 빠지게 되겠지만, 미래를 준비하지 못하는 기업을 동정할 생각은 전혀 없었다. 경환이 생각하는 미래가 코이치로 인해 서서히 현실화되고 있었다. 황태수와 코이치가 집무실을 벗어나자 이다나가 메모지를 가지고 들어왔다.

"사장님, 한국영사관에서 전화가 왔었습니다."

메모지에는 김창수 영사의 이름과 전화번호가 적혀 있었다. 경환은 메모지를 확인하자 인상부터 찡그렸다. 교민들 보호는 뒷전이고 자신의 이익을 위해 뛰어다니는 한국외교관들의 행태를 너무 많이 봐서 그런지 만날 생각이 전혀 없었다. 린다가 자신의 시계를 가리키며 독촉하자 경환은 메모지를 구겨 휴지통에 던져 버리고는 린다를 따라나섰다.

"미안해요. 타케우치 차장의 브리핑에 몰입하느라 시간이 가는지 전혀 몰랐네요."

"제시간에 도착할 수 있을 거예요. 우리까지 초대할 줄은 몰랐어요."

휴스턴을 방문한 주지사가 주최하는 오찬에 경환과 린다가 초대를 받아 호텔로 향하고 있었다. 오찬에 참석하기 위해서는 따로 막대한 기부금이 필요하긴 했지만, 경환은 순순히 주 정부의 초대를 받아들였다. 아직 규모가 작은 SHJ를 무슨 이유로 초대했는지는 전혀 알 수 없었다.

띠리리 띠리리.

휴대폰이 울리자 경환은 번호를 확인하지도 않고 휴대폰을 집어 들었다.

"제임스 리입니다."

[안녕하십니까. 한국영사관의 김창수 영사입니다. 전화 드렸더니 외출하셨다고 해서 실례를 무릅쓰고 휴대폰으로 연락을 드렸습니다. 잠시 통화할 수 있겠습니까?]

반갑지 않은 전화였지만, 걸려온 전화를 일방적으로 끊을 수는 없었다.

"제가 중요한 약속이 있어 급히 나오느라 연락을 못했습니다. 시간이 많지 않으니 짧게 말씀해 주십시오."

김창수와 오래 통화할 기분도 아니었지만, 목적지 도착이 얼마 남지 않았기 때문에라도 통화는 길게 할 수 없었다.

[알겠습니다. 대통령의 방미를 맞아 SHJ 대표이신 이경환 사장님을 청와대에서 정식으로 초청하려고 합니다. 특별한 요청이니 워싱턴을 방문해 주시기 바랍니다. 초청장은 공문 형식으로 보내 드리겠습니다.]

경환은 기가 막혔다. 휴스턴에서 워싱턴이 가까운 것도 아니고, 어렵게 초청했으니 워싱턴으로 무조건 오라는 식의 김창수의 말에 경환은 부아가 치밀어 올랐다.

"죄송합니다. 아직 그런 중요한 모임에 참석할 만한 규모의 회사는 아닙니다. 더 좋은 기업가들이 그런 자리를 빛내야 한다고 생각합니다. 아쉽지만, 저는 참석하지 못할 것 같습니다. 제가 장소에 도착해서 전화를 끊겠습니다."

[저기 저, 이 사장님…….]

경환은 김창수의 말을 듣기도 전에 휴대폰을 접어 버렸다. 박재윤의 부탁을 받고 잠시 고민하기도 했지만, 김창수의 거들먹거리는 태도가 경환의 생각을 바꿔 버렸다. 경환의 대화를 옆에서 듣던 린다가 조용히 한마디를 던졌다.

"휴스턴 시 정부의 조언도 있었는데, 이번 기회에 시민권을 받는 게 어떠세요?"

생각하지 않은 바는 아니었지만, 국적을 바꾼다는 것을 결정하지는 못하고 있었다. 단지 한국에서 태어나 한국인으로 성장했다는 것이 경환의 발목을 잡았기 때문이었다. 린다의 조언을 받고 다시 한 번 고민하고 있을 때, 차는 호텔의 정문에 도착했다. 초대장을 제시하고도 몇 번의 보안 검색을 받은 후에야 오찬이 열리는 장소에 도착할 수 있었던 두 사람은 자신들의 이름이 적힌 탁자를 찾아 앉았다.

"텍사스 주지사인 조시 W. 부시께서 입장하십니다."

사회자의 목소리가 들리고 단상 오른쪽 문을 통해 부시가 들어왔다. 참석자들이 자리에서 일어나 박수로 그를 맞아 주었다. 그들 중에는 경환과 린다의 모습도 보였다. 단상에 올라선 부시는 마이크를 확인한 후 긴

연설을 하기 시작했다. 대선에 출마하기 위해 기반을 다지기 시작한 부시는 텍사스의 확고한 지지를 받고 있는 인물이었다.

"휴스턴을 방문해서 대단히 기쁩니다. 정유산업과 항공산업이 밀집되어 있는 휴스턴은 텍사스 주를 떠나 미국의 안보에 지대한 역할을 하는 중요한 도시입니다. 그러나 안타깝게도 워싱턴의 정책들은 강한 미국 정신을 퇴조시키고 있습니다. 북한의 핵 개발 의지를 원천적으로 분쇄하지 못하는 것도 큰 실책이 아닐 수 없습니다. 우리는 팍스아메리카의 위상을 되찾아야 합니다. ……(후략)"

부시의 긴 연설은 경환을 지치게 만들었다. 한국 국적의 경환에게는 팍스아메리카의 위상을 되찾자는 부시의 말이 피부에 와 닿지 않았다. 클린턴 행정부의 대화 우선 정책으로 북한의 핵 개발 의지를 저지하지 못한다는 비판이 있는 것도 사실이었지만, 정유업체와 군수업체를 등에 업고 무지막지한 힘으로 이라크와 아프가니스탄을 전쟁의 도가니로 만든 부시도 크게 잘난 것이 없다는 사실을 경환은 알고 있었다. 연설이 끝났는지 참석자들은 기립박수를 보냈고, 경환도 엉거주춤 일어나 박수를 쳤다.

"SHJ의 제임스 리 사장입니다. 주 정부에서 개최하는 행사에 적극적으로 참여하고 있고, 기부도 아끼지 않고 있습니다."

연설이 끝나고 각 테이블을 돌면서 참석자들과 눈도장을 찍던 부시는 경환의 앞에 도착해 비서의 소개를 간단히 받은 후 경환과 악수를 나눴다.

"지난번 한국에서 있었던 불미스러운 사건은 들었습니다. 우리 주 정부에서 적극적으로 대처하도록 지시를 내렸는데, 이만해서 다행입니다."

"주 정부에서 신경을 써 주셔서 다시 한 번 감사드립니다."

"지금은 일정이 바빠 시간을 낼 수 없지만, 언제 오스틴을 한번 방문해 주십시오. 미스터 리와 대화를 나누고 싶습니다."

경환은 부시가 자신을 알고 있는 점도 이해할 수 없었지만, 주 정부가 위치한 오스틴을 방문해 달라는 요청으로 더욱 고민에 빠졌다. 부시와 인연을 만들 생각은 가지고 있었지만, 아직까지는 SHJ나 자신에게 이득이 될지 확신할 수 없었기 때문이었다. 오찬을 마치고 회사로 복귀하는 경환은 깊은 생각에 빠져들었다.

"제 아내의 형편을 이해해 주셔서 감사합니다."

경환은 수정이 휴스턴대에 입학한 후 매년 50만 달러를 장학금으로 학교에 기부하고 있었다. 출산과 육아 문제로 자주 수업에 빠질 수밖에 없던 수정의 형편을 학교에 장학금을 기부함으로써 무마하려는 목적도 있었지만, 가장 큰 이유는 휴스턴대의 인재를 SHJ로 이끌기 위한 것이었다. 경환은 며칠 앞으로 다가온 수정의 졸업식 전에 장학금을 정례화하기 위해 학장과 면담하고 있었다.

"아닙니다. 미시즈 리는 어려운 상황에서도 성실하게 수업에 임했습니다. 졸업에는 문제가 없었다고 봅니다. 졸업 논문과 작품도 훌륭했고요."

경환은 수정이 일반 석사 과정의 학생이었다면 졸업장을 받는 게 어려웠다는 것을 알고 있었다. 경환은 한국이나 미국이나 돈이 갖는 위력을 다시 한 번 느끼며 씁쓸해했다. 학장은 경환이 꺼내 놓은 선물이 무엇일지 궁금해하며 미소를 지어 보였다.

"학장님께서 그렇게 말씀해 주시니 감사합니다. 제 아내가 휴스턴대를 졸업하지만, 저희 SHJ에서는 현재 기부하는 장학금 50만 달러를 100

만 달러로 늘려 매년 기부할 생각입니다. 늘리는 기부금은 공학부의 발전 기금으로 사용해 주십시오."

학장은 휴스턴에서 주목받는 기업이라고 듣긴 했지만, 장학금을 배로 늘리겠다는 경환의 말에 크게 놀랐다. 대학 입장에서도 100만 달러는 결코 적은 돈이 아니었기에 흔쾌히 100만 달러를 기부하겠다는 경환의 말에 SHJ란 기업에게 관심이 갈 수밖에 없었다.

"휴스턴에 SHJ 같은 기업이 있다는 게 자랑스럽습니다. 공학부의 발전을 위해 투명하게 집행하겠습니다."

"SHJ는 휴스턴대의 많은 인재에 관심이 큽니다. 아무쪼록 학장님의 지원을 부탁합니다."

경환이 이다나가 준비한 SHJ 명의의 기부약정서를 학장에게 전달하자, 내용을 자세히 확인하지도 않고 학장은 급히 사인을 했다. 경환의 입장에서도 어차피 세금으로 빠져나갈 돈을 대학에 기부함으로써 지역사회에 이바지하는 기업이라는 명분과 함께 휴스턴대의 인재들도 확보할 수 있어 결코 손해 보는 장사는 아니었다. 두 사람 모두 만족할 만한 결과를 만들었다는 생각에 화기애애한 분위기에서 대화를 이어 갔다.

JSC 본사 사장실은 침울한 분위기가 흐르고 있었다. 오랜 전통을 가진 일본 내 최고의 플랜트기업이라 자부하고 있었지만, 버블경제가 붕괴하며 찾아온 불황을 JSC도 벗어날 수 없었다. 금융권 붕괴는 자금 조달의 어려움으로 나타났고, JSC는 자금 유동성이 확보되지 않아 심각한 경영위기를 맞이했다. 기업의 사활을 걸고 추진 중인 알제리 프로젝트를 유일한 돌파구로 생각할 정도였다.

"형님, SHJ가 미쓰비시중공업과 합작을 한다는 게 찝찝합니다. 손 놓고 있을 수만은 없지 않겠습니까?"

이번 알제리 프로젝트를 전담하는 타케우치 카이토 전무가 심각한 얼굴로 자신의 형이자 사장인 타케우치 료스케의 의중을 확인하기 위해 사장실을 찾았다. 국내 플랜트의 후발주자인 미쓰비시중공업의 공격적인 영업으로 JSC는 국내 플랜트 입찰에서도 고배를 마시고 있었기 때문에 해외 프로젝트로 눈을 돌려야 했다. 료스케는 미간을 찡그리며 물 한 컵을 급히 마셨다.

"알제리는 우리가 몇 년 전부터 관리해 오던 곳이야. 쉽게 진다는 생각은 들지 않아. 단지 마음에 걸리는 건 이번 SHJ의 팀장으로 코이치가 왔다는 거야."

"네? 설마 했는데 코이치 그 자식이……."

료스케는 말을 끝내고 굳게 입을 닫았다. 코이치 스스로 JSC의 경영권을 노린 적은 없었지만, 탁월한 기획 능력과 조직 장악 능력으로 JSC의 일부 경영진과 특히 자신의 아버지인 회장의 신임을 받았다. 코이치를 핍박하여 서울로 쫓아내고 결국에는 JSC에서 퇴사시켰을 때만 해도 자신의 앞길을 더 이상 방해할 수 없다고 생각했지만, 코이치가 SHJ의 팀장으로 자신의 등에 칼을 꽂으러 온 지금은 긴장할 수밖에 없었다.

"코이치나 미쓰비시중공업은 사실 큰 문제는 아니지 않습니까? 진짜 문제는 SHJ가 왜 우리가 아닌 미쓰비시중공업을 선택했느냔 것입니다. SHJ가 손을 댄 프로젝트는 실패한 적이 없어 걱정입니다."

코이치가 서울사무소 소장으로 근무할 때부터 SHJ와의 업무제휴를 추진했다는 것은 알고 있었다. 알제리 프로젝트를 진행하면서 SHJ와의 합작을 끊임없이 제안했지만, 그때마다 SHJ는 특별한 이유도 없이 제안을 거절했었다. 미쓰비시중공업과는 FPSO 입찰로 감정이 좋지 않다는 것을 알고 있었기에, 이번 SHJ와 미쓰비시중공업 간의 합작은 료스케와 카이토를 당황하게 만들었다.

"카이토, 네가 코이치를 한번 만나 보는 게 어떻겠냐?"

"네? 제가요?"

카이토는 망설이고 있었다. 코이치가 어렸을 때부터 가장 심하게 괴롭히고 핍박한 사람이 자신이었기에 코이치를 만난다는 게 썩 좋은 방법이 아니란 걸 너무나 잘 알고 있었다.

"형님, 제가 코이치를 만나 봐야 역효과만 나옵니다. 아버지께 부탁하는 게 어떻겠습니까? 그래도 코이치를 설득할 만한 사람은 아버지밖에는 없지 않습니까?"

료스케는 인상을 구겼다. 경영과 코이치 문제로 그룹 회장인 자신의 아버지와는 벌어질 대로 벌어진 상태였다. 그러나 알제리 프로젝트가 실패라도 한다면 지금의 사장 자리는 지키기 어려웠기에 료스케는 어금니를 꽉 깨물며 탁자를 주먹으로 내리쳤다.

1년 만에 찾은 동경의 거리는 버블경제가 붕괴함으로써 기업의 도산과 부동산의 몰락, 금융권의 위축 등으로 거리를 지나가는 사람들의 표정은 생기마저 잃은 모습이었다. 코이치는 차창 밖으로 보이는 동경의 모습을 말없이 바라만 봤다. SHJ에 합류하지 않았다면 자신도 생기 잃은 모습으로 동경을 배회하고 있었을 것이란 생각이 들었다. 어렸을 때부터 배다른 형들의 갖은 구타와 모욕, 협박 속에 자라 왔지만, 대학을 졸업한 후에도 다른 기업을 마다하고 단지 자신을 낳아 준 아버지를 위한다는 생각으로 JSC에 남아 있었다. 그러나 결국엔 아버지도 자신을 지켜 줄 수 없었다. 앞으로 철저히 SHJ를 위해 JSC를 나락으로 떨어트리겠다고 재차 다짐하고 있을 때 승용차는 미쓰비시중공업에 도착했다.

“하하하, 환영합니다. 모모이 아키라입니다.”

“환영해 주셔서 감사합니다. 타케우치 코이치입니다. 저를 제외하고는 일본어를 하지 못하니 영어를 사용해 주시기 바랍니다.”

아키라는 회사 정문까지 마중을 나와 일본어로 코이치를 환영했지만, 코이치는 영어로 응수하고 나섰다. 코이치는 자신이 일본인이라는 사실을 지워 버리고 SHJ의 실무팀장으로서 회사의 이익을 위해 아키라와 기선 싸움을 하고 있었다.

“실례했습니다. SHJ에 일본인이 있다는 사실이 절 흥분시켰나 봅니다. 자, 회의실로 같이 올라갑시다.”

코이치의 도발에도 아키라는 특유의 친화력으로 대수롭지 않게 넘겨 버렸다. 나리타 치히로가 FPSO 실패를 책임지고 물러났어도 SHJ와의 합작을 추진하겠다는 명분을 만들어, 한때는 자신의 정적이었던 다나카 아사히 사장을 설득할 수 있었다. 자신의 자리는 SHJ와의 합작에 성공하느냐에 달려 있다 보니 아키라는 코이치의 기분을 상하게 할 수 없었다.

“좋지 않았던 감정은 이번 기회에 다 털어 버리고, 좋은 동반자로 SHJ와 미쓰비시중공업이 함께하기를 바랍니다.”

“서로 경쟁을 했을 뿐입니다. 우리 SHJ는 미쓰비시중공업을 객관적인 시각으로 바라보고 있습니다. 걱정하지 않으셔도 됩니다. 저 또한 좋은 결과가 나오기를 희망하고 있습니다.”

이전의 감정에 대해 개의치 않는다는 코이치의 말은 아키라를 안심시켰다. 회의는 눈치를 보는 아키라에 의해 코이치의 의도대로 흘러갔지만, 회의 막바지에 나온 코이치의 제안에 아키라의 표정은 굳어져 갔다.

"우리 미쓰비시중공업은 자체 플랜트 제작공장을 가지고 있습니다. 일부라고는 하지만, 특수플랜트 일부를 한국에 넘긴다는 것을 쉽게 결정할 수는 없습니다."

특수플랜트 일부를 SHJ-화성플랜트에 발주하라는 코이치의 요청에 아키라는 당황했다. 자체 제작공장을 가지고 있는 미쓰비시중공업이 특수플랜트를 외부, 특히 한국에 발주하기는 어렵다는 것을 알고 있어서였다.

"어려운 결정이란 것은 저도 알고 있습니다. 미쓰비시중공업과의 합작을 성공시키기 위해 어쩔 수 없이 제안하는 것입니다. 휴, 이런 말씀을 드리면 제가 문책을 받을 수도 있지만…… 지금 한국의 SHJ-화성플랜트는 대후건설의 합작 제안을 받고 검토 중에 있습니다. 동일한 알제리 프로젝트를 가지고 말입니다."

코이치의 말에 아키라는 침을 삼켰다. 가격경쟁력만 보자면 대후건설을 이길 수는 없었다. 이번 합작이 만에 하나 대후건설로 넘어가게 된다면 내일 당장에라도 자신은 짐을 싸야 했다. 그렇다고 자신이 결정할 문제도 아니었기에 아키라는 애간장이 녹았다. 코이치가 미쓰비시중공업을 위해 이런 말을 하지는 않겠지만, SHJ의 능력은 나이지리아에서 충분히 확인하고도 남았기 때문에 대후건설과의 합작은 막아야만 했다.

"컨설팅비용을 5%로 상향 조정하는 선에서 이 제안을 철회해 주시면 안 되겠습니까?"

코이치는 고개를 가로저었다. 일본으로 출장 오기 전 컨설팅비용은 1%에서 3%까지 조정이 가능하도록 경환의 승인을 받았다. JSC와의 경쟁을 이기기 위해서는 컨설팅비용까지 포기할 생각이었다.

"이번 입찰의 최대 경쟁 상대는 JSC입니다. JSC는 OEM 방식으로 제3국에서 플랜트 제작을 합니다. 일본에서 제작하겠다는 미쓰비시중공업이 과연 JSC를 원가에서 이길 수 있겠습니까? 우리 SHJ는 기존 3%의 컨설팅비용도 인하할 생각입니다. 미쓰비시중공업이 결단하지 못한다면 대세는 대후건설로 넘어갈 수도 있습니다."

코이치가 JSC 회장의 사생아라는 것을 알고 의심을 했지만, JSC와의 경쟁에서 이기겠다는 강한 의지를 확인한 아키라는 의심을 지워 버렸다. 그렇다고 자신이 결정할 수는 없었기 때문에 아키라는 급히 사장실에 인터폰을 걸었다.

졸업식을 마치고 학생의 신분에서 주부로 변신한 수정은 자고 있는 경환을 깨우지 않기 위해 조심스럽게 침대에서 일어났다. 육아와 학업에 신경 쓰느라 상대적으로 경환에게 소홀할 수밖에 없었던 것이 미안했던 수정은 학업이라는 울타리에서 벗어난 후부터 경환의 건강을 최우선으로 챙겼다. 곤하게 잠들어 있는 경환과 정우를 확인한 수정은 서둘러 주방으로 향해 일찍 출근하는 경환을 위해 아침을 준비하기 시작했다. 미국 생활에 적응되어 가고 있었지만 경환의 입맛만큼은 절대 변하지 않아, 수정은 한국에서 가져온 뚝배기에 된장을 풀었다. 된장찌개와 함께 밑반찬을 준비하던 수정은 항상 해 오던 대로 리모컨을 들어 TV를 틀고는 몸을 움직일 수가 없었다.

"자기야! 정우 아빠! 빨리 좀 나와 봐요! 정우 아빠!"

수정의 급박한 외침에 화들짝 놀란 경환은 울고 있는 정우를 챙길 새도 없이 거실로 뛰쳐나갔다. 거실에서 하얗게 질린 얼굴로 서 있는 수정을 발견하고는 급히 수정에게 뛰어갔다.

"자기야, 왜 그래? 무슨 일이야?"

수정은 아무런 말도 하지 못한 채 입술을 파르르 떨며 TV를 바라보다 바닥에 주저앉았다. 급히 TV를 본 경환은 눈을 질끈 감아 버렸다. TV 하단 면에는 BREAKING NEWS라는 커다란 자막과 함께 한국의 삼풍백화점 붕괴사고를 실시간으로 전달하고 있었다. 삼풍백화점 붕괴를 두 번 경험하게 된 경환은 마음이 찢어졌다. 이 사고를 막지 못했다는 죄책감이 밀려들었다.

"어, 엄마, 엄……마."

처가가 삼풍백화점 뒤편의 삼호가든이었기 때문에 수정은 떨리는 손으로 전화를 걸었지만, 전화는 통 연결이 되지 않았다. 급히 수정을 소파에 앉힌 후 전화기를 뺏어 들어 수십 번의 전화 끝에 처형과 연결됐다.

"처, 처형. 저 정우 아빱니다. 지금 뉴스를 보고 전화 드리는 건데, 다들 무사하신 거죠?"

경환은 미국으로 돌아오기 전 삼풍백화점에서 골조가 균열하는 소리를 들었다는 이유로 절대 삼풍백화점에 출입하지 말라고 신신당부를 했었다. 그러나 사람 일이라는 게 말처럼 쉽지 않다는 것이 경환의 마음을 불안하게 만들었다.

[정우 아빠, 그러지 않아도 전화하려고 했어요. 다들 무사하시니까 걱정하지 마세요. 지금 큰언니 집으로 가시는 중이라 연결이 안 될 거예

요.]

경환은 울고 있는 수정에게 전화기를 넘기고는 휴대폰으로 본가도 무사하다는 것을 확인한 후에야 허탈한 기분으로 소파에 주저앉았다. 사고를 알고 있었음에도 막을 수 없던 죄책감과 자괴감이 경환의 심장을 갈기갈기 찢는 것 같았다. 앞으로 일어날 수많은 사고에서 절대 자유로울 수 없다는 사실에 경환의 눈에선 굵은 눈물이 흘러내렸다.

삼풍백화점 붕괴로 미국의 뉴스는 한국 건설기업의 부실시공 문제를 집중적으로 다뤘고, 이것은 제2의 중동 붐을 조성하려던 한국 건설업계에 큰 악재로 작용했다. 그 여파는 곳곳에서 나타났는데 한국 기업이 건설하는 곳의 감리감독이 강화됐고 몇몇 입찰에서는 한국 건설업체가 PQ(자격심사)에서 탈락하는 수모를 당하기도 했다. 한국 건설기업들과의 업무합작을 추진하고 있었던 SHJ도 이 문제를 쉽게 넘길 수 있는 처지는 아니었다.

"사장님, 한국 건설기업과의 업무제휴는 시기가 너무 좋지 않습니다. 국제 여론이 잦아든 후에 다시 추진하는 것이 좋지 않을까 생각합니다."

경환은 결정을 내리지 못하고 있었다. 저가 입찰이 심화되고 있는 상황에서 한국과의 업무제휴는 SHJ 역시 아쉬운 입장이었지만, 황태수의 말대로 시기가 너무 좋지 못했다. 서서히 동종업계에 이름을 알리고 있는 SHJ가 부실시공으로 세계 언론의 표적이 되고 있는 한국 건설업체를 위해, 리스크를 무릅쓰고 먼저 면죄부를 줄 수는 없었기 때문이었다.

"미쓰비시중공업이 우리 제안을 받아들인 이상 대후건설과의 합작은 미루는 게 좋겠습니다."

황태수는 당연한 결정이라는 듯 고개를 끄떡이며 경환의 의견에 동조했지만, 한국 기업과의 합작이 연기된 것에는 그 역시 아쉬워하고 있었다. 삼풍백화점 붕괴는 세계 건설 시장에서 이룩했던 한국의 건설신화를 하루아침에 바닥으로 떨어트렸다.

"그나저나 타케우치 차장이 고생이 많았다고 들었습니다. 미쓰비시중공업이 쉽게 우리 제안을 받아들이지는 않았을 텐데 말입니다."

한국에서의 플랜트 제작을 놓고 미쓰비시중공업은 진퇴양난에 빠져 있었지만, 마침 발생한 삼풍백화점 사고로 대후건설과의 합작이 어렵다는 것을 알고는 SHJ의 제안을 받아들이지 않겠다며 버텼다. 코이치는 미쓰비시중공업과의 합작을 중단하고 SHJ의 파트너로 JSC를 선정해 미쓰비시중공업이 일본 밖으로 나오지 못하게 하겠다는 강수를 둠으로써 미쓰비시중공업의 백기 투항을 받아 낼 수 있었다. 오히려 기존에 요청했던 물량에서 15% 증가한 물량을 받아 내는 성과까지 보여, 박화수의 입을 찢어지게 만들었다.

"어떨 때 보면 타케우치 차장의 강단은 사장님과 비슷합니다. 전권을 위임했다고는 하지만, 저도 그 친구는 감당이 안 될 정도입니다."

"뒤에서 잘 받쳐 주세요. SHJ가 그룹 경영을 했을 때, 부사장님의 오른팔이 될 사람입니다."

과거 JSC를 나락에서 일으켜 세워 세계적인 기업으로 성장시킨 코이치였다. 경환은 컨설팅 업무에서 벗어나 SHJ의 이름으로 세계 시장에 뛰어들 때 코이치를 전면에 내세울 계획을 갖고 있었다.

"알겠습니다. 저는 이번 일본 출장 후에 잠시 한국에 들러 합작이 지연된 점을 해명하도록 하겠습니다."

"그렇게 하세요. 대현 그룹은 계열사로 확대하지 않는 게 좋겠습니다. 중공업만 현행대로 계약을 유지하고 건설이나 자동차는 손대지 마십시오."

국내 제1의 건설회사였던 대현건설을 경환이 포기했다는 것을 황태수는 쉽게 이해하지 못했지만, 반론을 제기하지는 않았다. 황태수의 의아한 표정을 알고는 있지만, 경환은 대현 그룹의 분열에 대해 설명해 주지 않았다. 현재 대현 그룹은 회장의 지시로 진행되는 대북투자협상에 전 그룹이 매달리고 있었지만, 4,000억 원이 넘어가는 대북투자와 지원은 대현의 자금경색을 가져왔고 형제들 사이를 갈라놓는 원인이 됐다. 결국엔 무모한 대북투자가 대현의 발목을 잡아 그룹이 쪼개진다는 것을 황태수에게 말해 줄 수는 없었다.

"시간이 됐으니 나가시죠. 이번 일본 일정은 타이트하게 진행시켜 주십시오. 오래 머물고 싶지는 않습니다."

경환은 미쓰비시중공업과의 조인식에 참석하기 위해 서둘러 공항으로 향했다.

"그러니까 투자를 세 지역으로 분산해서 진행하자는 말이군요."

린다는 에릭이 작성한 보고서를 들여다보며 흥미롭게 읽었다. FPSO와 여러 입찰 성공은 린다의 투자 폭을 넓혀 주고 있었다. 경환은 황태수의 우려에도 불구하고 회사 수익 대부분을 투자에 집중함으로써 린다에게 전폭적인 신뢰를 주었다.

"현재 우리는 실리콘밸리 하나만 보고 있지만, 투자의 기본은 포트폴리오(분산투자) 아닙니까? 스탠퍼드대 중심으로 실리콘밸리, MIT 중심으로 루트128, 듀크대 중심의 리서치트라이앵글, 이 세 지역이 앞으로 IT산업을 이끌 겁니다. 우리의 투자 중심을 스탠퍼드대와 실리콘밸리에 두고 나머지 두 곳의 분산투자도 검토해야 된다고 봅니다."

미래를 위해 투자하고 결과를 기다린다는 것은 초조하고 지루한 싸움이었다. 혹시라도 개발에 실패하게 된다면 그동안의 투자는 물거품이 될 수밖에 없으므로, 가능성에 대한 신중한 검토가 반드시 뒤따라야 했다. 경환은 실패가 두려워 투자를 머뭇거리지 말라는 말로 린다를 독려했지만, 투자자금을 운용하는 자신은 신중해야만 했다.

"에릭의 말이 맞는 것 같아요. 우선 각 지역에 투자팀을 파견해 대학과 연계하는 방법도 연구해 봐요."

에릭이 이끄는 투자팀들은 휴스턴에 머물 수 있는 기간이 거의 없었다. 한 달에 반 이상을 미국 전 지역으로 출장을 다녔기 때문에, 에릭을 제외하고는 모두 미혼의 젊은 직원들로 구성되어 있었다. 경환은 이들을 위해 이동과 숙식은 항상 최고 대우를 해 줄 정도로 투자팀에 거는 기대가 남달랐다.

"그리고 이건 장기 플랜이긴 하지만, 투자에서 얻어지는 성과물을 이용할 수 있는 IT 전문 업체 설립도 검토해야 된다고 봅니다."

"나도 이 문제는 에릭과 의견이 같아요. 사장님이 돌아오시면 상의를 해야겠지만, 현재 인도의 IT산업이 커지고 있으니, 인도 업체와 합작하거나 인수하는 것도 좋을 듯해요. 이쪽으로 좀 더 연구를 해 줘요."

경환의 조언이 있었긴 하지만, 린다는 하드웨어에서 소프트웨어로 투자패턴을 변경하고 있었다. 이 변화가 SHJ에 큰 이익을 가져다줄지에 대해선 확신이 없었지만, 경환의 남다른 미래 예측과 MS의 WINDOWS

95 출시로 인해 가치 창출에 대한 소프트웨어업체의 역할이 세분되고, 성장의 밑거름을 제공하기 시작함으로써 린다는 투자에 대한 확신을 얻을 수 있었다.

7월 초지만 습한 동경 날씨는 중동의 더위와는 비교할 수도 없이 경환을 짜증스럽게 했다. 나리타공항을 나서자 밀려오는 습한 더위가 경환을 덮쳤고 경환은 긴 비행시간에서 오는 피곤함과 땀을 식히기 위해 호텔부터 찾았다. 찬물에 샤워한 후 와이셔츠를 갈아입고 한숨을 돌릴 때 이다나가 경환의 방을 찾았다.

"타케우치 차장이 로비에 도착했습니다. 내려가시겠습니까?"

"그래요. 만나 보는 것도 나쁘지 않을 것 같으니, 이다나도 동행하도록 해요."

이다나를 앞세워 로비에 도착한 경환은 미리 내려와 황태수와 함께 있는 코이치를 반갑게 맞아 주었다. 미쓰비시중공업과의 조인식은 내일로 예정되어 있어 호텔에서 휴식을 취할 생각이었지만, JSC와의 만남에 동행해 달라는 코이치의 부탁을 경환은 흔쾌히 받아들였다. 코이치는 케이스케 회장의 요청을 받고, 혹시라도 JSC와의 만남에 오해가 생기지 않도록 많은 고민 끝에 결정을 내린 것이었다.

"타케우치 차장님, 고생 많았습니다. 불편한 건 없었나요?"

"불편한 건 전혀 없었습니다. 쉬지도 못하게 해드려 죄송합니다. JSC의 전략을 확인하는 차원에서도 이번 만남은 우리에게 불리하지 않다고 생각했습니다."

경환은 코이치의 어깨를 가볍게 두드려 주는 것으로 불편한 코이치의 마음을 위로하고 싶었다.

코이치와 이다나를 동행하고 도착한 일식집에는 케이스케 회장과 두 아들이 이미 도착해 있었다. 경환은 케이스케 일행과 인사를 나눴지만, 코이치는 굳은 얼굴로 경환의 뒤를 지키고만 있었다.

"코이치, 이 형들은 눈에 보이지도 않는 거냐?"

카이토가 나서자 코이치는 두 주먹을 쥐며 고개를 떨구고 있었다. 일본어를 알아들을 수 없었지만, 좋은 소리를 하지는 않았다는 것을 눈치챈 경환은 카이토의 면전에 자신의 얼굴을 들이밀었다.

"전무님, 타케우치 차장은 SHJ의 중책을 맡고 있는 사람입니다. 아무리 동생이라 하더라도 격식을 갖춰 주십시오. 그리고 제가 알아듣지 못하는 일본어는 삼가 주십시오."

"흠, 흠."

경환의 표정이 심상치 않은 것을 확인한 료스케가 카이토를 제지하자, 경환은 자신의 좌우에 코이치와 이다나를 앉혔다. 최석현을 통해 코이치가 배다른 형제인 료스케와 카이토에게 핍박받았다는 것을 들어서인지 두 사람에 대한 감정은 좋을 수가 없었다.

"우리는 SHJ와 척을 진 적이 없습니다. 그럼에도 우리의 합작 제의를 거절하고 미쓰비시중공업을 선택한 이유가 쉽게 납득이 되지 않는군요."

싱싱한 도미를 메인으로 여러 요리를 맛보고 있을 때, 케이스케가 부드러운 목소리로 운을 뗐다. 경환은 도미 회를 입에 넣어 맛을 음미한 후 젓가락을 조용히 내려놓았다.

"SHJ는 미래 가능성이 없는 기업과는 거래하지 않는다는 원칙을 가지고 있습니다. 비록 미쓰비시중공업과 피 말리는 경쟁을 하긴 했지만, 미쓰비시중공업은 SHJ의 파트너로 손색이 없다고 생각했습니다. JSC는 무슨 비전을 가지고 있나요?"

"말이 지나치지 않습니까? 우리 JSC는 역사와 전통을 가지고 있습니다. 일본 플랜트업계의 대부 같은 존재란 말입니다."

성격 급한 카이토가 경환의 도발에 반발하고 나섰지만, 경환은 전혀 개의치 않았다. JSC와의 만남에서 좋게 대화를 이끌 생각은 애당초 없었다. 경환은 차를 한 모금 마신 후 시선을 료스케에게 맞췄다.

"사장님. JSC가 역사와 전통을 부르짖을 때, 경쟁업체들은 빠르게 변하는 세계 경제에 맞춰 가며 기술 개발에 열을 올리고 있습니다. JSC가 정유, 가스, LNG 분야에 강점을 가지고 있다는 것에는 동의하지만, 이미 국내 경쟁업체와의 경쟁에서도 밀리고 있습니다. 또한 후발국가인 한국도 JSC의 턱밑까지 쳐들어온 상태이고요. 과연 이 어려운 상황을 어떻게 헤쳐 나가실 겁니까?"

료스케는 탁자 밑에서 두 손을 떨고 있었다. 경환의 도발에 분노가 치밀어 올랐지만, 마땅한 반박을 할 수 없을 정도로 경환의 지적은 날카로웠다. 알제리 프로젝트에 성공해 JSC를 개혁하기 위한 시간을 벌겠다는 계획이었지만, 느닷없는 SHJ의 등장에 그마저도 쉽지 않은 상황이었다.

"우리도 JSC의 개혁을 준비하고 있습니다. SHJ의 동반자로 손색이 없다고 생각합니다. JSC의 경험과 SHJ의 컨설팅이 합쳐진다면 세계 시장을 주름잡을 수도 있지 않겠습니까?"

경환은 입맛이 떨어졌는지 안주머니에서 담배를 꺼내 불을 붙였고, 료스케와의 대화를 지켜보던 케이스케는 지그시 눈을 감았다.

"타케우치 차장은 사장님과 다른 의견을 저에게 제시하더군요. 방만한 경영과 기술 개발을 외면한 JSC는 현재 동맥경화에 걸려 있는 상태라고 합니다. 저 또한 SHJ의 미래를 이끌어 가고 있는 타케우치 차장의 의견에 전적으로 동의했고요. 이 두 가지 원인이 SHJ를 미쓰비시로 이끌었다고 보시면 됩니다."

쾅.

료스케는 참을 수가 없었던지 케이스케를 의식하지도 않고 탁자를 주먹으로 내리치며 자리에서 일어났다.

"코이치! 네놈이 죽으려고 작정을 했구나. 더러운 피가 섞인 네놈이 우리 집안을 해코지할 줄 내 알고 있었어!"

"료스케, 어서 자리에 앉아라."

케이스케가 눈을 부라리며 료스케의 팔을 끌어당기자 료스케는 아직 분이 가시지 않은 듯 씩씩거리며 자리에 주저앉아 코이치를 죽일 듯 쳐다봤다. 경환은 오른손으로 코이치의 다리를 잡아 분노를 참도록 했다.

"이 사장님, 제가 자식을 대신해 사과드리겠습니다. 이런 상황이 보기 싫어 코이치를 떠나보냈는데 운명이란 게 질긴 것 같습니다. 이 사장님은 우리와의 경쟁을 결심한 것 같군요. 코이치, 최선을 다하거라. 우리도 쉽게 지지는 않을 것이야."

케이스케는 분노를 삭이기 위해 급히 찻잔을 손으로 잡았다. 심할 정도로 JSC를 도발한 것에는 코이치로 하여금 남아 있던 정까지 버리게 하려는 경환의 의도가 있었지만, 코이치는 이미 JSC를 떠나면서 모든 관계를 정리한 상황이었다.

"참고로 이번 알제리 프로젝트는 타케우치 차장이 전적으로 담당할 것입니다. 이미 모든 권한을 주었습니다. 회장님도 철저히 준비하셔야 될 겁니다. 조언을 드리자면 제가 만약 타케우치 차장과 경쟁을 했더라도 아마 승패를 장담할 수 없었을 겁니다. 그래서 저는 SHJ의 미래를 타케우치 차장에게 걸고 있습니다."

더 이상의 대화는 무의미하다는 것을 느낀 두 사람은 식사를 중단하고 급히 자리를 정리하며 일어섰다. 호텔로 돌아가는 차 안은 적막이 흐르고 있었다.

"내가 좀 심하긴 했죠?"

"아닙니다. 이제 JSC는 저의 경쟁업체 이상도 이하도 아닙니다. 그리고 저를 믿어 주셔서 감사합니다."

경환은 남아 있던 부자지간의 정까지 끊게 만든 것이 미안했지만, 후회하지는 않았다. SHJ의 미래를 위해서도 코이치는 경환에게 중요한 사람이었기 때문이었다.

미쓰비시중공업 본사는 아침부터 부산하게 움직였다. 아키라의 진두지휘 아래 오늘 있을 SHJ와의 조인식을 화려하게 선보이기 위해 각 경제지는 물론 미쓰비시 그룹 경영진들까지 초대했다. SHJ로 인해 지옥과 천국을 오가고 있는 아키라는 이번 SHJ와의 합작이 하늘에서 내려오는 굵은 동아줄이기를 간절히 바랐다. 조인식이 열리기 전 접견실에는 경환과 미쓰비시중공업의 신임 사장인 다나카 아사히가 담소를 나누고 있었다.

"이번 SHJ와의 합작은 저희 그룹 차원에서도 큰 관심을 가지고 지원을 아끼지 않고 있습니다. 앞으로 미쓰비시중공업은 SHJ의 좋은 동반자가 될 것입니다."

경환은 잭과 인연을 끊게 만든 미쓰비시중공업과의 앙금을 완전히 풀지는 않은 상태였다. JSC 인수를 마음에 둔 상태에서 코이치의 제안이 없었다면, 미쓰비시중공업도 세계 시장에 나올 수 없도록 철저히 막으려고 생각했었다. JSC 인수의 포석을 두기 위해서는 미쓰비시중공업과의 합작은 어쩔 수 없는 선택이란 사실을 경환은 부정하지 못했다.

"저도 이번 미쓰비시중공업과의 합작을 기쁘게 생각합니다. 여기 타케우치 차장의 조언이 없었다면 제가 큰 실수를 할 뻔했습니다."

경환은 코이치를 가리키며 공을 돌렸고, 아사히는 코이치를 향해 가볍게 고개를 숙여 감사를 전달했다. FPSO 경쟁에서 불법적으로 SHJ의 정보를 빼낸 사실을 알고 있던 아사히는 SHJ와의 합작을 낙관하지 못했었다. 또한 SHJ의 사장이 한국인이란 사실은 더욱 합작 성공의 기대치를 떨어트리기에 충분했다. 그렇기에 이번 합작 성공의 밑거름은 일본인인 코이치의 설득 때문에 이루어졌다는 것을 유추할 수 있었다.

"세계적 컨설팅기업으로 명성이 자자한 SHJ에 타케우치 차장님 같은 일본인이 있다는 사실이 자랑스럽습니다. 앞으로 많은 도움 부탁합니다. 단지 걱정은 JSC의 반격도 만만치 않을 거란 사실입니다. 우리도 준비해야 되지 않겠습니까?"

"단계적으로 저희도 대응해야 되겠지요. 이미 저희는 대응전략을 수립해 놓고 있습니다. 그런 차원에서 미쓰비시중공업의 설계와 입찰부서에 SHJ의 T.F팀 파견을 준비하고 있는 것입니다. 이번 조인식이 끝나게 되면 입찰 준비를 바로 시작할 겁니다."

아사히를 향해 웃음을 보이고 있었지만, 미쓰비시중공업의 설계 능력을 입수하기 위해 SHJ의 T.F팀을 파견한다는 사실을 아사히가 알게 된다면 입에 거품을 물었을 것이었다.

"하하하, 그렇군요. 일본에 사무소를 개설한다고 들었습니다. 저희 본사 내에 사무실을 마련해 놓겠습니다. 멀리 가실 필요가 있겠습니까?"

"생각해 주셔서 감사합니다. 그러나 저희 SHJ는 파트너에게 부담을 주지 않는다는 원칙을 가지고 있습니다. 사장님의 마음만 받겠습니다."

기업 간의 합작은 자신들의 이익을 위해 언제든지 바뀔 수 있다는 걸 아는 상태에서 임대료 몇 푼 아끼자고 호랑이 입에 찾아들어 갈 필요는 없었다. 일본 우익을 대표하는 미쓰비시 그룹을 경환은 신뢰하지 않았다. 단지 JSC의 대항마로만 생각했고 미래를 함께할 동반자로서는 염두에 두지 않았다. JSC의 인수가 경환의 뜻대로 진행되지 않는다면 미쓰비시중공업과의 관계는 지속될 수 없었다.

"시간이 다 됐습니다."

경환과 아사히는 서로 동상이몽을 꿈꾸며 아키라의 인도에 따라 행사장으로 따라나섰다. 행사장에는 미쓰비시중공업의 직원들을 비롯해 신문기자들과 그룹 관계자들로 북적거리고 있었다. 이렇게까지 준비할 필요가 있을까라는 생각마저 들게 했지만, 이게 살아남으려는 아키라의 작품이라고는 생각하지 못했다. 사회자가 나서 이번 합작 개요에 대한 설명을 마치자 아사히에게 기자들의 질문이 쏟아졌다.

"다나카 사장님, 컨설팅기업인 SHJ와의 합작을 우려하는 목소리도 있습니다. 이 점에 대해서는 어떻게 생각하십니까?"

좋게 진행되던 인터뷰는 JSC의 사주를 받은 기자의 질문으로 급히 경직됐다. 코이치의 통역으로 질문의 내용을 이해한 경환은 미쓰비시중공업이 어떤 대답을 할지 관심 있게 지켜보고 있었고, 아사히의 분노를 읽은 아키라는 기자의 인적사항을 파악하기 위해 급히 직원을 불렀다. 막대한 금액의 컨설팅비용이 해외로 빠져나갈 수도 있다는 것을 우려하는 목소리가 있는 것은 사실이었다. 보수적인 일본의 여론부터 움직여 가는 JSC의 전략에 경환은 감탄할 수밖에 없었다.

"SHJ는 세계 플랜트 시장에서 주목받고 있는 기업입니다. 우리 미쓰비시중공업과의 합작은 철저히 저희의 제안으로 시작됐습니다. 해외 플랜트 입찰에 풍부한 경험과 성과를 보이고 있는 SHJ와의 합작으로 일본 기업의 경쟁력을 높이는 계기가 될 것입니다. 일본 기업 단독으로 이번 프로젝트에 성공할 수 있을지에 대해 심각하게 고민한 사람이라면 이번 합작을 반대할 수 없을 거라고 봅니다."

경환은 코이치의 통역을 귀 기울여 들었다. 당황하지 않고 이번 합작을 미쓰비시중공업이 아닌 일본 기업이라는 표현으로 질문의 핵심을 노련하게 피해 가는 아사히의 답변에 경환은 놀라지 않을 수 없었다. 더 이상의 질문은 받지 않겠다는 말로 장내를 정리한 후, 경환과 아사히는 계약서에 날인을 마쳤다. 두 사람이 자리에서 일어나 계약서를 교환하기 위해 포즈를 취하자 사진기의 플래시가 사방에서 터져 나왔다.

"이 사장님, 이런 모습을 보여 드려 죄송합니다. 괜찮으시면 한 말씀해 주십시오."

아사히의 요청을 받은 경환은 이다나가 건네주는 미사여구로 가득한 원고를 마다하고 단상에 올랐다.

"SHJ의 대표 이경환입니다. 일본의 플랜트 시장을 주도하는 미쓰비시중공업과 합작하게 되어 기쁘게 생각합니다. 많은 분들이 걱정하시는데, SHJ는 일본 내 플랜트 입찰에는 전혀 관심이 없습니다. 그럴 만한 능력도 없습니다."

경환의 농담에 곳곳에서 웃음소리가 들리며 분위기가 풀어지자, 경환은 다시 마이크에 입을 가져다 댔다.

"세계는 좁아지고 경쟁은 심화되고 있습니다. 일본이 우물 안 개구리가 되지 않고 세계로 뻗어 나가기 위해서는 일본의 힘만으로는 어려울 수도 있다고 생각합니다. 그렇기에 저는 다나카 사장님의 결단에 찬사를 보냅니다. 일본 기업만으로는 세계 플랜트 시장에서 도태될 수밖에 없다는 것을 이번 프로젝트의 결과로 여러분께 보여 드리겠습니다. 감사합니다."

경환이 단상에서 내려와 아사히와 악수를 하자 다시 한 번 플래시가 터지기 시작했고, JSC의 사주를 받았던 기자가 조용히 행사장을 빠져나가는 모습이 경환의 눈에 들어왔다.

전무로 승진한 김준성의 사무실에는 이만수 부장과 대후엔지니어링의 전종철 사장이 심각한 대화를 나누고 있었다.

"허, 참. SHJ가 미쓰비시중공업과 손을 잡았다면, 이번 알제리 건도 힘들다고 봐야 하는 거 아닌지 모르겠습니다."

알제리 프로젝트을 준비하던 대후건설은 SHJ와의 합작에 큰 기대를 걸고 있었지만, 때마침 터져 나온 삼풍백화점 붕괴사고는 SHJ와의 합작을 원점으로 되돌려 놓았다. 전종철의 푸념에도 김준성은 아무런 표정 변화가 없었다.

"황태수 부사장이 직접 넘어와 해명하겠다고 하더군요. 삼풍백화점이 악재로 작용하고 있으니 SHJ도 별수 없었겠지요."

차기 사장 물망에 오르고 있는 김준성도 이번 알제리 건에 큰 기대를 하고 있었지만 SHJ와의 합작이 물 건너간 지금, 추진을 계속할지에 대해 쉽게 결정을 내리지 못하고 있었다.

"전무님, 알제리는 일본의 입김이 강한 나라입니다. 정부의 도움을 받지 못하는 상황에서 우리 단독으로는 입찰이 어렵다고 생각합니다. 알제리는 포기하고 나이지리아에 집중하는 것이 좋지 않겠습니까?"

해외 입찰 성공을 위해서는 현지에 주재하는 영사관의 도움이 절대적으로 필요했지만, 애당초 그런 기대는 하지도 않았다. 1980년대 중반까지 아프리카에 대한 입김은 북한보다도 월등히 떨어져 있었지만, 그 차이를 좁히고 역전시킨 것은 한국외교관들의 노력이었다기보다 각 기업들이 아프리카에 진출하면서 외교관의 역할까지 수행한 덕분이었다고 보는 게 타당했다. 단지 한국외교관들은 기업들이 닦아 놓은 길을 걸어가며 생색내기에만 열중했다. 김준성은 이만수의 의견을 심각하게 받아들였다.

"SHJ의 지원 없이 알제리는 무리라는 이 부장 의견에 동의할 수밖에 없네요. SHJ에서 FPSO를 제외하고는 나이지이라 입찰에 참여하지 않겠다고 비공식적으로 통보해 왔으니, 이번 알제리 건은 포기합시다."

포기는 빠를수록 좋다고 생각한 김준성은 과감히 알제리 건 포기를 결심했다. 그나마 SHJ가 대후건설에 호의를 보이고 있다는 것이 소득이라면 소득이었다.

"전 사장님은 준비해 두십시오. 삼풍백화점 사고가 수면 밑으로 가라앉는다면 SHJ와의 합작을 다시 추진할 생각입니다. 그리고 이 부장은 황태수 부사장과의 회의를 준비하고."

처음은 악연으로 시작했지만, 그 악연을 인연으로 만들기 위해 김준성은 SHJ와의 합작에 전력투구하고 있었다. 대후의 영업력과 SHJ의 컨설팅 능력이 합쳐진다면 세계 시장을 주름잡을 수 있다고 확신했기 때문이었다.

조인식을 큰 소란 없이 무사히 마친 경환은 한국으로 출발하는 황태수를 배웅하기 위해 로비에 나왔다.

"고생해 주십시오. 여러 곳과 회의하려면 힘드실 텐데 무리하지는 마시고요."

"저는 필드 체질입니다. 사무실에만 처박혀 있으니 좀이 다 쑤십니다. 그러니 제 걱정은 하지 마시고 사장님 건강이나 좀 챙기십시오."

황태수는 고개를 숙인 후 일부 직원들과 함께 호텔 문을 나섰다. 경환은 그런 황태수의 뒷모습을 바라보며 전생과 같이 황태수와의 인연이 지속되는 것에 감사했다.

"사장님, 저희도 출발해야 됩니다. 미쓰비시중공업에서 보낸 승용차가 이미 도착했습니다."

내일 아침 비행기로 미국에 돌아갈 예정이었지만, 경환은 아사히의 접대 요청을 거절하지 못하고 코이치와 함께 미쓰비시중공업이 준비한 승용차에 몸을 실었다.

긴자의 하키라를 초저녁부터 찾은 아키라는 혹시라도 실수가 발생하지 않도록, 마담이 엄선한 아가씨들을 일일이 살피고 있었다.

"마담, 모두 영어는 가능하겠지?"

"걱정하지 마세요. 영어는 모두 가능해요. 어떤 손님들인데 이렇게 신경을 쓰시는 거예요?"

"사장이 한국인이지만, 우리 미쓰비시중공업도 함부로 못하는 미국 기업이니까 괜히 한국인이라고 무시하는 행동을 하지 않도록 마담이 다시 주지시켜."

하키라는 외국 손님을 받지 않는다는 원칙이 있었지만, 큰손인 미쓰비시 그룹의 부탁을 거절할 수는 없었다. 특히 한국인이라는 소리에 마담의 인상은 급격히 어두워져 갔다. 한국인이 하키라에 드나든다는 소문이라도 난다면 이미지가 떨어질 수도 있기 때문이었다.

"마담, 걱정 안 해도 돼. 아가씨들에겐 미국인이라고 해 놓고. 이번 접대만 잘 끝나면 섭섭하지 않게 해 줄 테니까. 악사들과 게이샤들은 어디 있나?"

아키라가 전통춤을 출 게이샤를 확인하려 할 때 아사히가 경환과 함께 하키라에 들어오자, 마담이 급히 바닥에 무릎을 꿇으며 머리를 조아렸다.

"하키라를 찾아 주셔서 감사합니다. 저를 따라오십시오."

한국이나 일본이나 접대문화가 비슷하다는 생각이 들자 경환은 한숨을 내쉬었다. 전생이었다면 이런 자리를 놓치지 않고 대한 남아의 기상을 보여 줬겠지만, 이런 접대 자리에서 미쓰비시중공업에 약점을 잡힐 수는 없었다. 그렇다고 가게 문을 박차고 나갈 수도 없었기에 경환은 아사히를 따라 예약된 방에 들어갔다. 일행이 들어서자 기모노를 차려입은 늘씬한 아가씨들이 옆에 사뿐히 자리 잡고 앉았다.

"식사부터 하시죠."

"고급 요정 같은데, 너무 과한 대접을 받는 것 같습니다."

아사히는 부담스러울 수 있는 자리에도 능숙하게 대처하는 경환의 모습을 신기한 듯 바라봤다. 회 한 점을 입에 넣으며 식사를 시작한 경환은 고개를 돌려 코이치를 쳐다봤다.

"타케우치 차장님은 이곳에 오신 적이 있으십니까? 얼핏 봐도 상당히 고급스러워 보이는데."

"유명한 곳이긴 하지만 저도 이번이 처음입니다."

코이치의 말에 이곳이 일반인들은 쉽게 들어오지 못하는 곳이란 걸 알게 된 경환은 아사히가 따라 주는 술을 받았다. 식사가 시작되자 전통 악사들의 공연을 시작으로 게이샤들의 춤이 이어졌다.

"하하하, 이 사장님 술 실력이 대단하신 것 같습니다. 옆의 아가씨도 대단한 미인이지 않습니까?"

경환은 아사히를 시작으로 아키라와 옆의 아가씨가 따라 주는 술을 마다하지 않았다. 아키라가 과장된 몸짓을 보이며 자신을 부각하려 애쓰자 경환은 아키라를 향해 웃음을 보였다.

"술을 가리진 않습니다. 특별히 다나카 사장님이 마련하신 자리인데 분위기를 깰 수는 없지요. 그리고 아름다운 장미엔 항상 가시가 있더군요."

경환이 자리에 앉은 후 아가씨의 술만 받을 뿐 말조차 섞지 않는 모습에 아키라는 조용히 마담을 찾았다. 마담이 급히 방문을 열고 들어와 바닥에 무릎을 꿇자 아키라가 나섰다.

"마담, 중요한 손님이신데 아가씨가 맘에 안 드시는 것 같아. 다른 아가씨를 불러야 할 것 같은데."

마담이 고개를 한 번 숙이고는 경환의 옆에 있던 아가씨에게 눈짓하자 아가씨가 경환을 향해 두 손과 함께 머리를 바닥에 조아린 후 자리를 벗어나려 했다. 경환은 급히 코이치에게 상황을 물었다.

"잠시만요. 이름이 뭐죠?"

"하, 하루나입니다. 손님을 불편하게 해드려 죄송합니다."

경환은 자리를 벗어나려던 하루나의 손을 잡아 다시 앉히고는 코이치에게 통역을 부탁하며 마담에게 입을 열었다.

"마담이 오해한 겁니다. 옆에 누가 앉든지, 제 행동에는 변화가 없을 겁니다. 그리고 하루나의 서비스는 충분히 만족하고 있으니 신경 쓰지 마세요."

경환의 말에 마담은 안심했는지, 경환에게 머리를 조아리며 빈 잔에 술을 따라 준 후 밖으로 사라졌다. 술자리를 빨리 정리하고 싶었던 경환은 아사히와 아키라가 경험해 보지 못한 폭탄주를 연속으로 건네주었고, 두 사람의 몸은 빠르게 허물어져 갔다. 자리를 정리하기 위해 일어서는 경환에게 양복 상의를 건네주며 하루나가 조용히 말을 걸었다.

"감사합니다. 덕분에 마담 눈 밖에 나지 않게 됐습니다."

"영어가 유창한데 어디서 배웠나요?"

경환은 일본인들이 흉내 낼 수 없는 정확한 발음을 구사하는 하루나가 이런 곳에서 일한다는 것이 쉽게 이해되지 않았다.

"어렸을 때 미국에서 생활했습니다. 사실은……."

하루나는 말을 잇지 못했고, 경환은 피치 못할 사정이 있다는 것을 감지하고 더 이상 하루나의 개인사를 묻지 않았다. 경환은 하루나의 손에 조용히 100달러짜리 다섯 장을 건네주었다.

"오늘 수고했습니다. 현찰이 얼마 없어 이것밖에는 못 드리겠네요. 나중에 인연이 되면 또 봅시다. 한 가지 바람은 하루나는 이런 곳에서 일할 사람으로는 안 보인다는 겁니다. 다음엔 다른 곳에서 만나게 되기를 바랍니다."

아키라는 경환의 인사도 받지 못할 정도로 인사불성이 되어 있는 아사히를 챙기느라 정신이 없었다. 경환과 코이치는 그런 두 사람을 뒤로한 채 호텔로 돌아가기 위해 승용차에 올랐다. 하루나는 승용차가 사라질 때까지 그 자리를 떠나지 않고 있었다.

미쓰비시중공업과의 합작 조인식을 마치자마자 경환은 서둘러 미국으로 돌아왔다. 본격적인 JSC와의 경쟁이 시작됐지만, 모든 권한을 황태수와 코이치에게 위임한 상태였기에 마지막 입찰원가 산정에만 참여할 생각이었다. 그러나 이번 알제리 프로젝트가 JSC에 낙찰된다면 JSC를 인수한다는 경환의 계획은 차질이 생기기 때문에 경환은 수시로 진행 상황을 보고받았다. 내년이면 한국의 CDMA 상용화가 성공하고 1997년부터 본격적인 해외 시장 개척에 나서는 만큼, SHJ의 비상은 얼마 남지 않은 상태였다. 경환은 그 이후를 빠르게 준비했다.

"상당히 흥미로운 내용이네요."

경환은 투자팀이 작성한 보고서를 살펴봤다. 경환의 전폭적인 지지를 받아서인지 린다를 위시한 투자팀은 공격적으로 투자에 나섰다. 경환은 실리콘밸리만 생각하고 있었지, 루트128이나 리서치트라이앵글도 IT산업을 육성하고 있다는 것은 투자팀의 보고서를 통해 처음 접하고 있었다.

"우리의 투자패턴이 소프트웨어에 집중한 만큼 두 곳의 분산투자도 연구해야 합니다. 투자팀은 이미 파견했으니 보고서가 올라오면 선별투자를 하겠습니다."

린다는 IT산업의 투자를 위해 많은 인력을 채용했고 경환은 린다의 요청을 100% 수용했다.

"그렇게 하세요. 대학의 연구소와 연계하는 것도 좋은 아이디어라고 생각합니다. 그리고 투자나 라이선스 확보가 모두 성공한다는 보장은 없지만, 실패를 두려워하지 말기 바랍니다. 20%만 건질 수 있다면 나머지 80%의 손실은 충분히 메울 수 있다고 생각합니다."

SHJ는 퀄컴에 투자한 8,000만 달러를 포함, 1억 5,000만 달러 이상의 투자를 집행했고, 그 대부분은 IT산업에 집중되어 있었다. SHJ의 묻지마식 공격적 투자는 다른 투자기업의 조롱을 받았지만, 소프트웨어를 개발하기 위해서는 SHJ의 투자를 받으라는 말이 실리콘밸리로부터 조용히 퍼져 나가고 있었다.

"퀄컴의 지분 인수는 마무리됐습니다. 8,000만 달러가 투자된 상태에서 한국의 상용화만 기다려야 하는 상황이 좀 힘듭니다. 그래도 오성전자의 기술력을 확인할 수 있었다는 것에 기대를 갖게 하지만요."

린다는 아직도 퀄컴에 집중된 투자를 염려하고 있었다. 에릭이 고사한 퀄컴의 부사장직은 이동통신 전문가를 채용하는 것으로 대체했지만, 새로 투입된 3,000만 달러로도 퀄컴의 자금난은 쉽게 해결될 기미가 보이지 않아 린다를 답답하게 만들었다.

"린다, 다른 투자는 모르겠지만 퀄컴은 SHJ를 성공으로 이끌 겁니다. 자금만 충분하면 퀄컴의 지분을 100% 인수하고 싶은 생각뿐입니다. 만약 퀄컴의 유동자금에 문제가 생긴다면 투자자들과 직접 협상해서 최대한 지분을 인수받으세요."

"휴우. 알았어요, 제임스. 그렇지 않아도 퀄컴에 투자한 몇 곳에서 지분 매각 의사를 보이고 있어요. 조건만 맞는다면 확보해 볼게요."

단둘이 있을 때는 서로의 이름을 부를 정도로 두 사람의 신뢰는 확고했다. 경환은 린다의 어깨를 두드리며 1년 정도면 좋은 소식이 있을 거라는 말로 린다의 불안함을 해소시켜 주려 노력했다.

"흠, 마지막으로 IT 전문 업체 설립은 당장 급한 건 아니니 계획만 잡도록 하는 게 좋을 것 같네요. 인도와는 별도로 한국도 그 범주에 넣고 연구해 줘요."

아시아 금융위기를 한국이 잘 넘기게 된다면 1990년대 말에 한국에 불어닥친 IT 열풍이 다른 방향으로 흘러갈 수 있겠지만, 예정대로 IMF의 통제체제로 접어들게 된다면 산업의 구동력을 잃은 한국 경제는 IT산업을 새로운 동력체로 내세울 수밖에 없을 것이었다. 경환은 그런 상황이 오지 않기를 바라고 있었지만, 대비는 해야 했다.

"그리고 브로드밴드(광대역통신) 쪽으로 연구하거나 라이선스를 가지고 있는 기업이 있다면 투자를 검토해 주세요."

브로드밴드는 인터넷 접속뿐만 아니라 음성과 데이터 통신, 이동전화, 휴대형 디지털 장치 등으로 옮겨 가는 발판을 만드는 기술이었다. SHJ가 이 라이선스를 선점하게 된다면 그 가치는 퀄컴을 상회하고도 남았다. 린다는 경환의 지시를 메모하며 고개를 절레절레 흔들 뿐 예전처럼 반대하지는 않았다. 지금은 MS가 IT산업의 큰손으로 독보적인 위치를 차지하고 있지만, 경환은 다가올 2000년을 서서히 준비했다.

서소문동을 찾은 황태수는 두 번 다시 찾지 않겠다고 다짐했던 오성건설에 들어서며 남다른 감회에 젖어들었다. SHJ와 오성전자의 합작으로 자신의 의지와는 상관없이 진행된 오성건설과의 합작이었다. 그러나 SHJ

의 이익을 위해서는 어쩔 수 없이 자신의 감정을 가라앉혀야만 했다.

"부사장님, 기분이 묘한데요?"

"수틀리면 때려치우면 돼. 사장님도 오성건설과의 합작은 달가워하지 않으셔."

황태수는 박화수의 어깨를 툭 치고는 비서의 안내를 받아 회의실로 들어섰다. 회의실에는 건설뿐만 아니라 전자와 엔지니어링의 임원들도 보여 이번 SHJ와의 합작에 거는 기대를 쉽게 알 수 있었다.

"하하하, 황 부사장님. 오랜만에 오성건설에 오니 감회가 어떠십니까?"

JSC와의 합작 실패의 책임을 박화수에게 떠밀었던 이수혁 사장이 황태수와 박화수를 맞이했다. 박화수의 얼굴이 급히 굳어지는 것을 확인한 황태수는 덤덤히 이수혁의 말을 받았다.

"글쎄요. 무슨 감회가 있겠습니까? 다른 기업과의 일정도 잡혀 있어 시간이 그리 많지 않습니다. 본론으로 들어갔으면 합니다."

"흠, 흠. 그럽시다."

황태수의 싸늘한 대답에 이수혁은 민망했던지 헛기침을 몇 번 하고는 서류를 들췄다. 황태수는 경환이 준 정보를 확인하며 오성건설의 기선을 제압하기 위해 인사치레를 빼고 핵심부터 짚었다.

"오성건설은 쿠웨이트 제3 정유공장 프로젝트를 추진하는 것으로 알고 있습니다. 우리 SHJ의 정보가 틀렸다면 말씀해 주십시오."

이수혁과 회의에 참석한 계열사 임원들은 황태수의 질문에 눈을 크게 뜰 수밖에 없었다. SHJ가 이 프로젝트에 대한 정보를 가지고 있다면 SHJ의 능력으로 볼 때 오성건설 단독입찰은 이미 물 건너갔다고 봐야 했다.

"흠, 과연 SHJ의 정보력은 대단하군요. SHJ와 합작이 되지 않았다면 큰 낭패를 볼 뻔했습니다. 하하하."

황태수는 이수혁의 말에 가볍게 웃어 주었다.

"아직 계약서에 사인도 되지 않았습니다. 그리고 이 프로젝트는 이미 독일의 지멘스와 컨설팅계약이 체결됐습니다. 이 프로젝트는 오성건설과 계약을 체결할 수 없다는 점을 미리 말씀드립니다."

황태수의 말은 사실이었다. 지멘스는 황태수의 유럽 출장 중에 KENTZ의 뒤를 이어 SHJ와 계약된 업체로, 내년에 있을 쿠웨이트 프로젝트에 대해 이미 SHJ와 컨설팅계약을 체결한 상태였다. 이수혁은 마음이 급해졌다. SHJ가 지멘스와 계약했다면 오성건설이 들어갈 틈은 없었다. 황태수는 기다려 주지 않고 다음 말로 이수혁을 절망에 빠트렸다.

"혹시 몰라 말씀드리는데, 내년 말에 있을 사우디 주베일 1500MW 가스화력발전소 프로젝트는 KENTZ와 계약한 상태입니다. SHJ는 한 프로젝트에 한 업체와 계약합니다."

황태수는 유럽 출장의 성과로 대형 계약을 체결했다. 올해는 소형 프로젝트에 참여해 경쟁력을 높이는 전략으로 이미 목표를 달성한 후였기에, 내년부터 본격적으로 대형 입찰에 참여할 준비를 했다. 물론 대형 입찰의 경우 경환의 정보력이 필요하지만, SHJ 자체 컨설팅 능력도 이미 목표치에 도달해 있었다.

"그, 그럼 우리와의 합작은 무엇을 의미하는 겁니까? 오성건설이 추진하는 프로젝트에 SHJ와 합작할 수 없다면 우리 역시 난감합니다."

이수혁은 곤혹스러운 표정으로 황태수를 바라봤다. 예전 자신의 부하였던 황태수가 자신을 똑바로 쳐다보며 비아냥거린다고 생각하자 부아가 치밀어 올랐다. 그러나 칼자루는 황태수가 가지고 있다 보니 자신의 감정을 숨겨야만 했다.

“우리와 오성전자가 한 배를 탄 지금, 많은 고민을 했습니다. 제가 드리는 제안을 받아들이지 말지 결정해 주십시오.”

“무슨 제안입니까?”

실낱같은 기대감에 이수혁은 황태수가 내놓을 제안이 무엇인지 궁금해하며 독촉했다.

“이번 쿠웨이트 입찰에 지멘스와 합작하는 것입니다. 설계와 감독은 지멘스, 시공과 플랜트 제작은 오성건설이 하는 조건입니다. 물론 플랜트 제작은 SHJ-화성플랜트에 발주돼야 하고요. 이 제안을 받아들이기 어렵다면, 오성건설과의 합작은 뒤로 미뤄야 할 것 같습니다.”

설계와 제작이 지멘스와 SHJ-화성플랜트로 빠져나간다면 오성엔지니어링은 참여 자체를 할 수 없다는 사실이 이수혁을 고민하게 만들었다. 오성전자에 사정해 이 자리를 만든 이수혁은 황태수의 제안을 거절하지 못하는 현실을 받아들이기 힘들었다.

미쓰비시중공업과의 계약이 마무리되자 코이치는 사무소를 개설하기 위해 동분서주했다. 당분간 일본에 머물며 알제리 프로젝트와 사무소 개설 두 가지 일에 대한 권한을 위임받은 코이치는 사소한 실수도 일어나지 않도록 만전을 기하고 있었다. 귀국하라는 경환의 독촉에도 사무소장을 선임할 때까지만 자신이 프로젝트를 수행하겠다는 말로 경환을 설득할 정도였다. 경환도 코이치의 고집을 꺾지 못하고 빨리 마무리하고 돌아오라는 말밖에는 할 수 없었다.

“마사토, 그동안 기다려 줘서 고맙다.”

"차장님, 불러 주셔서 감사합니다. 연락을 기다리고 있었습니다."

JSC에서 유일하게 자신을 따랐던 오카다 마사토는 코이치가 미국으로 떠나자 자신도 미련 없이 JSC를 그만두고 고향에 내려가 버렸다. 항상 마음의 짐으로 남아 있던 마사토였기에 경환의 승인이 떨어지자마자 그를 동경으로 불러올렸다.

"너도 소문을 들어서 알겠지만, SHJ는 세계 플랜트 시장을 좌지우지하게 될 거야. 네가 자부심을 가져도 된다는 것을 내가 보증하마."

"차장님이 믿는 회사라면 저도 믿겠습니다. 그런데 사장님이 한국인이라는 말이 들리는데……."

마사토는 한국과 일본이라는 섞일 수 없는 두 민족이 회사 안에서 융화될 수 있는지 걱정했지만, 코이치는 그런 마사토를 다독였다.

"뭘 걱정하는지 알겠지만, 고정관념은 버리도록 해라. 내가 아는 사장님이라면 끝까지 믿고 따를 만한 자격이 충분한 분이시다."

마사토는 아직 만나 보지 못한 SHJ의 사장을 코이치가 절대적으로 신뢰하는 모습을 보이자 생전 사람에 대한 믿음을 보이지 않던 코이치를 변화시킨 사람이 누구일지 궁금했다.

"알겠습니다. 전 차장님만 믿고 최선을 다하겠습니다."

"우선 우리는 알제리 프로젝트를 가지고 JSC와 경쟁하고 있으니, 마사토 너는 파견 나와 있는 본사 인원들을 뒤에서 지원하는 업무를 먼저 수행하도록 해. 그리고 우리의 정보가 새지 않도록 항상 주의하고."

"걱정하지 마십시오. JSC와 경쟁한다니, 없던 기운도 살아납니다."

밝은 마사토의 얼굴을 확인한 코이치는 사무직원들을 채용하기 위해 이력서를 뒤적였다.

컨설팅팀과 투자팀들은 쏟아지는 신규 사업으로 제대로 자리를 지키고 있는 직원들을 찾아보기 힘들 정도였다. 황태수와 린다의 업무가 늘어나는 만큼 경환의 업무는 줄어들었지만, 경환은 경환 나름대로 2000년 이후를 대비하기 위해 전생의 기억을 쥐어짜 내고 있었다.

"사장님, 타케우치 차장의 전화입니다. 연결할까요?"

"연결해 주세요."

코이치의 일본 출장이 길어지면서 퇴근 때마다 마주치는 나츠미의 얼굴을 제대로 쳐다보지도 못했다. 사무소장도 선임한 만큼 무조건 돌아오라는 지시를 내릴 참으로 경환은 급히 전화기를 들었다.

"타케우치 차장님! 내일 중으로 미국행 비행기를 타세요. 이번에도 지시를 거절하면 부장승진 취소할지도 모릅니다."

[하하하, 알겠습니다. 부장승진을 하기 위해서라도 바로 돌아가겠습니다. 다름이 아니라 동경사무소 직원을 채용하는 과정에서 사장님의 허락을 받을 일이 생겼습니다.]

경환은 코이치의 말이 이해되지 않았다. 분명 동경사무소에 대한 권한을 코이치에게 주었기에 직원 채용은 사후 승인만 받으면 됐기 때문이었다.

"제가 권한을 드렸는데 제 허락이 필요하다는 게 무슨 말입니까?"

[저, 사실은 야마시타 하루나라는 여성을 채용하려고 하는데, 능력은 충분히 있어 보이는데 그게 좀……. 팩스로 이력서를 보냈으니 먼저 보시죠.]

경환이 고개를 갸우뚱거리고 있을 때 이다나가 일본에서 들어온 팩스를 가져다 책상 위에 가지런히 놓았다. 경환은 영문으로 작성된 이력서를 살폈지만, 특별히 이상한 점은 찾을 수 없었다.

"오차노미즈여자대 영문과를 졸업했네요. 특별한 점은 없어 보이는데 문제라도 있나요?"

[저, 지난번 미쓰비시중공업과 갔던 곳에서…….]

경환은 하루나란 이름을 기억하며 다시 이력서를 살폈다. 흑백으로 된 사진으로는 정확히 알아볼 수 없었지만, 그때 만났던 하루나란 것을 알 수 있었다.

"모든 판단은 타케우치 차장에게 맡기겠습니다. 그러나 혹시라도 미쓰비시중공업이나 JSC의 사주를 받았을 수도 있으니 면밀히 살펴보십시오."

미인계에 넘어가 입찰을 망치는 경우를 경환은 수없이 봐왔다. 자신이 기억하는 하루나라면 충분히 그러고도 남을 정도의 미모를 가지고 있는 여성이었다.

[자세한 건 돌아가서 말씀드리겠지만, 그런 건 아닙니다. 부친의 병원비를 벌기 위해 처음 간 날 사장님을 만났다고 합니다. 다른 곳에서 만나자는 사장님의 말을 듣고 그곳을 정리한 후 지원했다고 합니다. 영어도 수준급이고 미국과 일본의 문화적 차이도 이해하는 여성입니다.]

"좀 더 살펴보시고, SHJ에 필요한 인재라면 채용하십시오."

멋 한번 부리려고 내뱉은 말을 믿고 지원을 하게 될 줄은 생각지도 못했지만, 코이치가 추천할 정도의 인재라면 지켜보는 것도 나쁘지 않다고 경환은 생각했다.

황태수와 코이치가 미국으로 돌아온 후 SHJ는 본격적으로 알제리 프로젝트를 준비하고 나섰다. 우선 T.F팀을 구성하여 미쓰비시중공업의 설계와 입찰부서에 파견함과 동시에 알제리 현지에도 급히 인원을 보내 발주처의 동향과 관련 정보를 입수하도록 했다. 동경사무소로 하여금 JSC의 움직임을 파악하도록 조치해 놓았다. 황태수가 쿠웨이트와 사우디 입찰로 정신이 없었기 때문에 알제리 프로젝트는 부장으로 승진한 코이치가 전담했다.

경환은 한국의 CDMA 상용화 성공이 예상되는 내년을 준비하기 위해 해외에 주재하는 사무소장급 이상의 직원들을 본사로 불러들여 SHJ 전체회의를 소집했다. 전체회의를 소집한 이유는 SHJ의 규모가 점차적으로 커지고 있어 그룹 경영을 하기 전 본사와 해외 거점들 간의 체계를 확립할 필요를 느끼고 있어서였다. 그러나 내년 2월 한 달 기간으로 여행을 떠날 것을 대비해 업무의 공백이 생기지 않도록 하기 위한 목적도 숨겨져 있었다.

북경사무소의 김창동을 비롯해 SHJ-화성플랜트의 박화수와 최승호의 모습이 보였다. 코이치는 긴장된 표정으로 서 있는 동경사무소의 마사토와 함께 일일이 인사를 나눴다. 국적을 떠나 SHJ라는 이름으로 모인 사람들의 표정은 SHJ의 미래를 보는 것처럼 하나같이 자신감에 차 있었다. 경환이 황태수와 린다와 함께 자리에 착석하자 소란스러웠던 장내는 빠르게 정리됐다.

"우선 사장님께서 한 말씀 하시겠습니다."

진행을 맡은 최석현이 회의 시작을 알리자 참석자들은 경환을 주목했고 경환은 자리에서 일어나 지금까지 자신과 함께해 온 직원들과 한 번씩 눈을 마주쳤다.

"오카다 과장은 저를 처음 보지요? 너무 긴장하는 건 건강에 해롭습니다."

"네?"

"하하하."

느닷없이 자신을 지목할 줄 몰랐던 마사토는 얼굴을 붉어졌고 경환의 농담에 회의장은 일순간에 웃음바다로 변하기 시작했다. 무거울 수도 있는 분위기를 푼 경환은 말을 이어 갔다.

"어려운 환경에서도 SHJ를 위해 고생하시는 여러분들의 노고에 먼저 감사를 전합니다. 지금까지 우리 SHJ는 여러분들과 함께 바닥을 기어가며 도약을 준비하고 있었습니다. 그렇기에 내년은 우리 SHJ에게 뜻깊은 한 해가 될 것이며, 여러분들과 함께 내년을 준비하기 위해 이 자리를 마련했습니다. SHJ는 절대 여러분들의 노력을 잊지 않을 것입니다. SHJ의 발전을 위해 함께 고민해 주시기 바라며 저는 여러분들과 함께 더욱 성장하고 싶습니다."

참석자들은 경환과의 인연을 떠올리며 진심에서 우러나오는 박수로 경환의 연설을 환영했다. 경환이 자리에 앉자 SHJ의 재무와 관리를 맡고 있는 어스틴이 단상에 올랐다.

"이 자리에 설 수 있게 되어 영광입니다. 재무와 관리 팀장을 맡고 있는 어스틴 스미스 차장입니다. 올 8월까지의 본사 자금 현황에 대해 보고하겠습니다. 총 매출은 1억 8,000만 달러로 이 중 1억 2,000만 달러를 투자에 집중하고 있습니다. 홍콩법인에서 투자된 금액은 포함되지 않은 수치입니다. SHJ-화성플랜트 또한 총 매출에는 포함시키지 않았습니다. 그러나 면세기간이 내년에 종료되고 회사의 규모가 커질 것을 대비해 해외

법인들의 재무 투명성을 확보하는 방안을 검토하고 있습니다. 각 해외법인에서는 본사의 방침에 준비해 주시기 바랍니다. 이상입니다."

총 매출의 65%에 해당하는 금액을 투자로 돌리고 있다는 보고에 회의에 참석한 사람들은 놀랄 수밖에 없었다. 화성산업의 인수자금과 퀄컴의 재투자 3,000만 달러를 투자한 홍콩법인의 자금까지 포함한다면 1억 5,000만 달러가 넘는 어마어마한 금액을 투자하고 있었다. 경환이 눈짓을 보내자 린다가 단상에 올라섰다.

"여러분들도 놀랄 정도로 엄청난 돈을 잡아먹고 있는 린다 쿡입니다."

투자를 전담하고 있는 린다가 죽을상을 지으며 농담을 하자 여기저기에서 웃음소리가 들려오기 시작했다.

"지금은 컨설팅에서 벌어오는 돈을 뿌리고 있는 중입니다. 저희 투자부서에서는 퀄컴에 8,000만 달러를 투자하여 지분 20%와 한국의 로열티 40%를 확보했습니다. 또한 IT산업 중에서 소프트웨어에 8,000만 달러를 현재까지 투자하고 있으며, 내년 상반기까지 5,000만 달러를 추가로 투자할 계획을 가지고 있습니다. 아직은 뚜렷한 결과물이 나오지 않고 있지만, 향후 IT산업의 폭발력은 여러분들이 상상하는 이상이 될 거라는 사실을 분명히 말씀드립니다. 좀 더 지켜봐 주시고, 컨설팅부서에서는 돈을 많이 벌어다 주십시오."

"하하하."

농담으로 시작해 농담으로 끝낸 린다의 답변은 자칫 무거울 뻔했던 분위기를 완화시켰다. 린다의 말을 이어받은 황태수가 어려운 짐을 자신에게 넘겼다는 듯이 고개를 흔들며 단상에 올랐다.

"컨설팅부서를 담당하는 황태수입니다. 쿡 부사장의 말대로 열심히 돈을 벌어 오겠습니다. 작년에 성공한 FPSO 이후 지금까지 총 7억 달러 규모의 입찰에 성공했습니다. 또한 올해 말까지 알제리 프로젝트를 비롯해 총 35억 달러 규모의 입찰을 준비하고 있습니다. 컨설팅은 한계가 있다는 것을 여러분들도 동의하실 겁니다. 그렇기 때문에 본사에서는 투자에 집중함과 동시에 컨설팅 업무에서 벗어나기 위해 많은 노력을 하고 있는 것입니다. 그때까지 본사의 방침을 믿고 따라 주시기를 바랍니다."

황태수의 말을 끝으로 북경사무소, SHJ-화성플랜트, 막 설립된 동경사무소의 내년도 사업계획에 대한 업무보고가 이어졌다. 해외법인들의 보고를 묵묵히 바라보고 있던 경환은 맨주먹으로 시작해 3년 만에 연 4억 달러가 넘어가는 매출을 올리는 기업으로 성장한 SHJ를 자랑스럽게 생각했다. 그러나 이 많은 사람들이 자신과 함께하고 있었기에 경환의 꿈은 여기서 멈출 수 없었다. 오랜 회의가 끝나고 직원들이 삼삼오오 모여 회의내용에 대해 서로의 의견을 나누고 있을 때, 경환은 김창동과 함께 황태수와 린다를 조용히 불러들였다. 다른 직원들은 마다하고 자신을 불러들이자 김창동은 긴장하지 않을 수 없었다.

"김 부장님, 제대로 본사의 지원도 받지 못하는 상황에서 고생만 하게 해 정말 미안합니다."

"별말씀을 다 하십니다. 사장님이 아니었다면 저는 한국에서 김밥을 말고 있었을 겁니다. 앞으로라도 그런 말씀은 하지 마시기 바랍니다."

경환은 그런 김창동이 고마웠다. 경환이 컨설팅과 투자에 매진하기 시작하면서 북경과 홍콩법인은 오로지 김창동의 몫이 될 수밖에 없었지만, 김창동은 아무런 불평 없이 자신이 맡은 일을 수행해 왔다.

"집사람이 사모님이 온다고 하니 잠을 설치더군요. 이번 기회에 미국

여행도 하시면서 푹 쉬다 돌아가십시오."

"감사합니다, 사장님. 염치 불고하고 거절하지 않겠습니다."

경환은 김창동에게 고마움을 표시하고자 식구들의 동행을 지시했다. 이건 수정의 베개송사도 한몫을 했지만, 이 정도의 혜택은 경환으로서도 전혀 아깝지 않았다.

"다름이 아니라 장성궈의 비자금이 항상 마음에 걸립니다. SHJ가 세계 시장에 발을 내미는 지금, 우리의 발목을 잡을 수도 있다고 봅니다. 현재 북경의 분위기는 어떻습니까?"

지금까지 북경사무소는 SHJ의 든든한 배경이었다. 그러나 경환은 장성궈의 비자금이 항상 마음에 걸렸다. 투자의 성과가 내년부터는 나타나기 때문에 경환은 이쯤 해서 장성궈와의 인연을 정리하기 원했다.

"저도 불안한 건 사실입니다. 많은 금액이 빠져나가긴 했지만, 장성궈는 5,000만 달러 정도는 항시 남겨놓고 있습니다. 문제는 인민은행 총재인 주룽지에게 힘이 쏠린다는 점입니다. 부정부패 척결을 내세우고 있는 주룽지가 정권의 정면에 등장하게 된다면 왕샹첸과 장성궈가 첫 희생물이 될 수도 있다고 봅니다."

경환의 걱정도 김창동과 다르지 않았다. '관 101개를 준비해라. 그중 하나는 내 관이다'라는 말로 1998년 혜성같이 등장하는 주룽지는 공안과 군부의 경제활동을 차단하고 부정부패 척결에 앞장서며 경제사범들을 처단하는 인물이었다. 중국의 부동산 시장에 투자할 생각이었던 경환이었지만, 장성궈와 왕샹첸의 도를 넘는 욕심이 경환의 계획을 수정하게 만들었다.

"유연탄사업을 서서히 한국 기업에 넘겨주고 내년 중으로 손을 털어야겠습니다. 그리고 비자금은 제가 장성궈와 담판을 짓겠습니다. 내년 중으로 북경사무소는 화동과의 업무를 종결하도록 추진해 주세요."

김창동은 예상은 하고 있었지만, 경환의 느닷없는 결정을 심각하게 받아들였다. 유연탄 업무가 종결된다면 북경사무소의 존재 가치는 떨어질 수밖에 없었고, 더 이상 중국에 남아 있을 필요가 없다는 얘기와도 같았기 때문이었다. 경환은 김창동의 고민을 이해했다.

"부장님도 아시겠지만, 오성전자 휴대폰 단말기의 북미판권을 우리가 확보했습니다. 저나 두 분 부사장님이나 유통업에 대한 경험이 없다 보니 판로 개척에 어려움이 많습니다. 제가 부장님께 중국에서 10년을 약속드렸지만, 아무래도 부장님이 이 일을 맡아 주셔야겠습니다. 북경사무소가 정리되시면 바로 미국으로 들어오십시오."

경환의 제의에 김창동은 입을 다물 수 없었다. 끝까지 함께 가자는 경환의 말은 믿었지만, 미국 본사에서 일하게 될 줄은 꿈도 꾸지 않았다. 자신을 위한 경환의 배려란 걸 알고 있었지만, 김창동의 마음은 불편했다.

"사장님의 지시에 따르겠습니다. 다만 북경사무소를 정리하게 되면 직원들이 걱정입니다. 그래도 SHJ의 이름으로 고생을 함께해 온 직원들이라서요."

"그건 제가 말씀드릴게요."

린다가 경환을 대신해 김창동의 질문에 답변했다.

"우리 SHJ는 직원을 버리지 않습니다. 북경사무소의 직원이 12명인 것으로 알고 있습니다. SHJ와 함께하길 희망하는 직원이라면 모든 직원들을 받아들일 생각입니다. 한국의 SHJ-화성플랜트와 부장님이 맡으실 유통업으로 분리하셔서 정리해 보세요. 혹시라도 중국을 떠나지 않겠다는 직원이 있다면 제일 그룹으로 재취업을 유도하셔도 된다고 생각합니다."

경환은 중국인에 대한 신뢰가 크지 않았다. 애사심이란 것은 애당초 존재하지도 않았고, 자신의 이익을 위해서라면 회사의 이익은 가볍게 버리는 중국인들을 너무나 많이 봐 왔기 때문이었다. 그러나 어려운 시기에도 김창동을 버리지 않고 함께한 직원들이라면 기회를 줄 생각이었다.

"알겠습니다. 배려에 감사드립니다. 급격히 정리를 시작하면 왕샹첸과 장성귀의 역풍을 맞을 수도 있으니, 제일 그룹과의 물밑 접촉을 통해 이슈를 만드는 게 좋을 것 같습니다."

"김 부장님의 의견이 타당한 것 같습니다. 본격적인 작업은 내년 초부터 진행하시고 제일 그룹과는 접촉을 시작하십시오. 저는 내년 3월쯤 북경에 들어가 장성귀와 담판을 짓겠습니다."

아직 먹을 게 남은 중국이었지만, 더 이상 욕심을 부렸다가는 왕샹첸, 장성귀와 함께 도매 급으로 넘어갈 수도 있었다. 사실 여기에서 정리를 한다 해도 이미 중국의 안전부에는 SHJ의 자료가 남아 있을 수 있었기 때문에 하루라도 빨리 장성귀와의 인연을 정리해야 했다. 회의에 참석한 직원들과 저녁식사를 함께한 후에야 경환은 집으로 향했다.

"정우야, 아빠 오셨다."

"아빠바, 아바."

수정의 말을 알아들었는지 막 걷기 시작한 정우가 엉거주춤한 모습으로 낑낑거리며 경환을 향해 걸어왔다. 경환은 수정의 입술에 가볍게 입을 맞추고는 정우를 힘껏 안아 올렸다.

"우리 정우. 엄마하고 잘 놀았어?"

"아빠바, 어마마."

한참 말을 배우고 있어서인지 정우는 쉴 새 없이 무어라 중얼거렸지만, 알아듣기는 쉽지 않았다. 정우는 손가락으로 한곳을 계속 가리키고 있었고 경환은 정우가 가리키는 곳을 보고 웃을 수밖에 없었다. 정우가 가리키는 하얀색의 벽은 정우의 작품인 듯한 추상화로 가득 채워져 있었다.

"햐, 엄마 아들 아니랄까 봐 벌써부터 그림에 소질을 보이네. 잘 그렸어, 정우."

경환이 정우의 볼에 입을 맞추고 머리를 쓰다듬자 정우는 기분이 좋은지 환호성을 질렀다. 수정은 관리사무소에서 트집을 잡지 않을까 걱정이 돼 인상을 찡그렸다.

"걱정 마, 비용을 좀 들이더라도 페인트칠을 다시 하고 벽에는 정우가 마음대로 그림을 그릴 수 있게 벽지를 붙이면 될 거야. 그건 그렇고 오늘 인준이 엄마 만나서 좋았어?"

학교를 졸업하고 가정주부의 일에 매진하고 있던 수정은 어려웠던 북경 시절 자신에게 큰 위안을 주었던 김창동의 아내를 손꼽아 기다렸다.

"어디 나갈 생각도 못하고 집에서 수다만 떨었어요. 내일은 허먼 파크에 가기로 했어요. 고마워요, 자기."

수정은 기분이 좋아서인지 경환에게 달려들어 뽀뽀를 하며 애교를 부렸고 경환도 그런 수정의 애교가 싫지 않았다.

"정우를 빨리 재워야 할 것 같은데?"

정우는 엄마와 아빠가 도대체 무슨 말을 하는지 몰라 눈만 껌뻑거리고 있었다.

전체 회의를 마친 SHJ는 본격적으로 알제리 프로젝트 T.F팀을 가동했다. 알제리 프로젝트는 국영 석유회사인 소나트락에서 발주한 정유단지와 가스채집단지 플랜트 입찰로 총 20억 달러 규모였다. JSC 인수를 노리고 있는 경환으로서는 반드시 성공해야 될 입찰이었지만, 나이지리아가 대후건설의 텃밭이라면 알제리는 JSC의 텃밭이라고 해도 과언이 아니었기 때문에 SHJ가 수주를 한다는 보장은 없었다. JSC의 발 빠른 대응이 경환을 심각한 고민에 빠트렸다.

"괜히 일본 최고의 플랜트기업이 아니었네요. 이렇게 발 빠르게 대응할지 몰랐습니다. 뒤통수를 세게 얻어맞은 기분입니다."

경환은 코이치가 들고 온 입찰동향정보 문서를 넘기다 지끈거리는 머리를 손으로 주무르고 있었다. JSC의 대응은 경환의 기억과는 전혀 다른 전개로 흘러가고 있었기 때문이었다. 자신이 기억하는 낙찰가는 무용지물이 될 가능성이 농후해졌다.

"죄송합니다. 제가 너무 안이하게 대처한 것 같습니다."

알제리 프로젝트를 전담하고 있던 코이치는 자신을 자책하며 깊게 고개를 숙였지만, 경환은 그런 코이치를 탓할 생각은 없었다.

"타케우치 부장님 덕분에 그나마 빨리 정보를 입수할 수 있었다고 봅니다. 저 또한 KBR과 한 번은 부딪칠 각오를 하고 있었습니다."

SHJ와의 합작이 결렬되고 오히려 JSC의 최대 경쟁사인 미쓰비시중공업과의 합작을 체결하자, JSC는 SHJ의 전략을 어느 정도 파악하고 있는 KBR과 급히 합작을 추진하고 나섰다. FPSO 입찰 이후 소원해진 SHJ와

KBR은 서로 다른 길을 걸어가기 시작했고 JSC는 절묘하게 그 틈을 노리며 SHJ와 KBR의 경쟁을 부추겼다.

"알제리는 JSC의 텃밭인 데다, KBR이라는 선 굵은 파트너까지 확보했다면 지명도에서는 우리가 절대적으로 불리하겠군요. 원가분석은 어디까지 진행된 상태입니까?"

낙찰의 최대 관건은 좋은 기술력으로 누가 얼마나 싸게 입찰을 하느냐에 달려 있었지만, 코이치의 표정은 그리 밝지가 않았다.

"JSC는 설비 제작에 있어 제3국을 통한 아웃소싱으로 비용을 절감하고 있습니다. 현재 기본 철 구조물을 중국에서 제작하기로 결정이 된 상태라는 정보를 입수했습니다. 일부 플랜트를 한국에 돌렸다고는 하지만, 많은 부분을 일본에서 제작하는 미쓰비시중공업과는 격차가 크다고 봅니다. 특단의 조치가 필요합니다."

"마지노선인 20억 달러까지 맞출 수 있다고 봅니까?"

20억 달러는 JSC가 수주한 낙찰금액으로 20억 달러 이하로 내리지 못한다면 승산이 전혀 없는 싸움이었지만, 경환의 질문에 코이치는 고개를 좌우로 저었다. 쉽지 않은 싸움이 될 거라고 판단했지만, 뚜껑을 열어보니 현실은 암울한 정도를 넘어 사방이 꽉 막힌 철벽에 놓인 상태였다.

"윌리엄, 제임스입니다. 알제리 프로젝트에 JSC와 합작을 한다고 들었습니다."

경환은 KBR의 의중을 확인하기 위해 오랜만에 윌리엄과 통화를 시도했다. FPSO의 성공으로 그룹 중역으로 승진한 윌리엄은 경환의 통화를 반기는 목소리는 아니었다.

[제임스, 오랜만이네. 자네의 정보가 좀 늦은 모양이구먼. 북아프리카

진출은 우리 KBR의 숙원사업이기도 해서 JSC의 제안을 흔쾌히 받아들였네.]

비아냥거리는 윌리엄의 목소리를 확인한 경환은, KBR이 JSC와의 합작보다는 SHJ와의 경쟁을 위해 이 프로젝트에 뛰어들었다는 것을 알 수 있었다. 윌리엄이 마음을 굳혔다면 구차하게 사정하고 싶지 않았다.

"모든 기업은 경쟁을 통해서 성장한다고 생각합니다. 그래서 이번 KBR과의 경쟁을 기쁜 마음으로 받아들이겠습니다. 입찰이 끝나면 자리를 마련하겠습니다."

[그렇게 하세. 나도 자네와의 경쟁을 환영하고 있으니까. 회의가 있어 전화를 먼저 끊겠네.]

윌리엄은 잭이 자신을 떠난 후 모든 책임을 경환에게 돌렸다. KBR 내부에서는 아직 SHJ와의 합작을 원하는 목소리가 있었지만, 윌리엄은 자신의 직위로 이것을 눌러 버렸다. 경환 또한 KBR의 울타리에서 벗어나 KBR의 강력한 경쟁사인 KENTZ와의 업무제휴를 통해 윌리엄의 행동에 맞대응을 하고 나섰다. JSC의 밥줄을 끊기 위해 나선 알제리 프로젝트가 KBR과의 경쟁으로 변하게 된 건 어쩌면 당연한 수순이었다.

"타케우치 차장님, KBR은 우리와의 경쟁을 선택한 것 같습니다. 우리의 대응전략은 수립하고 있으시겠죠?"

아무런 대책 없이 코이치가 자신을 찾지 않았을 거라고 생각한 경환은 대응책을 물었고, 코이치는 따로 준비된 대응전략보고서를 경환의 책상 위에 가지런히 놓았다. 경환이 코이치가 건네준 보고서를 천천히 넘기자 코이치가 구두로 설명을 시작했다.

"KBR과 JSC의 기술력이 합치게 된다면, 기본 싸움에서는 저희가 상대를 할 수 없다고 봅니다. 또한 현재로서는 원가 산정 부분에서도 상대를 누를 만한 여력이 전혀 보이지 않는다는 것이 가장 큰 문제입니다. 쉽지는 않겠지만, 우리의 전략을 전면 수정해야 된다고 판단합니다."

경환은 코이치의 전략을 살피며 고개를 끄떡였다. 코이치의 대응전략은 미쓰비시중공업을 설득해야 된다는 점이 큰 문제였지만, 지금으로서는 가장 적합한 전략이라고 경환은 생각했다. PQ가 얼마 남지 않은 상황에서 SHJ도 JSC와 KBR의 뒤통수를 치기 위해 빠르게 움직여야 했다.

"기본전략은 이 보고서를 토대로 진행하기로 하고, 여기에 한 가지 전략을 더 추가하고 싶습니다. 이 방법이 먹힌다면 JSC의 허를 찌를 수 있다고 보거든요."

경환은 급히 황태수를 호출했고, 세 사람은 점심도 거른 채 JSC와 한 팀이 된 KBR과의 싸움을 준비하기 위해 사무실 밖을 나오지 않고 있었다.

"야마시타 군, 본사 파견팀들이 요청한 자료는 보내 주었나요?"

"네, 소장님. 출근하면서 호텔에 들러 전달해 주고 왔습니다. 그리고 파견팀들의 보고서는 10분이면 정리가 됩니다."

마사토는 하루나의 빠른 일 처리에 만족하고 있었다. 사회경험이 많지 않았던 것을 우려해 하루나의 입사를 반대했지만, 하루나는 성실함과 빠른 업무 습득으로 마사토의 우려를 불식해 버렸다. 더욱이 서구적인 미모와 능숙한 영어로 인해 본사에서 파견 나온 직원들은 하루나만 찾았고, 이로 인해 지원 업무까지 담당하게 됐어도 하루나는 맡겨진 일에 최선을 다했다. 하루나는 동경사무소에서 없어서는 안 될 존재로 자리 잡아 갔다.

"소장님, 파견팀들의 보고서를 정리했습니다. 결재해 주시면 본사로 보내겠습니다."

"수고했어요. 그리고 조만간 사장님과 타케우치 부장님이 일본에 출장을 오실 거예요. 야마시타 군의 성실함을 내가 본사에 보고했으니, 좋은 소식을 기대해 봐요. 아직 다른 직원들은 모르고 있으니 당분간 우리 둘만 알고 있읍시다."

과거 JSC의 동료들을 통해 KBR과의 합작 정보를 입수한 마사토는 곧바로 코이치에게 보고했었다. 이 보고로 인해 경환은 직접 마사토에게 전화를 걸어 고생했다는 말을 전했고, 경환의 치하에 고무된 마사토는 자신도 SHJ의 일원으로 인정받게 됐다는 생각에 감사하다는 말을 수십 번 한 후에야 전화를 끊었다.

"사장님은 어떤 분이세요?"

경환과의 전화통화를 되새기던 마사토는 하루나에게 웃음을 보였다. 자신도 경환에 대해서는 정확하게 알지 못했기 때문이었다. 하루나는 하키라에서 만났던 경환의 모습을 떠올리며 얼굴을 붉혔다. 돈을 벌기 위해 하키라 마담의 스카우트 제의를 거절하지 못하고 처음 출근한 자리에서 경환을 만났었다. 경환의 말에 정신을 차리고 그날로 하키라를 그만두기는 했지만, 혹시라도 불이익이 오지 않을까 걱정이 가득했다.

"나도 한 번밖에는 뵙지 못했지만, 타케우치 부장님이 고개를 숙일 정도라면 대단한 분인 건 분명해요. 직원을 가족같이 생각하신다는 분이니 우리도 열심히 일해 봅시다. 나는 SHJ에 뼈를 묻을 각오를 하고 있어요."

마사토의 자신감 넘치는 말에 하루나는 자신의 선택이 틀리지 않기를 간절히 바랐다.

“일정이 나오면 바로 알려 주세요. 호텔 예약과 공항 픽업을 준비하겠습니다.”

“어? 야마시타 군, 공항 픽업은 준비하지 마세요. 사장님과 부장님은 알아서 사무소로 오실 거예요. 사장님 말씀대로 표현하자면 마중 나올 시간에 일이나 더 하라고 하신답니다. 이게 우리 SHJ의 원칙입니다.”

마사토의 말이 쉽게 이해되지는 않았다. 일본 기업과는 다르게 권위를 따지지 않는 모습이 하루나에게 신선하게 다가왔다. 자리로 돌아온 하루나는 다시 만나게 될 경환을 생각하며, 고이 간직하고 있던 100달러짜리 다섯 장을 꺼내 조심스럽게 만지작거렸다.

경환이 알제리 프로젝트를 위해 고심할 때, JSC도 빠르게 움직이고 있었다. SHJ는 이번 프로젝트를 실패한다 해도 KBR과의 경쟁에서 졌다는, 자존심에 상처를 입을 뿐이었지만 JSC에는 회사의 사활이 걸린 중차대한 문제였다. 국내 플랜트 경쟁에서 후발주자인 미쓰비시중공업과 미쓰이조선에 밀리고 있는 상황에서 해외 시장은 JSC의 생명을 연장시킬 수 있는 생명선이었다. KBR과의 합작을 성공한 료스케가 회장실에 들어섰다.

“부르셨습니까? 회장님.”

SHJ와의 전면전을 선포한 이후 케이스케는 료스케에게 힘을 실어 주었다. 자신의 대에서 JSC가 무너지게 놔둘 수는 없었기 때문이었다. 후계자로 생각한 코이치가 자신의 품에서 완전히 떠난 것을 확인한 케이스케로서도 료스케 말고는 다른 대안을 찾을 수가 없었다.

"이번 KBR과의 합작은 잘 처리했다. SHJ의 사장도 문제이긴 하지만, 가장 큰 문제는 코이치란 사실을 기억해라. 우리의 장단점을 코이치만큼 잘 알고 있는 놈도 없다는 것을 명심하고."

그동안 코이치와의 비교 대상으로 자격지심에 빠져 있던 료스케는 이번이야말로 자신의 사업가적인 능력을 보여줄 기회라 생각했다. 충분히 준비했다고 믿고 있는 료스케는 자신감이 충만했다.

"절대 방심하지 않겠습니다. 이번 경쟁은 비용을 최대한 얼마나 줄이느냐가 싸움의 관건이라고 판단했습니다. 이건 KBR도 동의하는 부분입니다. KBR에서는 자신들의 이익 폭을 최소로 줄이겠다는 통보를 해 왔습니다. 우선 비용을 줄이기 위해 일반 철 구조물은 전량 중국에서 위탁 생산을 할 예정입니다."

료스케의 전략은 흠잡을 곳이 없었다. 그러나 케이스케는 마음 한구석에 쌓여가는 불안감을 떨쳐버릴 수 없었다. 어느 누구도 성공을 예상하지 못했던 프로젝트를 SHJ는 보란 듯이 성공해 내고 경쟁사를 따돌려 버렸기 때문이었다. SHJ 하나만도 벅찰 수 있었는데, 지금은 자신이 후계자로 삼았던 코이치까지 SHJ에 합류했다. 코이치를 통해 SHJ와의 합작을 추진하려던 자신의 생각이 얼마나 어리석었는지 케이스케는 후회했다.

"KBR은 SHJ가 단순히 정보력에 의지에 입찰을 성공하고 있다고 하지만, 그 말에 현혹되지 말거라. SHJ가 정보만 제공하는 기업이었다고는 생각할 수 없다. 료스케 너는 지금까지 SHJ가 참여한 프로젝트를 처음부터 다시 살펴보고 SHJ의 대응전략이 무엇일지 연구해 봐야 할 거다."

료스케는 아직도 100% 신뢰를 주지 않는 케이스케가 못마땅했지만, 이번 입찰이 끝나기 전까지는 참을 수밖에 없었다. 이번 입찰을 성공으로 이끈 후 자신에게 동조하는 주주들과 함께 경영권을 손에 넣을 계획이었다.

"이번만큼은 SHJ나 코이치도 우리를 이길 수 없을 겁니다. 말씀대로 우리의 전략과 SHJ의 대응전략을 다시 분석해 보겠습니다. 회장님의 걱정이 무엇인지 저도 잘 알고 있지만, SHJ는 미쓰비시중공업의 높은 생산원가를 어떤 방법을 쓴다 하더라도 절대 풀지 못할 것입니다. 아울러 중대형 파이프를 중국에서 공급받기로 결정한 상태이기 때문에 비용 차이는 더 벌어지게 될 것입니다."

중국은 1990년대 중반부터 철강산업을 집중 육성했다. 그 대표적인 곳이 동북의 안강(AN STEEL)과 상해의 보강(BAO STEEL)이었고, 이 두 곳은 세계 시장에 뛰어들기 위해 저가로 제품을 풀었다. 질이 떨어진다는 우려가 있었지만, 료스케는 철 구조물과는 별도로 중대형 파이프까지 두 곳과 공급계약을 체결한 상태였다. 미쓰비시중공업과의 비용 차이는 걷잡을 수 없을 정도로 벌어졌기 때문에 료스케는 SHJ가 날고 긴다 해도 이 차이를 메울 수 없을 거라고 확신했다.

"흠, 료스케 네가 이번엔 준비를 철저히 했다고 본다. 하지만 생쥐도 구석에 몰리면 고양이를 문다는 것을 항상 기억해라."

케이스케는 자신도 이런 상황에선 마땅한 해결책을 찾을 수 없다고 판단했지만, 마음 한구석에 남아 있는 불안감이 사라지지는 않았다.

"야마시타 군, 준비는 다 됐겠죠?"

"네, 소장님. 사장님께서 도착하시면 바로 출발하면 됩니다."

SHJ 동경사무소는 경환의 방문을 맞아 분주하게 움직였다. 경환의 방문으로 미쓰비시중공업에 파견 나온 직원들까지 동경사무소에 모여 있었기 때문에 사무소는 앉아 있을 자리조차 부족한 상태였다. 마사토는 1박 2일의 짧은 일정에 차질이 생기지 않도록 두 번 세 번 일정을 확인했고, 하루나는 불안감과 기대감으로 떨리는 가슴을 진정시키고 있었다. 그때 사무실 문이 조용히 열리는 것을 바라보던 마사토가 급히 앞으로 튀어 나갔다.

"사장님, 동경사무소에 오신 걸 환영합니다."

"오카다 소장님, 고생 많으셨습니다. 타케우치 부장님을 통해 동경사무소가 큰 역할을 수행했다고 들었습니다. 앞으로도 잘 부탁합니다."

경환은 먼저 마사토에게 손을 건넸고 마사토는 황송하다는 표정으로 경환의 손을 두 손으로 잡았다. 경환은 마사토의 소개에 동경사무소 직원들과 일일이 인사를 나눴고 하루나는 자신의 차례가 다가옴에 따라 고동치는 심장을 주체하지 못했다.

"사장님, 야마시타 하루나 군입니다. 본사 파견 인원들의 지원 업무와 본사 연락 업무를 담당하고 있습니다."

마사토의 소개에 경환은 악수를 청했고, 하루나는 떨리는 가슴을 진정하며 경환이 내민 손을 겨우 잡았다. 짙은 화장에 기모노를 입고 있던 모습을 기억하던 경환은 달라진 하루나의 모습에 엷은 미소를 건넸다.

"미스 야마시타, 오카다 소장님의 칭찬이 대단하더군요. SHJ는 여성에게도 능력에 맞는 기회를 제공하는 회사입니다. 많은 기대를 하고 있습니다."

"감사합니다. 열심히 노력하겠습니다."

하루나는 왜 더 좋은 말을 생각하지 못했을까 후회했지만, 경환은 하루나를 지나쳐 버렸다. 경환이 마사토와 팀장들과 함께 회의실에 들어가는 순간에도 하루나는 경환과의 짧은 만남을 아쉬워하며 깊은 한숨을 내쉬었다.

"하워드 팀장님, 현재 T.F팀 상황은 어떻습니까?"

미쓰비시중공업의 설계 기술을 습득하며 원가분석을 담당하고 있던 클린트 하워드는 경환의 질문에 정리된 보고서를 건넸다.

"미쓰비시중공업의 설계 기술은 나무랄 데가 없다고 판단합니다. 문제는 미쓰비시중공업이 아웃소싱에 대한 인식이 부족한 관계로 원가를 줄일 수 있는 폭이 한정되어 있다는 점입니다. 이 상태대로라면 우리의 이익을 포기한다 해도 21억 달러가 한계라고 봅니다."

클린트의 답변에 경환과 코이치의 표정은 급히 굳어져 갔다. 20억 달러로도 수주를 장담하지 못하는 상황에서 21억 달러가 한계라면 문제는 심각할 수밖에 없었다.

"이번에 저와 타케우치 부장이 급히 일본에 오게 된 이유도 이 문제를 해결하기 위해서입니다. 저희 정보로는 JSC가 철 구조물의 중국 생산에 더해 중대형 파이프까지 수입한다고 합니다. 이럴 경우 우리가 예상한 20억 달러도 안심할 수치는 아닙니다."

코이치는 JSC의 중국 동향을 파악하기 위해 북경사무소의 김창동과 정보를 교환했다. 김창동은 화동과 경무부의 끈을 이용하여 JSC의 동향을 파악하던 중에 상해의 보강이 JSC에 중대형 파이프 공급계약을 체결한 사실을 알게 되었다. 코이치가 제안한 해외사무소 확대 계획이 빛을 발하는 순간이었다.

"오늘 있을 미쓰비시중공업과의 회의가 어떤 결과를 보이느냐에 따라 대응전략을 수정하겠습니다. 그때까지는 현행대로 업무를 계속해 주십시오."

짧은 회의를 마친 후 경환은 쉽지 않아 보이는 담판을 짓기 위해 서둘러 미쓰비시중공업으로 향했다.

경환이 나리타공항에 도착할 무렵, 료스케는 상해 홍차오공항에 도착해 보강에서 보낸 승용차에 타고 있었다. 1995년의 상해는 국제금융도시로 부활하기 위해 몸부림을 쳤다. 경환이 제시한 SOC 확대와 물류거점 확보를 실천하는 방법으로 상해는 푸동지역 개발에 열을 올렸고 상해항과 푸동공항을 새로 건설하는 중이었지만, 상해가 국제무대에 이름을 올리기 위해선 아직 시간이 필요했다. 료스케가 상해의 빠른 발전에 놀라워하고 있을 때 승용차는 보강그룹에 도착했다.

"타케우치 사장님, 보강에 오신 것을 환영합니다."

"왕 총경리님, 환영해 주셔서 감사합니다."

왕쩡바오가 료스케와 인사를 나누고 있을 때 처음 보는 인물이 료스케 앞으로 걸어 나왔다.

"이번 JSC와의 거래에 대외경제무역부에서도 관심을 보이고 있습니다. 이분은 왕샹첸 부부장입니다."

부부장으로 승진한 왕샹첸이 료스케와 가볍게 악수를 나눴다. 료스케는 차관급에 해당하는 부부장이 이 자리에 나왔다는 사실에 벌린 입을 다물 수 없었다. 그 당시 중국은 상대방의 기분을 맞춰 주기 위해 개인적인 친분만 있다면 차관급이 아니라 시장이나 당서기도 쉽게 부를 수 있던 시기였다. 1990년대 초반 이런 중국 기업들의 접대 방식에 현혹되어 가산을 탕진한 한국 기업들이 한두 곳이 아니었을 정도였다.

“이번 JSC와 보강의 합작을 우리 경무부뿐만 아니라 중앙정부에서도 관심 있게 지켜보고 있습니다. JSC의 많은 투자가 중국에 집중되기를 바랍니다.”

“하하하, 왕 부부장님께서 그렇게 말씀해 주시니 이번 입찰에 성공하고 나서 대대적인 투자계획을 검토해 보겠습니다.”

왕샹첸의 참석은 료스케로 하여금 일본 정부의 고위직이라도 된 듯한 착각에 빠져들게 만들었다.

“아시겠지만, 이번 입찰은 우리 JSC나 보강 그룹에도 중요할 수밖에 없습니다. 그러나 중국에서 생산되는 제품의 질을 우려하는 목소리가 있는 것도 아시리라 봅니다. 철저한 생산관리를 부탁드리러 이 먼 곳까지 찾아온 것입니다.”

“하하하, 예전의 중국이 아닙니다. JSC에 공급하는 제품의 질은 제가 보장하겠습니다. 전혀 문제가 없을 겁니다.”

왕쩡바오의 자신감 넘치는 말에 료스케는 안심했다. 그러나 문제가 생기더라도 수많은 변명으로 일관하는 중국인 특유의 성격을 료스케는 아직 경험하지 못하고 있었다.

“이번 경쟁업체인 미쓰비시중공업이 SHJ와 합작을 했다고 들었는데, 혹시 이경환 사장을 아십니까?”

왕쩡바오와 료스케의 대화를 지켜보던 왕샹첸의 느닷없는 질문에 료스케는 순간 당황했다. SHJ는 미국 기업이고 사장은 한국인이었는데 경무부 부부장이 알고 있다는 사실에 놀라지 않을 수 없었다.

“왕 부부장님께서 이경환 사장을 어떻게 아십니까? 사실 미쓰비시중공업은 JSC의 경쟁 상대는 아닙니다. 우리가 주목하는 것은 SHJ의 이경환 사장입니다. 솔직히 말씀드리자면 이번 파이프 공급계약 체결 건도 SHJ의 대응을 사전에 차단하기 위해 이뤄진 조치입니다."

왕샹첸은 씁쓸하게 입맛을 다시며 료스케의 얼굴을 바라봤다. 자신이 부부장으로 승진한 이후 끊임없이 SHJ의 투자를 요청했지만, 경환은 이런저런 핑계를 대며 투자를 꺼리고 있었다. JSC가 SHJ와 경쟁한다는 소식을 접하고 장성귀를 통해 SHJ에 정보를 흘리도록 했지만, 경환은 꿈쩍도 하지 않았다. 이런 경환의 태도에 심기가 불편해진 왕샹첸은, 경환을 한 번은 눌러야겠다는 생각에 급히 상해로 날아왔다.

"우리 경무부에서는 이번 JSC와 보강의 합작이 성공하도록 지원을 아끼지 않을 것입니다. JSC에 공급되는 제품에 대한 면세조건을 강화해서 원가를 낮추도록 유도하는 방안을 적극적으로 검토하겠습니다."

"감, 감사합니다."

중국 정부까지 자신을 지지하고 있다는 생각에 료스케는 감격하며 왕샹첸을 향해 고개를 조아렸다.

"이 사장님이 급하게 다시 일본을 찾을 정도라면 유리한 상황은 아니라고 봐야겠군요."

"다나카 사장님이 어떻게 분석하고 계실지는 모르겠지만, SHJ의 분석은 필패라고 보고 있습니다."

미쓰비시중공업의 회의실엔 무거운 분위기가 깔렸다. 경환은 화려한 화술로 희망 섞인 말을 늘어놓지 않았다. 오히려 필패라는 말을 먼저 꺼냄으로써 밑바닥에서부터 다시 시작하겠다는 의지를 미쓰비시중공업에 전달했다. 아사히는 예상외로 JSC의 전략이 먹히고 있는 상황이 불안하던 차에 경환의 입에서 필패라는 말이 나오자 곤혹스러워했다.

"SHJ의 제안을 받아들여 SHJ-화성플랜트에 제작을 의뢰했습니다. 이 정도로도 JSC를 이길 수 없다면, 우리가 SHJ와 합작한 의미를 상실하는 것 아니겠습니까?"

혹시라도 모를 실패의 책임 소재를 SHJ에 넘기려는 아사히의 답변에 경환은 어이가 없었다. 경환의 표정이 급격히 변하는 것을 감지한 코이치가 급히 아사히의 답변을 받았다.

"아직 PQ 서류도 제출하지 않은 상태입니다. 미쓰비시중공업에서 SHJ와의 합작에 의미를 갖지 못한다면 SHJ는 이번 입찰을 포기할 수도 있습니다. SHJ는 이 상황을 회피하지 않기 위해 일본으로 온 것입니다. 결정은 다나카 사장님이 하십시오."

처음부터 회의는 삐거덕거리고 있었다. 코이치의 말대로 SHJ의 명성에 금이 가긴 하겠지만, 이번 입찰을 포기한다 해서 SHJ가 큰 타격을 입는 것은 아니었다. 오히려 SHJ가 빠진다면 실패의 모든 책임은 아사히 자신에게로 돌아온다는 사실에 급히 고개를 숙일 수밖에 없었다.

"제가 실언을 했습니다, 사과드립니다. 그럼 SHJ는 JSC의 움직임에 어떤 대응책을 가지고 있습니까?"

경환은 진심으로 하는 사과가 아니란 것을 알았지만, 꼬투리를 잡고 싶지는 않았다. 그만큼 상황이 좋지 않았기 때문이었다.

"다나카 사장님의 사과를 받아들이겠습니다. 우선은 현 상황을 정확히 분석할 필요가 있다고 생각합니다. 타케우치 부장님이 보고해 주십시오."

이다나를 대신해 경환을 보좌하기 위해 회의에 참석한 하루나는 급변하는 회의 분위기에 압도되어 숨소리조차 내지 못하고 경환의 뒤에 자리 잡고 있었다. 하나라도 놓치지 않기 위해 열심히 메모를 적어 가던 하루나는 경환의 옆에서 회의를 주관하는 자신의 모습을 상상했다.

"JSC는 KBR과의 합작을 통해 기술력을 한층 업그레이드하는 데 성공했습니다. 또한 일반 철 구조물의 중국 제작과 특히 막대하게 소요되는 중대형 파이프에 있어 보강과의 공급계약 체결로 원가를 혁혁히 줄였습니다. SHJ의 분석으로는 JSC의 입찰 예정가를 19억 달러에서 20억 달러 상으로 추산하고 있으며, 미쓰비시중공업과의 차이는 많게는 2억 달러, 적게는 1억 달러로 보고 있습니다. 따라서 원가를 획기적으로 절감하는 방안을 찾지 못한다면 이번 입찰은 JSC가 수주할 수밖에 없는 상황입니다."

회의장은 침묵에 빠져들었다. 아사히는 반론을 제기하지 못하고 있었다. 이미 입찰팀으로부터 최종 입찰가를 21억 5,000만 달러로 보고받았기 때문에 21억 달러까지는 따라갈 수 있었지만, 그 이하는 무리였다.

"다나카 사장님, SHJ는 이 상황을 해결할 수 있는 방안을 마련해 놓았습니다. 그러나 미쓰비시중공업의 결단이 필요합니다. JSC의 들러리가 될지 아니면 JSC를 들러리로 만들지는 사장님이 결정하십시오."

그룹 차원에서 이번 입찰을 지원하고 있었기 때문에, JSC의 들러리로 전락한다면 자신의 미래는 없다는 사실이 아사히를 괴롭혔다. FPSO를 실패한 마당에 알제리 프로젝트까지 놓칠 수는 없었다.

"좋습니다. 제가 결정할 수 있는 범위라면 SHJ의 제안을 긍정적으로 검토하겠습니다."

선택의 여지가 없었던 아사히의 동의를 받아낸 경환은 코이치를 향해 고개를 끄떡였고 코이치가 급히 서류를 미쓰비시중공업에 전달했다. 서류를 넘기는 아사히의 미간이 좁아지기 시작했다. 코이치는 아사히의 표정 변화를 무시하며 말을 계속 이어갔다.

“미쓰비시중공업의 고비용을 해결하기 위해서는 시공비용을 낮추는 게 급선무입니다. 그래서 저희는 알제리에 진출해 있는 한국 대후건설과의 합작을 제의하며, 특수강판을 제외한 일반철판의 구매를 신일본제철에서 한국의 포항제철로 돌릴 것을 제안합니다. 또한 일반 철 구조물 물량 전체를 제3국에서 제작해야 된다고 판단합니다. 이 제안이 수용된다면 1억 달러 이상의 절감효과를 가져올 것입니다. 마지막 방안은 SHJ가 알제리 현지에 가야 알 수 있기 때문에 차후에 다시 말씀드리겠습니다.”

입찰의 주체는 미쓰비시중공업이지만, 제안의 내용을 들여다본다면 속 빈 강정이 될 수도 있는 문제였다. 그러나 아사히는 경환의 제안을 뿌리칠 수 없었다. 자신이 생각해도 JSC를 들러리로 만들기 위해서 이보다 좋은 제안이 없었기 때문이었다.

“마지막 방안이란 게 뭡니까?”

아사히가 한풀 꺾이자 경환은 아사히의 질문에 답변했다.

“현재 황태수 부사장이 한국에서 대후건설의 의사를 타진하고 있습니다. 미쓰비시중공업에서도 인원을 파견해 주시길 바랍니다. 저는 내일 알제리로 넘어가 소나트락과 미팅할 예정입니다. 보안상 자세한 건 말씀드릴 수 없으니 양해바랍니다.”

무거운 분위기의 회의는 오랫동안 계속됐다.

피 말리는 회의를 마친 경환은 녹초가 된 몸을 이끌고 호텔에 돌아와

욕조에 몸을 담갔다. 코이치를 비롯해 SHJ의 T.F팀들은 미쓰비시중공업에 남아 세부사항을 정리하고 있었지만, 큰 원칙에 합의를 본 상태에서 경환은 회의실에 남아 있을 필요를 느끼지 못했다. 아사히와 아키라의 끈질긴 접대 요청을 경환은 내일 출국해야 된다는 핑계로 뿌리쳤다.

띠리리 띠리리.

욕조 안에서 잠시 눈을 붙이고 있던 경환은 울리는 인터폰을 무의식적으로 받아 들었다.

"여보세요."

[사장님, 저 야마시타 하루나입니다. 식사를 어떻게 하실지 전화 드렸습니다.]

특별한 인원을 비서로 배치하지 말 것을 마사토에게 지시했지만, 이다나의 요청을 받아서인지 하루나는 경환의 곁을 떠나지 않았다. 식사도 거른 채 방으로 들어간 경환이 걱정됐던 하루나는 수십 번의 망설임 끝에 인터폰을 누른 후 혹시라도 경환을 방해한 것은 아닌가 하는 불안함에 목소리까지 떨리고 있었다.

"알았어요. 로비에서 봐요."

경환은 무거운 몸을 욕조에서 꺼내 청바지와 티셔츠를 걸친 후 방을 빠져나갔다.

"미스 야마시타, 오늘 힘들었을 텐데 집에 가서 쉬지 그랬어요?"

로비에서 엘리베이터만 바라보던 하루나는 막상 경환이 자신에게 다가오자 아무런 말도 하지 못한 채 꿀 먹은 벙어리처럼 눈만 껌뻑이고 있었다.

"저, 저……."

얼굴만 붉히며 말을 하지 못하는 하루나를 이끌고 경환은 벨 보이에게 택시 한 대를 요청했다. 가 보고 싶었던 곳이 생각나서였다.

"미스 야마시타, 아사쿠사로 갔으면 합니다. 같이 저녁이나 합시다."

하루나는 그제야 정신을 차리며 택시에 올라탔지만, 아사쿠사에 도착할 때까지 두 사람의 대화는 단절될 수밖에 없었다. 택시가 아사쿠사에 도착하자 택시비를 계산한 경환은 하루나를 뒤에 두고 재래상가가 밀집한 곳으로 발걸음을 옮겼다.

"사, 사장님."

일본어를 못하는 경환이 서둘러 앞서 나가자 하이힐을 신은 하루나는 도저히 경환의 속도를 따라가지 못해 숨을 헐떡일 수밖에 없었다. 하지만 경환은 하루나를 신경도 쓰지 않은 채 정신 나간 사람처럼 앞으로만 걸어 나갔다.

마침내 어느 회전초밥집에 도착한 경환은 그제야 하루나가 옆에 없다는 사실을 알고 하루나를 찾아 주위를 둘러보기 시작했다.

"헉, 헉. 사, 사장님."

"미안해요. 저만 생각했네요. 우리 여기서 저녁을 먹었으면 좋겠네요."

하루나가 도착하자 경환은 하루나의 답을 기다려 주지도 않고 식당 안으로 들어가 구석진 테이블에 자리를 잡고 앉았다.

"간단하게 생맥주 한 잔씩 하고 싶은데, 술 괜찮아요?"

하루나를 아직도 숨이 가쁜지 제대로 말을 하지 못한 채 고개만 끄떡이다 겨우 종업원을 불러 생맥주 두 잔을 주문했다. 하루나는 경환을 똑바로 쳐다보지 못하고 흘낏거리고 있었다. 생맥주가 탁자 위에 놓이자 경환은 급히 잔을 들어 올렸다.

"오늘 수고했어요. 동경사무소에 없어서는 안 될 직원이라는 말을 들었습니다. 좀 더 일을 배우게 된다면 분명 좋은 기회가 찾아올 겁니다. 같이 건배하죠."

두 사람은 맥주잔을 부딪친 후 차가운 맥주를 입으로 넘기자 하루의 피곤함이 가시는 듯한 착각에 빠져들었다. 회전판 위로는 초밥을 담은 각양각색의 접시들이 돌아가고 있었고, 경환과 하루나는 각자의 입맛에 맞는 초밥을 골랐다.

"부친께서는 나아지셨나요?"

하루나는 조용히 젓가락을 접시 위에 내려놓고 맥주로 입가심을 했다.

"암이에요. 현대의학으로는 손쓸 수 없는 상태고요. 그래도 제가 번듯한 직장인이 된 걸 기쁘게 생각하고 계셔서 맘이 편해요."

"미안합니다. 그럴 의도는 아니었는데……."

경환도 전생에서 부모님을 병마로 잃었던 기억이 있어서인지 하루나의 어두워진 표정을 이해할 수 있었다. 또한 어떠한 말로도 하루나를 위로할 수 없다는 사실에, 경환은 말을 잇지 못했다.

"괜찮아요. 미국에서 살다 부모님이 이혼을 하고 저는 아버지를 따라 일본으로 돌아왔어요. 어머니는 미국인과 재혼했고요. 아버지는 평생을 저만 바라보고 사셨어요. 병이 악화되다 보니 일도 못 하시고, 저는 취직도 안 되는 상태에서 처음 나간 자리에서 사장님을 만나게 됐어요."

하루나는 술집에서 경환을 처음 알게 된 것이 참기 힘들었는지 눈자위에 눈물이 맺히기 시작했다. 경환은 아버지를 따라갔다는 하루나의 말에 희수 얼굴이 오버랩됐다. 가슴이 먹먹해진 경환은 일부러 시선을 돌려 회전판을 바라봤고, 조그마한 케이크 위에 생크림과 딸기가 얹어진 디저트를 보자 서둘러 접시를 꺼내 하루나 앞에 놓아 주었다.

"제가 가장 사랑하는 사람이 좋아하던 거예요. 난 아직 먹어 보지 못했지만, 하루나와 어울리는 디저트인 것 같아 보이네요."

경환은 오성건설에서 퇴직하기 전 일본 만화를 좋아하던 희수를 위해 짧은 일정으로 동경에 여행을 온 적이 있었다. 지금 이 회전초밥집은 가족들과 함께 찾았던 곳으로, 희수가 이 디저트를 세 개나 먹었던 것을 경환은 기억했다.

"초밥집에 디저트가 있다니 저도 오늘 처음 알았어요. 정말 맛있어요."

"미스 야마시타, 이전의 안 좋았던 기억은 다 지워요. 저는 미스 야마시타가 SHJ에서 능력을 발휘하기를 기다리고 있겠습니다."

"감사합니다. 그리고 앞으로는 제 이름을 불러 주셨으면 좋겠습니다."

경환은 하루나를 향해 미소를 보이고는 다시 식사에 집중했다. 하루나는 혹시 자신이 실수를 한 건 아닌지 고개를 숙인 채 더 이상 식사를 하지 못했다.

"하루나 상, 식사 끝내고 하라주쿠에 같이 가 줄래요?"

"네, 사장님."

식사를 마친 두 사람은 하라주쿠로 이동해 골목을 누볐다. 큰 키의 두 사람이 하라주쿠에 나타나자 주위의 시선이 자연스럽게 두 사람에게 쏠렸다. 경환과의 데이트 아닌 데이트를 한 하루나는 자신도 알 수 없는 설렘에 밤잠을 설쳤다. 짧은 일정을 마친 경환은 코이치와 함께 아침 일찍 알제리를 향해 떠났고, 하루나는 허전한 마음에 일이 손에 잡히지 않았다.

대후건설에선 일본에서 방금 도착한 아키라와 황태수가 회의실에 들어섰다. 사실 SHJ의 제안을 받아들이긴 했지만, 미쓰비시중공업은 자신들과 가까운 오성 그룹과의 합작을 대안으로 제시했었다. 오성 그룹의 성장에 지대한 도움을 준 미쓰비시 그룹에겐 대후건설보다는 오성건설이 편했지만, 경환은 북아프리카에서 인지도가 떨어진다는 이유를 들어 오성건설의 참여를 단칼에 거절해 버렸다. 이것은 미쓰비시중공업이 오성건설을 이용해 주도권을 잡지 못하게 하려는 이유도 있었지만, 오성전자에 투자를 결심한 이후 오성 그룹에 SHJ가 쏠리지 않게 하기 위한 이유도 있었다.

"오늘 좋은 결과가 나오기를 희망합니다."

"감사합니다. 저희들 또한 대후건설과 좋은 만남이 되기를 바랍니다."

김준성은 SHJ가 미쓰비시중공업과 손을 잡자 알제리 프로젝트에 대한 미련을 버리고 다음 기회를 노렸다. 대후건설에서도 SHJ와의 합작을 쌍수 들고 바랐지만, 우선은 대후건설의 이익을 위해 조심스럽게 접근할 필요가 있다고 생각했다. 아무런 이유 없이 대후건설과 미쓰비시중공업의 합작을 제안할 정도로 SHJ와 대후건설이 밀착된 관계는 아니라고 봤기 때문이었다.

"갑작스럽게 대후건설과의 합작을 제안하시는 이유를 여쭤 봐도 되겠습니까?"

아키라를 의식해서인지 김준성이 영어로 질문을 던지자 아키라는 자신이 김준성의 질문에 답변하기 위해 황태수의 동의를 얻었다.

"대후건설도 이미 상황을 파악하고 있다고 봅니다. 솔직히 말씀드리자면 JSC가 중국과 밀착되는 바람에 원가 차이를 메울 수 있는 방법을 도저히 찾을 수 없었습니다. 그래서 우리 미쓰비시중공업은 SHJ의 제안을 받아들여 대후건설과의 합작을 추진하게 된 것입니다."

김준성은 아키라의 숨김없는 솔직한 답변에 놀라긴 했지만, 이 정도로 미쓰비시중공업이 막다른 골목에 몰리고 있다는 것을 알게 됐다. 이미 주도권은 김준성의 손에 놓인 상태였다.

"솔직하게 말씀해 주셔서 감사합니다. 한 가지 정보를 더 드린다면 KBR이 아동건설과 물밑 접촉을 하고 있다는 것입니다. 나이지리아 공사를 문제없이 진행하는 아동건설에 신뢰가 쌓였다는 증거겠지요. 아동건설까지 알제리 프로젝트에 참여하게 된다면 더욱 힘든 싸움이 되지 않겠습니까?"

산 넘어 산이었다. 원가를 절감하기 위해 대후건설과의 합작을 추진했지만, 아동건설이 참여한다면 시공 원가를 줄이려던 대안은 다시 원점으로 돌아갈 수밖에 없었다. KBR은 SHJ와 미쓰비시중공업의 약점을 정확히 파악하고 무섭게 파고들어 왔다. 황태수와 아키라의 표정은 급격히 굳어졌다.

"흠, 더 어려운 싸움이 되겠군요. 아동건설도 우리와 계약이 되어 있다고는 하지만, KBR의 제안을 거절하지는 않을 거고요."

황태수는 다음 말을 쉽게 꺼낼 수 없었다. 자신이 생각해도 JSC와 KBR의 전략에 마땅한 대응책을 찾을 수 없었기 때문이었다. 그러나 알제리로 날아가고 있는 경환을 믿으며 자신은 맡은 일을 처리해야 했다.

"지금은 말씀드릴 수 없지만, SHJ는 마지막 한 수를 가지고 있습니다. 김 전무님께서는 이번 미쓰비시중공업과의 합작에 대해 어떻게 생각하십니까? 시간이 많이 없는 점 양해 바랍니다."

김준성이 열심히 주판을 튕기고 있다는 것을 파악한 황태수는 대후건설이 제안을 거절할 수도 있다고 생각했다. 알제리에 영향력을 행사하며 낮은 시공비용을 제공할 수 있는 대후건설과의 합작이 필요했지만, 싫다는 놈을 억지로 끌고 갈 생각은 없었다.

"너무 어려운 질문을 주셨습니다. SHJ의 능력을 의심하는 것은 아니지만, 객관적인 시각으로는 이번 입찰은 SHJ도 넘기 힘들 거라고 봅니다."

명백한 거절 의사라고 판단한 황태수와 아키라는 깊은 한숨을 내쉬었다. 뻔히 보이는 싸움에 피를 흘릴 이유가 없다는 것에는 황태수나 아키라도 동의할 수밖에 없었다. 김준성은 허탈해하는 두 사람의 표정을 재미있다는 듯 쳐다본 후 다시 입을 열었다.

"그러나 우리 대후건설은 이번 SHJ의 제안을 받아들이겠습니다. 우리의 마진을 포기해서라도 아동건설이 따라오지 못할 정도의 시공비를 제공할 의향이 있습니다. 우리가 이번 제안을 받아들이는 이유는 SHJ와 미래 동반자로 함께 성공하기 위해서입니다."

김준성이 제안을 받아들이자 황태수는 막혔던 통로에 한 줄기 빛이 들어오는 것을 느꼈다. 김준성이 이익을 고려하지 않고 이번 합작에 참여할 것을 선언하자 아키라도 이에 호응하고 나섰다.

"대후건설의 결단에 감사드립니다. 우리 미쓰비시중공업도 대후건설과 마찬가지로 이익을 고려하지 않고 입찰 성공에 무게감을 실어 원가분석을 다시 진행하도록 하겠습니다."

"우리 SHJ와 SHJ-화성플랜트도 이에 동조하겠습니다. 우선 포항제철과의 협상은 대후건설이 맡아 주셨으면 합니다. 포항제철에서 생산하지 못하는 특수합금강판을 제외한 전 물량을 포항제철에서 공급받는 것에 대해 미쓰비시중공업도 동의했습니다."

입찰의 결과는 아직 장담할 수 없을 정도로 불리했지만, 쉽게 지지는 않을 거라는 생각이 세 사람을 흥분시켰다.

파리를 경유해 알제리 우아리 부메디엔 공항에 도착한 경환과 코이치는 서둘러 입국수속을 마치고 택시를 잡기 위해 빠르게 입국장을 빠져나갔다.

"제임스, 오랜만입니다."

자신의 이름이 들리자 어리둥절한 표정으로 주위를 살피던 경환은 자신의 뒤로 TOTAL의 뱅상이 다가오는 것을 보고 놀랄 수밖에 없었다.

"뱅상, 어떻게 공항에 나오셨습니까?"

"하하하, 명성이 자자한 SHJ의 오너가 택시를 타고 활보한다면 웃음거리가 될 수도 있을 것 같아 마중을 나왔습니다. 같이 이동합시다."

반갑게 맞아 주는 뱅상을 따라 TOTAL에서 준비한 승용차에 오른 경환은 자신의 선택이 틀리지 않았다는 것에 안도했다. 알제리는 프랑스의 오랜 식민지에서 벗어난 지 얼마 되지 않은 국가였기에 프랑스의 입김에서 자유로울 수 없는 상태였다. 경환은 소나트락을 움직이기 위해 TOTAL과의 합작을 제의했고, 뱅상이 공항에 마중 나온 것을 봤을 때 TOTAL도 경환의 제의에 관심을 보이고 있었다. 경환은 뱅상의 답변을 초조한 마음으로 기다렸다.

"SHJ가 제안한 내용이 재미있더군요. 제임스의 의견을 듣고 싶습니다."

"아프리카의 플랜트 시장은 커질 수밖에 없다고 봅니다. SHJ의 힘만으로는 어렵다는 판단 하에 TOTAL에 제안하게 된 것입니다."

뱅상은 SHJ와 KBR이 결별해 경쟁하고 있다는 사실을 알고부터 경환의 행보를 관심 있게 지켜봤다. JSC와 KBR이 대세를 굳혀 가는 상황에서 경환이 내민 카드는 자신의 호기심을 자극했다. 경환보다 앞서 알제리에 도착한 것이 그 이유를 설명하고 있었다.

승용차는 알제리의 수도인 알제 중심지역을 향해 달려갔다. 주위 경관을 바라보던 경환에게 뱅상은 묘한 미소를 지어 보였다.

"결론부터 말하자면 소나트락도 SHJ의 제안에 관심을 보이고 있습니다. 그러나 이번 입찰을 성공시키기 위한 단발적 이슈로 그칠 것을 우려하는 것도 사실입니다. 그건 제임스가 어떻게 푸느냐에 달려 있다고 봅니다. 소나트락을 잘 설득해 보십시오."

뱅상의 말이 경환을 더욱 깊은 고민에 빠져들게 만들었다. 뱅상의 말처럼 이번 제안은 JSC와의 경쟁에서 이기기 위해 급조된 것이기 때문이었다. 아동건설이 KBR의 제안을 받아들여 이번 입찰에 참여한다는 소식은 경환에게도 큰 충격이었다. 대후건설이 적극적으로 합작 의사를 밝혔다고는 하지만, 분위기를 낙관할 수 없는 상황이었기 때문에 이번 소나트락과의 만남이 그 무엇보다 중요했다. 뱅상의 말을 곱씹고 있을 때 승용차는 소나트락에 도착했고, 경환과 코이치는 뱅상과 함께 접견실에 들어섰다.

"SHJ의 명성은 익히 듣고 있습니다. 소나트락의 사장 모하메드 할리체입니다."

턱수염이 수북한 모하메드의 환대에 경환은 오른손을 가슴 가운데로 몰아 존경의 표시를 한 뒤 손을 내밀어 악수를 청했다. 모하메드는 경환의 악수를 받은 뒤 과장되게 경환을 맞아 주었다.

"하하하, 명성만 자자한 게 아니라, 아랍 식 문화에도 익숙하십니다."

"인샤알라."

경환의 입에서 인샤알라라는 말이 나오자 모하메드는 놀라움을 표하며 경환의 어깨를 격하게 두드렸다. 경환은 과거 중동 프로젝트를 진행하면서 이슬람 문화와 예절을 우선적으로 공부한 적이 있었다. 아랍인들은 과장된 제스처와 신체 접촉을 통해 대화를 진행한다는 것과, 한국과 달리 허리나 머리를 굽히지 않는다는 것, 절대 왼손을 상대방에게 내밀면 안 된다는 것 등 복잡한 예절이 많았지만, 이런 문화를 먼저 배움으로써 많은 도움을 받았다는 것을 기억했다. 모하메드는 경환을 안아 주며 양쪽 뺨을 맞춰 친근함을 표시했다. 이런 두 사람을 보고 뱅상은 미소 지으며 고개를 절레절레 흔들어 보였다. 긴 인사를 나눈 뒤 탁자에 앉은 경환은 비즈니스도 잘 풀려 가기를 희망하며 모하메드의 생각을 읽기 위해 집중했다.

"PQ가 얼마 남지 않은 상황에서 이번 입찰에 참여하는 SHJ를 만난다는 게 일종의 혜택이라는 목소리가 많다는 걸 아실 겁니다. 지라드 사장의 요청이 없었다면 오늘 만남은 이뤄지기 어려웠을 거고요. SHJ가 이런 제안을 해 온 이유가 무엇입니까?"

경환은 아랍인들과의 대화에서는 상대방의 눈을 직시해야 된다는 것을 기억하고는 모하메드의 눈을 자신의 눈과 맞추며 정리한 생각을 말해 나갔다.

"저는 말을 돌리거나 거짓을 말하는 성격이 아닙니다. 솔직히 말씀드리자면 JSC를 누르기 위해 이번 제안을 드린 것입니다."

"흠."

과한 제스처를 보이던 모하메드는 팔을 거둬들여 팔걸이에 올려놓은 후 경환의 시선을 외면해 버렸다. 모하메드의 옆에서 단지 뱅상만이 미소를 보일 뿐이었다.

"그럼 SHJ의 제안은 오랜 시간 검토한 것이 아닌 단지 입찰에 성공하기 위한 이슈에 지나지 않는다는 것인가요?"

모하메드는 소나트락을 이용하려 했다는 생각에 웃음을 거둬들이고 노기 섞인 말투로 경환을 압박했다. 경환의 입에서 적절한 답변이 나오지 않는다면 이것으로 정리할 생각이었다.

"할리체 사장님의 심기를 불편하게 했다면 죄송합니다. 저희는 중동과 북아프리카를 항상 주목하고 있었습니다. 많은 플랜트 공사가 이 지역에 집중되어 있지만, 플랜트 기술을 넘기는 것은 대부분의 기업들이 꺼리고 있는 게 현실입니다. 우리 SHJ는 단순한 컨설팅기업이지만, 이런 점을 항상 아쉬워하고 있었습니다."

경환의 말이 사실이란 것을 모하메드나 뱅상은 부인할 수 없었다. 그동안 산유국이란 이점으로 넘치는 오일달러를 주체하기도 힘들었는데 굳이 플랜트 기술력을 확보할 필요성을 느끼지 못했다. 그러나 이슬람이 서방세계의 돈주머니 역할만 할 수 없다는 여론이 조성되면서 기술력 확보를 외치는 소리가 조용히 고개를 내밀었다. 하지만 아직 대세에 영향을 끼치고 있지는 못했다. 경환은 2000년 중반 이후 현지 제작을 옵션으로 내거는 프로젝트가 증가한다는 것에 착안하여 다른 기업들보다 적어도

10년 먼저 이 시장을 선점하려고 했다.

"사실 알제리가 검토 대상은 아니었습니다. 현재 SHJ는 사우디의 아람코와 합작공장을 설립하기 위해 협의하고 있었지만, 계획을 변경하여 중동지역과 북아프리카로 지역을 분리, 두 곳에 합작공장을 설립하려고 하는 것입니다."

모하메드의 눈이 급히 크게 떠졌다. 자신도 서방의 플랜트 기술을 습득해야 된다고 주장하는 그룹에 속했기 때문에 중동지역에서 가장 규모가 큰 아람코와 합작을 추진하고 있다는 것에 관심을 보이지 않을 수 없었다.

"아람코와 합작을 추진하고 있다는 게 사실입니까?"

"사실입니다. 그건 TOTAL에서 보증하겠습니다. SHJ의 제작 기술은 상당한 실력까지 올라왔습니다. 현재 나이지리아, 사우디, 쿠웨이트, 오만 등 각 현장에 공급되는 상당량을 SHJ에서 제작하고 있습니다."

모하메드의 의구심은 뱅상의 말로 정리가 됐다. 탐나는 제안이기는 하지만, 이번 입찰의 대가로 합작공장 설립을 추진하기엔 무리가 있었다.

"그렇다고 공개 입찰을 무시하고 SHJ의 손을 들어줄 수는 없습니다."

"소나트락에 부담을 주려는 것이 아닙니다. 저가 입찰에만 중점을 두신다면 시공 과정 중에 큰 문제가 발생할 수도 있다고 보기 때문에 다른 시각에서 이 문제를 검토해 달라는 부탁을 드리는 것입니다."

모하메드는 JSC와 미쓰비시중공업이 같은 일본 기업이지만, 이번 입찰을 놓고 피 터지는 경쟁 중이라는 사실을 알고 있었다. 경환이 지적한 문제가 JSC를 빗대서 한 말이란 사실은 굳이 설명이 필요가 없었다.

"시공상의 문제점이란 것이 뭡니까?"

경환은 크게 심호흡을 한 뒤 머릿속으로 생각을 정리했다. 이번 입찰의 성공 여부는 지금부터 시작하는 자신의 말에 모하메드가 어떻게 반응하느냐에 따라 결정되기 때문이었다.

"이 정도로 되겠습니까? 아직 소나트락의 컨펌도 받지 않았는데 미리 선물을 준 게 아닌지 걱정입니다."

모하메드와의 긴 협상 후 융숭한 접대를 받고 호텔로 돌아온 경환과 코이치는 기름기 많은 양고기를 먹어서인지 더부룩한 속을 맥주로 달랬다.

"MOU는 말 그대로 양해각서일 뿐입니다. 무턱대고 선물을 줄 생각은 없으니 타케우치 부장님은 너무 걱정하지 마세요."

모하메드는 경환의 문제 제기에 대해 긍정적으로 검토하겠다는 답변만 주고는 TOTAL에서 준비한 MOU를 체결하자는 의견을 내세웠다. SHJ 51%, 소나트락 29%, TOTAL 20%로 알제리에 플랜트 제작공장을 설립하고 일반 철 구조물로 시작, 단계적으로 특수플랜트 제작공장으로 성장시킨다는 MOU에 망설임 없이 사인해 버렸다. 경환은 이번 MOU 체결을 통해 간만 보는 아람코를 압박하는 수단으로 이용할 생각이었기 때문에, 혹시라도 이번 입찰이 JSC로 넘어가게 된다면 MOU는 휴지 조각이 될 가능성이 많았다.

"미쓰비시중공업은 신일본제철을, 대후건설엔 포항제철을 단속하도록 협조 요청을 하세요. 아직은 불확실하지만, 준비는 해야 되지 않겠습니까?"

"알겠습니다. 바로 조치하겠습니다. TOTAL이 합작에 참여할 줄은 몰랐습니다."

이 부분은 경환에게도 의외였다. 단지 소나트락과의 연결을 부탁하기 위해 뱅상에게 도움을 요청했는데, 뱅상이 MOU까지 작성해 알제리로 직접 건너올 줄은 경환도 몰랐던 사실이었다.

"북아프리카는 TOTAL의 영향력이 강했던 곳이었지만, 점차 미국과 영국에 그 자리를 뺏기다 보니 이번 합작을 기회로 삼으려는 것 아니겠습니까?"

코이치는 자신이 생각할 수 없는 방법으로 TOTAL과의 합작을 이끌어 내며 꽉 막힌 상황을 돌파하는 경환의 모습에 감명을 받았다. 이번 전략이 실패해 입찰에 성공하지 못한다 하더라도 SHJ의 영향력은 갈수록 커질 거라는 사실을 믿어 의심치 않았다.

"그나저나 양고기를 먹었더니 속이 니글니글하네요."

"사장님, 잠시만 기다리십시오."

기름지고 향신료 섞인 요리를 좋아하지 않는 경환은 과하게 먹은 양고기가 탈이 났는지 속이 불편해졌다. 그런 경환의 모습을 바라보던 코이치는 급히 자리에서 일어나 사라졌고 잠시 후 잘게 썰린 바게트와 함께 조그만 유리병 하나를 들고 다시 나타났다.

"부장님, 고추장은 어디서 구하셨습니까?"

경환은 급히 고추장에 바게트를 듬뿍 찍어 입에 넣었고 매운 고추장이 목으로 넘어가자 부글거리던 속을 진정시킬 수 있었다.

"동경사무소의 야마시타 군이 사장님을 위해 챙겨주더군요. 이렇게 요긴하게 쓰일 줄은 몰랐습니다."

"하루나 상이요?"

코이치는 경환이 하루나의 이름을 부르자 고개를 갸우뚱거렸지만, 두 사람이 특별한 관계를 맺을 시간이 없었다는 걸 알고는 큰 의미를 두지 않았다.

"알제리 일정이 예상보다 빨리 끝나다 보니 시간이 좀 생겼네요. 하루 정도는 지중해를 감상하며 재충전을 하고 모레 출발하는 걸로 하시죠."

삼 일로 예상했던 소나트락과의 회의가 도착한 첫날 마무리되자, 급할수록 돌아가라는 말을 상기하며 다음 날 출장을 정리하겠다는 코이치를 강제로 끌고 지중해를 감상하며 휴식을 취했다. 소나트락의 반응은 아직 나오지 않았지만, 황태수를 지원하기 위해 알제리 일정을 마무리하고 두 사람은 일본행 비행기에 몸을 실었다.

PQ 서류 마감이 일주일 앞으로 다가오자 JSC는 모든 역량을 이번 입찰에 쏟았다. 서류를 완벽히 갖추고 출장을 준비하던 카이토는 노크도 없이 급하게 들어오는 입찰팀장을 못마땅한 눈으로 바라봤다.

"전, 전무님. 소나트락에서 들어온 팩스입니다."

입찰팀장이 건네는 팩스를 신경질적으로 낚아채 훑어보던 카이토는 자리에서 벌떡 일어나 고함을 질렀다.

"사장님을 뵙고 올 때까지, 모든 작업을 중지하고 대기해!"

그 시각 료스케는 중국 출장에 대한 성과를 케이스케에게 보고하고 있었다. 경무부 부부장까지 나서 JSC의 지원을 약속했다는 사실을 강조하며 이번 입찰을 성공한 후 중국과의 합작에 본격적으로 나설 것이라 설명했다.

"중국이란 나라는 한국보다도 다루기 어려운 나라라는 걸 명심해야 돼. 지금은 고픈 배를 채우기 위해 머리를 숙이지만, 배를 채운 다음에는 먹이를 주던 사람을 잡아먹으려 들 거야. 중국은 하청으로만 이용해야 된다는 생각엔 변함이 없다. 이 문제는 신중하게 다시 검토하도록 해라."

뜻밖에도 케이스케는 정확한 시각으로 중국을 바라봤다. 그러나 료스케는 그런 케이스케의 의견을 받아들일 생각이 전혀 없었다. 이번 입찰만 끝나면 케이스케를 명예회장으로 올리고 자신이 경영권을 틀어잡을 생각으로 가득 차 있었다. 그때 문이 열리고 카이토가 뛰어들어 왔다.

"아버지! 아, 아니, 회장님! 심각한 문제가 생겼습니다."

카이토는 급히 팩스를 케이스케에게 건넸다. 팩스를 확인한 케이스케는 한숨을 내쉬며 의자에 몸을 파묻었다. 료스케는 케이스케가 떨어트린 팩스를 읽으며 마른침을 삼켰다.

"이, 이런 말도 안 되는. PQ를 일주일 남기고 옵션을 추가하면 어쩌겠다는 거야!"

료스케가 주먹을 쥐며 분노에 몸부림치고 있을 때 케이스케가 감았던 눈을 떴다.

"이건 누가 뭐라 해도 SHJ의 작품이겠지. 료스케, 네놈이 중국에 집중하고 있을 때 이경환이라는 친구와 코이치는 소나트락과 물밑 교섭을 했을 거다. 이 서류가 그걸 증명하는 거란 말이다!"

케이스케는 소나트락의 팩스를 료스케의 얼굴에 던져 버렸다. 그 팩스에는 C/O(원산지증명서)를 강화하겠다는 내용과 함께 일반 철 구조물을 제외하고 중국에서 제작된 모든 파이프는 자격을 부여하지 않겠다고 명시되어 있었다. 또한 알제리 현지에서 플랜트를 제작하는 기업에 가산점을 부여하겠다는 내용도 첨가되어 있었다. 료스케는 초점 잃은 눈으로 허공만 바라봤다. 이제 케이스케가 전면에 나설 수밖에 없었다.

"카이토는 밤을 새워서라도 비용분석을 다시 하도록 하고, 료스케 네 놈은 아동건설에 연락해 한국의 철 구조물 제작업체를 수배하도록 해라. 정신 차려, 이놈아!"

소나트락의 팩스 한 장으로 입찰은 다시 미궁 속으로 빠져들었지만, 케이스케는 이번 입찰이 JSC에 불리하게 돌아가고 있다는 것을 경험으로 알았다. 자신의 마지막 작품으로 준비하던 이번 입찰이 실패로 돌아가게 하지 않기 위해 케이스케는 다시 지휘봉을 들었다.

파리를 경유하는 긴 비행시간을 보낸 후에 나리타공항에 도착한 두 사람은 거의 초주검이 된 상태로 입국장을 빠져나왔다. 퀼컴이 터지기 시작하면 자가용 비행기부터 구매하겠다는 다짐을 할 정도로 경환은 지쳐 있었다.

"사장님! 기다리고 있었습니다."

경환과 코이치가 입국장을 빠져나오자 마사토와 하루나가 급히 뛰어와 인사를 했다. 마중을 일절 금지하고 있던 경환은 두 사람의 출현을 반가워하지 않았다.

"제가 마중은 나오지 마시라고 했는데, 왜 나오셨습니까?"

"죄송합니다, 사장님. 급하게 알려드릴 사항이 있어 지시를 무시하고 나오게 됐습니다. 서류부터 확인하십시오."

머리를 숙이고 있는 마사토를 대신해 하루나가 경환에게 서류를 건네주었다. 굳은 인상을 한 경환의 모습에 하루나는 긴장했지만, 경환은 그런 하루나를 신경 쓰지 않은 채 건네준 서류를 읽어 내린 후 코이치에게 주었다.

"좋은 소식이군요. 이유도 묻지 않고 화를 내서 죄송합니다."

마사토는 그제야 숙인 고개를 들어 올릴 수 있었다. 마사토를 앞세워 승용차에 올라탄 경환은 소나트락에서 자신의 제안을 받아들인 사실에 만족해하며 후속 작업에 대한 계획을 정리했다.

"오카다 소장님, JSC는 어떻게 대응하고 있습니까?"

"그게, 정보를 입수하기가 쉽지 않습니다. 마지막으로 입수한 정보는 타케우치 회장이 전면에 나서 진두지휘를 하고 있다고 합니다."

운전을 하던 마사토는 경직된 자세를 취하며 경환의 질문에 답했다. 능구렁이 같은 타케우치 회장이 전면에 나섰다면 이번 소나트락의 조치에 대응하며 다른 변수를 만들기 위해 틈을 노릴 거란 생각에 급히 코이치를 찾았다.

"부장님은 JSC의 대응을 차단하는 전략을 연구해서 보고해 주십시오."

"알겠습니다. 사장님이 미국으로 돌아가기 전까지 보고드리겠습니다."

코이치는 경환의 지시를 묵묵히 받아들였지만, 경환의 마음은 편치 못했다. 부친의 전략을 파악해서 부친을 무너트리라는 것은 자신이 생각해도 반인륜적인 지시였지만, 코이치 말고는 타케우치 회장의 전략을 막을 사람이 없었다. 경환은 미안한 마음을 코이치에게 보여 줄 수는 없었다.

"사장님, 황 부사장님을 포함해서 이번 입찰에 참여하는 업체들이 현재 미쓰비시중공업에서 사장님을 기다리고 있습니다. 그쪽으로 먼저 모시겠습니다."

긴장해서인지 하루나는 사무적으로 또박또박 말을 끊었지만, 떨리는 음성까지 숨길 수는 없었다.

"그렇게 하세요. 그리고 하루나 상, 고추장 잘 먹었습니다. 덕분에 속을 풀 수 있었네요."

운전을 하던 마사토는 무슨 얘기인지 감을 잡지 못한 채 하루나를 힐끔 쳐다봤다. 하루나가 붉어진 얼굴을 서류로 가리며 떨리는 가슴을 주체하지 못하고 있을 때 경환은 쏟아지는 잠을 막지 못했다.

"사장님, 도착했습니다."

비몽사몽간에 코이치의 음성이 들리자 경환은 무거운 눈꺼풀을 억지로 올리며 힘들게 차에서 내렸다. 기지개를 켜는 경환에게 하루나는 급히 빗을 건네며 머리를 정리하라는 시늉을 보였다.

"고마워요, 하루나 상."

경환이 다시 한 번 자신의 이름을 부르자 하루나는 태연한 척 급히 정문을 통과했고, 경환은 하루나의 뒷모습을 바라보며 머리를 빗어 내렸다.

"이 사장님, 수고하셨습니다. 이런 결과를 만들어 오실 줄은 전혀 기대도 하지 못했습니다. 피곤하실 텐데 이쪽으로 먼저 모시게 돼서 정말 죄송합니다."

아사히는 회사 정문까지 내려와 경환을 반겼고, 아사히 뒤로는 황태수가 자신의 보스에게 흐뭇한 진심을 담은 미소를 보냈다. 아사히와의 인사를 마친 경환은 김준성에게 다가갔다.

"대후건설에서 큰 결심을 해 주셨다고 들었습니다. 신세를 졌습니다."

경환은 고개를 숙여 김준성에게 감사를 표했지만, 김준성은 경환의 어깨를 들어 올리며 손사래를 쳤다.

"아닙니다. 신세는 우리 대후건설이 지고 있습니다. 이런 기회를 주셔서 진심으로 감사합니다."

김준성은 자신의 결정이 잘못되지 않았다는 것을 확인하고는 돌아가는 황태수, 아키라와 함께 일본으로 건너왔다. 경환과의 첫 만남은 좋지 못했지만, 끝이 중요하다고 김준성은 생각했다. 김준성은 이번 기회를 통해 SHJ와의 관계를 공고히 만들겠다는 생각으로 그룹 회장까지 설득했다.

"자, 자. 여기서 이러지 말고 회의실로 들어갑시다."

아사히가 나서 경환의 주위에 몰려드는 사람들을 정리하자 다들 들뜬 기분을 가라앉히고 담소를 나누며 회의실로 들어갔다.

"우선 이번 소나트락과의 협의 내용에 대해 간략히 말씀드리겠습니다. 그동안 보안 때문에 계획을 말씀드리지 못한 점 우선 이해해 주십시오."

경환을 대신해 코이치가 나서서 소나트락, TOTAL과의 MOU 체결에 대해 설명하자 아사히와 김준성은 자신들은 생각할 수도 없는 방법으로 역전의 발판을 만들어 낸 SHJ의 능력에 혀를 내두르며 이번 입찰에 강한 자신감을 보였다. 코이치의 설명이 끝나자 경환이 마이크를 잡았다.

"저는 역전이라고 생각하지 않습니다. JSC를 잡을 수 있는 거리까지 좁혔을 뿐이라고 생각합니다. JSC 뒤에는 KBR이라는 강력한 지원군이 포진되어 있다는 것을 잊으면 안 됩니다."

경환은 케이스케와 윌리엄의 집요함을 알고 있었다. 행여 들뜬 기분으로 비용분석에 소홀히 대처한다면 겨우 잡은 기회를 놓칠 수도 있었다. 경환의 말에 회의실은 침묵에 휩싸였다. KBR은 SHJ-화성플랜트의 발주물량을 서서히 줄여가며 나트람과의 관계를 회복했다. 경환은 이번 기회에 KBR이 가지고 있는 지분을 인수하려 했지만, 무슨 이유에서인지 윌리엄은 이 지분만큼은 포기하지 않았다.

"우리가 JSC와 중국의 밀월관계를 막았다고는 하지만, KBR은 한국의 아동건설과 인도의 나트람을 내세워 JSC의 후방을 지원하며 반격에 나설 것입니다. 이럴 경우 우리가 밀리는 형국이 될 수도 있다는 것을 상기해야 합니다."

"그래도 소나트락과의 합작이 성공한 만큼 우리가 유리하다고 볼 수도 있지 않겠습니까? TOTAL도 한 손을 거들게 될 거고 말입니다."

아사히가 너무 과민하게 대응하는 것 아니냐는 투로 질문해 오자 경환은 예상이라도 한 듯 한숨을 내쉬며 아사히를 바라봤다.

"단지 MOU를 체결한 것뿐입니다. KBR이나 JSC가 더 큰 떡밥을 던져 준다면 소나트락도 관망하는 태도로 바뀔 수 있습니다. 가장 중요한 것은 최대한 비용을 절감해 JSC의 입찰가를 따라잡아야 된다는 겁니다."

피 터지는 입찰전쟁에서 기업 간의 의리는 깨지기 쉬운 유리그릇만도 못했다. 지금은 한 배를 타고 모여 있지만, 다음에도 같은 배를 탄다는 보장은 전혀 없었다. 그렇다 보니 합작에 참여한 기업들이 마지막 한 수를 숨기고 있다는 것은 자명했고 경환은 마지막 한 수를 꺼내길 바라고 있었다. 그러기 위해선 SHJ가 먼저 나서야 했다.

"SHJ는 이번 입찰에 한해 컨설팅비용을 1%로 산정함과 동시에 SHJ-화성플랜트도 마진율을 7% 이하로 다운시키겠습니다."

경환의 발언은 주위를 놀라게 하기에 충분했다. 컨설팅비용만 보자면 4,000만 달러를 포기한다는 거였고, 플랜트 제작의 마진율이 그 당시 20% 안팎이었기 때문에 7%라는 수치는 마진을 포기한다는 의미였다.

이 때문에 황태수와 코이치는 경환을 바라보며 벌린 입을 다물지 못했다.

"이 사장님께서 강한 의지를 보여 주셔서 감사합니다. 미쓰비시중공업도 일본 국내 제작분을 최소화하는 방향으로 원가분석을 재산정하겠습니다. 이 사장님의 결단에 지지를 표합니다."

"우리 대후건설 또한 시공 일정을 다시 수립하는 방법으로 시공비용을 줄이는 방법을 연구하겠습니다."

들뜬 분위기를 정리하고 전투 의지를 살리는 데 성공한 경환은 급격하게 밀려오는 피로에 식사 요청도 거절한 채 호텔로 급히 돌아갔다.

"눈 좀 붙이겠습니다. 호텔에 도착하면 깨워 주십시오."

계획을 정리하기 위해 황태수와 코이치가 미쓰비시중공업에 남아 있었기 때문에 마사토와 하루나가 경환을 보좌했지만, 경환은 승용차에 오르자마자 깊은 잠에 빠져들었다.

시체처럼 잠들었던 경환은 마른 목을 축이기 위해 침대에서 일어나 미니바를 열었다. 생수 한 병을 전부 털어 넣은 후에야 겨우 정신을 차린 경환은 침대 옆에 놓인 시계를 확인하고선 전화기를 들었다.

[헬로?]

수화기로 들리는 수정의 목소리는 밝아 보였다.

"자기야, 나야. 아침은 먹었어?"

[자기예요? 자기 전화 받으러 막 일어났어요. 많이 바쁘죠?]

바쁘게 이곳저곳을 돌아다니느라 일주일 동안 집에 전화를 걸지 못했던 경환은 미안함과 고마움에 쉽게 말을 잇지 못했다.

"바쁜 일은 거의 다 끝냈어. 며칠 후면 돌아갈 수 있을 거야. 정우 보느라 고생할 텐데 집을 너무 오래 비워서 미안하다."

[자기 오늘 이상하네, 안 하던 말도 다 하고. 나하고 정우는 괜찮으니까 일 잘 보고 돌아와요. 정우는 아직 자고 있어서 바꿔 주기는 힘들 것 같아요.]

"괜찮아. 자기 목소리 듣고 싶어서 전화한 거니까. 휴스턴에서 보자고."

전화를 끊은 경환은 담배를 꺼내 입에 물었다. 오전부터 강행군을 하다 보니 한 끼도 챙겨 먹지 못했던 경환은 요란하게 울리는 배꼽시계 때문에 방을 나섰다. 무작정 택시에 올라탄 경환은 일본어를 못한다는 것을 떠올리고 급히 벨 보이를 불렀다.

"아사쿠사에 가려고 합니다. 택시기사에게 통역을 부탁합니다."

벨 보이의 도움으로 아사쿠사에 도착한 경환은 지난번과는 다르게 주변의 경치를 감상하며 천천히 발걸음을 옮겼다. 희수와의 추억이 남아 있는 회전초밥집에 들어선 경환은 앉고 싶던 자리에 이미 손님이 있는 것을 확인하고 다른 자리로 이동하다 다시 고개를 돌려 손님의 뒷모습을 확인하고는 놀랄 수밖에 없었다.

"하루나 상, 집에 가지 않고 여기서 뭐해요?"

갑작스런 경환의 출현에 하루나는 잡고 있던 젓가락을 손에서 놓치며 어쩔 줄 몰라 했다. 경환은 하루나 앞에 놓인 딸기가 올라간 디저트를 물끄러미 쳐다보다 하루나 맞은편에 자리를 잡았다.

"전화를 주시지, 혼자서 여길 어떻게 오셨어요?"

"택시 타고 왔지요. 내가 애도 아닌데 무슨 걱정을 그렇게 해요? 그나저나 하루나 상은 여기 어쩐 일이에요? 미쓰비시중공업에서 만찬을 준비한 것 같던데."

"제가 참석할 분위기가 아닌 것 같아 빠져나왔어요. 그리고 집이 이 근처라……."

"잘됐네요. 혼자 저녁 먹는 거 처량해 보일 수도 있으니 같이 먹자고요."

지난번과 같이 생맥주를 시켜 시원하게 들이켠 경환은 이것저것 접시를 골라 급하게 배를 채웠다. 이틀 동안 입에 맞지 않는 기내식을 먹어서인지 평소보다 많은 양을 먹은 경환의 앞에는 접시들이 수북이 쌓였다.

"저, 사장님. 입 주위에……."

하루나가 건네는 냅킨을 보지도 못하고 그냥 손으로 입 주위를 아무렇게나 문지른 경환은 하루나를 향해 겸연쩍게 웃으며 뒷머리를 긁적였다.

"걸신들린 것처럼 먹는다고 직원들한테 소문내지 마요."

"푸흡."

하루나는 경환의 모습에 터지는 웃음을 참느라 건네려던 냅킨으로 급히 입을 틀어막았다. 경환은 처음으로 하루나가 귀엽다는 생각이 머리에 떠올랐다.

"하루나 상은 웃는 모습이 예쁘니, 항상 웃으면서 일하도록 해요."

하루나는 한참을 고민하다 디저트를 한입 베어 물고는 조심스럽게 입을 열었다.

"이 디저트는 사모님께서 좋아하신다고 들었는데, 저도 좋아질 것 같아요."

경환은 급하게 돌리던 젓가락질을 잠시 멈추고 하루나를 뚫어지게 바라봤다. 경환은 자신이 착각을 한 거라는 생각에 고개를 좌우로 저으며 다시 먹는 데 집중했다.

"아내는 여기 온 적이 없어요. 그 디저트를 좋아하는 사람은 다른 사람이고요."

경환의 말에 충격을 받아서인지 하루나의 표정은 어두워졌다. 아내 이외에 다른 사람이 있다는 사실을 믿기가 어려웠다. 젊고 능력 있는 남자라면 주위에 한두 명의 여자는 있을 거라고 생각했지만, 쉽게 받아들이기가 힘들었다.

"하루나 상, 식사도 얼추 마쳤는데 오늘은 내가 하루나 상을 배웅해 줄게요. 집도 여기서 멀지 않다고 했잖아요."

"아, 아닙니다. 사장님, 호텔에 먼저 모셔다 드리겠습니다."

"저녁에 혼자 집에 보내는 게 불안해서 그럽니다. 그럼 택시를 타고 하루나 상이 집에 간 후에 호텔로 돌아가는 걸로 해요."

경환이 종업원을 불러 계산서를 요청하자 하루나는 급히 핸드백에서 무언가를 꺼내 경환에게 건넸다. 그건 코팅 처리된 100달러짜리 지폐 다섯 장이었다.

"사장님께서 주셨던 돈입니다. 지금까지 이 돈이 제게 많은 위로를 주었습니다. 제가 앞으로도 이 돈을 가지고 있어도 되겠습니까?"

"위로가 된다면 앞으로도 이 돈은 하루나 상의 돈입니다. 어떻게 할지는 하루나 상이 결정하세요. 그리고 저는 하루나 상의 능력만 보겠습니다."

돈을 돌려받은 하루나는 평생 간직하겠다고 다짐하며 조심스럽게 핸드백에 다시 집어넣었다.

예상대로 미쓰비시중공업과 JSC는 무리 없이 PQ를 통과하고 본격적으로 입찰을 준비하게 됐다. 그나마 JSC의 중국산 파이프 수입을 막음으로써 발생하는 비용의 차이를 줄였다고는 하지만, KBR의 지원을 받는 JSC는 케이스케가 전면에 나서면서 빠르게 안정되어 갔다. 경환이 미국으로 출국하기 전 최종회의를 주관하는 동경사무소에는 긴장감이 흘렀다.

"예상하긴 했지만, JSC가 빠르게 안정을 되찾고 있는 것 같습니다. 다른 정보는 없습니까?"

"JSC의 보안이 상당히 강화됐습니다. 내부정보를 입수하는 게 어려운 상황입니다. 죄송합니다."

내부정보 입수를 주관하고 있는 마사토는 막힌 정보 루트로 인해 JSC의 정보를 입수하는 데 애를 먹고 있었다. SHJ와 미쓰비시중공업의 입찰 T.F팀 또한 보안이 강화된 외부에서 작업했고, JSC 역시 다르지 않을 거라고 생각한 경환은 마사토를 탓할 수 없었다. 입찰을 2주 남겨 놓은 상황에서 자그마한 정보라도 빠져나가게 하지 않기 위해 미쓰비시중공업이나 JSC는 치열한 정보전을 펼치고 있었다.

"알겠습니다. 제가 타케우치 회장이라도 보안부터 신경 썼을 겁니다. 비용분석이 끝났을 텐데 미쓰비시중공업의 분위기는 어떻습니까?"

이번 입찰을 총괄하는 코이치는 서류를 펼쳐 경환의 질문에 답변했다.

"나쁘진 않습니다. 우리와 대후건설이 이익을 포기함에 따라 19억 8,000만 달러까지 입찰이 가능하게 됐습니다. JSC는 중국의 파이프가 수입 금지됐기 때문에 상대적으로 비용이 상승한 관계로 우리와의 차이는 많지 않을 것으로 판단됩니다."

차이를 많이 줄였을 뿐이지 아직은 JSC의 입찰가를 역전한 상황이 아니란 코이치의 보고가 회의 분위기를 더욱 무겁게 만들었다. 합작공장 건설에 대한 가산점을 받는다 하더라도 입찰 결과를 아직은 쉽게 장담할 수 없는 상태였다.

"아동건설이 우리의 아킬레스건이 될 줄은 몰랐습니다. 혹시라도 알제리와 지척인 리비아에서 장비나 대형 파이프가 제작 공급된다면 어려워질 수도 있다고 봅니다. 이 문제도 심각하게 검토해야 될 것 같습니다."

성수대교 붕괴를 막기 위해 아동건설과 KBR의 합작을 추진했던 경환은 아동건설이 자신의 발목을 잡자 허탈할 수밖에 없었다. 다년간의 리비아 공사를 진행하면서 초대형 파이프 제작의 노하우를 가지고 있는 아동건설이 일부 제작설비를 알제리로 돌릴 수도 있다는 황태수의 지적에 경환의 머릿속은 복잡해져만 갔다.

"현재 우리가 JSC보다 앞선 것은 소나트락과 플랜트 합작공장을 설립한다는 것 말고는 딱히 없어 보이는 게 현실입니다. 황 부사장님이 지적한 아동건설 문제는 심각하게 대응방안을 연구해 봐야 될 것 같네요."

경환은 이 말을 끝으로 깊은 장고에 빠졌다. JSC를 인수할 목적으로 참여한 이번 프로젝트가 큰 이득도 없이 점점 늪으로 빠져드는 상황이 경환은 마음에 들지 않았다. 그렇다고 발을 뺄 수도 없었기 때문에 이 상황을 타개하기 위해 경환은 결정을 해야만 했다.

"타케우치 부장님은 일본에서 입찰을 총괄하시면서 미쓰비시중공업과 대후건설을 컨트롤해 주시고, 황 부사장님께서는 TOTAL과 알제리 합작 건에 대해 본계약을 추진해 주십시오."

"입찰에 성공한 것도 아닌데 본계약을 추진해도 되겠습니까? 이번 MOU 체결로 소기의 목적은 달성하지 않았습니까?"

본계약을 서두르는 경환을 황태수가 제지하고 나섰다. 그동안 SHJ의 합작 제의에 지분 배분으로 차일피일 시간을 끌던 아람코는 SHJ가 소나트락과 MOU를 체결하자 황급히 자세를 바꿔 합작공장 설립을 독촉하고 있는 중이었다. 물론 경환도 아람코를 염두에 두고 MOU를 체결했지만, 이번 입찰에 성공하기 위해서는 소나트락에 확실한 의지를 보여야 한다고 생각했다.

"물론 사우다와 알제리 두 곳에 공장을 설립한다는 게 무리일 수도 있지만, JSC의 북아프리카 진출을 막기 위해서는 알제리가 중요한 포인트가 될 거라고 생각합니다. 진행해 주세요. 입찰이 끝나기 전까지는 우리가 직접 소나트락과 접촉할 수 없으니 TOTAL이 우리의 입 역할을 하게끔 만들어야 합니다."

"흠, 알겠습니다. 비행편이 준비되면 박화수 사장을 대동해서 바로 출국하겠습니다."

경환의 결심을 확인한 황태수는 자신의 의견을 접었다. 이번 입찰을 포기하지 않는 상황에서 경환의 방법이 가장 현실적이라고 자신도 생각하고 있었기 때문이었다.

"저는 오늘 한국에 잠시 들른 후에 바로 미국으로 돌아가겠습니다. 아동건설을 한번 만나 봐야 할 것 같습니다."

회의는 그것으로 마쳤고 회의에 참석했던 하루나는 미국으로 예약된 경환의 항공편을 한국으로 바꾸기 위해 급히 자리에서 일어났다.

동경 외곽에 위치한 케이스케의 개인별장에는 JSC와 KBR의 직원들이 외부와 단절된 채 알제리 프로젝트를 준비하고 있었다. 케이스케는 며칠째 사무실에 출근하지 않은 채 이번 입찰을 직접 지휘하며 보안 유지에 신경 썼다.

"카이토에게서는 아직 소식이 없는 게냐?"

케이스케가 JSC의 경영 전반에 나서 경영권을 회수함에 따라 료스케의 영향력은 바닥으로 떨어졌다. 또한 자신을 지지하던 일부 주주나 경영진들도 사태를 관망하는 태도로 돌아서게 되어 료스케를 더욱 힘들게 했지만, 지금은 자중해야 했다. 케이스케가 전면에 나섰기 때문에 혹시 입찰에 실패하더라도 책임 소재에서 벗어날 수 있다는 것이 그나마 료스케를 위로했다.

"KBR과 함께 아동건설을 설득하고 있지만, 리비아 정부를 설득하기 어렵다는 입장을 들어 난색을 보인다고 합니다."

"흠, 아동건설도 SHJ의 눈치를 본다는 것이로군. SHJ가 KBR과 결별했다고는 하지만, SHJ의 영향력이 더 커졌으니 아동건설도 주판알을 튕길 수밖에 없겠지."

SHJ가 중국산 파이프의 수입을 원천봉쇄하고 나아가 소나트락과의 합작을 체결하자, 케이스케는 아동건실의 리비아 현장에 도움을 받아 비용 차이를 더 벌리려고 했다. 하지만 아동건설은 쉽게 자신의 뜻에 따라오지 않았다.

"아동건설의 도움을 받지 않더라도 미쓰비시중공업은 비용 차이를 줄이기 힘들 겁니다. 분석팀의 보고로는 미쓰비시중공업의 입찰가를 22억 달러에서 최소 21억 달러로 보고 있습니다. 21억 달러라면 적자입찰이기 때문에 우리를 따라오지는 못할 겁니다."

케이스케는 료스케의 답변에 인상을 구기며 료스케를 노려봤다.

"네놈은 아직도 정신을 못 차렸느냐! 이경환이란 놈은 네 머리 꼭대기에서 놀고 있다는 것을 기억해. 네놈이 생각하는 걸 이경환이가 모른다고 생각하지 말란 말이다!"

"아무리 이경환이란 놈이 대단하더라도 어마어마한 적자를 감수하면서까지 무리하지는 않을 거라고 봅니다."

케이스케는 긴 한숨을 내쉬었다. 경환의 말대로 JSC의 오랜 역사와 전통이란 것은 JSC를 더욱 타성에 젖게 만들어 경쟁력을 떨어트리고 있었다. 료스케를 바라보는 케이스케의 눈에는 침몰하는 JSC의 모습이 보였다. 이번만큼 코이치를 SHJ에 보낸 자신의 결정이 잘못됐다는 것을 후회한 적이 없었다. 코이치였다면 지금 이 상황을 반전시킬 능력이 있다는 것을 누구보다도 잘 알고 있었기 때문이었다.

"SHJ는 소나트락을 움직일 TOTAL이라는 카드를 이미 손에 쥐었다는 것을 명심하고, 그동안 우리가 관리한 알제리 관료들을 최대한 움직이도록 해라."

료스케는 불만이 가득한 표정이었지만, 케이스케의 지시를 거역할 수는 없었다. 자신이 케이스케의 장남만 아니었다면 사장이라는 자리에서 예전에 해고됐다는 것을 알고 있었기 때문이었다. 급히 서류를 챙겨 방을 나서는 료스케는 자신을 이 지경으로 만든 경환 생각에 입술을 깨물며 분노를 숨기지 않았다.

"이경환 사장은 도착했습니까? 올 시간이 지난 것 같은데."

"김포공항에 도착해서 서울역을 지나고 있다는 보고를 받았습니다. 회장님."

최준석은 느긋한 마음으로 지금 이 상황을 즐기고 있었다. SHJ를 통해 KBR이라는 거대 기업과 관계를 맺게 됐지만, 지금은 SHJ의 반대에 서 있었다. 최준석은 SHJ와 KBR이라는 꽃놀이패를 양손에 올려놓고 저울질하는 이 상황이 흐뭇하기만 했다.

"회장님, SHJ가 KBR과 결별했다고는 하지만 오히려 플랜트 시장에서의 영향력이나 명성은 예전보다 더 커진 상태입니다. 이경환 사장이 이번 일로 뒤끝을 보인다면 우리도 입장이 난처해질 수 있습니다."

"줄타기를 잘해야 되겠지요. 기업 간의 경쟁에서 오늘의 적이 내일의 친구가 될 수도 있는 거 아니겠습니까? SHJ가 무슨 떡을 내놓을지 지켜보는 것도 아주 재미있습니다. 이경환 사장도 이번 입찰이 쉽지 않다고 보고 있으니 부랴부랴 우리를 찾는 게 아니겠습니까? 하하하."

최준석과 정기명이 즐거운 대화를 나누고 있을 때, 노크 소리와 함께 비서와 이경환이 회장 집무실에 들어왔다.

"어이구, 이 사장님 오래간만에 뵙겠습니다. 입찰 준비로 바쁘실 텐데 한국엔 무슨 일로 오셨습니까?"

최준석의 비아냥에 속이 뒤집혔지만, 경환은 웃음을 잃지 않았다.

"회장님 그동안 잘 지내셨습니까? 아시겠지만, 알제리 프로젝트가 만만치 않아 회장님의 고견을 듣고자 찾아왔습니다."

대놓고 입찰이 만만치 않다는 사실을 밝힌 경환의 말에 최준석은 알고 있다는 표정을 보이며 경환을 자리에 청했다. 여비서가 놓아 준 커피를 한 모금 마신 경환은 한껏 들떠 있는 최준석을 물끄러미 바라봤다. 성수대교로 인해 아동건설의 이미지는 전보다 좋아졌지만, 경환은 생색을 낼 수도 없었다.

"나이지리아 현장은 잘 돌아간다고 들었습니다. 아시겠지만, SHJ는 사우디와 쿠웨이트에서도 KBR과 경쟁하게 될 것입니다. 회장님이 보기에는 누가 경쟁에서 이길 것 같습니까? 아, 그리고 이번 알제리 프로젝트에 참여하면서 KBR의 차기 공사에 대한 시공은 약속받으셨겠지요?"

질문의 속뜻을 알아차린 최준석은 웃던 얼굴을 거둬들였다. 이미 SHJ가 KENTZ, 지멘스와 컨설팅계약을 했고 KBR과 경쟁한다는 사실은 알고 있었다. 또한 이번 입찰에 참여한다는 생각에 들떠 KBR의 요청만 받아들였을 뿐, KBR의 차기 공사에 대한 생각은 전혀 하지 못했었다. 최준석은 정기명을 위아래로 훑고는 다시 표정을 바로잡았다.

"하하하, 그럼요. KBR을 연결해 준 SHJ에 고마움을 가지고 있습니다. 저도 SHJ와 KBR이 경쟁을 한다는 게 참 불편합니다. 그러나 KBR의 요청을 뿌리치지 못하는 입장을 이해해 주십시오."

"아동건설이 KBR의 요청으로 이번 입찰에 어쩔 수 없이 참여한다는 것은 저도 알고 있습니다. 이번 입찰을 준비하면서 사실 아동건설을 염두에 두고 있었습니다. 이렇게 빨리 JSC와 합작하실 줄은 몰랐습니다."

최준석의 아픈 곳을 한 번 찌른 경환은 당근을 주기 전에 밑밥을 던졌다. 그러나 최준석은 쉽게 걸려들지 않았다. 경환보다 성격이 급한 최준석은 고개를 한 번 끄떡인 후 말을 돌리지 않았다.

"SHJ는 우리가 리비아 현장에서 JSC를 지원하는 것을 꺼리고 있지 않나요? 아직 JSC에 확답을 주지는 않았습니다. 리비아 정부를 설득하는 게 쉽지는 않지만, 그렇다고 불가능한 것은 아닙니다."

최준석의 도발에 경환은 가볍게 웃어 보였다.

"아동건설이 리비아의 설비를 이용한다면 이번 입찰에 저도 큰 타격을 받겠지요. 그러나 이번 입찰은 제 개인적인 자존심 때문에 참여하는 것뿐이지, SHJ의 행보에 지장을 줄 정도는 아닙니다. 아동건설은 SHJ와 영영 다른 길을 걸으시겠습니까?"

최준석의 얼굴은 똥을 씹은 것처럼 구겨졌다. 속으로는 괘씸한 경환의 행태에 맞대응을 하고 싶었지만, KBR의 차기 공사 참여가 불확실한 상태에서 SHJ까지 놓칠 수는 없었다. 최준석의 고민이 깊어지고 있을 때 경환이 살길을 열어 주었다.

"우리와의 경쟁까지 막을 생각은 없습니다. 이미 JSC와 합작을 하셨으니 우리와의 경쟁에 최선을 다하십시오. 단지, 리비아 설비를 움직이지 않도록 해 주신다면 3년 후 아동엔지니어링에 SHJ 자금을 대대적으로 투자하겠습니다."

최준석의 얼굴이 밝아졌다. 리비아 공사를 제외하고는 다른 수입원이 없는 상태에서 아동건설의 재무제표는 심각할 정도로 하향세를 보였다. 아동엔지니어링에 국한했다고는 하지만, SHJ의 투자를 받는다면 숨통이 트일 수도 있었기 때문에 최준석은 경환의 제의를 거절할 이유가 전혀 없었다. 그러나 정권이 바뀌고 아동그룹이 공중분해 된다는 사실은 경환밖에는 알지 못했다. 경환과 최준석은 동상이몽을 꿈꾸며 자리에서 일어나 손을 잡았다.

입찰이 진행되는 소나트락은 입찰에 참여하는 업체들로 오전부터 북적거렸다. 입찰은 오후부터 시작될 예정이었으나, 경쟁업체들의 정보를 하나라도 입수하기 위해 소리 없는 전쟁은 이미 치열하게 벌어지고 있었다. 그러나 그들 중에는 JSC나 미쓰비시중공업 직원들은 눈에 띄지 않았다.

"회장님, 너무 무리하지 마십시오. 입찰 상황은 제가 지켜볼 테니 좀 쉬십시오."

"괜찮다. 미쓰비시중공업도 이 호텔에 있다고 했지?"

JSC의 사활이 걸린 이번 입찰을 직접 지휘하기 위해 케이스케는 장시간의 비행시간도 감수한 채 노쇠한 몸을 이끌고 알제리에 도착했다. JSC와 미쓰비시중공업은 같은 힐튼호텔에 지휘부를 설치하고 있었지만 서로 마주치는 일은 없었다. 료스케는 회사의 경영권을 탐낼 뿐이지 자신의 아버지가 과로로 쓰러지기를 원하는 것은 아니었다.

"서로 조심하고 있어서 마주치지는 않았습니다. 아동건설이 협조만 해 주었다면 차이를 크게 벌릴 수 있었을 텐데, 그게 좀 아쉽습니다."

입찰 막판까지 아동건설 설득에 최선을 다했지만, 아동건설은 리비아 정부의 비준을 받기 어렵다는 이유를 들어 JSC와 KBR의 요청을 거절하고야 말았다.

"아동건설도 SHJ의 눈치를 보는 거겠지. 아마 모종의 거래가 있었을 게다."

케이스케 또한 아동건설을 설득하지 못한 것은 아쉬울 수밖에 없었다. 그러나 자신이 아동 그룹의 회장이었다 하더라도 JSC의 제안을 받아들일 수는 없다고 생각했다. 미래 관계가 불확실한 KBR과 JSC를 위해 해외 시장에서 입지를 다지고 있는 SHJ의 눈 밖에 나는 짓을 할 수는 없기 때문이었다.

"그렇다고 해도 우리 입찰가를 따라오지는 못할 겁니다."

"그러나 미쓰비시중공업은 SHJ란 이점이 있다. 소나트락과의 합작이 이번 입찰에 어떤 작용을 하게 될지는 아무도 모르는 일이야."

료스케의 신중하지 못한 태도가 눈에 거슬렸지만, 미쓰비시중공업의 경우 자체 비용이 높다는 사실을 부정할 수는 없었다. 대후건설이 시공을 맡았다 하더라도 20억 달러 이하로는 내려가지 못한다는 것을 케이스케도 알고 있었지만, 경환과 코이치가 신경 쓰였다. 그 두 사람이라면 자신에게 맞설 전략을 수립했을 텐데, 너무 조용한 것이 케이스케의 신경을 건드렸다.

"가셔야 될 시간입니다."

비서가 알리는 소리에 케이스케는 천천히 몸을 일으켰다.

미쓰비시중공업의 지휘부가 자리 잡고 있는 힐튼호텔의 스위트룸에도 긴장감이 흐르기는 마찬가지였다. 그동안의 수많은 노력이 담긴 입찰서류를 밀봉하는 아키라의 손이 떨리고 있었다.

"너무 긴장하지 마십시오. 우린 최선을 다했으니 좋은 결과가 나오지 않겠습니까?"

황태수는 아키라의 긴장감을 풀어 주려 했지만, 정작 황태수도 아키라와 마찬가지로 긴장했다. 이번 입찰의 성공 여부에 따라 내년 쿠웨이트와 사우디의 대형 프로젝트도 영향을 받을 수 있었기 때문이었다. 그렇기 때문에 SHJ는 과감히 마진을 포기하는 강수를 뒀지만, 현지 분위기를 감안했을 때 결코 미쓰비시중공업에 유리한 판이 짜여 가고 있지는 않았다.

"JSC의 분위기가 심상치 않더군요. 알제리의 정부 관료들이 JSC를 밀고 있다는 소문이 여기저기에서 들리니 솔직히 불안합니다."

황태수도 이런 소문이 돈다는 것을 TOTAL의 뱅상을 통해 알고는 있었지만, 더 이상 입찰가를 낮출 수는 없었다. 그만큼 미쓰비시중공업의 고비용은 아웃소싱을 통해 원가를 낮추는 전략을 사용한 JSC를 이기기에는 근본적인 한계를 가지고 있었다. 사실 지금 준비한 입찰가격도 적자를 겨우 모면하는 정도의 금액이었기 때문에 더 이상 입찰금액을 낮추는 것은 불가능했다.

"우리는 가산점을 가지고 있으니 지켜봅시다. TOTAL이 물밑에서 우리를 지원하고 있지 않습니까?"

황태수는 뱅상과의 협상을 통해 TOTAL의 전폭적인 지지를 이끌어 낼 수 있었다. TOTAL에서는 아람코와의 합작에 지분참여를 요청했고, 황태수는 이번 입찰에 성공할 경우 10% 선에서 TOTAL의 지분참여를 보장했다. 아직 아람코와의 협상은 진행되지 않았지만, 소나트락과의 본계약이 가시화되는 상황에서 아람코의 재촉은 심해지고 있었다.

"그나마 사장님께서 아동건설이 리비아에서 움직이지 못하도록 막으신 게 큰 도움이 되고 있습니다. 만약 실패했다면 아무리 가산점을 얻고 있다고는 해도, 금액 차이를 감당할 수 없었을 겁니다."

코이치의 말에 두 사람은 고개를 끄떡였다. 경환이 아동건설을 막지 못했다면 이번 입찰은 어떤 수를 쓴다 해도 역전을 하기에는 무리였다. 황태수는 부친과 싸워야 하는 코이치의 어깨를 두드려 무언의 위로를 건넸다.

"타케우치 부장, 자네의 심정을 이해 못하는 건 아니지만……. 마음을 굳게 먹게."

"걱정하지 마십시오. 부사장님. 저는 SHJ 사람입니다."

코이치는 표정의 변화 없이 황태수의 말을 덤덤히 받아넘겼다. 두 사람의 주위에서 초조함으로 안절부절못하던 아키라는 급히 두 사람의 팔을 잡아끌었다.

"차량이 준비됐다고 합니다. 같이 나가시죠."

서두르는 아키라의 뒤를 따라 내려온 로비에서 코이치는 자신의 부친인 케이스케와 마주치자 입술을 깨물며 천천히 케이스케를 향해 걸어가 고개를 숙였다.

"회장님, 건강에 항상 유의하십시오."

케이스케가 노쇠한 몸을 이끌고 알제리에 도착했다는 소식은 코이치의 마음을 아프게 했지만, 약한 모습을 보이고 싶지는 않았다. 그때 료스케가 달려들어 코이치의 멱살을 잡아챘다.

"네놈이 무슨 염치가 있다고 낯짝을 들이밀어! 죽고 싶어 환장을 했나 보구나!"

료스케의 느닷없는 행동에 황태수가 료스케를 제지하고 나섰지만, 코이치의 멱살을 잡은 팔은 떨어지지 않았다.

"이놈! 그 손 놓지 못하겠느냐!"

케이스케의 지팡이가 료스케의 등을 내리치자 그제야 멱살을 푼 료스케는 황당한 얼굴로 자신의 부친을 바라봤다. 첩의 자식을 감싸고 도는 부친을 도저히 이해할 수 없었던 료스케는 케이스케의 시선을 외면하며 준비된 차량에 올라타 버렸다.

"괜찮으냐? 난 너를 원망할 수가 없구나. 그래, JSC에 돌아올 생각은 하지 않는 것이냐?"

코이치는 만감이 교차하는 눈빛으로 케이스케를 바라봤다. 부친에 대한 애증을 마음에서 완전히 소멸시킬 수는 없었지만, JSC만큼은 이미 지워 버렸다.

"회장님, 죄송합니다. JSC와의 인연은 제가 일본을 떠날 때 정리를 했습니다."

"그랬구나. 내 죽어서도 너에 대한 미안함에 눈을 제대로 감지 못할 게야. 네 마음에서 JSC를 지웠다면 내 더는 강요하지 않으마. 잘 살아야 된다."

코이치의 어깨에 손을 한 번 얹고는 케이스케는 망설임 없이 뒤를 돌아 로비 밖을 나섰다. 코이치는 심호흡을 하며 웃어 보이고 황태수와 함께 승용차에 올랐다.

"왜 이렇게 결과 발표가 늦어지는지 모르겠습니다."

예정된 결과 발표시간을 넘긴 지 오래였지만, 아직도 발표할 기색은 보이지 않았다. 아키라는 초조한 마음에 입찰장을 서성거렸다.

"결과 발표가 늦어진다는 것이 우리에게 불리한 것만은 아니라고 봅니다. JSC와의 금액 차이가 크지 않다는 걸 방증하는 것 아니겠습니까?"

"그럴 수도 있겠습니다. 그래도 영 진정이 되질 않네요."

아키라는 여전히 서성거리는 것을 멈출 생각이 없는 듯 보였다. 그때 소나트락의 직원이 문을 열고 들어오자 모든 시선이 집중됐다. 심사를 맡은 위원장이 아닌 직원이 단상에 올라서자 입찰장에는 묘한 기운이 흐르기 시작했다.

"JSC-KBR 관계자는 저를 따라오시기 바랍니다."

짧은 말을 끝으로 그 직원은 빠르게 사라졌고 JSC 입찰팀은 환호성을 질렀다. 케이스케를 부축한 료스케는 소나트락의 직원을 따라 입찰장을 나서며 코이치를 향해 비릿한 웃음을 지어 보였다. 코이치는 그 웃음을 회피하지 않고 두 눈을 부릅뜬 채 료스케의 시선에 정면으로 맞섰다.

"이게 지금 무슨 상황입니까? JSC가 1순위라도 된다는 말 아닙니까?"

울상을 한 아키라가 망연자실한 표정으로 의자에 털썩 주저앉아 버리자 황태수는 그런 아키라를 제지하고 나섰다.

"결과 발표를 한 것도 아니지 않습니까? 직원들도 있으니 좀 자중하십시오. 아직 끝난 게 아닙니다."

아키라는 황태수의 말이 귀에 들어오지 않았다. 전임 사장을 배신하면서까지 SHJ와의 합작을 추진하면서 준비한 이번 입찰이 실패한다면 자신의 자리도 함께 없어진다는 걸 알고 있었다. 초점 잃은 눈빛을 한 아키라가 허공만 바라보고 있자 황태수가 조용히 코이치를 찾았다.

"자네가 나서서 팀원들이 동요하지 않게 다독여 보게. 결과가 발표된 것도 아니니 아직은 지켜봐야 될 거야."

"알겠습니다. 부사장님."

허탈함에 빠져 있는 아키라를 대신해 코이치가 나서자 동요하던 분위기는 빠르게 가라앉았지만, 반 시간이 넘도록 소나트락과 JSC의 면담은 계속됐다. 황태수는 두 업체의 면담이 길어지자 주먹 쥔 두 손에 흥건히 땀이 고이기 시작했다. 그때 문이 열리고 료스케가 케이스케를 부축하며 의기양양하게 입찰장에 들어왔다. 소나트락의 직원이 단상에 오르자 장내는 다시 침묵에 빠졌다.

"미쓰비시중공업-SHJ 관계자는 따라오시기 바랍니다."

희망의 끈을 놓지 않았던 황태수는 주먹을 불끈 쥐며 정신을 못 차리는 아키라를 일으켜 직원의 뒤를 따라나섰다. 소나트락의 접견실에 들어선 두 사람은 여러 심사위원 앞에 자리를 잡고 앉았다.

"솔직히 말씀드리겠습니다. 우리는 SHJ가 합작공장을 알제리에 건설해 현지에서 플랜트를 제작한다는 것에 어느 정도의 가산점을 줘야 될지 합의를 못하고 있는 상태입니다. 마침 JSC도 일반 철 구조물의 30%가량의 물량을 알제리에서 제작하겠다는 제안을 해 왔습니다. 여기에 대해 어떻게 생각하십니까?"

황태수는 빠르게 생각을 정리했다. 이미 입찰금액으로는 JSC를 이기지 못했다는 것을 확인한 상태에서 이 상황을 뒤집을 카드가 필요했지만, 대안은 쉽게 떠오르지 않았다. 모든 권한을 경환으로부터 위임받았지만, 무턱대고 소나트락에 퍼 줄 생각은 없었다. 아키라는 사정하는 눈빛으로 황태수를 바라볼 뿐이었다.

"SHJ는 따로 드릴 제안이 없습니다."

믿었던 황태수의 입에서 다른 제안이 없다는 말이 나오자 아키라는 거의 울 기세로 황태수를 바라봤지만, 황태수는 결심을 굳힌 듯 담담하게 심사위원들과 눈을 마주쳤다.

"그럼 SHJ가 추진하고 있는 플랜트 공장은 취소한다는 말로 들어도 되겠습니까?"

예상하지 못한 답변에 심사위원들은 웅성거리기 시작했고 중간에 자리 잡고 있던 모하메드가 노기를 띤 목소리로 황태수를 몰아세웠다. 황태수는 그런 모하메드의 시선을 묵묵히 받아내고 있었다.

"알제리 플랜트 공장 설립은 이번 입찰의 결과와는 상관없이 진행될 것입니다. 이미 세부적인 내용이 확정되고 본계약 체결만 남지 않았습니까? 인도의 기술력이 한국과 일본을 따라올 수는 없습니다."

입찰과는 상관없이 합작이 진행된다는 답변에 머쓱해진 모하메드는 노기를 풀고 황태수에게 자신이 직접 제안을 하고 나섰다.

"합작법인과 관련해서 인사와 재무 둘 중 하나 정도는 소나트락에 위임해 줄 수 없겠습니까? 여기 있는 심사위원들을 설득하려면 우리 소나트락도 명분이 필요합니다."

터져 나오는 욕지거리를 황태수는 억지로 참고 있었다. 인사와 재무 어느 하나라도 소나트락에 넘어간다면, 공장이 궤도에 올랐을 때 소나트락의 전횡에서 SHJ가 자유로울 수 없다는 건 삼척동자도 아는 사실이었기 때문이었다. 이번 입찰을 포기한다 하더라도 모하메드의 제안을 받아들일 생각은 없었다.

"불가합니다. 이미 합의된 내용을 번복하신다면 이번 합작은 성사되기 어렵습니다. 그러나 특수플랜트의 기술이전 시기를 앞당길 수는 있다고 봅니다. 이것이 제가 약속할 수 있는 마지막 제안입니다."

소나트락과의 마지막 면담을 끝내고 입찰장으로 돌아온 황태수는 말이 없었다. 아키라는 그런 황태수를 원망했다.

"SHJ에서 양보를 할 수도 있지 않습니까? 이번 입찰 실패는 SHJ의 비협조 때문입니다."

입찰 실패를 기정사실로 받아들이고 있는 아키라의 원망에도 황태수는 눈을 감은 채 아무런 대꾸조차 하지 않았다. 미쓰비시중공업의 내분을 바라보는 료스케는 승리를 확신하며 JSC의 경영권을 다시 잡을 생각에 몰두했다. 오랜 시간이 흐른 뒤, 문이 열리고 심사위원들이 들어왔다. 위원장이 입찰 결과를 발표하기 위해 단상 위에 올랐다.

"입찰 결과를 발표하겠습니다. 먼저 입찰금액을 발표하겠습니다. JSC J.V 19억 6,500만 달러, 미쓰비시중공업 J.V 19억 8,000만 달러……."

입찰금액이 발표되자 JSC 진영에는 환호성이 울렸고, 상대적으로 미쓰비시중공업 입찰 T.F팀들은 침통함에 고개를 숙였다. 위원장의 말은 계속 이어졌다.

"우선협상 대상자를 발표하겠습니다. 제1 협상 대상 업체는 미쓰비시중공업 J.V, 제2 협상 대상 업체는 JSC J.V입니다. 이상 발표를 마치겠습니다."

환호성을 울리던 JSC 직원들과 침통해하던 미쓰비시중공업 직원들은 무슨 일이 벌어지고 있는지 파악을 하지 못해 서로 얼굴만 바라봤다.

"네, 네. 수고하셨습니다. 제반사항은 미쓰비시중공업에 맡기고 돌아오시기 바랍니다."

전화를 끊은 경환은 조용히 담배를 입에 물었다. 입찰에 성공했다는 황태수의 전화에도 경환의 표정은 펴지지 않았다.

"제임스, 안 좋은 소식인가요?"

경환의 어두운 표정을 확인한 린다는 걱정스럽게 경환을 바라봤다.

"입찰에 성공했다고 합니다. 그러나 출혈이 너무 심했어요."

이번 알제리 프로젝트는 JSC가 20억 달러로 낙찰받는 것으로 기억하고 있었지만, 19억 8,000만 달러에 입찰을 하고도 JSC의 입찰가에 밀렸다는 것이 경환을 당혹스럽게 만들었다. 예정에도 없던 소나트락과의 합작이 없었다면 이번 입찰은 성공을 장담할 수 없었다는 사실에 경환은 고민에 빠졌다.

"제임스, ETRI에 파견 나가 있는 폴에게서 소식이 들어왔어요."

자신의 기억은 참고자료로 이용하고 SHJ 독자 입찰을 포함한 전반적인 플랜트사업을 황태수에게 일임하는 것을 고민하고 있을 때, 린다가 경환의 고민을 깨 주었다. SHJ는 무선통신 전문 인력을 채용하여 퀄컴과 함께 기술 지원이란 명목 하에 ETRI에 파견을 내보냈다. 무선통신사업에 단순한 투자자로만 참여하지 않겠다는 것이 그 이유였다.

"무슨 소식입니까?"

"한국의 ETRI에서 CDMA의 필드테스트를 올해로 끝내고, 내년에 본격적인 상용화에 나선다는 소식입니다. 이동통신사업자를 선정하는 작업을 하고 있다고 하네요."

경환은 잊고 있었던 CDMA 상용화가 내년으로 다가왔다는 생각에 막혔던 가슴이 뚫리는 시원함을 맛봤다.

"린다, 내년도 한국의 상용화에 퀄컴은 어떻게 반응하고 있나요?"

"큰 기대를 한다고는 하지만, 내부적으로는 불확실성에 무게를 두고 있는 것 같아요. 한국의 시장이 크지 않다는 게 그 이유고요."

일본의 PDC 방식도 세계화에는 무리가 있었기 때문에 한국이 CDMA 상용화에 성공한다 하더라도 유럽의 GSM과 북미 TDMA와의 경쟁은 힘들다는 게 대세였다. 그렇다 보니 SHJ가 8,000만 달러를 투자했다는 소식은 다른 투자자들의 비웃음을 살 수밖에 없었다.

"린다, 퀄컴의 지분은 어디까지 확보했나요? 그리고 우리의 여유자금은 어느 정도입니까?"

내년 말부터 퀄컴은 날개를 달고 건드릴 수 없는 높은 곳으로 날아오른다는 생각에 경환은 서둘러야 했다. 그동안 쪼들리는 자금 때문에 인수를 하고 싶어도 지분참여에 만족해야 했지만, 지금은 그때보다는 자금 운용에 여유가 있었다.

"직접적인 투자로 20%를 확보했고, 투자업체의 지분을 매입해서 총

31%의 지분을 확보했어요. 투자한 자금도 총 1억 달러고요. 운영자금을 제외하고 홍콩과 한국의 자금을 포함하면 여유자금은 7,000만 달러 정도 됩니다."

주거래은행과 로펌에서는 기업상장을 제안하고 있었지만, 경환은 SHJ를 공개할 생각이 없었다. 기업공개를 한다면 여유자금을 확보할 수는 있었겠지만, 그만큼 주주들과 투자업체의 간섭이 많아져 독단적인 투자패턴에 제동이 걸릴 수도 있었기 때문에 경환은 10년 이내에는 SHJ를 공개할 생각이 없었다.

"현재 퀄컴의 자금 사정은 어떻습니까?"

"우리가 투자한 자금으로 버티고 있지만, 뚜렷한 매출 아이템이 없다 보니 기업의 성장에는 한계가 있다고 보는 시각이 대세입니다."

린다는 퀄컴에 다시 연연해하는 경환을 불안한 눈으로 쳐다봤다.

"제임스, 저는 퀄컴에서 투자한 만큼의 이득을 실현할 수 있을지 항상 걱정이에요. 이런 말까지는 안 하려고 했는데 제이콥스 사장이 오성전자와 한국 정부에 투자를 요청했다가 거절당했다고 해요."

경환의 눈이 반짝였다. 한국 정부에까지 투자를 요청했다면 자금 상황이 썩 좋지 못하다는 것을 방증하기 때문이었다.

"린다, 우리가 퀄컴을 인수합시다. 한국이 상용화 서비스를 시작하면 때를 놓칠 수도 있어요. 최대 1억 달러 정도로 인수했으면 좋겠는데, 한번 검토해 봐요."

경환의 재투자를 막기 위해 한 말이 인수하겠다는 생각으로 변하자 린다는 뒷목을 잡고 쓰러지는 흉내를 냈다. 단말기는 매출의 5.5%, 시스템은 매출의 6% 로열티로는 손익계산이 나오지 않았기 때문에 린다의 한숨은 커져만 갔다.

"린다가 고민하는 건 잘 압니다. 현재 무선통신 시장은 GSM 방식의 독과점에 맞서 경쟁할 대항마를 찾고 있는 중이에요. 한국이 상용화에 성공한다면 그 여파는 빠르게 퍼져 나갈 겁니다. 이때를 놓치면 퀄컴은 우리가 손대지 못할 정도로 커지게 될 겁니다."

린다는 고개를 흔들었지만, 경환의 의지를 꺾지 못한다는 것을 알고 있었다. 린다는 죽이 되든 밥이 되든 경환이 바라보는 퀄컴의 미래의 끝을 보고 싶었다.

"후우, 제임스를 누가 말리겠어요. 우선 우리가 퀄컴의 지분을 매도한다는 소문을 은밀히 퍼트릴게요. 바닥을 치고 있는 퀄컴이 큰 타격을 입을 테니까요."

"고마워요. 바로 진행해 주세요."

고개를 절레절레 흔들며 방을 빠져나가는 린다의 뒷모습을 바라보며 경환은 웃음을 참을 수 없었다. 퀄컴이 1999년 한 해에 매출 20억 달러에 영업이익 9억 달러를 달성한다는 사실을 린다가 안다면 어떤 표정을 지을지 궁금했다. 경환은 10억 달러를 투자해서라도 퀄컴만큼은 잡고 싶었다. 퀄컴은 SHJ의 미래뿐만 아니라 자신의 미래를 열어주는 보증수표였기 때문이었다.

"사장님, 무슨 좋은 일이라도 있으신가 봐요."

이다나가 커피 한 잔을 경환에게 건네며 머뭇거렸다. 그러나 쉽게 입이 떨어지지 않는지 경환의 주위를 서성이며 우물쭈물거리고 있었다.

"무슨 할 말이 있는 것 같은데, 마침 나도 이다나에게 부탁할 게 있으니 잠깐 자리에 앉아 봐요."

항상 밝은 표정으로 사람의 기분을 좋게 해 주던 이다나였기에 아랫입술을 깨물며 안절부절못하는 모습이 경환은 낯설게 느껴지기까지 했다.

"사실은, 제가 임신을 해서……."

미혼이라고 알고 있던 이다나의 임신 소식에 경환의 눈은 커질 수밖에 없었다. 한국과는 달리 혼전동거가 흉이 되지 않는 미국 사회였기에 이다나의 임신이 새삼스러운 일은 아니었지만, 경환은 궁금증을 풀고 싶었다.

"그래요? 우선 축하해요, 이다나. 결혼은 언제 하는 건가요?"

경환의 축하에 이다나는 씁쓸한 미소를 지어 보였다. 사연이 있어 보이는 이다나를 경환은 재촉하지 않았다.

"아기 아빠는 임신 사실을 몰라요. 저와 헤어진 후, 한 달 전에 뉴욕에 일자리가 생겨 떠났어요."

경환은 급히 최석현을 찾았지만, 최석현은 시간이 흐른 뒤 헐떡거리며 들어왔다.

"최 부장님, 아내하고 같이 일한다고 너무 티내는 거 아닙니까? 알제리에도 인원을 파견해야 되는데 부장님을 보내야 될지 고민하게 만드시네요."

"헉! 가라고 하시면 가겠습니다. 그 대신 가족 동반으로 보내주십시오. 그러나 제 충성심은 변하지 않을 겁니다."

라이스대를 우수한 성적으로 졸업한 케이티는 기업체의 스카우트 제의를 뿌리치고 SHJ 투자팀에 들어와 자신의 능력을 펼치고 있었다. 자신의 농담을 농담으로 되받아치는 최석현을 경환은 못 당하겠다며 손사래를 친 후 이다나의 임신 소식을 알렸다.

"최 부장님, 이다나가 임신을 했으니 기쁜 소식을 직원들한테 알려 주시고, 출산 때까지 지원을 해 주세요."

최석현은 이다나에게 악수를 청하며 축하해 주었고, 경환의 지시를 수행하기 위해 급히 방을 나섰다. 그제야 안심한 이다나는 눈물까지 글썽거렸다.

"사실 한국 기업들은 임신한 비서를 고용하지 않는다는 말을 많이 들었어요. 그래서 고민도 많이 했지만, 아이를 포기할 수는 없었어요. 고마워요."

"그런 쓸데없는 소리를 누구한테 들은 거예요? 그런 걱정하지 말고 맘 편히 가져요."

혼자서 고민하며 힘들어했을 이다나를 경환은 애틋하게 바라보며 예전의 밝은 모습으로 돌아가길 바랐다.

"알겠습니다. 그리고 제가 당분간 사장님을 수행할 수 없을 것 같아서 수행비서를 임시직으로 채용했으면 합니다."

"이다나가 검토해서 보고해 주세요. 이다나 문제가 해결됐으니 내 문제를 좀 해결해야 되지 않겠어요?"

서둘러 퇴근한 경환은 한인식당인 고려원의 문을 열고 들어섰다. 반갑지 않은 전화를 받았지만, 그의 요청까지 거절할 수는 없었다. 자주 찾던 식당이어서인지 식당 사장은 경환을 알아보고는 지정된 방으로 안내했다.

"일찍 와 계셨네요. 청와대에 계실 분이 휴스턴에는 무슨 일이십니까?"

"출장이라고 생각해 주십시오. 휴스턴까지 와서 이 사장님을 안 만나고 가면 후회할 것 같아서요."

미리 도착해 있던 박재윤 경제수석과 인사를 나눈 경환은 좋지 못한 기억이 떠올라 언짢았지만, 무슨 이유로 휴스턴을 찾아왔는지를 먼저 알아야 했다.

"이 사장님과 소주 한잔하고 싶었습니다."

경환의 대답도 기다리지 않고 박재윤은 소주병을 들어 잔에 소주를 가득 따라 부었다. 경환은 가볍게 잔을 부딪친 후 쓴 소주를 입에 넘겼다.

"우선 한국의 CDMA 상용화를 축하드립니다. 서울과 대전의 필드테스트를 끝내고 내년 초에 상용화를 시작한다고 들었습니다."

"축하는 제가 이 사장님께 해야 되지 않겠습니까? 퀄컴의 지분을 확보하셨고 오성전자의 북미지역 독점권에 단말기 로열티 일부를 오성전자의 주식으로 받는다고 들었습니다. SHJ도 이미 한 배를 탄 거나 다름없지 않겠습니까?"

"불확실한 곳에 투자했다고 제가 놀림을 당한다는 것도 잘 아시겠군요."

두 사람은 한 치의 양보도 없이 날 선 대화를 나눴다. 경환은 불편한 심기를 가라앉히기 위해 소주 한 잔을 마시고는 박재윤을 향해 말을 건넸다.

"저는 한국 정부와 악연이 깊은 사람입니다. 좋지 못한 기억이 많다 보니 박 수석님의 방문을 환영할 수만은 없습니다."

"잘 알고 있습니다. 오늘은 개인적인 자격으로 이 사장님을 뵈러 나온 겁니다. 사실 경제부에서 반대하고는 있지만, 고평가된 원화를 절하하려고 대통령을 설득 중입니다. 이와 병행해서 단기 외채의 기간 연장을 추진하고 있지만, 쉽지 않더군요."

박재윤의 말에 경환은 쉽게 답변을 줄 수 없었다. 박재윤의 계획이 성공한다면 타격은 받겠지만, IMF 체제로 들어가는 최악의 상황은 면할 수도 있다는 생각이 들었다. 그러나 썩어빠진 관료들과 정치인들로 인해 박재윤의 계획은 성공할 수 없다는 것이 경환을 안타깝게 했다.

"무역적자가 기하급수적으로 늘어날 텐데 원화 절하가 현실적으로 쉽겠습니까? 경제부 관료들의 저항이 만만치 않을 텐데요."

박재윤은 말없이 소주를 마셨고, 경환은 소주병을 들어 빈 잔을 빠르게 채웠다. 원화가 고평가됐다는 것은 누구도 부인할 수 없었지만, 원자재 대부분을 수입해야 하는 한국의 입장에서는 원화 절하는 물가 상승이라는 딜레마에 빠져들기 때문에 박재윤의 계획을 지지할 사람은 아무도 없었다.

"그래서 고민이 많습니다. 대통령 방미에 맞춰 이 사장님을 워싱턴으로 초청한 이유도 이 문제 때문이었습니다."

경환은 더 이상 한국 정부와 엮이는 일은 하고 싶지 않았다. 개인의 희생만 강요하는 한국 정부보다는 가족과 직원들이 경환에게는 더 소중했기 때문이었다.

"오란다고 넙죽 갈 수는 없지 않습니까? 저는 제 기업이 더 소중합니다."

안하무인으로 경환을 불편하게 했던 휴스턴 영사의 얘기는 꺼내지 않았다.

"이 사장님께서는 원화 공격이 시작되기 전에 어떤 대응을 정부가 해야 된다고 보십니까?"

"박 수석님, 이 문제는 경제전문가이신 수석님이 더 잘 아시지 않겠습니까? 한 가지 말씀드리자면 SHJ-화성플랜트와 SHJ 홍콩은 내년부터 달러를 집중적으로 보유하게 될 것입니다. 물론 제 예상이 틀리게 된다면 큰 손해를 볼 수도 있겠지만, 반대로 생각하면 큰돈을 벌 수도 있을 테니까요."

"그, 그게 무슨 말입니까?"

경환은 박재윤의 재촉에도 더 이상 입을 열지 않았다. 박재윤이 아무리 뛰어다닌다 해도 10년 앞도 바라보지 못하는 경제 관료들을 설득하기는 어렵다고 보는 게 정답이었다. 경환의 기억에도 IMF가 터지기 전, 여러 경제학자의 경고가 있었음에도 불구하고 대통령을 비롯한 경제 관료들은 무사안일에 빠져 철저히 외면하고 무시해 버렸다. 박재윤의 끈질긴 재촉에 경환은 닫았던 입을 열었다.

"내년부터 서서히 기업들의 자금경색이 시작될 겁니다. 내년 말부터는 중견기업들이 쓰러질 테고요. 헤지펀드의 공격은 그때를 맞춰 시작될 거라고 보고 있습니다. 대비를 하고 안 하고는 정부의 몫이고, 저는 제 회사를 위해 준비를 할 생각입니다."

1997년부터 한보철강을 시작으로 기아자동차, 삼미, 진로, 대농 등 중견기업들이 줄줄이 쓰러지면서 한국은 헤지펀드의 공격에 취약해질 수밖에 없었다. 박재윤은 경환의 말을 믿을 수는 없었지만, 흘러가는 분위기가 좋지 못하다는 생각에 인상을 구겼다. 경환은 남아 있는 잔을 비우고 자리에서 일어났다. IMF는 점점 현실로 다가오고 있었고 경환은 더는 개입하지 않겠다는 다짐을 했지만, 고통받을 국민들 생각에 마음이 편치 않았다.

사무실 밖으로 보이는 태평양은 너무도 조용하고 한가하기만 했다. 온화한 날씨와 풍부한 농산물로 인해 캘리포니아의 주요 농산물 출하지이면서도 휴양도시인 샌디에이고에 위치한 퀄컴의 사장실에서는 초췌한 표정의 어윈이 하염없이 창밖을 바라봤다. 샌디에이고대에서 교수로 재직하던 중 MIT 동창생들과 퀄컴을 설립했을 때만 해도 큰 꿈에 부풀었지만, 퀄컴의 주력 제품인 장거리 수송 트럭의 메시지 서비스와 디지털 라디오용 집적회로 판매는 시간이 지나면서 한계에 부딪혔다.

이를 극복하기 위해 내놓은 야심작이 CDMA였다. 1988년 뉴욕에서 있었던 현장테스트가 성공했을 때만 해도 고생의 대가를 받을 일만 남았다고 생각했지만, TDMA 방식의 벽을 넘을 수는 없었다. 그러나 각고의 노력 끝에 CDMA의 우수성을 입증하는 데 성공했고 이 기세를 몰아 제2의 디지털표준방식으로 인증받을 수 있었지만, 적극적으로 달려드는 투자기업은 많지 않았다. 기술의 우수성에 비해 시장성에 대해선 의견이 엇갈렸기 때문이었다. 그때 유일하게 CDMA에 관심을 가지고 있었던 한국의 ETRI와 손잡았고 1992년부터 기술 개발을 시작해 4년 만에 상용화를 준비하고 있었지만, 투자와 노력에 비해 얻을 수 있는 성과는 크지 않아 보였다. 그동안 SHJ의 투자자금으로 급한 불을 끈 퀄컴의 자금 상황은 여전히 크게 개선되지 않고 있었다. 깊은 한숨을 내쉬며 풀리지 않는 자금 상황을 고민하고 있을 때, 부사장인 스티브 알트만이 어윈을 찾았다.

"스티브, 어서 들어오게. 한국은 준비가 잘돼 가고 있는 건가?"

ETRI와의 협상부터 지금까지 모든 일을 담당했던 스티브만큼 한국 상황에 정통한 인물은 없었다. 스티브가 한국과의 CDMA 개발을 추진하지 않았다면 우수한 성능이 입증된 CDMA의 라이선스를 가지고도 투자 자금을 마련하지 못해 회사 문을 닫거나 기술을 헐값에 팔아넘길 수밖에 없었다. 스티브는 어윈에게는 보물 같은 존재였다.

"일정대로 진행이 돼 가고 있습니다. 그런데 SHJ 직원들이 철수를 준비한다는 소문이 돌고 있다고 합니다."

"그게 무슨 말인가? 상용화가 코앞으로 다가왔는데 철수라니?"

어윈은 충격을 받았다. 8,000만 달러나 투자해 지분의 20%를 확보한 SHJ가 상용화가 코앞으로 다가온 시점에서 철수한다는 게 믿기지 않았다.

"아메리카뱅크에서는 SHJ가 손해를 감수하더라도 우리의 지분을 매도한다는 소문이 있다고 합니다. 아메리카뱅크나 AT&T도 이 소문의 진위를 파악하기 시작했다고 하는데, SHJ보다 AT&T가 먼저 자금 회수를 할 수도 있다는 분위기입니다."

오성전자와 한국 정부에 투자를 요청했을 정도로 자금 상황이 좋지 못한 상태에서 SHJ가 발을 빼게 된다면, 그동안 과감한 SHJ의 투자를 지켜보며 관망하던 다른 투자자들의 동요는 불 보듯 뻔한 일이었다. 주거래 은행인 아메리카뱅크와 AT&T를 시작으로 도미노처럼 투자금 회수가 이뤄지게 된다면 퀄컴은 파산으로 직행할 것이었다. 어윈은 자리에 엉덩이를 붙이고 있을 수 없었다.

"스티브, 슬레이터 부사장에게 같이 가 보세."

리차드 슬레이터는 린다와의 통화를 끝내고 이후의 계획을 정리하고 있었다. 퀄컴의 부사장을 맡고 있었지만, 자신은 엄연히 SHJ의 사람이란 것을 상기하고 있던 리차드는 노크도 없이 어윈과 스티브가 들어오자 하던 일을 멈췄다.

"슬래이터 부사장, SHJ 팀이 한국에서 철수한다는 게 무슨 말입니까?"

리차드는 어윈의 방문을 예상이라도 했다는 듯 자리에서 일어나 소파로 향했다.

"우선 앉으십시오. 저도 정확한 내용은 모릅니다. 단지 SHJ 본사 분위기가 좋지 못하다는 사실만 알고 있을 뿐입니다."

리차드는 곤혹스러운 표정을 지어 보이며 어윈과 시선을 마주치지 않았다. 어윈은 이런 리차드의 모습에서 스티브가 가져온 정보가 사실일 수도 있다는 생각에 식은땀을 흘렸다.

"좋지 못한 분위기라는 게 도대체 뭡니까? 지금 시장에는 SHJ가 퀄컴의 지분을 헐값에 매도한다는 소문이 돌고 있어요."

리차드가 대답을 망설이자 어윈이 또다시 리차드를 재촉했다. 리차드는 결심한 듯 어윈을 바라보며 굳게 닫혔던 입을 서서히 열었다.

"저도 퀄컴의 부사장입니다. 이번 조치에 반대하고 있다는 걸 알아주십시오. SHJ 본사에서는 린다 쿡과 황태수 부사장이 파워게임을 하고 있습니다. 지금까지 이경환 사장이 린다 쿡을 지지해 주었지만, 이번은 상황이 좀 다릅니다. 플랜트의 수입 대부분이 투자에 소모되다 보니 과도한 투자에 황태수가 제동을 걸었습니다. 그 첫 번째가 퀄컴에 투자된 자금을 회수해 플랜트에 투자하겠다는 계획입니다."

어윈도 상황은 이해할 수 있었다. SHJ는 2억 달러 정도의 돈을 투자에 집중했지만, 투자에 비해 결과물이 저조한 상태였다. 플랜트에서 발생하는 수입이 결과물도 없는 투자에 집중되고 있는 상황이 황태수의 불만을 키웠다는 것을 어원은 이해할 수 있었다. 그러나 퀄컴의 생존이 걸린 상황에서 어원은 바라보고만 있을 수는 없었다.

"한국은 이미 기술 개발에 성공하고 상용화를 눈앞에 두고 있어요. 왜 하필 지금 이런 문제가 생겼는지 이해하기 힘듭니다."

어원은 퀄컴을 파산으로 이끌 이번 조치를 중지해 달라는 소리는 차마 하지 못했다. 그건 엔지니어 출신인 자신의 마지막 자존심이기도 했다.

"한국이 상용화에 성공한다 하더라도 세계 시장에 미치는 영향이 크지 않다고 보는 것 같습니다. 한국의 상용화가 조금이라도 이슈화되는 이때에 지분을 매도한다면 손해를 줄일 수 있다는 계산을 한 것 같고요. 린다 쿡이 파워게임에서 밀리고 있어 큰일입니다."

자신도 같은 이유를 가지고 고민하고 있었기에 어원은 리차드의 말에 반박하기 어려웠다. SHJ의 지분 매도가 현실로 다가오기 시작하자 어원은 두고 볼 수만은 없었다. 10년 동안 어려움을 헤치고 지켜 온 회사였기에 어원은 퀄컴이 무너지는 건 무슨 수를 쓰든지 막아야만 했다.

"린다 쿡에게 힘을 실어 줄 방법이 없겠습니까? 제가 알기엔 이경환 사장이 투자에 적극적이라고 들었습니다만."

"이경환 사장이 중립으로 돌아섰다는 것이 린다 쿡을 더욱 어렵게 만들고 있습니다. 지금은 물밑 접촉을 통해 인수자를 찾고 있지만, 상황이 여의치 않다고 판단되면 공시를 할 수도 있어요. 저도 고민이 많습니다."

어원의 말이 끝나기도 전에 리차드의 말이 이어졌다. 물밑 접촉을 시작했다는 것만으로도 투자자들은 동요한다는 사실이 어윈을 사면초가로 몰았다. 어윈의 표정을 살피던 리차드가 조용히 마지막 말을 꺼냈다.

"제가 퀄컴의 부사장 자격으로 말씀드리겠습니다. 이번 SHJ의 조치를 막지 못한다면 퀄컴의 간판을 내려야 한다는 건 사장님도 아시리라 봅니다. 지금 상황을 역전하기 위해서는 제이콥스 사장님이 휴스턴으로 가셔서 린다 쿡을 지원하는 방법 말고는 없을 것 같습니다."

허탈감에 빠져 있던 어윈은 리차드의 제안을 받아들이지 않을 수 없었다. 정신을 차린 어윈은 스티브에게 빠르게 지시사항을 전달했다.

"스티브! 퀄컴이 소유한 라이선스 목록과 향후 계획, 특히 퀄컴의 비전에 중점을 둬서 자료를 정리하도록 하게. 그리고 가장 빠른 항공편을 수배하고. 시간을 지체할 수 없으니 서둘러 주게."

심각한 분위기를 파악한 스티브는 어윈과 함께 방을 빠져나갔고, 한숨을 돌린 리차드는 휴대폰을 꺼내 들었다.

"사장님, 부탁하신 자료입니다."

"이다나, 고마워요."

이다나가 준비한 자료를 살펴봤지만, 인터넷이 활성화되기 전이라서 그런지 경환을 만족시킬 수준은 되지 못했다. 아직은 전화와 팩스, 책자를 활용할 수밖에 없었기 때문에 조사가 쉽지 않다는 것은 알고 있었지만, 경환은 좀 더 상세한 자료가 필요했다. 경환이 만족하지 못한다는 것을 이다나가 모를 리 없었다.

"자료가 생각했던 것만큼 많지 않았습니다. 전문여행사에 컨설팅을 의뢰했으니 디테일한 자료는 나중에 따로 보고 드릴게요."

"그렇게 하는 게 좋겠네요. 그리고 당분간은 비밀을 유지해 줘요, 이다나."

경환은 수정과의 여행을 준비하고 있었다. 아무리 회사 일이 바쁘게 돌아간다 하더라도 포기할 수 없는 여행이었다. 린다나 황태수가 알게 된다면 입에 거품을 물고 반대하겠지만, 자신의 영혼보다도 소중한 희수를 포기할 수는 없었다. 눈치 빠른 최석현이 걱정되기는 했지만, 최대한 여행 계획을 숨길 생각이었다.

"알겠습니다. 여행지에서도 업무연락을 담당할 비서들 이력서예요."

한 달로 예정한 여행에서 회사 일을 완전히 손 놓을 수는 없다는 생각에 숙소와 함께 사무실로 단기 임차할 생각이었다. 임신으로 인해 이다나의 동행이 불가능하자 수행비서를 물색했다. 이력서를 살펴보던 경환은 하루나의 이력서가 보이자 급히 이다나를 찾았다.

"이다나, 동경사무소의 야마시타 하루나 이력서가 왜 여기 있죠?"

"제가 의향을 물어봤어요. 본인도 흔쾌히 동의하고 지원을 했고요. 지난번 사장님을 수행한 경험도 있고 해서 적임자라고 생각하고 있어요."

하루나가 수행비서 역할에 적임자라는 이다나의 말을 부정할 생각은 없었지만, 경환은 망설였다.

"내가 알기로는 부친이 투병 중이라고 들었는데, 그런 부친을 놔두고 미국에 오게 한다는 건 내가 불편해요."

아무리 하루나가 적임자라고 해도 투병 중인 부친을 홀로 일본에 남겨 놓고 자신의 수행비서를 시킬 생각은 없었다.

"부친은 얼마 전에 돌아가셨다고 들었습니다. 본인이 일본을 떠나고 싶어 합니다."

경환은 부친의 죽음에 상심했을 하루나가 일본을 떠나려는 마음을 이해했다. 부모를 잃고 죄송함에 하루하루 힘들게 버티던 자신의 모습을 기억하고 있었기 때문이었다. 경환은 더는 반대할 생각이 없었다.

"최 부장과 상의해서 결정하세요. 절대 강요하지 마시고요."

보고를 끝내고 이다나가 자리로 돌아가자, 밖에서 대기하던 린다와 황태수는 연신 웃어 가며 경환의 집무실로 들어왔다.

"두 분이 어쩐 일이십니까? 누가 보면 연애라도 하시는 줄 알겠습니다."

"사장님! 자꾸 이러시면 성희롱으로 고소할지도 몰라요."

"하하하, 사과의 의미로 제가 직접 커피를 내려 두 분께 드리겠습니다."

경환은 서둘러 커피를 내려 두 사람에게 건네주고는 책상 모서리에 걸터앉았다. 알제리 입찰 성공은 비상하려고 준비하는 SHJ에 날개를 달아 주었고 SHJ는 특별한 문제없이 순항을 계속했다.

"소나트락과의 계약은 잘 마무리됐습니다. 아람코와의 합작은 내년 초에 진행하기로 했습니다. 그리고 쿠웨이트와 사우디 입찰을 본격적으로 준비할 생각입니다."

경환은 플랜트에서 서서히 발을 빼고 있었다. 이제는 SHJ의 경쟁력도 확보됐고 황태수의 능력으로도 충분히 이끌고 나갈 수 있다는 판단이 들어서였다.

"저는 당분간 투자에 집중할 생각입니다. 플랜트 부분은 황 부사장님께서 책임경영을 해 주셨으면 합니다. 타케우치 부장은 요새 어떻습니까?"

경환은 커지는 SHJ를 혼자서 이끌 생각은 없었다. 한국의 IMF 사태를 기준으로 그룹 경영을 계획하고 있었던 경환은 아직 성과를 보이지 못하는 린다에게 힘을 실어 줄 필요를 느끼고 있었다. 황태수와 함께 한 축을 맡아야 될 코이치가 경환은 신경 쓰였다. 코이치가 내색은 하지 않고 있지만, 부친과 경쟁했다는 자책감에서 자유로울 수 없다는 것을 알고 있어서였다.

"그게 저도 잘 모르겠습니다. JSC와 끝을 보려는지 JSC가 준비 중인 오만과 U.A.E. 프로젝트에 전력투구하고 있습니다."

"부사장님께서 잘 다독여 주십시오. SHJ에 없어서는 안 될 인물입니다. 우리가 그룹 경영을 선포하게 되면 지금 부사장님의 자리를 맡을 적임자라고 저는 생각하고 있습니다."

경환의 계획에 황태수는 이의를 제기하지 않았다. 경환이 반대한다면 자신이라도 나서서 코이치가 자신의 자리를 맡도록 경환을 설득할 생각이었다. 두 사람의 대화가 마무리되어 가자 린다가 대화에 끼어들었다.

"사장님이 기다리던 좋은 소식이 왔습니다. 리차드와 방금 통화를 마쳤습니다."

"그래요? 어서 말해 봐요. 퀄컴이 반응을 보이던가요?"

린다는 왜 이렇게 경환이 퀄컴에 집착하는지 이해할 수가 없었다. 경환의 지시에 따라 이번 작전을 진행하긴 했지만, 아직도 퀄컴 인수에 대해 부정적인 생각이 없어지질 않았다.

"제이콥스 사장이 크게 동요하고 있다고 합니다. 우리의 지분 매도를 막기 위해 자료를 준비 중이라고 하는데, 내일 오후면 휴스턴에 도착할 것 같습니다."

경환은 주먹을 불끈 쥐며 환호성을 질렀다.

"하하하, 정말 좋은 소식이군요. 쿡 부사장님, 정말 수고 많았습니다. 그리고 두 분 모두 내일 좋은 연기력을 발휘해 주세요."

경환은 내일을 기다리며 더디게 가는 시계를 만지작거렸다.

"오늘 하루도 수고 많으셨어요. 저녁은요?"

"윌리엄 만나서 먹고 들어오는 길이야. 정우는?"

"종일 노느라 힘들었는지 일찍 잠들었어요."

서류가방을 챙겨 받는 수정을 끌어안고 가볍게 입을 맞춘 경환은 세상모르고 잠에 빠져든 정우를 바라봤다.

"피곤하죠? 어서 씻어요."

"어, 그래. 알았어. 오랜만에 맥주 한잔할까? 씻고 나올 테니 준비 좀 해줘."

알제리 프로젝트에 매진하느라 한 달 가까이 미국을 떠나 있었던 탓에 정우를 키우는 일은 온전히 수정의 몫이었다. 그럼에도 불평 한마디 하지 않고 내조에 힘쓰는 수정은 경환에게 큰 힘이 되었다. 간단히 샤워를 하고 거실에 나온 경환은 수정이 건네주는 맥주를 시원하게 한 모금 마시고는 수정과 함께 소파에 자리를 잡았다.

"KBR과 다시 일하는 거예요?"

경환은 회사 일이 어떻게 돌아가고 있는지에 대해 수정에게 얘기해 주곤 했다. 또한 집안일과 정우를 키우는 일에 대해서도 경환은 수정의 얘기를 관심 있게 들어줬다. 서로의 관심사에 소통이 되지 않는다면 결국 부부간의 틈이 벌어져 갈등이 시작된다는 것을 전생의 경험으로 알고 있었기 때문에, 경환은 공통 관심사를 만들기 위한 노력을 아끼지 않았다.

"KBR에서 준비하는 프로젝트는 이미 다른 회사와 계약했거든. 당분간은 경쟁을 해야 될 거야. 그래도 언젠가는 다시 일을 하게 될 것 같기도 하고."

윌리엄은 알제리 입찰의 후유증을 톡톡히 보고 있었다. 아동건설과 나트람까지 끌어들이는 강수에도 실패로 이어지자 FPSO로 다진 입지가 하루아침에 모래성으로 바뀌었다. 처세술의 달인이란 사실을 증명하듯 윌리엄은 경환에게 손을 내밀었지만, 경환은 당분간 그 손을 잡을 생각이 없었다.

"일이라는 거 참 어렵네요, 어제의 친구가 오늘은 적이 될 수도 있으니. 그래도 자긴 잘할 거예요."

수정이 맥주 캔을 들어 깊게 마시고는 경환의 어깨에 머리를 기대자, 경환은 수정의 머리카락을 쓰다듬으며 가볍게 머리에 입을 맞추었다. 수정이 자신의 곁을 지켜 주지 않았다면 지금 이 위치까지 올 수 없었을 거라 생각했다.

"자기 내년이면 서른 살인 거 알아요? 시간이 너무 빠른 것 같아요."

"나이가 뭐가 중요해? 자기는 아직도 날 이렇게 흥분시키는데."

경환은 머리카락을 쓰다듬던 손을 수정의 가슴에 가져다 댔고, 수정은 그런 경환을 제지하지 않았다. 경환은 수정의 입술을 찾아 깊은 입맞춤을 한 후 수정의 얼굴을 쓸어내렸다.

"그동안 나 믿고 따라와 주느라 고생했어. 그래서 내가 준비한 게 있는데, 2월에 우리 여행 가자. 한 달 정도 시간을 낼 수 있을 거야."

"정말요? 회사 일 바쁘다면서 괜찮겠어요?"

경환은 결혼 후 제대로 된 여행을 한 적이 없었던 걸 미안하게 생각했다. 억지로 시간을 만들 수도 있었겠지만, SHJ의 미래가 불확실한 상황에서 한가하게 여행을 다닐 수는 없었다. 내년부터 퀄컴의 인수가 본격적으로 진행되고 한국의 IMF 사태와 IT산업이 급속하게 팽창되는 시기가 도래하기 때문에, 지금이 아니고서는 도저히 짬을 낼 수도 없었다. 그리고 경환에겐 가장 중요한 회수를 포함해서.

"회사 일은 두 부사장들이 처리할 거고, 중요한 일은 여행지에서 처리가 가능하도록 만들고 있어. 아무 걱정하지 말고 쉬다 오자."

"고마워요. 자기도 힘들 텐데 나한테까지 신경 써 줘서."

눈물까지 글썽이는 수정을 경환은 따뜻하게 안아 주었다.

주요 간부들이 다 모인 SHJ의 회의실에서는 점심을 샌드위치로 해결하며 퀄컴 인수에 대한 회의가 길어지고 있었다. 퀄컴은 1991년 나스닥에 상장한 기업이어서인지 인수 방법에 대한 차이가 확연히 나타나 방향을 잡지 못했다.

"우리가 확보한 퀄컴의 지분이 31%입니다. 불확실한 퀄컴의 미래를 감안한다면 자산 인수보다는 주식 인수를 통해 경영권을 확보하는 게 좋다고 봅니다. 우리가 운영할 수 있는 자금이 7,000만 달러니 20%의 지분을 추가로 확보하는 건 무리가 없다고 봅니다."

황태수와 의견을 교환해서인지 코이치는 주식 인수를 통한 경영권 확보에만 초점을 두는 의견을 제시하고 나섰다. 경환은 회의가 시작됨과 동시에 아무런 발언 없이 간부들의 의견을 묵묵히 듣고만 있었다.

“우리가 퀄컴을 인수하려는 목적이 단순한 경영권 확보에만 있지는 않다고 봅니다. 우리가 보는 건 퀄컴의 기술력과 라이선스를 바탕으로 한 보장된 미래입니다. 이런 점을 감안할 때 자산 인수 방식도 검토를 해야 되지 않겠습니까?”

경환의 생각을 어느 정도 읽고 있는 린다가 코이치의 제안에 다른 의견을 제시하자 황태수가 급히 린다의 말을 받았다.

“퀄컴의 부채는 4,000만 달러에 다다르고 있습니다. 이건 공식적인 부채고 우발 부채가 어느 정도인지는 알 수가 없습니다. 또한 작년부터 퀄컴은 적자경영을 하고 있는 상태입니다. 주주들이 주식매수청구라도 해 온다면 퀄컴을 먹으려다 우리가 자금난에 빠질 수도 있지 않겠습니까?”

주식만 인수해 경영권을 확보하는 방법이 아닌 영업권을 포함한 부채와 자산을 일괄적으로 인수하는 자산 인수 방식은 황태수의 말대로 SHJ의 자금 운용에 심각한 타격을 줄 수도 있었다.

“이런 문제는 LBO(차입매수)를 통해 해결할 수도 있다고 봅니다. 한국의 CDMA 상용화 성공을 잘 포장한다면 투자펀드를 움직이는 데 문제는 없을 겁니다.”

“우리는 차입경영을 하지 않는다는 목표를 가지고 있습니다. LBO를 통해 자금을 확보할 수는 있겠지만, 펀드의 간섭에 자유롭지 못하다는 걸 생각해 봐야 됩니다.”

린다와 황태수는 한 치의 양보도 없이 설전을 이어가고 있었다. 두 사람의 의견이 충돌하고 있는 이유는 단 하나, SHJ의 자금이 충분하지 않다는 것이었다. 두 사람의 의견이 합일점을 보이지 않고 평행선을 달리자 경환이 나섰다.

"두 분의 의견은 모두 타당하다고 봅니다. 그러나 저는 퀄컴의 미래가 곧 SHJ의 미래라는 것에 한 치의 망설임도 없습니다. 우선 황 부사장님의 의견대로 LBO는 고려하지 않겠습니다."

퀄컴이 확장가도를 달린다면 LBO에 참여한 펀드와의 새로운 전쟁은 기정사실이었기 때문에 경환은 펀드와의 경영권 다툼에 힘을 소비하고 싶은 생각이 없었다.

"우리가 운용할 수 있는 자금은 7,000만 달러고, 힘들더라도 1억 달러까지는 운용이 가능하다고 알고 있습니다. 따라서 인수 방식은 쿡 부사장님의 의견대로 자산 인수로 방향을 정하겠습니다. 또한 인수 후 퀄컴의 나스닥 상장을 폐지하겠습니다."

"사장님. 상장폐지를 공시하게 된다면 소액주주들의 지분을 모두 사들여야 되는데, 자금이 못 버틸 수도 있습니다. 상장폐지는 다시 검토하시는 게 좋겠습니다."

경환의 결정에 놀란 린다가 급히 의견을 제시했지만, 경환의 생각은 확고했다. 퀄컴의 부채는 금융권과 기간 연장을 협의하고 라이선스를 포함한 영업권 확보에만 주력한다면 자금에 무리가 가지 않는다고 경환은 계산했다.

"매번 공시를 해야 되는 부담도 없고 주주들의 간섭 없이 오로지 기술 개발에 매진하기 위해서는 상장폐지가 답이라고 생각합니다. 퀄컴이 나스닥 상장을 통해 인수한 자금이 1,500만 달러입니다. 이 중에는 우리가 확보한 지분도 있으니 자금에 큰 무리는 없을 거라고 봅니다."

황태수와 린다는 경환의 의지를 확인하고는 자신들의 의견을 거둬들였다. 경환에 대한 확고한 믿음을 가지고 있었기 때문이기도 했지만, 기업 인수라는 중요한 목표를 앞에 두고 의견을 통일해야 된다고 판단해서였다. 그러나 경환은 속으로 SHJ-화성플랜트와 SHJ-소나트락, SHJ-아람코가 합작 형태로 지분이 쪼개져 있는 걸 배 아파하고 있었기 때문에, 퀄컴의 막대한 이익을 나눠 먹을 생각이 전혀 없었다. 혹시라도 상장이 필요하게 되더라도 2005년이 지난 뒤 경영에 간섭을 받지 않는 선에서 검토할 생각이었다.

"알겠습니다. 제이콥스 사장과 협의가 잘 마무리된다면 로펌과 협의해서 회계법인과 컨설팅기업을 선정하겠습니다."

"그렇게 해 주세요. 중요한 건 제이콥스 사장이 우리의 제안을 받아들이게 만들어야 한다는 점입니다. 회의는 이것으로 마치고 오후에 있을 퀄컴과의 협상을 철저히 준비해 주세요."

휴스턴 공항에 도착한 어윈과 스티브는 SHJ가 제공한 승용차를 이용하여 다운타운으로 향했지만, 어윈의 침울한 표정은 풀어지지 않았다. SHJ가 퀄컴의 지분을 매도한다는 소문과 함께 한국의 CDMA 상용화는 세계 무선통신 시장에 큰 영향을 주지 못한다는 정보가 터져 나오면서 주가는 바닥으로 곤두박질쳤다. 엎친 데 덮친 격으로 퀄컴이 분식회계를 통해 매출을 과대포장하고 있다는 기사가 나오면서 나스닥 공지에 대한 압박이 들어왔다. 어윈은 이 모든 게 린다의 작품이라고는 꿈에도 생각하지 못한 채 SHJ를 설득하기 위해 온 정신을 집중하고 있었다.

"스티브, 난 아직도 SHJ가 왜 급하게 지분을 매각하려는지 이해가 잘 안되네."

SHJ와의 회의를 위해 서류를 다시 확인하던 스티브는 조용히 서류철을 접었다.

"리차드의 말을 어디까지 믿어야 될지는 모르겠지만, 가장 큰 원인은 한국 시장이 너무 작다는 것과 한국의 기술력과 영업력으로는 세계 시장을 뚫기가 쉽지 않다고 판단한 데에 있겠죠."

스티브 또한 착잡한 심정에서 벗어날 수 없었다. 한국의 상용화를 위해 앞만 보고 달려왔지만, 세계 시장을 노리기 위해서는 아직도 시간이 필요했고 자금은 한계 상황에 다다르고 있다는 것이 스티브의 인상을 펼 수 없게 만들었다.

"후우, 결국 아메리카뱅크에서 부채를 상환하라는 통고를 해 왔네. 기간 연장을 해 주지 않겠다고 하더군. SHJ가 너무 깊게 들어와 있었어."

주거래은행인 아메리카뱅크는 SHJ의 지분 매각 소문에 반응을 하기 시작했다. SHJ가 기업공개를 한 기업이라면 공시의무를 이용해 소문에 대한 진위를 파악할 수 있었지만, 비상장기업인 SHJ엔 공시의무가 없었다. 아메리카뱅크가 부채 상환을 요청했다는 소문이 퍼지기라도 한다면 다른 투자자들의 반응은 생각하지 않아도 충분히 예상할 수 있었다. SHJ가 5,000만 달러를 투자하면서도 기껏 6%의 지분과 한국의 로열티 40%를 요청했을 때만 해도 멍청한 투자기업을 잡았다고 좋아했지만, 퀄컴에 대한 SHJ의 영향력이 이렇게 커질 줄은 알지 못했다.

"어윈, SHJ가 31%로 2대 주주입니다. 막말로 우리가 파산신청을 해 버리면 SHJ도 우리에게서 자유로울 수 없다는 말이고요. 그러나……."

스티브는 말을 잇지 못했다. 파산신청을 하게 되면 퀄컴이라는 이름도 사라질 수밖에 없고, 분식회계를 통해 재무제표를 조작했다는 사실이 밝혀져 형사상 처벌을 감수해야 된다는 사실을 말할 수는 없었기 때문이었다.

"파산신청은 하책이라고 생각해. SHJ는 31%를 포기하더라도 돈을 손해 보는 것 말고는 큰 타격이 없지만, 우리는 SHJ가 포기하는 순간 모든 걸 잃게 될 거야. 그러나 좋은 의견이네, 스티브."

부채가 전혀 없는 SHJ는 퀄컴이 파산을 한다 하더라도 경영에 지장을 줄 정도는 아니라는 사실은 두 사람의 선택 폭을 좁게 만들었다. 같이 죽자는 식으로 달려들 수는 있겠지만, SHJ가 어떻게 반응할지는 자신할 수 없어 어윈의 한숨은 깊어져 갔다.

"어윈, 우리가 파산신청을 하게 된다면 SHJ로서도 우리에게 투자한 8,000만 달러와 시장에 뿌린 2,000만 달러는 확실히 아까운 돈일 겁니다. 이럴 바에야 인수합병을 제안하는 게 어떻겠습니까? 일부 우리의 지분을 인정해 달라는 요구와 책임경영 조건을 내걸어 경영권 위임을 받아낸다면, 자금 사정도 풀릴 수 있을 텐데요. 그리고 우리의 상황이 좋아지게 된다면 증자를 통해 지분을 조금씩 확보해 나갈 수도 있고요."

부채를 SHJ에 넘기고 상황이 좋아지면 다시 지분을 확보하자는 스티브의 제안에 어윈은 솔깃해졌다. 두 사람의 대화가 이어지고 있을 때 승용차는 SHJ에 도착했고 어윈은 서둘러 건물 안으로 들어갔다.

"제이콥스 사장님, 알트만 부사장님. SHJ에 오신 걸 환영합니다. 자리에 앉으시죠."

"환영해 주셔서 감사합니다. 이 사장님. 좋은 일로 찾아왔어야 하는데 죄송합니다."

경환의 맞은편에 앉은 두 사람은 어딘가 모르게 부자연스러운 회의장의 모습에 긴장했다. 무슨 일인지는 모르겠지만, 린다와 황태수의 얼굴은 붉게 상기됐고 황태수는 자신과 눈도 마주치지 않았다.

"별말씀을요. 방금 전까지 퀄컴에 대한 논의를 하느라 분위기가 좀 서먹합니다. 이해해 주십시오. 무슨 일로 급히 휴스턴에 오셨는지 물어봐도 되겠습니까?"

자신이 왜 이 자리에 왔는지 뻔히 알면서도 모른 척하는 경환의 모습에 어윈은 부아가 치밀어 올랐다. 가까스로 분노를 삼킨 어윈은 무덤덤하게 자신을 바라보는 경환을 향해 입을 열었다.

"SHJ가 확보한 퀄컴의 지분 31%를 매각한다는 소문이 들리더군요. 이런 소문이 주가에 큰 영향을 끼치고 있습니다. 사실 확인을 해 주실 수 있겠습니까?"

숨도 쉬지 않고 말을 한 번에 털어 버린 어윈은 답답한 마음을 진정시키기 위해 탁자 위에 놓인 물을 급히 마셨지만, 쉽게 진정될 상황이 아니었다.

"무슨 소문을 들었는지 모르겠지만, 아직 결정된 사항은 없어요."

경환의 답변도 기다리지 않은 채 린다가 급히 말을 꺼내자 황태수의 표정이 굳어지며 린다를 향해 고성을 질렀다.

"쿡 부사장! 지금까지 논의된 사항을 무시하겠다는 겁니까? 쿡 부사장의 무모한 투자가 우리의 유동자금을 경색시키고 있다는 걸 아는 사람이 그런 무책임한 말을 해도 되는지 모르겠습니다."

"투자에는 시기가 있습니다. 결실을 보기 위해서는 최소한의 시간이 필요하다는 걸 모르지 않으실 텐데요."

"2년이 넘었습니다. 더 이상 뭘 더 기다려야 된다는 겁니까? 플랜트사업으로 벌어들인 자금이 고스란히 휴지 조각이 되고 있는데 그걸 더 지켜보란 말입니까?"

회의실은 린다와 황태수 간에 고성이 오가고 있었고 정작 자신은 꿀 먹은 벙어리처럼 뒷방 신세로 전락하고 있는 현실에 어원은 정신을 차릴 수가 없었다. 분위기를 봐서는 아직은 황태수와 린다의 파워게임이 진행 중인 것 같았다. 어원은 경환의 눈치를 살폈지만, 경환은 이 상황이 맘에 들지 않는 듯 미간을 좁히며 린다와 황태수를 번갈아가며 보고 있었다.

"황 부사장님이 플랜트사업을 책임경영하듯 저도 투자사업을 책임경영하고 있습니다. 지나친 간섭이라고 생각하시지 않나요?"

"사장님께서 승인하신 사항입니다. 더는 왈가왈부하지 말자는 겁니다."

린다와 황태수의 언쟁이 계속되는 가운데 어원은 도저히 둘 사이에 끼어들 자신이 없었다. 린다에게 힘을 실어 주겠다는 각오로 휴스턴에 왔지만, SHJ의 분위기는 자신이 생각한 것 이상으로 좋아 보이지 않았다. 어원은 경환이 매각을 승인했다는 황태수의 말에 마음이 급해졌다.

"손님을 앞에 두고 다들 이게 무슨 추태입니까? 두 부사장님에게 많이 실망했습니다. 다들 나가셔서 머리를 식히고 들어오세요."

두 사람의 언쟁을 참기 힘들었는지 경환은 언성을 높였다. 린다와 황태수는 아직도 분이 풀리지 않았는지 거칠게 숨을 내쉬며 각자의 팀원들을 이끌고 회의실을 빠져나갔다. 회의실에 세 사람만 남게 되자 경환은 한숨을 크게 내쉬었다.

"후우, 미안합니다. 좋지 못한 모습을 보여 줬습니다. 아까 무슨 질문을 하셨는지 다시 말씀해 주시겠습니까?"

"그, 그게, 저…… 퀄컴의 지분을 매각한다는 소문이 들려서……."

어윈은 좀 전의 거친 회의장 분위기에 주눅이 들어서인지 말끝까지 더듬어 가며 말을 끝내지 못했다. 린다와 황태수의 팽팽한 기 싸움에서 근소하게나마 황태수의 의견이 대세를 이루고 있다는 사실을 감지한 어윈은 황태수가 자리를 비운 이때를 놓치고 싶지 않았다.

"좀 전에 분위기를 보셔서 아시겠지만, 황 부사장의 의견을 무턱대고 거절할 입장이 아닙니다. 저도 안타깝게 생각합니다."

"이 사장님, 그게 무슨 말씀입니까? 내년이면 한국에서 상용화가 시작됩니다. 성공이 눈앞에 보이기 시작했는데 여기서 포기를 하시면 안 됩니다."

경환이 자신의 말에 흔들리는 모습을 보이자 어윈은 스티브가 준비한 자료를 꺼내 놓으며 적극적으로 경환을 설득했다. 퀄컴의 운명이 이 자리에서 결정된다는 사실에 어윈은 마른 입술을 물로 축이며 퀄컴의 비전에 대해 장황하게 말을 늘어놓았다.

"이 자료를 보면 아시겠지만, 한국을 시작으로 북미와 아시아를 공략하면서 GSM의 독과점을 파고든다면 그 파괴력은 상상 이상일 겁니다."

어윈의 말을 들으며 성의 없이 보고서를 들춰보던 경환은 별 관심이 없다는 듯이 보고서를 덮어 버렸다. 어윈은 긴장했다.

"제가 한국인이란 사실이 투자를 결정한 이유 중의 하나이긴 합니다만, CDMA가 세계 무대를 주름잡을 수 있을지 의구심이 들더군요. 한국의 기술력을 무시한다는 건 아니지만, 한국이란 시장이 너무 작다는 게 맘에 걸립니다. 또한 재무제표를 조작했다는 소문을 듣고 실망을 금치 못했습니다. 여기까지 오셨는데 좋은 답변을 드리지 못해 죄송합니다."

경환의 결심을 확인하자 허탈해진 어원이 스티브가 제안한 최후의 방법을 꺼내려 할 때 이다나가 급히 회의실로 들어왔다.

"사장님, 급한 전화입니다. 받으셔야 될 것 같습니다."

"실례하겠습니다. 잠시 기다려 주십시오."

경환이 이다나를 따라 급히 회의실을 나가자 어원과 스티브는 초조함을 견디지 못하고 자리에서 일어나 망연자실한 표정으로 서성거렸다. 회의실을 빠져나온 경환은 이다나가 건네주는 커피를 받아 들고는 린다를 향해 눈짓을 보내고 집무실로 들어가 버렸다.

"SHJ의 매각이 소문을 넘어 현실화된다면 아메리카뱅크에서도 기간 연장을 해 주지 않을 확률이 높습니다. 당장 다음 달 돌아오는 500만 달러를 상환할 자금도 없다는 게 문제입니다."

어원은 두 손으로 얼굴을 감싸고 아무 말도 하지 못했다. 아메리카뱅크와는 기간 연장에 구두 승인을 받았지만, SHJ의 지분 매각이라는 변수가 은행을 움직일 것은 뻔한 이치였기에 기간 연장은 어렵다고 보는 게 정수였다. 그렇다고 어원이 방만한 경영을 한 것은 아니었다. 단지 경영자가 아닌 기술자였기에 적자를 무시하고 기술 개발에 자금을 쏟아부었다는 게 유동자금을 급격히 경색시킨 중요한 이유였다. 지금 이 상황을 해결할 방안을 찾기 위해 고민하고 있을 때 회의실 문이 열리고 린다가 들어왔다.

"잠시 제 방으로 가시겠습니까? 드릴 말씀도 있고요."

물에 빠진 놈 지푸라기라도 잡는 심정으로 어원과 스티브는 현재로서는 자신들의 우군인 린다를 따라나섰다.

"우리가 지분을 매각하게 된다면 퀄컴에 큰 어려움이 온다는 건 저도 알고 있습니다. 그러나 보셔서 아시겠지만, 황 부사장이 단단히 마음을 먹었습니다."

"솔직히 말씀드리겠습니다. SHJ가 빠져나간다면 저희는 파산을 신청할 수밖에 없습니다. 당장 다음 달 만기가 돌아오는 500만 달러를 상환할 자금도 사실 저희에겐 큰 문제입니다."

린다는 이런 열악한 회사를 왜 연극까지 해 보이며 공을 들이는지 아직도 경환을 이해하지 못했지만, 이미 인수를 결정한 상태에선 최선을 다해 퀄컴을 몰아세우며 자신의 역할에 충실해야만 했다.

"그 정도로 심각한 줄은 몰랐습니다. 저는 시간을 벌면서 저희 사장님을 설득하려고 했는데 당장 다음 달이라면 저도 손을 들 수밖에 없겠네요."

린다가 한발 물러날 기색을 보이자 어윈은 화들짝 놀라며 린다의 앞을 가로막았다. 린다마저 빠져 버린다면 더 이상 기댈 방법을 찾지 못한다는 절박함이 어윈을 통제 불능으로 빠져들게 했다.

"우리가 파산신청을 하게 되면 SHJ도 손해를 보게 됩니다. SHJ에서 투자한 1억 달러가 적은 돈은 아니지 않습니까?"

"흠, 저도 손을 들어야겠군요. 제이콥스 사장님이 그런 생각을 가지고 계실 줄은 몰랐습니다. 참고로 우리가 투자한 1억 달러는 아깝긴 하지만, 1억 달러 때문에 퀄컴에 끌려다니지는 않을 겁니다."

린다의 말에 어윈은 아연실색했다. 도대체 SHJ란 회사의 규모가 어느 정도라서 1억 달러에 눈 하나 깜빡이지 않는지 어윈의 머리는 복잡해져 갔다.

"그만큼 절실하다는 표현을 한 것뿐입니다. 이 사장님을 설득할 방법이 없겠습니까? SHJ가 우리를 인수하는 것은 어떻습니까?"

어윈의 말이 린다를 놀라게 했다. 아직 미끼를 던지지도 않았는데 어윈의 입에서 인수라는 말이 먼저 나올 줄 린다는 상상도 하지 못했다. 일이 너무 쉽게 풀린다고 생각한 린다는 어윈의 의중을 알아야만 했다.

"인수라뇨? 농담이 너무 지나치시군요."

"솔직히 SHJ가 우리의 지분을 31%까지 확보한 이유는 인수를 염두에 둔 행동이지 않습니까? 지금 이 자리가 농담할 자리라고 생각하십니까?"

어윈은 정색을 하며 마지막 승부수를 린다에게 던졌다. 어윈의 표정에서 농담이 아니란 사실을 확인한 린다가 쉽게 입을 열지 않고 어윈의 애간장을 태웠다.

"인수가 저나 제이콥스 사장님에겐 돌파구가 될 수도 있겠지만, SHJ의 경영방침과 퀄컴이 맞지 않는 부분이 많아서 고민이네요."

린다가 관심을 보이자 어윈은 마지막 끈이 될 수도 있다는 생각에 린다를 설득하는 데 온 신경을 집중했다.

"맞지 않으면 맞춰 가면 된다고 봅니다. SHJ의 경영방침이 무엇인지 알려 주세요."

"SHJ는 철저히 무차입 경영을 지향하고 있습니다. 그러다 보니 기업공개에도 보수적이고요. SHJ는 외부의 경영 간섭을 극도로 싫어합니다. 퀄컴은 이미 상장을 한 기업이다 보니……. 아쉽네요, 제이콥스 사장님의 제안을 곰곰이 생각해 보니 SHJ가 투자해서 확보된 원천 기술과 퀄컴이 합쳐진다면 무한의 시너지를 발휘할 수도 있는데……."

린다는 미끼를 던지고 어윈을 슬쩍 훑기며 표정을 살폈다. 어윈은 지분을 넘기는 조건으로 경영권을 확보하고 미래를 준비하려던 계획이 린다의 선공으로 무산되자 곤혹스러워했다. 그러나 SHJ가 공격적인 투자로 IT 기술을 일부 확보했다는 말이 공학자인 자신의 마음을 움직이고 있다는 사실에 놀랐다.

"퀄컴은 저와 제 동료들의 피땀이 묻어 있는 회사입니다."

자신의 심정을 이 한마디에 응축해 말하고 어윈은 입을 닫았다.

"압니다. 제가 저희 사장님을 설득하기 위해서는 퀄컴과 합쳐 시너지 효과를 창출할 수 있다는 확신을 심어 줘야 되기 때문입니다. SHJ는 회사의 간부들에게 2~3%의 스톡옵션에 대한 권리를 제공합니다. 만약 제이콥스 사장님이 인수에 동의를 하신다면 퀄컴의 자산을 인수하면서 2,000만 달러를 영업권에 대한 보상으로 지급함과 동시에 3%의 스톡옵션을 요청해 보겠습니다. 그 대신 상장폐지는 필수입니다. 이게 제가 드릴 수 있는 최선의 방법입니다."

어윈이 흔들린다는 것을 느낀 린다는 무리하게 어윈을 재촉하는 우를 범하지 않았다. 린다의 제안을 받아들이지 않는다면 퀄컴의 파산은 기정사실화란 것을 알고는 있었지만, 10년을 공들여 키워온 퀄컴을 자신의 손으로 막을 내리게 하고 싶지 않았다.

"만약 인수에 동의한다면 동료들과 직원들은 어떻게 되는 겁니까?"

"한 가지 말씀을 더 드리자면 SHJ는 IT기업을 설립할 계획을 가지고 있습니다. 직원들은 옥석을 가리겠지만, 대부분 고용승계를 해야겠지요. 또한 제이콥스 사장님이 책임경영을 맡게 되실 겁니다. 사장님만 한 공학자를 찾기란 쉽지 않으니까요. 문제는 제가 저희 사장님을 어떻게 설득하느냐입니다. 황 부사장의 입김이 강하게 작용하고 있어 저도 사실 자신이 없습니다."

린다의 제안이 보장만 된다면 나쁜 조건이라고 생각하지 않았지만, 혼자 결정할 문제는 결코 아니었다. 어윈은 시간을 벌어야 했다.

"생각할 시간을 주십시오. 샌디에이고에 있는 동료들이 이 제안을 어떻게 받아들일지 모르겠습니다."

린다는 다 잡은 물고기에게 도망칠 기회를 줄 생각은 손톱만큼도 없었다.

"시간이 없는 건 저도 마찬가지입니다. 마침 황 부사장이 내일 뉴욕으로 출장을 떠납니다. 황 부사장이 돌아오기 전에 저희 사장님을 설득해야 됩니다. 그게 아니라면 저도 자신 없습니다."

좀 전 회의실의 분위기를 봐서는 황태수가 이 제안에 동의하지 않을 것이란 사실을 어윈은 부정할 수 없었다. 혹시라도 황태수가 매각 사실을 언론에 확인시켜 주기라도 한다면 린다의 제안은 무산된다는 것이 어윈의 판단력을 흐리게 만들고 있었다.

"잠시 스티브와 얘기를 나눠야겠습니다."

자리를 피해 주기 위해 린다가 사무실 밖으로 나가자 어윈과 스티브는 심각한 표정으로 린다의 제안에 대해 의견을 교환했다. 린다는 조용히 에릭의 자리를 찾았다.

"에릭, 로펌에서 전달받은 CA(비밀유지약정서)와 LOI(인수의향서)를 준비해 주세요. 그리고 M&A 담당 변호사를 급히 들어오라고 하시고요."

"제이콥스 사장의 동의를 얻어냈습니까?"

린다는 에릭에게 윙크를 보내는 것으로 답을 대신했다. 린다의 사무실에서 동료들과 깊은 대화를 나누던 어윈이 린다에게 손짓했다.

"동료들과 의견을 나눴습니다. 일부 반대하는 의견도 있었지만, 대체로 제 의견에 따르겠다고 하더군요. 보상액을 3,000만 달러로 올려 주십시오. 떠나는 동료들을 빈손으로 보낼 수는 없을 것 같습니다. 그리고 퀄컴이란 이름도 가능한 한 사라지지 않게 해 주십시오."

린다는 힘들 거라는 예상과는 다르게 어윈이 쉽게 백기투항을 하고 나서자 허탈감마저 들었다. 어윈을 설득하기 위해 밤새며 연구한 방법들을 제대로 써먹지도 못할 정도로 어윈의 결심이 빨랐기 때문이었다.

"좋습니다. 제이콥스 사장님 덕분에 제 입장이 살아나게 됐습니다. 그래도 아직은 안심할 수 없습니다. 제가 독단적으로 벌인 일이기 때문에 문책을 당할 수도 있겠지만, 진행하도록 하죠. 우선 CA와 LOI에 날인해 주세요. 그걸 가지고 사장님을 설득하겠습니다."

같은 시간 경환은 에릭의 보고를 받으며 입을 손으로 막은 채 환호성을 질렀다.

어윈의 동의가 떨어지자 SHJ는 전광석화처럼 빠르게 퀄컴의 인수를 진행했다. 우선 린다는 M&A 담당 변호사를 대동해 주거래은행과의 협상을 진행했다. 단기 부채 1,000만 달러를 상환하는 조건으로 퀄컴 인수에 대한 지지를 받아냈고, 주요 투자자들과의 물밑 협상을 통해 투자금을 상환하는 조건으로 그들의 불만을 잠재울 수 있었다. SHJ는 보안을 유지하며 진행하고 싶었지만, 인수 소문은 서서히 시장으로 퍼져 나갔다. 그러나 시장의 반응은 그리 좋지 못했다. SHJ라는 플랜트업체의 무모한 도전이란 분위기가 주류를 이뤄 주가에 큰 영향을 끼치지는 못한 것이다. SHJ가 M&A 체결 후 퀄컴의 상장을 폐지하면서 소액주주의 지분을 매입할 수도 있다는 기대심리가 작용해 상승세를 반짝 타긴 했지만, 얼마 지나지 않아 그러한 상승세도 사그라졌다.

"인수 진행은 문제가 없지요?"

"실사는 이상 없이 진행되고 있어요. 어윈과도 협상을 마쳤으니 실사가 끝나면 바로 계약을 진행할 수 있을 거예요."

경환은 계약서에 사인을 하기 전까지는 안심할 수 없었다. 무슨 변수가 어디서 튀어나올지 몰랐기 때문이었다. 경환의 초조함과는 달리 린다의 얼굴은 그리 좋지 못했다.

"자금이 문제네요. 퀄컴은 자본잠식이 시작된 상태고 자산이라고 해봐야 검증되지 않은 라이선스가 전부인데, 앞으로 있을 소액주주들의 지분을 매입할 자금이 빠듯해 보여요."

린다의 고민과는 달리 경환의 얼굴엔 자신감이 넘쳤다. 은행의 부채 1,000만 달러와 퀄컴의 영업권을 인정하면서 지급한 3,000만 달러, AT&T 등 투자금 상환에 1,000만 달러를 지급하고 나면 SHJ는 2,000만 달러의 운용자금으로 잔여 주식을 매입해야 될 처지였다.

"퀄컴이 소유한 라이선스는 우리의 큰 자산이 될 겁니다. 우선 본사 자금으로 퀄컴 인수를 마무리하고 소나트락과 아람코와의 합작 자금은 홍콩의 자금으로 융통해요. 황 부사장님이 준비하는 쿠웨이트와 사우디 입찰이 끝나면 올해 자금 운용에는 큰 영향이 없을 거예요."

"홍콩 자금은 우리의 꿀단지였는데, 중국 사업이 올해 정리되는 게 아쉽네요."

경환은 아쉬워 입맛을 다시는 린다를 보며 웃을 수밖에 없었다. 올해만 버틴다면 내년부터 더 이상의 꿀단지는 필요 없다는 사실을 아직은 자신만 알고 있어야 했다.

"어윈은 우리가 건넨 조건에 만족하고 있나요?"

"직원들의 고용승계까지 컨펌해 주자 충분히 만족하는 모습이에요."

경환은 SHJ의 주식 3%를 어윈에게 스톡옵션으로 제공하고 퀄컴을 책임경영자로 인정하겠다는 제안을 제시했다. 어윈은 직원승계까지 받아낸 상태에서 SHJ의 제안을 흔쾌히 받아들였다.

"다행이네요. 계약을 체결하고 샌프란시스코에 같이 가야 될 것 같으니, 미리 준비해 주세요. 린다와 함께 만나야 될 사람이 있습니다."

"제, 제임스. 샌프란시스코라면……."

경환의 의중을 쉽게 판단하기 어려웠던 린다는 입술을 지그시 깨물었다.

팰로 앨토의 1월은 춥지는 않았지만, 북쪽에서 내려오는 찬바람의 영향 때문인지 싸늘한 바람이 교내를 감싸 지나가는 학생들의 옷깃을 여미게 만들었다. 교내식당에서 간단히 점심을 해결하고 디저트로 집어 든 포춘 쿠키를 베어 물자 조그마한 종이가 튀어나왔다. 종이에 적혀진 글귀를 확인하고는 피식 웃을 수밖에 없었다.

'FAME AND FORTUNE LIE AHEAD(부와 명예가 앞에 놓여 있다).'

"젠장, 뭔 부와 명예가 있다는 거야. 중국 애들 상술에 또 속았군."

신경질적으로 종이를 구겨 던져 버리며 전공서적을 들췄지만, 글이 눈에 들어오지 않았다. 한숨을 내쉬며 책을 덮자 식당 안으로 세르게이가 손짓하며 곁으로 다가왔다.

"래리, 신문기사 봤어?"

"뜬금없이 무슨 말이야? 한가하게 신문 볼 시간이나 있는 네가 부러울 따름이다."

같은 과에서 박사 과정을 밟고 있는 세르게이는 읽던 신문을 래리에게 건네주며 래리가 먹고 남긴 포춘 쿠키 반쪽을 입에 넣었다.

"SHJ가 퀄컴을 인수했다고 하더라고. 앞뒤 안 가리고 실리콘밸리에 투자하더니 퀄컴까지 먹을 줄은 몰랐어."

세르게이가 건네준 지역지 신문을 보니 퀄컴이 SHJ에 팔렸다는 제목과 함께 이번 M&A는 SHJ의 판단 착오에 의한 무모한 투자라는 기사가 눈에 들어왔다. 실리콘밸리에서 사업을 하려면 SHJ의 투자를 받아야 된다는 우스갯소리는 예전부터 들어왔다.

"래리, 그래서 말인데 우리도 SHJ의 펀딩을 받아보는 게 어떨까? 백럽(BACKRUB) 프로젝트의 이론도 정립했고 본격적으로 개발하려면 우리도 자금이 필요하잖아."

"SHJ가 무턱대고 이론만 정립시켜 놓은 백럽에 돈을 투자하겠냐?"

래리는 쉴 새 없이 조잘대는 세르게이를 향해 빈 우유팩을 툭 던지고는 연구소로 향하기 위해 자리에서 일어났다. 백럽은 래리와 세르게이가 웹페이지 사이에서 링크를 많이 받는 페이지를 더 좋은 페이지로 취급한다는 가설을 세워 연구하며 테스트하고 있는 프로젝트였다. 아직 뚜렷한 결과를 보이진 않았지만, 자금만 충분하다면 제대로 연구에 매달려 보고 싶었다. 래리는 급히 되돌아와 세리게이가 보고 있던 신문을 낚아챘다.

"자기야, 뭔 짐이 이렇게 많아?"

경환은 거실을 가득 채우고 있는 여행 가방들을 보며 벌린 입을 다물지 못했다.

"한 달 동안 지내야 될 텐데 이 정도는 돼야죠. 그리고 정우 짐도 만만치 않고요."

들뜬 마음에 일주일 전부터 여행 가방 싸고 풀기를 반복하던 수정은 공항으로 출발할 시간이었지만, 아직도 여행 가방 주위를 서성거렸다.

"필요한 게 있으면 가서 사면 되잖아. 비행기 시간 얼만 안 남았으니까 서둘러 나가자."

"알았어요. 먼저 가 있을 테니까, 여기 가방들 잊으면 안 돼요."

경환은 수정의 말이 끝나기도 전에 정우를 안아 들고 급히 집을 나섰다. 수정은 여행을 가기 전 서울에 잠시 머물기 원했지만, 퀄컴과의 M&A 계약이 남아 있었던 경환은 도저히 시간을 낼 수가 없었다. 고민을 하던 경환은 수정과 정우를 먼저 서울에 보내고 자신은 계약을 마무리한 후 서울에서 만나는 방법을 선택했다. 그러다 보니 혼자서 이 많은 짐을 가지고 갈 생각에 경환은 벌써부터 머리가 지끈거렸다.

"사모님은 출발하셨나요?"

"방금 보내고 오는 길이에요. 이다나, 부사장님들을 불러 주세요."

수정을 배웅하고 회사로 돌아온 경환은 자신이 떠나 있을 한 달 동안 SHJ에 업무 공백이 생기지 않도록 업무 분장에 신경 쓰고 있었다. 경환이 여행을 계획한다는 사실을 뒤늦게 전달받은 황태수와 린다는 중요한 시기에 오너가 자리를 비우면 사업 결정이 늦어진다는 이유로 쌍수를 들어 반대했지만, 경환의 의지를 꺾지는 못했다. 경환에겐 SHJ보다도 소중한 것이 있다는 것을 두 사람은 알지 못했다.

"부하직원들은 간당간당한 자금을 바라보며 한숨짓고 있는데 한 달씩이나 여행을 가셔서 좋으시겠습니다, 사장님."

"황 부사장님의 말에 저도 전적으로 동감합니다, 사장님."

퉁명스럽게 말을 건네는 두 사람에게 경환은 어색한 미소를 지었다.

"두 분 왜 그러십니까? 어서 자리에 앉으세요. 제가……."

"커피는 제가 직접 내려 마시겠습니다."

어색한 상황을 풀 때마다 경환이 직접 커피를 내린다는 사실을 알고 있는 황태수는 경환이 말도 꺼내기 전에 먼저 일어나 커피메이커로 향했다.

"저 결혼하고 신혼여행도 못 간 사람입니다. 미국에 와서도 가 본 곳이라고는 허먼 파크밖에는 없습니다. 처음으로 남편 노릇을 하는 건데 이해 좀 해 주세요."

경환은 여태껏 직원들 앞에서 오너의 권위를 내세우지 않았다. 나이가 어리다는 이유도 있었지만, 직원들과 밑바닥부터 고생하며 SHJ를 같이 이끌고 간다는 생각을 하고 있었기 때문이었다. 경환이 죽을상을 짓고 읍소를 하자 두 사람은 활짝 웃기 시작했다.

"하하하, 농담입니다. 사장님 덕분에 SHJ가 이만큼 성장할 수 있었다는 사실을 부인할 사람은 아무도 없습니다. 잠시 쉬시면서 재충전을 해야 될 시기라고 생각합니다. 회사는 저와 쿡 부사장이 지키고 있을 테니 편안한 마음으로 다녀오십시오."

두 사람이 자신을 놀렸다는 생각에 경환은 눈을 부라리며 두 사람을 쳐다보고는 같이 웃을 수밖에 없었다. 경환과 생사고락을 같이해 온 두 사람은 직원이라기보다 전쟁을 같이 치른 전우였기에, 돈 주고도 살 수 없는 신뢰가 세 사람을 뭉치게 했다.

"제가 여행을 가더라도 중요한 업무는 현지에 개설한 임시사무소를 통해 결재하겠습니다. 사소한 일들은 두 분께서 협의 하에 진행해 주십시오. 대외적인 공식 업무는 황 부사장님께서 제 대리를 해 주시고요."

린다는 경환의 결정을 순순히 받아들였다. 황태수와는 같은 부사장을 맡고 있지만, 린다는 SHJ 내부에서만큼은 황태수를 자신의 위로 인정했다. 분위기가 어느 정도 가라앉자 황태수가 웃음을 거둬들였다.

"타케우치 부장이 오만 입찰을 성공시키고 나서 대후건설과의 공동입찰에 적극적인 것 같습니다. 미쓰비시중공업으로는 JSC를 막기 어렵다고 판단한 듯합니다. 저도 타케우치 부장의 의견에 동의하고 있고요. 당분간 지켜볼 생각인데, 어떠십니까?"

"오만 프로젝트야 알제리에 대한 보상 차원으로 합작했다지만, 이후의 프로젝트에는 오성건설을 제외한 한국 기업과의 공동입찰을 보류해 주십시오."

황태수는 경환의 결정에 토를 달고 싶진 않았다. 그러나 이유에 대해선 확인을 할 필요가 있다고 생각했다.

"무슨 문제라도 있습니까?"

경환은 어디까지 황태수에게 설명해야 될지 고민했다. IMF 사태를 맞아 대후그룹과 아동그룹이 공중분해 된다고는 차마 말할 수 없었다.

"아시겠지만, 현재 투자팀 연구원들이 헤지펀드에 대한 동향을 연구하고 있습니다. 올 연말부터 아시아의 증권과 외환 시장을 공격한다는 첩보가 있다고 합니다. 한국이 그 공격 대상에 포함된다면 한국 경제가 요동치게 될 것입니다. 내년까지는 사태를 관망해야겠습니다."

"흠."

황태수는 탄식을 내뱉었다. 경환의 정보력의 정확성은 그동안의 경험으로 알고 있었기 때문에 황태수의 미간에는 내 천 자가 그려졌다.

"박화수 사장에겐 최대한 달러를 확보하라고 하십시오. 주위의 창고를 임대해서라도 최소한 1년 치 이상의 원자재를 확보하라고 하시고, 회사 운영경비를 제외하고는 달러의 매도를 중지시키십시오."

"알겠습니다."

황태수는 토를 달지 않았다. 경환이 이 정도로 신경을 쓰고 있다면 예삿일이 아니란 사실을 느낌으로 알 수 있었다. IMF 사태를 예방하기 위해서는 지금부터 대비를 해야 그나마 시간을 맞출 수 있었지만, 한국은 어떠한 변화의 조심도 없이 평온했다. 많은 고민 끝에 대비를 하라며 건넨 정보를 쓰레기 취급하는 한국 정부에 실망한 경환은 서서히 한국을 포기했다.

"조인식에 오성전자와 금성전자, L.A영사관에서 참석을 요청해 왔어요. 조인식을 마치고 시간을 할애해 달라고 하던데요."

경환은 인상부터 찡그렸다. 오성이나 금성이야 이해할 수 있었지만, 아무런 상관도 없는 영사관에서 참석을 요청했다는 게 경환의 심기를 건드렸다. 린다는 경환의 심정을 헤아리며 말을 이었다.

"일반석에서 참관하는 건 동의하겠다고 했어요. 그리고 일정이 바빠서 따로 시간을 만들 수는 없다는 말을 덧붙였고요. 아직 회신이 없는 것으로 봐선 올 생각이 없나 보네요."

'나 잘했죠?'라는 표정을 짓는 린다에게 경환은 엄지를 들어 보였다. 경환이 한국 정부와의 악연으로 인해 칼을 세우는 것은 이해하지만, 너무 오랫동안 지속되지 않기를 린다는 바라고 있었다. 경환이 국적을 바꾸기 전에는 한국 정부에 의해 지난번과 같은 개인적인 피해가 자행될 수도 있었기 때문이었다.

"당분간은 쿡 부사장님이 관심을 가지고 퀄컴을 지켜보세요. 우리가 인수했다 하더라도 절대 점령군 행세를 하면 안 됩니다. 퀄컴이 필요로 한 것은 최대한 의견을 수렴해 주세요. 조인식이 끝나면 퀄컴 직원들도 SHJ 식구입니다."

"리차드에게 당부를 해 두겠습니다. 실사기간에도 최대한 퀄컴의 편의를 봐 주었습니다. 복지나 급여도 SHJ 기준으로 재산정 작업을 하고 있어 퀄컴 직원들도 만족하는 분위기예요."

인수를 반대하고 이탈한 기술 개발 인력이 많지는 않았지만, 경환은 이탈을 방지하기 위해 신경을 곤두세웠다. 지금이야 별 수익을 창출하지 못하고 있지만, 올 연말부터는 상황이 달라지기 때문이었다.

"그리고 지금 당장은 곤란하지만, 내년을 기준으로 SHJ 타운을 조성하는 계획을 수립해 보세요. 우리가 인수했다고는 하지만, 샌디에이고는 휴스턴에서 너무 멉니다. 그리고 휴스턴이 아니더라도 SHJ 타운에 적합한 곳이라면 어디든 상관없습니다."

경환은 회사를 분산시킬 생각이 없었다. 의사소통을 원활히 하고 지배구조를 확실히 하기 위해선 해외 합작법인을 제외하고는 한곳으로 집중할 생각이었다. 희수가 태어나는 올 연말부터 경환이 꿈꾸는 미래가 서서히 다가오고 있었다.

샌디에이고에 도착한 경환은 조인식에 앞서 퀄컴의 경영진들과 함께

했다. 만성적인 자금난에서 벗어날 수 있다는 기대심리가 작용해서인지, 불안한 표정을 보이는 경영진들은 소수에 불과했다. 경환은 어윈의 소개를 받으며 경영진 한 사람 한 사람과 인사를 나눈 후 회의용 탁자 중앙에 자리를 잡고 앉았다.

"표정이 아직 무거우신 분들이 계시군요. 10년을 키워 온 회사를 타인의 손에 넘긴다는 건 쉽지 않은 결정이었다는 것 충분히 이해합니다. 저는 이 순간부터 퀄컴을 타인이라 생각하지 않겠습니다. 시작은 서로 달랐지만, SHJ와 퀄컴은 한 가족으로 같은 목표를 향해 달려갈 것입니다. 조인식에 앞서 이런 자리를 마련한 이유는 한 가족으로서 여러분들의 의견을 수렴하기 위해서입니다."

경환의 말에도 퀄컴의 경영진들은 눈치를 보며 입을 여는 사람이 없었다. 아직 그들의 눈에는 경환은 점령군 총사령관일 뿐이기 때문이었다. 좌우를 살피던 스티브가 무겁게 닫혔던 입을 열었다.

"고용승계를 약속하시고 경영진의 변화는 주지 않겠다고 하셨지만, 시간이 지나면 SHJ의 인사들로 교체되지 않을까 우려하는 목소리도 있습니다."

스티브는 SHJ가 약속한 고용승계와 책임경영에 대해 크게 신뢰하지 않았다. 인수 후 경영진의 교체는 M&A의 기본이었기 때문에 잡음 없이 인수작업을 완료하기 위한 SHJ의 전략이라고 스티브는 생각했다. 경환은 예상한 질문이 나오자 스티브를 향해 가볍게 미소를 지었다.

"여기 계신 분들이나 퀄컴의 모든 직원들은 조인식이 끝남과 동시에 SHJ의 가족이 됩니다. 퀄컴은 아니 SHJ-퀄컴은 제이콥스 사장님이 책임경영을 하시게 될 겁니다. 저는 가족을 함부로 버리지 않습니다. 제 약속은 SHJ의 이름이 존재하는 순간까지 함께할 것입니다. 아울러 적자경영을 감수하고서라도 SHJ의 여유자금을 기술 개발에 투입한다는 게 제 방침입니다."

경환은 SHJ-퀄컴의 경영체계를 대대적으로 손볼 생각이 없었다. 그러나 무턱대고 방치할 생각도 없었기 때문에 어윈을 사장으로 책임경영을 맡기긴 했지만, 어윈은 스티브와 함께 기술 개발에 주력하게 하고 재무와 인사는 리차드를 통해 관리할 생각이었다. 경영진 대부분이 기술자여서인지 기술 개발에 전폭적인 투자를 약속하자 부족한 자금으로 미뤄왔던 연구 개발에 전념할 수 있다는 생각으로 무거웠던 회의실의 분위기는 서서히 살아나기 시작했다.

"상장을 폐지하게 된다면 저희가 가지고 있는 스톡옵션은 어떻게 되는 겁니까?"

아무리 가족이라는 말로 동질감을 형성하려고 했지만, 개인의 이익을 무시할 수는 없었다. 경환의 눈치를 보던 경영진 한 명이 조용히 손을 들어 스톡옵션에 대해 질문한 것은 어쩌면 당연하다고 볼 수 있었다.

"두 가지 방법이 있습니다. 퀄컴을 비상장으로 돌리고 나면, SHJ-퀄컴 총 지분의 10% 내에서 스톡옵션을 제공하게 될 겁니다. 지금 가지고 계신 스톡옵션을 소액지분 매입 때 파셔도 되고 다시 스톡옵션을 받으셔도 됩니다. 그러나 똑같은 비율로 계산되지는 않을 겁니다."

질문을 했던 직원은 이해했다는 듯 고개를 끄떡였다. 경환의 입장에서는 모든 스톡옵션을 팔아주기를 간절히 원했지만, 결과적으로 경영진 대부분은 SHJ-퀄컴의 스톡옵션으로 대체하는 방법을 취해서 경환을 안타깝게 만들었다. 린다가 경환을 향해 자신의 시계를 손으로 가리켜 조인식 시간을 알리자 경환은 정리하기 위해 마지막 말을 꺼냈다.

"모두들 제이콥스 사장님과 함께 기술 개발에 힘써 주십시오. 여러분의 뒤는 SHJ가 지키고 지원하겠습니다. 그리고 저는 혼자 잘 먹고 잘살지는 않을 생각입니다. 여러분들의 고생과 땀의 대가는 반드시 여러분들에게 돌아가도록 하겠습니다. 감사합니다."

모두 자리에서 일어나 경환의 말을 기립박수로 반겼고, 경환은 어윈과 함께 조인식장으로 이동했다. 이번 인수에 대한 관심이 크지 않다는 것을 나타내듯이 조인식장은 오성전자와 금성전자의 현지법인 직원들과 몇 명의 지역 경제지 기자가 전부였다. 계약서에 사인하고 어윈과 악수를 나누고서야, 경환은 퀄컴이 자신의 손에 들어왔다는 생각에 긴장이 한순간에 풀리는 느낌을 받았다.

"잘 부탁합니다, 제이콥스 사장님. 제 힘이 닿는 한 사장님을 믿고 지원하겠습니다. 사장님과 축배를 들고 싶지만, 일정이 바빠 다음으로 미룰 수밖에 없습니다. 이해해 주세요."

"아닙니다, 그리고 감사합니다. SHJ-퀄컴을 이 사장님과 같이 성장시키겠습니다."

경영에 실패한 자신에게 SHJ-퀄컴의 책임경영을 맡기고 이에 더불어 지원까지 약속하자 어윈은 상기된 얼굴로 감격했다. 이번 M&A로 인해 자금에 대한 부담을 벗고 연구 개발에만 매진할 수 있게 됐다는 것에 어윈은 안도했다. 바쁜 일정으로 이후 행사를 에릭에게 맡기고 급히 자리를 뜨려 할 때 건장한 체격의 사내가 경환의 앞을 가로막았다.

"이 사장님, 반갑습니다. 존 해밀턴이라고 합니다."

"제임스 리입니다. 실례지만, 초면인 듯합니다만."

존이 내민 손을 엉겁결에 잡은 경환은 이 남자의 정체가 무엇인지 궁금했다. 짧은 머리에 다부져 보이는 존은 일반인으로 보이지는 않았다. 그때 어윈이 급히 달려왔다.

"펜타곤에서 연락관으로 파견 나온 존 해밀턴 대령입니다."

어윈의 소개에 경환은 고개를 끄떡였다. CDMA 기술은 미 국방부에서 처음 연구된 기술로 퀄컴이 인수해 상용화 개발을 하고 있었기 때문에, 미 국방부에서도 관심 있게 퀄컴을 지켜보고 있었다. 한국이 상용화에 성공한 지금, 세계 시장을 공략하기 위해서라도 미 국방부의 지원은 반드시 필요하다고 판단한 경환은 존을 무시할 수 없었다.

"해밀턴 대령님, 조인식에 참석해 주셔서 감사합니다. 제가 다른 일정이 있어 시간이 촉박합니다. 급한 일이 아니시라면 다음 기회에 대화를 나눴으면 하는데요."

"압니다. 샌프란시스코행 비행기를 예약해 놓으셨더군요. 우선은 인사만 드리겠습니다. 조만간 휴스턴을 한번 방문하겠습니다. 여행 잘 다녀오십시오."

존은 뒤를 돌아 조인식장을 빠르게 빠져나가자 경환은 등골이 서늘함을 느꼈다. 자신의 여행 일정까지 존이 알고 있다는 것은 미 국방부에서 SHJ를 주시하고 있다는 것을 의미하기 때문이었다. 경환은 재촉하는 린다를 따라 공항으로 향하며 미 국방부와의 관계를 어떤 식으로 풀어 나갈지 장고에 빠져들었다.

샌프란시스코의 대표적인 관광지인 피셔맨스 워프에는 어느덧 석양이 깔리고 있었다. 많은 관광객들이 바닥이 목재로 만들어진 39번 선착장에 모여들어 연신 사진을 찍기 바빴고 뭐라도 주워 먹을 생각에 갈매기들이 관광객들의 주위를 낮게 날고 있었다. 그런 모습이 익숙한 듯 관광객들을 의식하지 않은 채 한 사내가 벤치에 앉아 먼 바다만 바라봤다.

"잭, 아주 팔자 좋습니다. 뭔 놈의 사람이 이렇게 많은지, 찾느라 고생 좀 했네요."

느닷없이 불리는 자신의 이름에 잭은 뒤를 돌아봤고, 거기엔 숨을 헐떡거리는 경환이 서 있었다.

"제임스, 여긴 어떻게……."

"집에 갔더니 조안나가 알려주더군요. 젠장, 피셔맨스 워프가 이렇게 복잡한 줄 알았으면 조안나에게 파이나 만들어 달라고 하면서 기다릴 걸 잘못했네요."

생각지도 못한 경환의 출현에 잭은 당황했다. KBR에서 나와 도망치듯 휴스턴을 떠났지만, 갈 곳이라고는 고향밖에 없었다. 형사 처분은 받지 않았지만, 윌리엄은 암암리에 잭에 대한 소문을 동종업계에 퍼트렸고 잭은 플랜트업계에 발을 디딜 수 없었다. 부쩍 늙어 보이는 잭을 바라보는 경환의 마음은 좋지 못했다.

"배고파 죽을 지경입니다. 린다와 조안나가 보딘에 먼저 자리를 잡고 있으니 거기 가서 뭐라도 좀 먹어야겠습니다. 빨리 일어나요."

보딘은 피셔맨스 워프에서 유명한 빵집이어서 그런지 손님들로 넘쳐났고, 머뭇거리던 잭을 억지로 끌고 온 경환은 먼저 자리를 잡고 있는 린다와 조안나의 좌석으로 향했다.

"유명하다는 말만 믿고 왔으니, 조안나가 좀 골라주세요. 너무 배고파서 책상도 씹어 먹을 지경입니다."

태평하게 주문을 부탁하는 경환을 바라보는 잭의 심정은 착잡했다. 한순간의 분노를 참지 못하고 경환을 파멸로 몰아넣으려 했던 행동을 후회했지만, 시간을 되돌릴 수는 없었다. 잭은 자기 자신에게 난 화를 경환에게 돌리려 했다.

"제임스, 배신자의 말로가 어떤지 궁금해서 여기 온 겁니까?"

"여, 여보."

칼을 세우고 달려드는 잭의 팔을 조안나가 급히 잡았다. 경환은 그런 잭과 눈을 마주치고는 가볍게 미소를 지었다.

"잭, 누구나 실수를 한다고 생각합니다. 미쓰비시중공업에서 받은 돈을 전액 기부했더군요. 그 돈으로 호의호식을 했다면 전 잭을 제 기억에서 지웠을 겁니다. 제가 말을 잘 돌리지 못하니, 잭을 찾아온 목적부터 말하겠습니다. 저와 다시 일해 보지 않겠습니까?"

경환의 뜻밖의 제안에 잭은 아무 말도 할 수가 없었다. 돈을 목적으로 정보를 넘긴 게 아니었기 때문에 미쓰비시중공업의 돈은 받자마자 사촌동생을 통해 무명으로 기부했었다. 경환이 이런 사실까지 알고 있다는 것이 놀라웠지만, 이미 동종업계에서 배신자로 낙인찍힌 것을 알고 있는 잭은 경환의 제안을 받아들일 수 없었다. 안타깝게 잭을 바라보던 린다가 입을 열었다.

"잭, 이런 곳에서 갈매기들하고 시간만 죽이고 있을 건가요? 휴스턴으로 다시 돌아와요, 부탁이에요."

린다는 자신으로 인해 잭이 보장된 미래를 포기했다는 사실을 알고부터 그가 항상 마음의 짐으로 남아 있었다. 차마 경환에게는 말할 수 없었지만, 경환이 잭을 주시한다는 사실을 알고는 자기 일처럼 기뻐했다.

"조안나, 제 집사람이 조안나의 파이 기술을 전수받지 못했다고 저를 얼마나 들들 볶는지 아십니까? 그리고 제 집사람과는 휴스턴대 동문이잖아요. 집사람 잔소리에서 벗어나기 위해서라도 조안나가 휴스턴으로 좀 와 줘야 되겠어요."

"제, 제임스. 저야 수정에게 언제든지 파이를 전수해 주고 싶어요."

조안나는 눈을 내리깔고 있는 잭의 눈치를 볼 수밖에 없었다. 휴스턴으로 돌아가더라도 배신자라는 낙인이 주홍글씨로 남아 잭을 괴롭힐 것이란 사실이 조안나의 마음 한구석을 아프게 했다.

"잭, 조안나. 무슨 고민을 하는지 압니다. SHJ가 아람코와 합작으로 사우디에 플랜트공장을 건설합니다. 잭, 3년만 사우디 합작공장을 맡아 주세요. 3년 후에 휴스턴으로 돌아온다면 잭이 걱정하는 일은 사람들의 기억에서 잊히게 될 겁니다."

잭은 아무런 말도 없이 탁자 위의 머그잔만 하염없이 바라봤다.

경환과 린다는 조안나의 만류에도 내일 있을 일정을 위해 급히 차를 몰아 산타클라라의 호텔로 향했다. 여행을 가기 전 마지막 일정으로 그동안 투자한 실리콘밸리의 업체들을 방문할 생각이었다. 경환은 IT에 대한 지식이 전무한 상태였지만, 그동안 확보한 라이선스와 연구 중인 IT 기술을 퀄컴과 접목할 수 있는 방향을 잡기 위해선 한 번은 방문을 할 필요가 있었다.

"제임스, 잭이 제안을 받아들일까요?"

"확신은 못하겠지만, 잭도 모래바람이 그립지 않겠어요? 두 사람이 좋은 결정을 했으면 좋겠네요. 뭐, 받아들이지 않는다면 한 번 더 여기에 오면 되겠죠."

자신의 회귀가 잭의 인생을 나락으로 떨어트렸다는 자책감에 시달렸던 경환은 잭이 휴스턴을 떠난 후부터 은밀히 잭의 상황을 살폈다. 퀄컴의 인수가 완결되고 중동에 합작공장을 건설하는 지금이 잭을 불러들일 가장 좋은 시기라고 판단했다. 경환은 잭에게 진 빚을 갚고 그의 틀어진 인생을 화려하게 복귀시켜 주려 했지만, 잭은 아직 경환이 내민 손을 잡지 않고 있었다. 잭에 대한 안타까움에 차창 밖의 경치도 제대로 감상하지 못하고 있을 때 승용차는 호텔 입구에 정차했다.

"사장님, 린다. 좀 늦으셨네요."

먼저 도착해 있었던지 에릭이 두 사람을 맞아 주었다. 로비는 늦은 시간이었지만, 사람들로 북적거렸다.

"우리의 투자를 받기 위해 많은 업체에서 나와 있습니다. 제가 상대를 하겠으니, 두 분은 먼저 올라가 쉬십시오."

SHJ가 공격적으로 투자한다는 소문은 실리콘밸리를 들썩이고 있었고 마침 경환과 린다의 방문에 맞춰 SHJ의 투자를 받기 위해 아침부터 호텔은 사람들로 만원 사례를 이뤘다.

"그렇게 하는 게 좋겠습니다. 저는 먼저 올라가겠습니다."

에릭이 건네주는 방 열쇠를 손에 쥐고 경환과 린다가 엘리베이터에 올라타자 한 청년이 급히 그 뒤를 따라 닫히는 문을 열었다.

"죄, 죄송합니다."

"아닙니다. 어서 타세요."

경환은 별일 아니라는 듯 웃어 보이고는 넥타이의 끝매듭을 풀어 헤쳤다. 청년을 의식해서인지 경환과 린다는 말없이 층수 표시등만 바라봤다. 지루한 시간이 지나고 도착음이 울리자 두 사람은 엘리베이터에서 내려 각자의 방으로 향했다.

"저, 제임스 리 사장님! 잠시만 시간을 내 주십시오."

경환은 엘리베이터에 뒤따라 탄 청년이 자신을 부르자 급히 뒤를 돌아봤다. 전혀 기억에 없는 사람이었다. 만약의 사태에 대비하기 위해 경환은 린다를 재빠르게 자신의 뒤로 보내며 그 청년과 마주했다.

"누구십니까?"

"저, 저는 스탠퍼드대에서 박사 과정을 밟고 있는 래리 페이지라고 합니다. 실례인 줄 알지만, 제가 연구하는 프로젝트를 한번 봐 주십시오."

그 청년이 건넨 자료에는 백럽프로젝트라고 쓰여 있었지만, 경환은 래리 페이지란 이름도 백럽프로젝트란 이름도 들어본 적이 없는 생소한 이름이었다.

"아무런 약속도 없이 이러는 건 너무 무례한 행동 아닙니까?"

경환은 20대 초반으로 보이는 래리의 행동이 맘에 들지 않았다. 또한 백럽프로젝트라고 쓰여 있는 서류는 경환의 관심을 끌지 못했다. SHJ의 투자가 IT 분야에 집중되자 하루에도 수십 건의 투자요청서가 휴스턴에 날아오고 있는 와중에 아무리 스탠퍼드라고는 하지만, 대학원생이 내민 기안서는 경환의 흥미를 끌기에는 부족했다.

"죄, 죄송합니다. 이렇게라도 하지 않으면 사장님을 만나 뵐 수 없다고 생각했습니다. 무례하게 한 점 사과드립니다. 그럼 이만."

래리는 건네려던 프로젝트 기안서를 가방에 넣으며 상심한 표정으로 엘리베이터로 향했다. 경환은 그런 래리의 쓸쓸한 뒷모습을 바라보다 6년 전 화성산업에 처음 들어가던 자신의 모습을 떠올리며 급히 래리를 불러

세웠다.

"미스터 페이지, 잠시 기다려 보세요."

"제임스, 어쩌려고 그래요?"

린다는 불안했던지 경환의 팔을 잡아끌었지만, 경환은 그런 린다를 안심시키고는 래리 앞으로 천천히 걸어갔다. 경환 자신도 절실한 상황에서 화성산업의 최승화를 설득하기 위해 극약 처분을 내렸듯이 래리도 절박함에 이런 행동을 했을지 모른다는 생각이 들었다.

"식사했습니까?"

"사장님이 이 호텔에 투숙한다는 말을 듣고 아침부터 기다리느라……."

경환은 헛웃음이 터져 나왔다. 뒷말을 잇지 못하는 래리를 봐서는 아침부터 굶었다는 것을 알 수 있었다. 이런 열정을 가진 사람을 그냥 되돌려 보낸다면 후회할 수도 있다는 생각이 경환으로 하여금 래리를 붙잡게 했다.

"나도 아직 식사 전이니 같이 식사나 합시다. 린다도 같이 내려갑시다."

경환은 긴장감에 뻣뻣이 굳어 있는 래리를 엘리베이터로 밀어 넣은 후 레스토랑이 있는 3층 버튼을 눌렀다. 정신을 차린 래리는 급히 경환에게 나지막이 말을 건넸다.

"저, 사실은 친구와 같이 왔습니다. 그 친구는 아직 로비에 있는데……."

레스토랑에 도착한 경환은 린다에게 주문을 부탁하고 휴대폰을 꺼내 들었다.

"에릭, 로비에서 세르게이 브린이란 학생을 찾아 3층 레스토랑으로 같이 오세요."

경환이 세르게이까지 레스토랑으로 부르자 래리는 그제야 안심을 할 수 있었다. 잠시 후 에릭과 함께 세르게이가 긴장한 모습으로 들어와 자리에 앉자 경환은 메뉴판을 두 사람에게 건네주었다.

"우선 식사부터 한 후에 얘기를 나눠 봅시다."

경환은 식사를 하면서 두 사람의 모습을 물끄러미 바라봤다. 래리는 경환의 시선을 의식해서인지 제대로 식사를 하지 못했다. 밑져야 본전이란 생각으로 무턱대고 찾아왔지만, SHJ의 오너와 식사까지 같이하게 되자 래리는 심장이 뛰었다. 어느 정도 식사가 마무리되자, 경환은 자신이 화성산업을 통해 잡았던 기회를 래리에게도 주고 싶었다.

"미스터 페이지? 맥주 한잔하면서 얘기를 나눠 볼까요?"

"아, 아닙니다. 저는 물이면 됩니다. 그리고 래리라고 불러 주십시오."

래리는 중요한 프로젝트 설명을 앞에 두고 한가하게 술을 마실 생각은 없었다. 래리는 맥주를 마시는 경환에게 기안서를 다시 건네주었다. 경환은 기안서를 살폈지만, 전문용어와 기호가 잔뜩 적혀 있는 알고리즘을 이해하기란 비전공자인 경환에겐 무리였다. 서류보다는 래리의 말을 듣는 게 빠를 거라 생각한 경환은 기안서를 덮고 래리를 빤히 쳐다봤다.

"저와 제 친구인 세르게이는 스탠퍼드대 컴퓨터공학과에서 박사 과정을 밟고 있습니다."

"그래요? 이 백럽프로젝트에 대해 간략하게 설명해 줄 수 있나요? 이 기안서엔 온통 외계어밖에 없다보니 인간인 제가 이해하기 어렵네요. 지구어로 해석을 부탁할게요."

경환은 래리가 컴퓨터공학을 전공하는 대학원생이란 사실에 급히 관심을 보였다. 지금은 MS가 대세를 이루고 있지만, 2000년을 넘기면서 구글과 애플이 MS에 대항마로 출현한다는 사실을 알고 있는 경환은 이 두 사람을 통해 구글과 애플을 뛰어넘을 수도 있지 않을까라는 생각을 잠시 했다.

"간단히 말씀드리자면 인터넷 검색엔진의 검색 정확도를 높인다는 게 백럽프로젝트의 핵심입니다. 정확도를 높이기 위해서는 페이지에 담겨진 내용을 분석하여 정확도를 매기고, 또 다른 방법으로 해당 페이지가 위치하는 사이트에 랭킹을 매김으로써 검색의 정확도에 반영해서 신뢰도를 높인다는 이론입니다."

경환은 IT에 투자해야 된다고 입으로 매일 떠들었지만, 정작 래리의 설명을 잘 알아들을 수 없는 자신의 무식한 모습에 기가 막혔다. 래리가 최대한 쉽게 설명했다고는 하지만, 아직 경환에겐 외계어일 수밖에 없었다.

"래리, 비전공자인 내겐 아직도 어려운 말이네요. 검색의 정확도를 높여서 신뢰가 높고 가치가 있는 사이트를 목록 위쪽으로 올린다는 것 같은데 내가 맞게 이해한 건가요?"

"틀린 이해는 아니라고 봅니다."

경환은 검색엔진의 정확성을 높이는 기술이 어떤 가치를 지녔는지 의문이 들었다. 검색엔진을 개발하려는 프로젝트도 아니고, 단지 검색의 정확성을 높인다는 설명에 경환은 실망했다.

"이건 검색업체들에게 필요한 기술인 것 같은데요. 야후나 익사이트, 인포시크 등과 먼저 협의하지 않고 SHJ에 온 이유가 있나요?"

래리와 세르게이는 경환의 실망한 표정이 눈에 들어오자 한숨을 내쉬었다. 래리는 여러 가지 변명을 생각하다 솔직하게 있는 사실 그대로 경환에게 털어놨다.

"사실 사장님이 말하시는 검색업체들을 찾아다녀 봤지만, 관심을 보이지 않았습니다. 마지막 희망이라 생각하고 SHJ를 찾아왔습니다."

경환은 고민했다. 래리가 말하는 백럽이란 기술에는 관심이 없었지만, 모든 검색업체들이 거절한 상태에서 자신마저 거절한다면 두 사람의 기술은 사장될 수밖에 없다고 생각했다. 그렇다고 인정에 이끌려 무턱대고 투자를 할 수는 없었다. 경환은 맥주를 단번에 들이켠 후 래리를 쳐다봤다.

"래리, 지금 이 백럽으로는 수익을 창출할 수 없다고 봅니다. 물론 사용자의 입장에서 본다면 좋은 소프트웨어라는 사실은 저도 인정합니다. 그러나 저는 경영자이며 사업가입니다. 제 입장에서 본다면 이 소프트웨어는 제 흥미를 끌기에는 부족하다는 생각입니다. 다른 검색업체들의 생각도 저와 다르지 않았을 거라고 봅니다. 래리, 제가 제안 하나 할까요?"

"네, 말씀하세요."

래리와 세르게이는 경환의 말을 이해할 수 있었다. 자신들은 컴퓨터 공학자이지 경영과는 동떨어졌기 때문에 수익모델을 만드는 기술은 확실히 떨어졌다. SHJ마저 자신들에게 등을 돌린다면 당분간 연구에는 매진할 수가 없었기 때문에 두 사람은 경환의 제안에 귀가 솔깃해졌다.

"백럽 연구와 함께 검색엔진을 직접 만들어 보는 게 어떻겠습니까? 이럴 경우 더 큰 인덱스를 확보하기 위해 대량의 하드웨어가 지원되어야겠죠. 만약 두 사람이 동의한다면 SHJ에서 최고의 대우를 약속함과 동시에 모든 지원을 아끼지 않겠습니다."

래리와 세르게이는 쉽게 말을 꺼내지 못했다. 단지 투자를 받아 연구를 하고 싶었던 거지 SHJ에 취직을 하고 싶었던 건 아니었다. 경환 또한 두 사람이 거절을 하더라도 잡을 생각은 하지 않았다. 아직 구글이 나오려면 3년이란 시간이 필요했기 때문에 이름은 모르지만, 구글 창업자를 찾아다닐 시간은 충분했기 때문이었다. 만약 이 두 사람이 SHJ에 들어온다면 구글 인수를 위한 기초 작업을 할 수 있다는 생각이었지만, 딱히 큰 기대는 하지 않았다.

"두 사람이 SHJ에 들어온다면 좀 더 큰 계획을 두 사람에게 맡기고 싶습니다. 관심이 있다면 제 계획을 말해 주겠습니다."

래리가 쉽게 답을 주지 못하자 경환의 계획을 들어보고 판단해도 늦지 않는다는 생각을 하며 급히 세르게이가 나섰다.

"무슨 계획인지 들어 보고 결정을 해도 되겠습니까?"

"현재 PC의 OS는 MS를 이길 만한 것이 없다고 봅니다. 기술력보다는 MS의 마케팅 전략을 다른 OS업체들이 이길 수 없다고 표현하는 게 맞겠죠. 그런데 말입니다. 만약 MS에서 생각하지도 못하는 OS를 두 사람이 개발하고 SHJ가 획기적인 마케팅으로 지원한다면 어떨까요? 자세한 내용은 비밀이라 말해 줄 수 없어 미안합니다. 그러나 남들의 뒤를 따라가기보다는 미리 선점을 해야 된다는 게 제 경영철학이거든요."

래리와 세르게이는 입을 벌려 서로의 얼굴을 바라볼 뿐이었다. 단지 검색의 정확도를 높이는 기술을 연구하려 했던 두 사람은 자신들이 보지 못하는 것을 상상하는 경환의 모습에 놀랐다. 그렇지만 생각할 시간이 필요했다. 경환은 급히 수표책을 꺼내 만 달러를 적어 래리에게 건네주었다.

"고민해 보세요. SHJ와 함께하고 싶다면 다음 달 초까지 휴스턴을 한 번 방문하시고, 관심이 없다면 적은 돈이지만 연구에 보태세요."

경환은 두 사람과의 식사를 끝내고 자리에서 일어났다. 경환의 머리에는 두 사람보다는 구글이 중요했기 때문에 두 사람의 결정이 어떻게 되든 큰 관심은 없었다. 그러나 구글에 대한 정보나 기억이 전혀 없는 상태에서 구글을 창업하는 사람을 찾기란 쉽지가 않았다. 래리와 세르게이는 SHJ의 투자가 들리는 소문과는 다르다는 것을 알게 됐다. 경환이 말하는 MS가 생각하지 못하는 OS가 도대체 무엇인지 감을 잡을 수조차 없어 답답하기만 했다.

다음 날 경환은 린다와 에릭의 안내를 받아 실리콘밸리에 투자한 벤처기업을 일일이 찾아다니며 그들에게서 확보한 라이선스와 향후 투자계획 설명을 들은 후 L.A를 거쳐 서울로 출발했다.

오성전자 사장실에선 이세일 사장과 한재웅 상무가 심각한 표정으로 미국지사에서 보내온 업계 정보동향보고서를 살피고 있었다.

"저희가 한발 늦었나 봅니다. SHJ가 발 빠르게 움직일 줄은 도저히 생각을 못했습니다."

"흠."

한재웅의 아쉬워하는 표정에 이세일은 한숨을 내쉬었다. 작년 퀄컴의 투자 요청을 받은 후 거절했지만, 그건 퀄컴의 자금 사정이 악화되기를 기다려 싼 가격에 인수하려는 전략의 일환이었다. 그런 오성전자의 전략을 비웃기라도 하듯 SHJ가 전격적으로 퀄컴을 인수해 버리자 오성전자는 닭 쫓던 개 지붕 쳐다보는 꼴이 되고 말았다.

"SHJ의 이경환 사장은 매번 우리의 앞길을 막는군요. 가뜩이나 SHJ

에 시달리며 북미의 단말기 독점권을 줘 버렸는데, 퀄컴까지 먹어 버렸으니 그 위세가 더 대단해질까 걱정입니다."

이세일은 SHJ를 생각하자 벌써부터 두통이 몰려왔다. 대부분의 국가나 기업들은 한국의 CDMA 상용화를 부정적으로 봤지만, 오성 그룹은 반도체 이후 오성 그룹을 이끌어 갈 21세기 미래 산업으로 육성한다는 계획 하에 PCS사업에 그룹의 모든 역량을 집중시키고 있었다. 퀄컴이 SHJ의 손에 떨어지자 그룹 회장의 문책을 받은 이세일은 신경질적으로 보고서를 바닥에 던져 버렸다.

"이미 상용화가 시작됐어요. 아직은 미비하지만, 휴대폰 시장은 분명 우리가 상상할 수 없을 정도로 커질 겁니다. 당장 아쉬운 건 우리니, SHJ와의 관계를 좀 더 미래지향적으로 봐야겠습니다. 회장님께서 퀄컴을 놓쳤다면 SHJ를 인수하는 방향으로 검토하라고 하시는데 한 상무는 어떻게 생각합니까?"

이세일의 말에 한재웅은 고개를 가로저었다. 얕은 수를 쓰다 SHJ와 감정이라도 상하게 된다면 금성전자와 모토로라에 선두를 내줄 수도 있다는 우려가 들어서였다.

"사장님도 그간의 경험으로 아시겠지만, SHJ의 이경환 사장은 만만한 친구가 아닙니다. 터무니없는 가격으로 오퍼를 넣는다면 오히려 감정만 상하게 될 겁니다. 건설과 엔지니어링이 아직도 SHJ와의 관계를 회복하지 못하는 이유를 잘 생각해 보셔야 됩니다."

"나도 한 상무의 의견에 동의합니다. 그러나 회장님이 내린 지시를 무시할 수도 없는 일 아닙니까? 내년 PCS사업이 본격화된다면 단말기 수요는 폭발적으로 증가하게 될 것이고, 이때를 기점으로 세계 진출도 가시화

될 겁니다. 이경환 사장이 입국하게 된다면 자리를 한번 만들어 보세요."

"알겠습니다."

그룹 회장의 지시란 소리에 한재웅은 마냥 부정적인 태도를 보일 수는 없었다. 자신도 어쩔 수 없는 월급쟁이에 불과했기 때문이었다.

"그리고 그룹 기획조정실에서 각 해외 사이트를 중심으로 달러를 매입하라는 지시와 함께 가급적이면 국내의 자금도 원화의 보유를 최소화하라고 합니다. 한 상무는 무슨 내용인지 아는 게 있습니까?"

"저도 잘은 모르겠지만, 이번 청와대 박재윤 경제수석이 경질된 이유가 석연치 않더군요. 항간의 소문에는 고평가된 원화를 서서히 풀어 800원 후반대로 조정하자고 주장했다고 합니다. 경제부와 트러블이 발생해 문책성 인사가 아니냐는 소문이 있던데, 이 문제와 연관이 있는 게 아니겠습니까?"

그룹 기획조정실이 청와대 수석의 교체에 이렇게 민감하게 반응하지는 않을 거란 생각에 이세일의 머리는 복잡해져 갔다. 다른 뭔가가 긴박하게 진행되고 있다는 것은 느끼고 있지만, 실체에 대해서는 감을 잡을 수가 없었다.

"누구세요?"

공항에서 바로 본가로 달려온 경환은 이사한 집을 찾지 못해 아파트 단지에서 한참을 헤매며 고생했다. 혹시나 하는 생각에 조심스럽게 초인종을 누른 경환은 다행히 수정의 목소리가 들리자 안도의 한숨을 내쉬었다.

"자기야, 나야."

정우를 안아 든 수정이 문을 열고 경환을 반겼다.

"그래도 잘 찾아왔네요."

"아바빠, 아바빠."

핏줄이라고 자신을 알아보는 정우를 경환은 한 손으로 안아 올려 연신 볼을 비볐다. 평소의 습관대로 수정의 입술에 입을 맞추려 하자 수정이 급히 뒤로 물려서며 어색한 눈짓을 지어 보였다.

"오빠, 애정 행각은 둘이 있을 때 하는 게 어때?"

서울시립국악관현악단에서 해금을 연주하고 있던 정아는 대학생 때의 풋풋한 모습은 사라지고 세련된 여성의 모습을 하고 있었다. 경환은 정아의 볼을 한 번 쓰다듬어 주는 것으로 인사를 대신하고 거실로 올라섰다.

"아버지, 어머니. 저 왔습니다."

"그래, 어서 오거라. 고생했다."

따뜻하게 맞아 주는 부모님 덕분인지 경환은 일에서 벗어나 오랜만에 푸근한 가족의 정을 느낄 수 있었다. 그동안 살던 연립주택에서 평수가 제법 큰 아파트로 옮겨서인지 좁은 느낌이 들지는 않았다. 활기차게 바뀌어 가는 가족들의 모습에 경환의 가슴은 뜨거워졌다.

"승연이가 안 보이네요?"

"올해 복학한다고 영어학원에 다니고 있다. 졸업하고 미국에 유학을 가겠다고 하는데 네가 잘 얘기 좀 해 주거라."

나이 차가 많이 나는 막내다 보니 전생에서도 신경을 써주지 못했었다. 승연이 유학을 가고 싶어 한다면 말릴 생각은 전혀 없었다. 실력만 충분하다면 SHJ에 자리를 마련해 일을 배우게 할 생각도 있지만, 실력이 되지 않는다면 다른 길을 찾도록 유도해 볼 생각이었다.

"내일 여행을 가려면 처가는 못 가는 거냐? 사돈들도 많이 기다리실 텐데."

"우선 전화를 드리고 돌아올 때 찾아뵈려고요."

"아버지, 회사 일은 좀 어떠세요?"

"그냥 소일거리 삼아 일주일에 몇 번 출근하는 거지. 내가 뭔 일을 알겠니?"

경환의 아버지는 경환의 간곡한 요청으로 SHJ-화성플랜트 고문에 위촉됐지만, 경영에는 참여하지 않았다. 그래도 집에 있는 것보다는 편하셨던지 거의 매일 출근하고 있다는 소식을 박화수를 통해 보고받고 있었다.

"그렇게 하세요. 집에 계시는 것보다는 회사에 나가셔서 친구분들과 교제도 하시고 그러세요. 남자는 집에만 있으면 금방 늙는다고 하더라고요."

정우는 걷다 기다를 반복하며 거실을 활보하고 있었고, 경환은 가족들과 함께 회사 일로 쌓여 있던 스트레스를 풀었다. 이렇게 가족들과 시간을 보내며 인생을 함께 설계하고 살고 싶었지만, 외국에서 살아야만 되는 자신의 기구한 운명이 지금 이 순간엔 원망스러웠다.

"정우 아빠, 전화 받으세요. 박화수 사장님이에요."

오랜만에 가족들과 오붓한 대화를 즐기고 있던 경환은 박화수의 전화에 의아해졌다. 가족들과 시간을 보낸다는 걸 알고 있으면서도 전화를 했을 땐 그만큼 중요한 일이라고 봐야 했다. 경환은 급히 수정이 건네주는 수화기를 받아들었다.

"박 사장님, 제가 도착을 하고도 전화를 못 드렸네요. 무슨 일인가요?"

[쉬시는데 죄송합니다. 오성전자에서 급히 사장님을 뵙고 싶다는 연락이 왔습니다. 아무래도 이번 퀄컴의 인수 때문인 것 같습니다.]

타인에 대한 배려심이라고는 손톱만큼도 없는 오성전자의 행태에 짜증이 치밀어 올랐지만, 가족들과의 좋은 분위기를 깨고 싶지 않았던 경환은 최대한 절제된 목소리로 지시를 내렸다.

"가족과 함께하는 시간을 방해받고 싶지 않습니다. 정중히 거절해 주십시오."

[알겠습니다. 사장님. 들어가십시오.]

수화기를 내려놓은 경환은 불안한 눈빛으로 자신을 바라보는 수정의 어깨를 주물러 안심시키고는 수정의 바짓가랑이를 붙들고 있는 정우를 안아 들었다.

"박 사장이 무슨 일로 집에까지 전화를 한 거냐?"

"아니에요, 아버지. 회사 일로 만나자는 사람이 있다고 해서 거절했어요."

오성전자의 일을 머리에서 지우고 경환은 다음 달에 있을 정아와 석우의 약혼식을 시작으로 가족들과의 대화에 다시 집중했다.

JSC의 회장실엔 정적만이 감싸고 있었다. 사활을 걸고 추진했던 알제리와 오만 프로젝트에서 번번이 SHJ에 발목이 잡힌 후로 JSC의 경영 상황은 악화일로로 치달았다. 버블경제가 무너지자 일본의 국내 경기는 급속도로 냉각됐고, 후발주자들의 공격적인 영업전략은 JSC를 벼랑 끝으로 몰아가, 창사 이래 최대의 위기를 안팎으로 맞고 있었다.

"회장님, 자금경색이 심각한 수준입니다. 이 상태로 가다간 4/4분기를 넘기기 어려울 수도 있습니다. 부동산이 묶여 있다 보니 자금 조달이 막힌 게 큰 문제입니다."

케이스케는 눈을 감은 채 료스케의 절규를 듣고 있었다. 1985년 미국의 압력으로 달러 절하에 동의한 '플라자 합의' 이후 엔고에 의해 대외 수출에 타격을 입자 일본 정부는 초저금리를 포함한 금융완화 조치를 취했고, 시중에 대거 유입된 유동자금은 부동산과 주식 시장에 몰릴 수밖에 없었다. JSC도 이 버블경제에 편승해 기술 개발보다는 주식과 부동산으로 막대한 이익을 올렸으나, 1991년 버블경제가 몰락하자 반 토막이 난 주식과 팔리지 않는 부동산은 JSC의 목줄을 서서히 죄어 왔다. 금융권의 융자를 기대할 수 없는 상황에서 근근이 버티고는 있었지만, 곧 한계에 도달한다는 것을 케이스케도 모를 리 없었다.

"은행의 압박이 상당합니다. 단기 융자의 기간 연장을 불허한다는 입장을 전달해 왔습니다. 당장은 막을 수 있겠지만, 제2 금융권의 분위기도 좋지 못합니다."

부동산을 담보로 금융권의 융자를 받아 왔지만, 버블경제 몰락 후 대출금이 담보의 가치보다 상회하는 기현상이 발생했다. 이것은 회생하려는 금융권의 아킬레스건으로 작용했다. 일본 정부의 공적자금이 투입된 후, 1996년 들어서 서서히 경제성장률이 살아나기 시작하는 시점에 쓰러져가는 기업인 JSC의 대출금 기간 연장은 힘들 수밖에 없었다.

"카이토가 나가 있는 U.A.E에선 소식이 없는 것이냐?"

"그게, 좋은 분위기는 아닌 것 같습니다. 이번에도 SHJ가……."

케이스케는 별 기대는 하지 않았지만, 료스케의 입에서 어김없이 SHJ란 이름이 나오자 입을 굳게 다물며 미간을 좁혔다. SHJ는 큰 원한도 없으면서 잔인할 정도로 JSC의 해외 진출을 막았다. JSC는 SHJ의 마수에서 빠져나오지 못하고 있었다.

"료스케, 대대적인 인력 감축을 포함한 구조조정안을 만들도록 해라. 이번 U.A.E의 결과를 따라 시기를 조율해야겠다."

료스케는 입술을 깨물었지만, 구조조정 이외에는 현실적인 대안을 찾을 수 없는 상황이었다. 그러나 인력 감축을 포함한 구조조정이 자금경색을 풀어줄 장기적인 대안이 될 수 없다는 것은 케이스케도 잘 알고 있었다.

"회장님, SHJ가 우리를 타깃으로 사사건건 방해하는 이유에 대해 고민해 봤습니다. 코이치의 복수심이라고 보기에는 뭔가 설명이 부족하더군요. 혹시 SHJ가 딴 맘을 품고 있는 게 아닐까요?"

료스케의 말은 케이스케의 관심을 끌기에 충분했다. 케이스케 또한 코이치의 복수심이라고 보기에는 어딘가 미심쩍다는 생각을 하고는 있었지만, 개인의 복수에 움직일 경환이 아니라는 생각이 불현듯 케이스케의 머리를 때렸다.

"계속 얘기해 보거라."

케이스케가 관심을 보이자 료스케는 조용히 자신의 의견을 말했다.

"이번 퀄컴의 인수처럼 우리를 M&A 대상으로 보고 있을지도 모른다는 생각이 들어서요. 우리의 발을 계속 묶다 보면 반 토막 난 주가는 다시 바닥을 치게 되고, 도산이라도 하게 된다면 SHJ는 코도 안 풀고 저렴한 돈으로 우릴 인수할 수도 있다는 생각이 듭니다."

충분히 가능성 있는 시나리오라는 생각에 케이스케는 지팡이를 손으로 잡고는 깊은 생각에 빠져들었다. SHJ가 JSC를 맘에 두었다면 유동자금이 막히기 시작하는 U.A.E 프로젝트 이후에 움직일 가능성이 농후했다.

"료스케, 너는 지금 즉시 후생성에 전화를 넣어 자리를 한번 만들어 보거라."

자신이 뒤를 봐주는 간 나오토 후생성 장관은 올 1월 무라야마 내각이 퇴진하고 정권을 잡은 하시모토 내각의 연립정권에서 발탁된 인물이었다. 일본의 보수주의 색채를 움직인다면 돌파구를 찾을 수도 있다는 생각에 케이스케는 료스케를 재촉했다.

서둘러 도착한 김포공항에는 해외여행 자율화 이후 늘어나는 관광객들로 인해 아침 일찍부터 인산인해를 이뤘다. 비즈니스 좌석을 예약해서인지 따로 줄을 서지 않고 발권 업무를 마친 경환은 아직 여유 있는 시간을 확인하고 아침을 해결하기 위해 식당으로 향했다.

"간단하게 주문했어요. 결혼하고 처음 가는 여행이다 보니 어제 잠도 한숨 못 잤어요. 그나저나 정우를 맡기고 온 게 잘한 건지 모르겠어요."

"잘했어. 기내식도 있으니 간단하게 먹자고. 부모님이 오히려 좋아하시잖아, 너무 신경 쓰지 마."

수정은 여행을 간다는 사실에 들떠 있는 표정이 역력했다. 사실 경환도 정우를 부모님께 맡긴 게 죄송했지만, 오히려 부모님은 자주 보지도 못하는 첫 손자를 매일 볼 수 있다며 흔쾌히 맡아 주셨다. 전생에 두 번 정도 가본 여행지였지만, 수정과는 처음이란 사실이 경환을 설레게 했다.

"이경환 사장님, 식사하시는데 죄송합니다."

경환은 자신의 이름을 부르는 중년의 사내를 쳐다봤지만, 기억에 없는 인물이었다. 자신의 이름과 행동반경을 알고 있다면 정부기관일 확률이 많다고 판단한 경환은 짜증이 밀려왔다.

"처음 뵙는 것 같은데 누구십니까?"

경환은 여행 가는 첫날의 들떠 있는 기분을 망친 사내에게 호의를 건넬 수 없어 딱딱한 어투로 되물었다.

"오성전자의 한재웅 상무라고 합니다. 실례인 줄 알지만, 잠깐 시간을 내 주실 수 있으신지요?"

오성전자라는 말에 경환은 기가 막혔다. 자신의 거절에도 공항까지 찾아왔다는 사실보다 행동반경이 쉽게 노출되고 있다는 사실이 경환을 고민에 빠지게 했다. 이미 펜타곤이 주목하고 있다는 것을 확인한 상태에서 오성전자까지 거리낌 없이 자신의 주변에 나타난다는 것은 심각하게 생각하고 넘어가야 될 문제였기 때문이었다.

"여행을 떠나는 사람에게 무례하시군요. 오성전자가 이렇게 대단한 기업일 줄 몰랐습니다. 출국시간이 얼마 남지 않았으니 많은 시간을 할애할 생각이 없습니다. 10분 후에 저는 일어나겠습니다."

50대 중반으로 보이는 한재웅이었지만, 나이 대접을 해 줄 생각은 없었다. 상무직급의 한재웅이 SHJ의 오너인 경환에게 사전약속도 없이 접근한다는 것 자체가 말도 안 되는 상황이었기 때문이었다. 또한 린다의 책임 하에 협의를 진행하고 있는 오성전자는 경환이 나설 일도 아니었다. 한재웅은 아들뻘 되는 경환에게 싫은 소리를 듣고 있는 상황이 견디기 힘들었지만, 결코 겉으로 내색하지는 않았다.

“죄송합니다. 저희 그룹 회장님께서는 미래를 위해 SHJ와 동반자 관계를 만들고 싶어 하십니다. 사장님께 실례를 무릅쓰고 찾아뵌 이유도 오성 그룹의 제안을 드리기 위해서입니다.”

말을 마친 한재웅은 두툼한 서류봉투를 경환에게 건넸고 서류를 꺼내 한 장씩 넘기는 경환의 표정은 급격히 어두워졌다. 여행에 들떠 있는 수정의 기분을 망치고 싶지 않았던 경환은 중간까지 보다 만 서류를 덮고는 한재웅에게 되돌려 주었다.

“제가 오성 그룹에 만만하게 보였나 봅니다. 어린놈에게 사탕 하나 물려주면 좋아할 거란 생각을 하셨으니 말입니다.”

“이, 이 사장님. 크게 오해를 하신 것 같습니다. 이 제안서의 내용이 부족하다면…….”

경환은 굳은 얼굴로 손을 들어 한재웅의 말을 끊었다. 오성 그룹이 어떻게 탐나는 기술을 빼내는지 경환은 누구보다도 잘 알고 있었기에 한재웅의 말을 더 들을 생각이 전혀 없었다.

“SHJ의 가치가 10억 달러밖에 안 된다고 보십니까? 오성 그룹 입장에서 작업하던 퀄컴이 SHJ에 떨어지자 배가 아프셨겠지요. 오성 그룹에서 보는 미래를 SHJ도 본다는 사실을 기억하셔야 될 겁니다. 10억 달러의 100배를 주신다면 생각을 잠시 해 보겠지만, 그게 아니라면 얘기도 꺼내지 마십시오.”

“100, 100배요?”

한재웅은 경환의 배포에 입을 다물 수가 없었다. 오성전자의 주가총액보다도 많은 액수를 부른 경환의 의도는 명확했다. 처음 논의된 5억 달러에서 두 배인 10억 달러로 제안했지만, 경환이 콧방귀를 끼고 100배인 1,000억 달러를 부른다는 것은 인수에 응할 생각이 전혀 없다는 것을 뜻했다. 그룹 회장의 지시로 나온 이 자리가 한재웅은 불편해지기 시작했다.

"죄송합니다만, 전화 한 통 써도 되겠습니까?"

멍한 표정으로 한재웅이 건네준 휴대폰을 받은 경환은 급히 박화수에게 전화를 걸었다.

"박화수 사장님, 이경환입니다. 지금 오성전자에서 제 여행 첫날의 기분을 완전히 망가트려 놓았네요. 쿡 부사장에게 바로 제 지시사항을 전달하십시오. 오성전자와 동일한 조건으로 금성전자와 대현전자, 모토로라에 제안하라고 하십시오. 더 이상 오성전자의 혜택은 없습니다."

전화를 마친 경환은 수정과 함께 출국장으로 들어가 버렸다. 한재웅은 망연자실한 표정으로 경환의 뒷모습을 쳐다봤지만, 할 수 있는 게 아무것도 없었다.

"자기야, 도착했나 봐요. 그런데 활주로 한가운데 골프장이 있다니 신기하네요."

홍콩을 경유하며 7시간 만에 도착한 방콕의 돈무앙공항은 특이하게 활주로 중간에 골프장이 있었다. 골프를 즐기는 사람들이 비행기가 지나가기를 기다리고 서 있는 모습을 수정은 신기한 듯 바라봤다.

"음하하, 드디어 우리의 휴가가 시작되는 거야. 스트레스 확 풀고 가자고."

경환은 과장된 몸짓으로 수정의 얼싸안았다. 주위의 눈초리가 신경 쓰여 경환을 밀치려 했던 수정은 경환보다 심한 애정행각을 하는 신혼부부들을 보며 잡았던 경환의 손을 놓았다.

"우리 결혼하고 처음 오는 여행이니 재미있게 보내요."

"당연하지. 비행기 안이 너무 답답하다. 빨리 나가자."

수정의 손을 이끌고 입국장을 나온 경환 앞으로 더운 날씨에도 불구하고 정장 차림을 한 하루나가 급히 다가왔다.

"사장님, 사모님. 방콕에 오신 걸 환영합니다."

"말씀 많이 들었어요. 김수정이에요. 잘 부탁합니다."

경환이 나서기도 전에 수정이 먼저 하루나와 악수를 나누며 경환을 한 번 힐끗 쳐다봤다. 하루나의 미모가 경환이 말해준 것과는 판이하게 달랐기 때문이었다. 경환은 수정의 시선에 부담을 느끼며 화제를 급히 돌렸다.

"여기서 파타야까지 두 시간 정도 걸리니 이러지 말고 빨리 출발합시다. 하루나 상, 차는 준비가 됐겠죠?"

말을 마친 경환은 순간 흠칫하고 자신에게 다가오는 사내를 주시하며 긴장했다. 무더위에도 불구하고 노타이의 검은색 슈트에 짙은 선글라스를 쓴 사내가 경환의 앞으로 걸어왔다. 경환이 급히 수정과 하루나를 자신의 몸 뒤로 보내고 그 사내의 시선을 똑바로 쳐다보자 하루나가 급히 나서 두 사람의 중간을 가로막았다.

"사장님, 이분은 본사로부터 사장님의 경호를 부탁받은 분이세요."

"제임스 리 사장님, 제 이름은 알 클라크입니다. 알이라고 불러 주십시오."

하루나의 설명을 듣고 경환은 놀란 가슴을 겨우 진정시켰다. 여행 전 최석현과 린다의 요청을 일언지하에 거절했지만, 자신도 몰래 일을 진행시킬 줄은 생각지도 못했다. 펜타곤의 일과 오성전자의 일이 연이어 겹치면서 경환은 지금 이 상황을 순순히 받아들였다.

"반갑습니다. 당분간 저와 제 아내를 부탁하겠습니다."

경환과 악수를 나눈 알은 어디론가 손짓을 보냈고 같은 차림의 단단하게 보이는 단발의 여성이 앞으로 나와 가벼운 눈인사로 소개를 대신했다.

"제 동료인 미셸 바에즈입니다. 미시즈 리의 밀착 경호를 담당하게 될 것입니다. 미셸이라고 부르시면 됩니다."

"미셸, 제 아내를 잘 부탁합니다. 자세한 얘기는 나중에 하기로 하고, 우선 답답한 공항을 벗어나고 싶군요."

경환의 요청을 받은 알은 경환과 수정을 인도하며 공항을 빠져나가 주차장으로 향했다. 처음 받아 보는 경호가 어색했던지 수정은 경환의 팔에 매달린 채 알과 미셸의 눈치만 살폈다. 경환 또한 어색하기는 마찬가지였다. 경환과 수정이 렌트한 7인승 벤에 올라타자 미셸이 운전대를 잡고 시동을 걸었다.

"사장님, 먼저 서류를 확인해 주십시오. 그 후에 미스터 클라크가 경호 업무에 대해 설명드릴 겁니다."

경환은 하루나가 건네준 서류를 열었다. 린다가 오성전자에 무지막지한 항의성 공문을 보냈다는 내용과 함께 본사의 업무 진행 상황이 일목요연하게 정리되어 있었다. SHJ에 합류한 지 얼마 되지 않았음에도 하루나의 업무 능력이 뛰어나다는 것을 알 수 있을 정도였다. 본사의 업무 상황 뒤에는 알과 미셸의 프로필이 적혀 있었고, 경환은 두 사람의 프로필을 세심하게 살폈다. 순수한 경호비용만 6만 달러란 사실을 확인한 경환은 놀라지 않을 수 없었지만, 그만큼 두 사람의 능력이 뛰어나다는 것을 대변하는 거라고 생각하기로 했다.

"알, NAVY SEAL 근무에 백악관 경호팀 경력이 있네요. 미셸도 그렇고요. 궁금해서 그러는데, 이번 제의는 어떻게 맡으신 건가요?"

"프리랜서로 경호임무를 맡아 왔습니다. KBR의 의뢰를 자주 받아서 린다와 개인적인 친분을 가지고 있습니다. 미셸도 저와 같고요."

대단한 경력을 봤을 때 그가 태국까지 자신을 경호하기 위해 온 이유가 설명이 되지 않았지만, 경환은 알의 개인적인 문제에 대해 더 이상 질문하지 않았다. 경환의 질문에 간단히 답한 알은 경호 업무의 전반적인 내용과 절차에 대해 설명하기 시작했고, 미셸은 파타야를 향해 속도를 냈다.

쿠웨이트와 사우디 입찰 준비로 정신이 없던 황태수는 최석현의 성화에 못 이겨 코이치와 함께 회사 앞 바에서 맥주잔을 기울였다.

"부사장님, 거 보십쇼. 가끔 맥주 한잔하는 것도 좋지 않습니까? 부사장님이 사장님을 닮아가는 건지 사장님이 부사장님을 닮아가는 건지, 너무들 일밖에 모르십니다."

맥주잔을 단숨에 비운 최석현의 푸념을 황태수와 코이치는 미소로 받아넘겼다. 코이치는 최석현을 따라 맥주잔을 비우고는 황태수를 바라봤다.

"부사장님, 잭 무어가 합류하기로 결정한 건 좀 의외라는 생각이 듭니다. 아직 소문도 좋지 않은데 우리에게 부담이 되지 않겠습니까?"

경환의 제안을 받은 잭은 며칠 고민 끝에 SHJ에 합류하겠다는 통보를 해 왔다. 아직 시장의 분위기가 잭에게 호의적이지 않은 상태에서 황태수의 고민은 늘어갈 수밖에 없었다.

"잭은 뛰어난 사람이야. 어떤 면에서는 내가 배워야 될 부분도 많고. 현업에 바로 복귀하는 것도 아니고 사우디 합작공장의 경영을 통해 이미지를 쇄신해 간다면 우리에게 충분히 도움이 되고도 남지 않겠어? 사장님도 그걸 원하시는 것 같고."

황태수도 잭의 합류에 대해 부정적인 의견을 제시하긴 했지만, 경환은 잭으로 인해 자신의 인생이 바뀐 점을 들어 황태수를 설득했고, 잭의 능력이라면 아람코에 끌려다니지 않고 합작공장을 안정화시킬 수 있다는 생각에 잭의 합류를 받아들였다. 회사가 투자에 집중하고 있다고는 하지만, 플랜트의 사업 범위도 넓어지고 있어 사람이 절대적으로 필요한 상태였고, 공인된 능력을 가진 잭의 합류는 큰 힘이 된다고 판단한 코이치는 황태수의 말에 고개를 끄떡였다.

"이번 U.A.E가 우리에게 떨어지면 JSC도 어려움에 봉착할 텐데, 이후 계획은 어떤 방향으로 준비하고 있나?"

"동경사무소에서 JSC의 움직임을 파악하고 있는 중입니다. 아직 뚜렷한 움직임은 보이지 않지만, 금융권의 압박이 시작되고 있다는 보고를 받았습니다. U.A.E 입찰을 끝내고 미쓰비시중공업과 협의를 할 생각입니다."

플랜트 전체 사업을 경환으로부터 위임받은 황태수는 경환이 이루어 놓은 불패신화를 깨지 않기 위해 밤낮으로 사업에 매진했다. 사실 오늘 이 모임도 경환이 황태수의 이런 모습을 걱정해 최석현에게 지시한 사항임을 알고 있었던 황태수는 경환의 마음 씀씀이에 감사하고 있었다. 경환이 원하는 독자입찰을 위한 조직을 갖추기 위해서도 이번 JSC의 인수는 반드시 성공시켜야만 했다.

"일본은 겉으로 드러난 내용만 봐서는 안 되네. JSC가 심각한 자금 압박을 겪으면서도 이렇게 조용하다는 건 우리가 확인할 수 없는 뭔가가 복잡하게 진행되고 있기 때문이라고 봐야 될 거야. 그건 자네가 더 잘 알겠지만 말일세."

"무슨 말씀인지 잘 알겠습니다. 저도 그런 부분을 의심은 하고 있습니다. 좀 더 면밀히 살펴보겠습니다."

JSC의 인수전략은 코이치가 기안하고 코이치의 손에서 진행이 되어가고 있었다. 일본인인 코이치 앞에서 심한 표현을 하지는 않았지만, 황태수는 외세에 대항하기 위해 뭉치는 일본이 두렵기까지 했다. 당분간은 코이치를 통해 상황을 지켜보며 대응책을 마련할 생각이었다.

"부사장님, 저도 요새 고민이 있어 죽겠습니다."

"자넨 또 왜? 혹시 사장님께서 지시하신 SHJ 타운 기획안 때문에 그러는 거야?"

경환은 린다에게 지시하려던 SHJ 타운 기획안을 최석현에게 맡겼다. 경환의 첫 직원임에도 불구하고 미국에 온 후 중요한 업무를 맡은 적이 없었던 최석현을 배려하는 차원이었지만, 오히려 최석현은 중요한 업무가 자신의 손에 떨어지자 우왕좌왕하고 있었다.

"요새 잠도 못 잡니다. 오죽하면 케이티 붙잡고 도움을 좀 받으려고 하는데, 워낙 방대한 사업이다 보니 케이티도 슬그머니 도망가 버렸습니다."

최석현은 울다시피 하소연을 하고 있었지만, 황태수나 코이치도 어떠한 가이드라인을 주지 않은 SHJ 타운 기획안에 대해 딱히 도움을 줄 수는 없었다.

"자, 그건 최 부장 혼자 고민하기로 하고 건배나 다시 하자고."

"부사장님! 평소에 제가 도움도 많이 드렸는데 이러시면 곤란하죠."

최석현의 절망 섞인 외침에도 아랑곳하지 않고 황태수와 코이치는 맥주잔을 들어 건배를 나눴고 세 사람의 술자리는 밤늦게까지 이어졌다.

파타야 절벽에 위치한 호텔의 스위트룸에 투숙한 경환은 시원하게 보이는 바다를 마주하며 수정의 어깨에 손을 얹었다. 며칠 동안 호텔 밖을 나가지도 않은 채 그동안 쌓여 있던 피로를 풀고 있었다. 단지 호텔 안에 단기 임대한 사무실에 들러 하루나가 정리한 일일보고서를 확인하는 게 전부였다.

"자기 아주 작정을 한 거 아니에요? 어떻게 여행을 왔으면서 관광도 안 하고 매일……."

수정은 말을 잇지 못하고 얼굴을 붉혔다.

"한 달 동안 있을 건데 며칠 쉬는 것도 좋잖아. 난 신혼 기분이 들어서 좋은데, 뭘. 그리고 정우에게 동생도 만들어 줘야 되지 않겠어?"

음흉하게 웃으며 자신의 가슴을 공략하고 있었지만, 수정은 경환의 손길을 막을 생각은 없었다. 수정은 뭐가 생각이 났는지 급히 경환의 손을 제지하고 경환의 눈을 바라봤다.

"나 먹고 싶은 거 있는데 오늘은 밖에서 저녁을 먹으면 어때요? 하루나도 종일 사무실에 있는 것 같은데."

"그럴까? 너무 호텔 안에만 있으면 알이나 미셸도 심심할 것 같으니 그것도 좋겠네. 뭐 먹고 싶은데."

"태국에 왔으면 똠양꿍은 한번 먹어야 되지 않겠어요? 매일 랍스타 먹는 것도 지쳐요."

경환은 인상을 찡그리며 대답을 주지 않고 있었다. 똠양꿍에 대한 기억이 별로 좋지 못했기 때문이었다. 세계에서 유명한 수프로 대접해 주는 똠양꿈의 희한한 맛이 경환의 입맛엔 영 맞지를 않았던 기억 때문에, 경환은 의도적으로 태국 전통음식을 피해 왔었다.

"그래 먹어 봐. 후회해도 난 책임 안 진다. 예쁜 옷으로 갈아입고 준비하고 있어. 내려가서 하루나와 알에게 부탁하고 올게."

호텔 밖을 나간다는 생각에 수정은 부리나케 샤워부스로 들어갔고, 경환은 사무실로 내려갔다.

"하루나, 오늘 저녁은 밖에서 먹읍시다. 태국 전통음식 잘하는 곳으로 좀 알아봐 줘요. 그리고 하루나도 같이 가도록 하고요."

"알겠습니다. 사장님."

외출을 하겠다는 소리에 알은 경호 준비를 하기 위해 분주하게 움직였고, 하루나는 급히 전화기를 들었다. 로비에 먼저 내려와 수정을 기다리던 경환은 옷을 갈아입고 내려오는 수정과 하루나의 미모에 눈을 뗄 수가 없었다. 묘한 기분을 느낀 경환은 순간 머리를 흔들어 정신을 차리고는 알과 미셸의 인도에 따라 호텔 밖을 나섰다.

"알, 특이한 사항도 없는데 같이 식사나 합시다. 내가 불편해서 그럽니다."

"신경 쓰지 마십시오. 제 일입니다."

알과 미셸은 경환의 요청을 거절한 채 탁자 주위에서 움직이지 않았다. 경환의 예상과 달리 수정과 하루나는 똠양꿍을 비롯해 태국 음식에 매료됐지만, 강한 향신료를 싫어하는 경환은 음식에 손도 대지 못해 저녁을 건너뛸 수밖에 없었다. 솔솔 풍기는 냄새에 적응하기 힘들었던 경환은 알이 서 있는 곳으로 다가가 담배를 꺼내 물었다.

"알, 물어보고 싶은 게 있습니다. 단순하게 경호 업무를 할 사람으로는 안 보여서요. 다른 계획이라도 있습니까?"

물론 6만 달러란 돈이 적은 돈은 아니었지만, 알의 경력으로 영향력도 없는 자신의 경호를 맡았다는 게 쉽게 이해가 되지 않았다. 알은 시선을 돌리지 않은 채 한참을 망설인 후 입을 열었다.

"내년에 군대 생활을 같이했던 친구와 PMC(민간군사기업)를 설립할까 고민하고 있습니다. 배운 게 이것밖에 없다 보니 다른 일을 할 수도 없고 해서. 그리고 이번 사장님의 경호는 SHJ란 회사가 궁금해서 받아들였습니다."

"궁금하다니요? SHJ는 아직 구멍가게 수준인데."

"죄송합니다. 제가 실언을 했습니다. 제가 한 말은 잊어 주십시오."

경호원의 생명은 고객들의 비밀을 유지시켜 주는 것임을 잠시 잊었던 알은 급히 입을 다물어 버렸다. 경환은 그런 알의 행동을 관심을 가지고 지켜봤다. 며칠 동안 지내면서 알의 과묵한 성격과 자신의 일에 최선을 다하는 모습이 경환의 눈에 들어왔기 때문이었다.

"알, 이번 일이 끝나고 미국에 돌아가면 SHJ를 한번 방문해 주시겠습니까? 회사가 커지면서 열악한 보안시설 때문에 머리가 좀 아픕니다. PMC를 설립하는 것도 좋겠지만, 저와 함께 일을 해 보시는 게 어떻겠습니까?"

뜻밖의 제안을 받은 알은 당장 대답을 할 형편이 아니었다. 알은 KBR과 군대의 개인적인 라인들을 통해 SHJ란 회사가 급속하게 커 가는 유망기업이란 소리를 들었고, 분쟁지역인 중동과 북아프리카에 사업체를 가지고 있는 SHJ와 인연을 맺게 된다면 잠재적인 고객으로 확보할 수 있다는 판단에 경환의 경호 업무를 맡았다. 그러나 고객보다는 SHJ에 합류해 달라는 경환의 제안이 알을 심하게 흔들었다.

3월로 접어든 북경은 매서운 추위가 한풀 꺾이긴 했지만, 아직도 서늘한 바람의 기세는 여전히 행인들을 움츠리게 만들었다. 서서히 북경사무소를 정리하고 있는 김창동은 직원들의 거취를 확인하기 위해 일대일 면담을 오전부터 진행했다. 비밀리에 진행되고 있는 제일 그룹과의 협상이 완료되지 않았고, 직원들이 받을 충격을 최소화하기 위해 북경사무소의 철수는 거론하지 않았다. 요즘 들어 경무부의 비협조로 ONE-STOP SERVICE는 심각한 적체 현상을 보였고, 유연탄 물량 증가 요청을 거절한 이후로 화동과의 알력도 심심찮게 발생했다. 이에 따라 중요한 문건의 경우 팩스를 이용하지 않고 인편으로 한국에 보낼 정도로 북경사무소가 집중적인 감시를 받고 있다는 것이 곳곳에서 느껴졌다. 이런 일들이 머리를 복잡하게 만들고 있을 때, 밖에서 들리는 시끄러운 소리에 김창동은 문을 열었다.

"무슨 일이야?"

"그게, 공상국과 세무국에서 조사가 나왔습니다."

사무실에선 각기 다른 제복을 입은 네 명이 고압적인 자세로 직원들을 몰아세우는 모습이 김창동의 눈에 들어왔다. 1년에 한 번 하는 세무조사를 작년 12월에 마쳤는데도 불구하고 다시 세무국에서 나왔다는 것은, 목표를 정해 놓고 짜맞추기를 하기 위한 수작으로밖에는 볼 수 없었다.

"제가 대표입니다. 들어오시죠."

김창동을 따라 들어온 네 명은 거만한 자세로 소파에 앉고는 보란 듯이 담배를 꺼내 입에 물었다. 김창동은 그들의 오만한 행동에 배알이 꼴렸지만, 아직 중국에선 제복 입은 놈이 장땡이었다.

"무슨 이유로 나오셨습니까? 세무보고는 작년 12월에 통과했는데요."

"문제가 있어 다시 확인을 나온 것이니, 우리가 요청하는 서류를 가져오십시오."

김창동은 직원을 통해 사무소 등기 관련 서류와 함께 사무소비용 세무보고 자료를 탁자 위에 올려놓았다. 이미 시나리오를 짜 온 상태에서 관련 서류가 필요 없다는 사실을 알고는 있었지만, 김창동은 그들의 비위를 상하게 하고 싶지는 않았다.

"직원들과 체결된 노동계약서가 왜 없는 거요?"

형식적으로 서류를 들춰 보던 한 명이 엉뚱한 소리를 하자 승기를 잡기 위해 고심하던 김창동의 눈이 반짝거렸다.

"착각을 하신 모양인데, 여긴 법인이 아니라 연락사무소입니다. FESCO(북경시인력지원회사)와 고용계약만 하면 된다는 걸 모르셨습니까? 이 서류를 보시면 알겠지만, FESCO와 4,000위안에 계약을 맺고 직원들은 월 2,000위안을 급여로 받고 있습니다."

불합리한 고용계약 방식이었지만, 악법도 법이었다. 사무소는 직원들과 직접계약을 할 수 없고, 직원들과 합의된 급여의 두 배를 FESCO라는 곳에 지불해 직원들이 FESCO에서 매월 급여를 수령하는 방식이었다. 김창동의 반박에 뻘쭘해지자 세무국 직원이 급히 말을 돌렸다.

"사무소는 영업활동이 금지되어 있는데 이곳은 법을 어기고 영업활동을 하고 있어요. 인정합니까? 사무소비용에는 영업활동에 따른 매출과 이익이 나와 있지 않은 것도 문제가 심각하군요."

김창동은 어이가 없어 말도 나오지 않았다. 경환이 왜 중국 투자를 자제하고 북경사무소의 법인화를 반대했는지 조금은 알 수 있을 것 같았다.

"우리는 연락 업무 이외의 업무는 하지 않고 있습니다. 모든 계약은 홍콩법인에서 체결하고 있는데 무슨 소리를 하는지 모르겠습니다. 사무소의 모든 경비는 홍콩에서 송금되고 있습니다. 우리가 중국에서 매출을 일으킨 것은 전혀 없다는 말입니다."

"막대한 양의 유연탄을 수출하고 있지 않습니까? 계약이 홍콩에서 체결됐다 해도 북경사무소가 관여하고 있다는 걸 부정할 수는 없습니다. 우리가 이익을 추정해서 과징금을 부과할 수도 있다는 걸 아셔야 됩니다."

말도 안 되는 세법이지만, 중국은 연락사무소에서도 기업소득세와 개인소득세를 부과하고 있었다. 홍콩에서 경비가 송금되면 매월 사용경비에 맞춰 세금을 납부했고, 혹시라도 꼬투리를 잡히지 않기 위해 외부 세무사와 계약을 체결해 이중 검토를 할 정도로 신경을 써 왔다. 그러나 중국은 원칙이 적용되지 않는 나라였다. 경무부와 화동이 이번 문제에 연관되어 있다면 소송을 해 봐야 소용이 없다는 걸 알고 있는 김창동은 작정하고 덤비는 세무국 직원을 노려봤다.

"원하시는 게 뭡니까?"

김창동이 백기를 들었다고 판단했는지 세무국 직원은 소파에 등을 기대고는 담배 연기를 뿜었다.

"유연탄 수출과 관련한 일체의 계약서와 홍콩법인의 재무제표, 통장 사본을 요청합니다. 원하는 서류를 보내준다면 정상 참작을 하겠지만, 그게 아니라면 우리도 어쩔 수 없군요."

김창동은 순간 멈칫했다. 요청하는 서류는 목에 칼이 들어와도 건네줄 수 없는 것들이기 때문이었다. 왕샹첸과 장성궈가 이번 사건의 주범이 아닐 수도 있다는 생각에 등허리로 식은땀이 흘러내리기 시작했다.

신주쿠 중심가에서 벗어난 자그마한 식당 입구엔 건장한 사내들이 들어가려는 사람들을 통제했다. 식당 안에는 오로지 세 명만이 앉아 주방장이 만들어 주는 초밥을 먹고 있었다.

"장관님, 나랏일로 바쁘신데 이런 자리를 만들어 주셔서 감사합니다."

"하하하, 별말씀을요. 이것도 나라를 위한 일입니다."

간 나오토 후생성 장관은 별거 아니라는 듯 손사래를 친 후 따듯하게 데워진 사케 한 모금을 입에 넣었다. 정치 초년병 시절부터 지원해 준 케이스케의 부탁을 차마 거절하지 못하고 자리를 마련해 주었지만, 정경유착에 대한 비판 여론이 고개를 들고 있는 지금 자칫 자신의 정치 행보에 이번 만남이 걸림돌이 되지 않을까라는 우려 때문에 나오토의 기분은 좋을 리 없었다. 그만큼 나오토의 정치적 야심은 컸다.

"장관님께서도 바쁘시니 사담은 접고 JSC의 제안을 말해 보시지요."

"미쓰비시은행에서 JSC의 지분을 담보로 신규 대출을 받고 싶습니다. 다나카 사장님께서 도움을 주셨으면 합니다."

료스케의 말을 들은 다나카 아사히는 자리를 박차고 일어나고 싶었지만, 나오토의 눈치를 살펴야 했다. 아무리 미쓰비시은행과 관계가 있다고 하지만, 자신의 자리를 걸고 쓰러져 가는 기업에 융자를 부탁할 수는 없는 문제였다.

"못 들은 걸로 하겠습니다. 장관님 앞에서 말씀이 너무 지나치시군요."

"다나카 사장님, SHJ가 왜 날을 세워 JSC의 길을 철저히 봉쇄하고 있는지 살펴보셔야 됩니다. 지금이야 미쓰비시중공업이 SHJ와 좋은 협력관계를 유지한다고 하지만, JSC가 SHJ의 손에 들어간다면 미쓰비시중공업과는 다시 경쟁관계로 돌아선다는 것을 아셔야 됩니다."

료스케의 말이 자리를 일어나려던 아사히의 발을 잡았다. 알제리 입찰 성공 이후 SHJ와의 뚜렷한 합작사업은 진행되지 않고 있었지만, SHJ가 추진하는 쿠웨이트나 사우디 입찰에 파트너로 참여하기 위해 협의를 계속해 나가고 있었다. 그러나 이런 대형 프로젝트와는 별도로 JSC가 추진하는 소형 프로젝트에 남는 이익도 없이 참여해 JSC의 해외 진출을 철저히 봉쇄하는 SHJ의 행보가 궁금했던 것도 사실이었다.

"그럴 리가 있겠습니까? JSC 회장님 서자의 개인적인 복수심을 너무 과대포장 하는 것 같습니다, 타케우치 사장님."

"저도 처음엔 그렇게 생각했습니다. 그러나 SHJ 이경환 사장의 행보를 보면 충분히 타당성이 있다고 볼 수도 있습니다. SHJ는 플랜트 제작업체를 한국에 설립해 KBR의 특수플랜트 기술까지 전수받은 상태입니다. 뭔가 하나 부족하다는 생각이 들지 않습니까?"

료스케의 말이 충분히 일리 있다는 생각이 들자 아사히는 급히 사케 한 잔을 입에 부었다. SHJ가 JSC의 설계 기술과 LNG 및 정유설비의 라이선스를 얻게 된다면, 단순 컨설팅에서 벗어나 단독입찰 자격을 얻게 된다는 사실이 아사히의 뒷목을 잡아당겼다. 컨설팅으로 확보된 유명세에 기술력과 제조 기술이 합쳐진다면, 미쓰비시중공업의 해외 입찰은 SHJ의 허락을 받아야 되는 신세로 전락하게 될 가능성이 많았다.

"두 분의 말씀을 들어 보니 심각한 일이군요. 일본 플랜트의 대표기업이라고 할 수 있는 JSC가 코쟁이 양키들 손에 넘어가면 큰일이겠군요."

나오토가 직접적인 말보다 우회적인 표현으로 료스케의 한 손을 거들고 나섰다. 하찮을 수 있는 이런 기업 인수 문제에 자신의 정치적 야망을 걸고 싶지는 않았지만, 케이스케가 가지고 있을 정치자금 문건을 의식할 수밖에 없었기 때문이었다.

"흠. JSC가 우리에게 원하는 게 정확히 뭡니까?"

의심은 가지만 아직 확증이 없는 상태에서 료스케의 말에 놀아날 수는 없었다. 하지만 이번 일을 잘 이용한다면 JSC의 기술력을 확보할 수도 있다는 생각이 들었다. SHJ와 JSC란 떡을 양손에 쥐고 저울질할 수도 있다는 생각이 아사히의 입술을 위로 끌어올렸다.

"우선 JSC 경영진의 지분을 담보로 300억 엔의 융자를 받도록 설득해 주십시오. 그리고 요코하마 정유플랜트 확장공사 입찰을 시작으로 미쓰비시중공업과 JSC의 합작을 추진한 후 해외 시장에 공동으로 나서자는 제안입니다."

국내 입찰은 그렇다 치더라도 해외 시장에 공동으로 나선다는 것은 SHJ와 완전히 갈라선다는 것을 의미하는 것이었기에 아사히도 쉽게 결정할 수 없었다. 아직 미쓰비시중공업은 SHJ의 컨설팅이 필요했기 때문이었다.

"언제까지 SHJ의 배만 불리게 하실 겁니까? 미쓰비시중공업과 우리가 힘을 합친다면 SHJ의 마수에서 벗어날 수 있는 절호의 기회라고 봅니다."

"다나카 사장님, 말을 들으니 SHJ의 사장이 한국인이라고 하더군요. 미쓰비시는 우리가 조선을 통치하던 시절, 최전선에 섰던 기업 아닙니까? 대국적으로 생각하셔야 합니다. 내각에서도 분위기를 한번 만들어 보겠습니다."

아사히는 머릿속으로 주판알을 튕기기 바빴다. 세 사람이 식사를 마치고 각자의 차를 이용해 신주쿠를 벗어나려 할 때, 식당 맞은편 선술집에선 사진기 셔터가 연신 눌리고 있었다.

한 달은 전광석화처럼 흘러가 버렸다. 수정과의 여행 마지막 밤은 두 사람을 아쉬움에 빠지게 했다.

"아쉽네. 마지막 밤이라는 게 실감이 안 나. 다음에 둘째가 태어나면 정우까지 해서 다시 오자."

"정우한테는 미안하지만, 나도 자기하고 같이 있을 수 있어 너무 좋았어요."

"그럼 우리 마지막 밤을 불태워야 되지 않겠어?"

경환이 음흉한 미소를 지으며 수정을 안아 들고 침대로 향할 때, 전화 소리가 분위기를 깼다.

[사장님, 쉬시는데 죄송합니다. 잠깐 사무실로 내려오셔야겠습니다. 본사에서 중요한 메시지가 들어왔습니다.]

"알았어요. 바로 내려갈게요."

늦은 저녁에 자신을 찾을 정도면 좋지 못한 상황이라고 직감한 경환은 침대에 누워 있는 수정의 모습에 아쉬워하며 방을 빠져나와야 했다.
사무실에 도착한 경환은 알까지 대기하는 모습에 심상치 않음을 느끼고 하루나가 건네준 팩스를 급히 읽어 내려갔다.

"흠……. 예상은 했지만, 시기가 너무 빨랐네요. 하루나, 김창동 부장에게 전화 연결해 줘요."

북경은 자정을 넘겼을 시간이었지만, 시간을 지체할 수는 없었다. 김창동은 경환의 전화를 기다렸다는 듯이 벨소리가 울리기도 전에 전화를 받았고, 경환은 하루나가 건네주는 수화기를 받아 들었다.

"부장님, 보고받았습니다. 유선 상으로 자세히 말할 수 없으니, 우선 직원들이 동요하지 않도록 잘 다독여만 주십시오. 제가 건너가서 마무리를 짓겠습니다."

[아닙니다. 분위기도 좋지 않은데 사장님께서 오실 필요는 없습니다. 제가 해결해 보겠습니다. 대비를 한다고는 했지만, 무데뽀로 나올 줄은 몰랐습니다. 죄송합니다.]

김창동은 풀이 죽은 듯 목소리에 힘이 들어가 있지 않았다. 경환은 우선 김창동부터 다독일 필요가 있다고 판단했다.

"상심하지 마십시오. 잘될 겁니다. 그리고 이 문제는 제가 들어가야 해결이 되는 문제입니다. 부장님께서는 미팅 약속을 잡아 주시고 일절 대응하지 마십시오."

전화를 마친 경환은 한동안 고민에 빠져 사무실을 벗어나지 못했다. 왕샹첸과 장성궈가 수상쩍기는 하지만, 계약서와 통장 사본까지 요청하는 것으로 봐선, 두 사람 이외에 다른 라인도 의심을 해 봐야만 했다.

"사장님, 커피 한 잔 드세요."

경환의 고민이 계속되자 하루나는 급히 커피를 내려 경환에게 건넸다. 커피를 받아 든 경환은 그제야 고민을 끝낼 수 있었다.

"하루나, 나는 내일 북경으로 바로 들어갈 테니 비행기를 확인해 주고 하루나는 집사람과 함께 한국을 거쳐 미국으로 들어가도록 해요."

하루나는 경환을 따라 북경으로 가고 싶었지만, 중국 비자가 없었다. 하루나가 입술을 깨물고 있자 알이 경환에게 다가왔다.

"중국 비자를 가지고 있는 제가 사장님과 동행하겠습니다. 미시즈 리의 경호는 미셸로도 충분할 겁니다."

불필요한 경호라고 생각했지만, 혹시라도 급박한 상황이 발생하게 된다면 미국영사관의 도움을 받을 수도 있다는 생각에 알의 동행을 막지는 않았다.

"알, SHJ에 합류하겠다는 결정을 내린 건가요?"

"아직은 아닙니다. 그러나 심각하게 고민하고 있습니다. 결정은 미국에 돌아간 후 하겠습니다."

알의 대답을 뒤로하고 갑작스럽게 잡힌 북경 일정 때문에 하나밖에 없는 여동생인 정아의 약혼식에 참석할 수 없게 된 경환은 치밀어 오르는 울화통에 이를 갈았다.

"래리! 뭐하는데 사람이 불러도 대꾸가 없어?"

깊은 생각에 빠져 있던 래리는 세르게이의 고함 소리에 정신을 차리며 깊은 한숨을 내쉬었다. 경환과 약속한 시간이 다가오고 있지만, 아직 마음을 결정하지 못한 래리의 고민은 깊어만 갔다.

"일이 통 손에 안 잡혀서 그런다. 너는 어떡할 건지 결정은 한 거야?"

"난 공학자지 경영에는 관심 없어. 어차피 백럽은 네가 만든 거고 내가 참여를 한 거니, 난 네 의견에 무조건 따를 생각이야."

세르게이는 테니스공을 바닥에 튕기며 아무렇지 않게 대꾸했지만, 세르게이의 마음도 래리와 다르지 않았다. 학교에선 천재 소리를 듣고 있어 박사 과정을 마치면 별문제 없이 교단에 설 수 있었지만, 세르게이는 그럴 마음이 없었다.

"래리, 우리가 빌 게이츠나 제리 양처럼 이 바닥에서 성공할 수도 있다고 봐. 그런데 제임스 리의 말도 틀린 게 없거든. 우리가 백럽을 완성한다 해도 수익을 창출하기엔 뭔가 부족한 게 사실이잖아. 어렵다, 어려워."

세르게이도 자신과 같은 고민을 하고 있다는 것을 확인한 래리는 쉽게 판단을 내릴 수 없어 답답했다.

"세르게이, 솔직히 자금 문제는 얼마든지 해결할 수 있다고 봐. 싫든 좋든 우리에겐 유태계의 피가 흐르니까. 난 자금보다도 제임스 리가 말한, MS도 생각하지 못하는 OS를 같이 개발하자는 얘기가 마음에 걸려서 그래."

래리와 세르게이는 모두 유태인이었기 때문에, 최악의 경우 유태계 조직의 도움을 받을 수는 있었다. 이제는 백럽의 연구보다는 경환의 제안이 도대체 무엇을 의미하는지가 관심사였다. PC의 OS는 자본과 기술, 마케팅으로 무장한 MS의 독주를 어느 누구도 막을 수 없다고 생각했다. 경환의 그 제안만 아니었다면 래리는 SHJ에 합류할 생각이 전혀 없었다. 자신이나 세르게이는 누구의 통제에 따라 움직일 사람이 아니란 사실을 본인 스스로도 잘 알고 있었기 때문이었다.

"래리, 네 말이 곧 내 생각이다. 나도 제임스 리 그 인간이 도대체 무슨 미래를 보는지 무척 궁금하거든. 순수한 컴퓨터공학자의 신분에서 말이야."

세르게이는 여전히 정신 사납게 테니스공을 바닥에 튕기고 있었지만, 래리는 공 소리조차도 들리지 않을 정도로 깊은 생각에 빠졌다. 깍지 낀 두 손으로 머리 뒤를 받치고 있을 때, 세르게이의 손에서 테니스공이 빠져나가 바닥을 굴렀다.

"래리! 혹시 말이야. 제임스 리가 말한 OS가 퀄컴과 관계있지 않을까? 남들이 쳐다보지도 않은 퀄컴을 SHJ가 유독 눈독 들였다는 게 솔직히 납득이 안 갔잖아. 무선통신 기술과 연관된 뭔가를 생각하는 것 같은데……. 래리! 우리 휴스턴 가자. 나 말이야, 제임스 리 그 인간이 어떤 인간인지 내 눈으로 직접 확인해야겠어."

박사 과정을 밟고 있는 두 사람은 학업에서 자유로울 수 없었다. 휴스턴으로 간다면 스탠퍼드에 투자한 시간과 열정이 물거품이 될 수도 있는 문제였다.

"뭘 걱정하는지 알아. 어차피 학교에 남아 있을 생각도 없었으니까 난 상관없어."

세르게이의 결심을 확인한 래리는 점퍼에서 무엇인가를 꺼내 세르게이에게 던져 주었다. 빳빳한 종이를 확인한 세르게이는 어이가 없다는 표정을 짓더니, 래리의 목을 감아 조르기 시작했다.

"너, 이 자식. 사람을 가지고 놀아도 정도껏 가지고 놀아야지."

환하게 웃는 세르게이의 손에는 휴스턴행 비행기 티켓이 들려 있었다.

경환이 여행을 떠난 후 SHJ는 황태수와 린다의 협의체로 운영되고 있었지만, 경환을 대리한 최종결정은 황태수가 맡고 있었다. 물론 경환의 지시가 있었긴 하지만, 린다도 자신보다 먼저 SHJ에 합류한 황태수를 인정하고 있었기 때문에 가능한 일이었다. 부사장실에선 코이치의 당황스러운 목소리가 흘러나왔다.

"사진을 보시면 아시겠지만, JSC의 료스케와 미쓰비시중공업의 아사히가 만남을 가졌습니다. 이게 무엇을 의미하는지는 부사장님도 아시리라 봅니다."

황태수는 동경사무소장인 마사토가 찍어 보낸 사진을 유심히 살펴봤다. 의심할 여지없이 아사히와 료스케가 악수를 나누는 모습이 찍혀 있었다.

"중간에 있는 사람은 누군지 아나?"

"하시모토 내각의 후생성 장관인 간 나오토입니다. 분위기를 봐서는 간 장관이 다리 역할을 한 것 같아 보입니다. 죄송합니다, 부사장님. 모두 제 불찰입니다."

JSC의 인수전략을 처음부터 기획하고 실행까지 담당한 코이치는 황태수 앞에서 고개를 들지 못했다. JSC의 인수가 어렵게 된다면 단독입찰의 기회는 뒤로 밀려날 수밖에 없다는 사실을 두 사람 모두 잘 알고 있었다. 황태수는 코이치의 어깨를 두들겼다.

"이봐, 타케우치 부장. 자네는 내 부하야. 책임을 져도 내가 지는 거야. 너무 신경 쓰지 말게. 그나저나 우리가 숨 쉴 구멍도 열어 주지 않고 너무 몰아세운 것 같아. 흠."

혹시라도 코이치가 다른 생각을 하지 못하도록 재차 주의를 준 황태수는 상황이 좋지 않은 방향으로 흘러가자 곤혹스러운 표정을 감추지 못했다. JSC의 인수를 위해 많은 출혈을 감수하면서까지 알제리 입찰을 성공으로 이끌었는데, 미쓰비시중공업에 뒤통수를 맞기라도 한다면 죽 쒀서 개 준 꼴이 될 수도 있는 문제였다.

"사진만 가지고는 미쓰비시중공업이 JSC와 손을 잡았다고 볼 수도 없고, 그렇다고 대놓고 물어볼 수도 없으니……. 우리 상황이 좀 난처해진 건 부정할 수 없겠어."

"사장님께 보고를 드려야 되지 않겠습니까?"

"지금은 시기가 안 좋아. 북경에 복잡한 일이 생긴 건 자네도 알잖아. 괜히 사장님 머리만 복잡하게 만들 뿐이야. 우선 동경사무소에 특이사항이 발생하는지 파악하라고 지시하고, 미쓰비시중공업의 움직임을 관심 있게 지켜보라고 해."

"알겠습니다."

코이치는 풀이 죽은 모습을 한 채 부사장실을 떠났다. 황태수는 자존심 세고 책임감이 강한 코이치가 걱정되긴 했지만, 지금은 어떤 말로도 코이치를 위로해 주지 못한다는 걸 알고 있었다. 황태수는 코이치의 기운 없는 뒷모습을 보며 잘 헤쳐 나가기를 바랄 뿐이었다.

알을 선두에 둔 경환은 북경공항의 입국장을 급히 빠져나간 후, 북경사무소에서 준비한 차량에 올랐다. 아침시간이라 그런지, 출근을 하는 자전거 행렬이 도로를 점령한 채 줄지어 달리고 있었지만, 경환은 눈을 지그시 감고 왕샹첸과의 담판을 머릿속으로 정리했다. 이번 일이 자신을 길들이기 위한, 혹은 다른 것을 얻기 위한 수단이라면 상대하기 쉬웠지만 혹시라도 다른 파벌이 개입한 것이라면 상황은 복잡하게 흘러갈 수밖에 없었다. 그만큼 정치색을 달리하는 파벌 간의 암투는 치열했기 때문에 북경사무소로 향하는 경환의 고민은 커져 갔다.

"사장님, 뒤에서 차량이 따라붙은 것 같습니다."

알은 긴장하며 백미러를 연신 힐끔거렸다. 경호원의 무기 소지를 허락하지 않는 중국이다 보니 경환을 경호할 수단이 전혀 없었던 알은 손을 쥐었다 펴기를 반복하고 있었지만, 경환은 대수롭지 않게 받아넘겼다.

"중국에선 흔한 일입니다. 중국에 있을 때부터 경험했던 일이라 새삼스럽지도 않네요. 너무 긴장하지 마세요."

경환의 말에도 알은 긴장을 풀 수가 없었다. 경환의 일거수일투족을 감시하기 위해 중국의 정보기관까지 나섰다면, 단순한 기업의 대표를 넘어 무언가를 가지고 있다는 생각이 들었기 때문이었다. 경환과 알이 각자의 고민에 빠져 있을 때 승용차는 북경사무소에 도착했고 두 사람은 빠르게 건물 안으로 사라졌다.

"사장님, 북경까지 오시게 해서 면목 없습니다."

"괜찮습니다. 다 제가 벌여 놓은 일입니다. 그들의 목표는 북경사무소가 아닐 겁니다. 공상국과 세무국에선 후속조치가 나왔습니까?"

"특별한 내용은 없습니다. 단지 저희가 자료를 내놓지 않으면, 500만 달러 규모의 과징금을 추징할 수도 있다는 얘기를 은근히 흘리고 있다고 합니다."

경환은 왼손으로 입 주위를 쓰다듬으며 등을 소파에 깊게 파묻었다. 500만 달러의 과징금을 왕샹첸의 면상에 던지고 털어 버리고 싶은 생각이 굴뚝같았지만, 피 같은 돈을 쉽게 포기할 수는 없었다. 500만 달러의 추징금을 받게 될 경우 장성궈의 홍콩 비자금을 동결시켜 버리면 그만이었다. 그러나 그건 최후의 수단이자 최악의 수단이었기 때문에, 우선은 왕샹첸과의 담판을 지켜보고 활용할 생각이었다. 경환은 오른손 검지를 입에 대고 펜을 들어 종이에 급히 '도청'이란 글씨를 휘갈겨 김창동에게 보여 준 후 입을 열었다.

"추징금을 내라면 내야지요. 자기들 입맛대로 법을 적용하는 나라에서 더 이상 사업할 생각 없습니다. 부장님은 사무소 폐쇄 절차를 밟으세요. 본사에선 이 문제를 심각하게 보기 때문에 미국과 한국, 일본의 주요 일간지에 기사화할 준비를 하고 있습니다. 중국에 진출하려는 많은 기업들에 경각심을 심어 주는 것도 좋은 일이겠지요. 저는 더 이상 중국이란 나라에 미련을 갖지 않겠습니다."

김창동은 경환의 뜻을 파악하고 맞장구를 쳤다.

"세무국의 추징금이 통고된다면 빠르게 납부하고, 사장님 말씀대로 사무소 폐쇄 절차를 진행하겠습니다. 아쉽기는 하지만, 앞으로도 이런 일은 비일비재할 것으로 판단되기 때문에……. 이번 기회에 정리하는 게 오히려 우리에게 득일 수도 있다는 생각이 듭니다."

"그렇게 하세요. 약속시간이 다 돼 가는 것 같은데 출발합시다."

김창동이 운전하는 차는 무티엔위장성 쪽으로 방향을 잡고 달리기 시작했다. 팔달령의 만리장성이 웅장하다면 무티엔위에서 바라보는 만리장성은 아기자기한 맛이 일품이었지만, 경환의 눈엔 주위의 풍경이 들어오지 않았다. 만리장성 바로 밑에 위치한 개인별장에 도착한 경환은 입구에 나와 있는 장성궈를 보자 차에게 내려 가볍게 고개를 숙였다.

"형님, 오랜만입니다. 일이 바쁘다 보니 그동안 격조했습니다."

"어서 오게. 샹첸은 이미 도착해 있네. 1년에 한 번도 밥 한 끼 같이 못 먹으니 원. 앞으로 자주 좀 보자고."

알과 김창동을 밖에 대기시킨 경환은 자신의 등을 두들기는 장성궈와 함께 별장 안으로 들어섰다. 부부장으로 승진을 해서인지 때깔이 좋아진 왕샹첸이 두 팔을 벌려 경환을 감싸안았다. 알제리 건으로 두 사람의 관계는 이미 틀어져 있었지만, 서로 속내를 감췄다.

"하하하. 샤오 리, 오랜만이네. 양복이 잘 어울리는 걸 보니 자네도 사업가가 다 됐어. 그렇지 않아도 자네가 중국 파이프 수출을 막아서 내가 지금 아주 곤란해."

"형님도 승진하시더니 얼굴이 좋아지셨습니다. 제가 무슨 힘이 있다고 수출을 막습니까? 중국에서 생산된 파이프를 중국 원전공사에 사용할 수 있다면, 자연히 수출 길도 열리지 않겠습니까?"

알제리 입찰로 충돌한 두 사람 때문에 중국에서 생산된 파이프는 아직도 중동지역에 수출을 하지 못하고 있었다. 그만큼 SHJ의 입김은 막강해졌고, 경환은 중국산 파이프의 수출 길을 열어 줄 생각은 눈곱만큼도 없었다. 겉으론 웃고 있었지만, 서로의 등에 비수를 꽂는 두 사람의 날 선 분위기를 진정시키기 위해 장성궈가 나섰다.

"자, 자. 오랜만에 만났으니 술이라도 한잔하면서 얘기를 나누세. 여기 경치가 술 한잔하기 그만이야."

장성궈는 두 사람의 등을 떠밀며 화려한 요리가 차려진 식탁에 앉히고는 50도가 넘는 백주를 따르기 시작했다. 겉으로 웃고 있는 경환과 왕샹첸의 머리는 상대의 수를 읽기 위해 급하게 돌아가고 있었다.

"자, 오랜만에 만났으니 삼배주로 시작해야지."

탁자 위에 놓인 세 개의 작은 잔을 연거푸 들이킨 장성궈를 따라 경환과 왕샹첸도 잔을 들었다. 술잔에 술이 채워지고 식사가 시작됐지만, 세 사람은 신변잡기에 대한 얘기만 나눌 뿐 어느 누구도 이번 만남의 목적에 대해 말을 꺼내지 않았다. 북경사무소를 도청하고 있었다면, 자신의 생각을 어느 정도 알고 있을 것이기에 먼저 말을 꺼내 죽고 들어갈 생각이 없었다. 참다못한 장성궈가 이번에도 먼저 말을 꺼냈다.

"샤오 리, 요새 복잡한 일이 생겼다고 들리던데. 내가 힘을 좀 써 볼까?"

경환은 독주를 입에 부어 넣고는 웃으며 손사래를 쳤다.

"형님까지 신경 쓰실 필요 없습니다. 세무국에서 유연탄 계약서와 홍콩법인의 재무제표, 통장 사본까지 요청했다더군요. 그건 걱정들 마십시오. 제 목에 칼이 들어와도 지킬 건 지키는 성격입니다."

경환이 대수롭지 않게 대답하자, 왕샹첸과 장성궈는 어색한 웃음을 지었다.

"이 사람, 너무 대담한 거 아니야? 세무국에 아는 사람이 있어 물어봤더니, 추징금이 4,000만 위안이 넘을 수도 있다는 말이 들리더군."

기다리기 지쳤는지 술만 마시고 있던 왕샹첸이 말을 꺼냈다. 경환은 젓가락을 접시에 내려놓은 후 왕샹첸을 노려보며 입가에 미소를 띠었다. 그동안 아슬아슬하게 끌고 왔던 두 사람과의 관계를 이쯤 해서 정리할 생각에 긴장감보다는 전율을 느끼고 있었다. 경환은 술을 한 잔 더 입에 털어 넣고는 지루한 탐색전에 종지부를 찍기 위해 입을 열었다.

"4,000만 위안이면 500만 달러인데, 아깝기야 하죠. 하지만 로마에 가면 로마법을 따르라고, 중국이 법이나 계약을 휴지 조각처럼 생각한다면 방법이 있겠습니까? 던져 주고 손 터는 수밖에 없죠. 아! 홍콩에서 자금을 끌어와야 되는데 좀 보태 주시든가요."

경환의 도발에 장성궈의 안색이 시시각각으로 변해 갔다. 자신의 비자금에 손을 댈 수도 있다는 생각에 뭔가 말을 꺼내려다 왕샹첸의 제지에 입을 다물었다. 차분한 왕샹첸의 표정으로 봐서는 북경사무소가 도청되고 있다고 확신한 경환은 왕샹첸의 다음 말을 기다리며 오향장육을 집어 입에 넣었다.

"미국에서 사업을 한다더니 배포가 커졌군 그래. 자네가 오해를 할까 봐 말해 주겠는데, 이번 SHJ 북경사무소를 조사한 데엔 주룽지 인민은행장의 입김이 작용했네. 자네가 버티고 서류를 넘겨 주지 않은 건 고맙게 생각하겠네."

경환은 슬며시 미소를 보였다. 이번 일은 적어도 왕샹첸의 동의 하에 벌어진 일이라는 확신을 가질 수 있었다. 혹시라도 차기 집권을 노리는 공청단(공산주의청년단)이 자신의 목줄을 죄기 위해 벌인 일이라고 했다면 믿을 수 있었겠지만, 주룽지는 현 주석과 같은 상해방 출신이었다. 왕샹첸의 토대가 상해방인 점을 감안할 때, 아무리 주룽지가 부정부패 척결을 내건다 하더라도 자기 집 식구의 곳간을 털 정도의 힘은 아직 가지고 있지 못했다. 비자금의 일부가 상해방의 윗선까지 연결되어 있다는 것은 경환도 쉽게 추측할 수 있었다.

"형님께서 말을 돌리신다면 저도 할 말이 없습니다. 참! 정보 하나 드리겠습니다. 홍콩에서 미국으로 일부 돈이 빠지고 있는 걸 집요하게 추적하는 조직이 있다고 하더군요. 형님과 반대 파벌이 아닐까도 생각되는데 좀 걱정이 되어서요."

"그, 그게 무슨 말인가?"

경환의 예상대로 장성궈가 놀라며 반응을 보이기 시작했다. 장성궈는 미국에 있는 고위층의 가족들과 내연녀의 뒤를 봐주기 위해 적지 않은 돈을 SHJ를 통해 송금하고 있었다. 경환은 상해방과 공청단의 힘겨루기를 이용해 미끼를 던졌고 장성궈와 왕샹첸은 보기 좋게 낚이고 말았다.

"뭐, 그동안은 잘 막고 있긴 했지만, 북경에서 일이 터지니 저도 거기까지는 신경이 써지질 않습니다."

정권이 바뀌면 대대적인 사정작업은 불가피한 수순이었다. 중국의 정치는 머리는 놔두고 사족을 쳐냄으로써 머리가 움직일 수 없도록 만들기 때문에, 차기 집권을 노리는 공청단의 입장에서는 상해방의 비자금을 담당하고 있는 두 사람을 희생양으로 삼을 가능성이 높았다. 중국의 파벌 문제까지 경환이 알고 있을 것이라고는 생각하지 못한 왕샹첸은 당황했다. 안전부를 통해 경환의 생각을 안다고 생각한 왕샹첸은 타협점을 모색하기 위해 급히 말을 꺼냈다.

"내가 생각해도 이번 세무조사는 무리였다고 보네. 내가 나서서 이번 일을 최대한 수습해 볼 테니, 자네도 내 입장을 생각해서 선물을 하나 줬으면 하네."

"말씀하십시오, 형님. 경청하겠습니다."

자신이 벌인 일을 자신이 수습하겠다는 말로 빠져나가는 왕샹첸에게 경환의 속은 부글부글 끓어올랐지만, 최대한 무표정한 모습으로 왕샹첸을 주목했다. 왕샹첸이 달라는 선물은 들어 보고 결정해도 늦지 않는다고 판단한 경환은 허튼소리라도 한다면 자리를 박차고 나갈 생각이었다.

"첫 번째는 중국산 파이프를 중동에 수출할 수 있는 길을 열어 달라는 것이야. 들어 줄 수 있겠나?"

저급한 중국산 파이프를 수입해서 현장에 뿌렸다가는 지금까지 힘들게 쌓아 올린 SHJ의 명성이 한순간에 곤두박질하게 될 것이 분명했다. SHJ를 말아먹으려 작정하지 않고서는 들어 줄 수 없는 조건이었다.

"아까도 말씀드렸듯이 중국산 파이프의 품질은 국제규격에 맞지 않습니다. 보아하니 두 번째 조건을 얻기 위해 버릴 카드를 먼저 쓰신 것 같은데 형님, 저와 줄다리기를 계속하실 생각이십니까?"

왕샹첸의 노련함 못지않게 경환도 50년 동안 갈고닦은 경험을 가지고 있었다. 큰 것을 얻기 위해 작은 것을 버리는 것은 협상의 기본이라는 사실을 경환이 모를 리 없었다. 그러나 왕샹첸은 태연하게 경환의 질문에 대응을 하고 나섰다.

"아직 품질이 문제이긴 하겠지. 이건 다음 기회에 다시 논의해 보기로 하세. 이번에 자네가 퀄컴이란 회사를 인수했더군."

"그게 두 번째 조건과 무슨 상관이 있다고 그러십니까? 제가 형님의 허락을 받고 회사를 인수해야 되는 건 아니지 않습니까?"

세무조사라는 극약처방이 먹히지 않는 이상, 칼자루는 경환의 손에 쥐어져 있었다. 이미 왕샹첸과의 관계를 끊기로 마음먹은 만큼 예전처럼 호락호락하게 당할 생각이 없었던 경환은 짜증 섞인 목소리로 왕샹첸의 말을 급히 끊었다.

"세무국 일로 화가 단단히 난 모양이군. 두 번째 제안은 자네에게도 나쁜 게 아니니 진정하고 말부터 듣게. 한국의 CDMA 상용화가 안정적으로 공급되는 것을 보고 우리도 관심을 갖게 됐네. 아직 확정은 되지 않았지만, 장성공사(CGWIC)를 통해 북경과 상해, 서안, 광서 4개 지역에 시험 운용해 볼 생각을 가지고 추진 중이야. 자네가 장성공사와 퀄컴을 연결시켜 주겠나? 중국은 한국 시장보다 크니 한국보단 좋은 조건이었으면 하네."

장성공사는 경환에게도 생소한 이름이었다. CHINA UNICOM을 통해 CDMA가 도입된다고 알고 있었던 경환은 들어보지도 못한 장성공사란 이름에 고개를 갸우뚱거렸다. 경환의 입장에서도 중국의 CDMA 시장을 놓칠 수는 없었다. 퀄컴을 인수하지 않았다면 퀄컴은 한국보다 좋은 조건으로 중국과 계약을 맺었겠지만, 지금은 상황이 달랐다.

"말은 해 놓겠습니다. 장성공사에 퀄컴과 접촉하라고 하십시오. 그러나 한국보다 좋은 조건을 줄 수는 없습니다. 한국은 개발 초기부터 개입을 한 나라입니다. 개발이 다 된 걸 그냥 받겠다는 건 말이 안 됩니다. 퀄컴의 기술과 칩은 한국과 동일한 조건으로 하게 될 것입니다."

"시장 규모가 다르지 않나? 한국 시장을 가지고 중국 시장을 비교해선 안 될 거야."

"시장 규모가 다르다고 고생한 식구의 뒤통수를 칠 수는 없지요."

경환은 이 부분에서만큼은 양보해 줄 생각이 전혀 없었다. 중국은 한국의 CDMA 상용화 성공을 쌍수로 환영했다. 중국의 무선통신이 GSM의 독과점에 장악되어 큰소리 한 번 못 치고 끌려다니고 있었기 때문에, CDMA를 GSM의 횡포로부터 벗어날 수 있는 기회로 만들려고 했다. 퀄컴이 찾아가지 않더라도 중국이 알아서 찾아와야 될 상황이었기 때문에, 경환은 일보의 양보도 해 줄 생각이 없었다. 왕샹첸은 세무조사로 독이 오를 대로 오른 경환을 자극하지 않기 위해 한발 물러섰다.

"그건 두 회사의 협상을 지켜봐 가면서 결정하자고."

급히 빠지는 왕샹첸을 바라보며 경환은 생각에 잠겼다. 중국의 CDMA 시장은 500억 달러 이상으로 세계 최대 시장이었다. 물론 시스템과 단말기, 부품을 모두 합친 것이지만 어느 하나 무시하지 못할 규모였다. 또한 오성전자가 CDMA 장비공급자로 선정되어 CHINA UNICOM에 1차분만 2억 달러에 해당하는 장비를 공급한 걸 알고 있었다. 오성건설 시절 그룹사의 대대적인 홍보로 인해 기억하고 있던 사실이 떠오른 경환은, 그동안 왕샹첸과 오성전자에 당한 것을 단번에 복수할 기회라는 생각이 퍼뜩 들었다.

"로열티와 칩 공급은 한국과 동일한 조건으로 진행된다는 생각엔 변함없습니다. 그러나 기술 개발에 퀄컴이 지원해 줄 수는 있습니다. 단, CDMA 장비 공급 권한을 SHJ가 지정한 업체에 준다는 조건을 받아들인다면요. 형님께서 중간에 다리를 잘 놓아 보십시오."

"검토하라고 지시를 내리겠네. 그리고 마지막 하나가 남았는데, 그건 내가 할 얘기가 아닌 것 같군."

술만 마시며 경환과 왕샹첸의 언쟁을 듣고 있던 장성귀의 얼굴이 굳어졌다. 예전에 자신이 알던 경환과는 너무나 다른 모습이었고, 쉽게 풀어 가려던 이번 계획도 엉뚱한 방향으로 흘러가고 있었기 때문이었다. 어디서부터 풀어 나가야 될지 몰라 헤매고 있던 장성귀는 말부터 더듬거렸다.

"샤오 리. 그, 그게 말이지."

"형님, 편하게 말씀하십시오. 제 뒤에 미행까지 붙었는데, 제가 무서울 게 뭐가 있겠습니까?"

경환이 미행까지 언급하자, 난감한 표정을 짓던 장성귀는 고개를 절레

절레 흔들며 포기했다는 듯 한숨을 내쉬었다.

"홍콩의 자금을 정리해야겠어. 그리고 유연탄사업도 정상적인 거래로 돌려야겠고."

그렇지 않아도 북경사무소를 무리 없이 철수하기 위해 말 꺼낼 기회를 엿보고 있던 경환은, 장성궈가 먼저 비자금을 정리하자는 말을 꺼내자 반가울 수밖에 없었다. 그러나 심각한 표정을 풀지는 않았다.

"아쉽기는 하지만, 형님의 의견이 정 그러시다면 뜻에 따를 수밖에요. 유연탄 수출 업무에서 빠지도록 하겠습니다."

"이해해 줘서 고맙네. 우리도 다음 정권을 염두에 둬야 해서 말이야."

잡은 권력이 평생 갈 수 없다는 건 누구나 아는 이치였다. 어떤 면에서 본다면 미리 비자금을 정리하려는 장성궈가 현명할 수도 있었다. 경환은 자신과의 연을 끊기 위해 비자금을 정리하든 다음 정권의 사정에서 벗어나기 위해 미리 작업을 하는 것이든 상관없었다. 이미 중국에 대한 미련은 접었기 때문에 당당하게 북경을 정리할 명분을 얻은 것으로 경환은 만족했다.

"세무조사는 형님들이 처리하는 것으로 알고 있겠습니다. 장성공사는 빠른 시간 내에 미국으로 보내십시오."

"자, 자! 어려운 일들도 다 풀렸으니, 다들 혁대 풀고 먹는 데 집중해 보자고."

경환은 긴장이 풀려서인지 백주의 취기가 급히 오르고 있었지만, 장성궈가 청하는 술을 마다하지 않았다. SHJ의 기반을 닦기 위해 두 사람과 손을 잡았고, 두 사람의 가려운 곳을 긁어 주면서도 항상 뒤통수가 근질거릴 수밖에 없었던 경환은 앞으로 두 사람과의 관계에 어떤 변화가 생길

지는 모르겠지만, 두 번 다시 마주치고 싶은 생각이 없었다. 대낮부터 술에 취해 비틀거리며 별장을 나선 경환을 김창동과 알이 뛰어와 부축했다.

"고생하셨습니다. 호텔로 가시겠습니까?"

"네, 좀 힘드네요. 부탁드리겠습니다. 그리고 세무조사 문제는 왕샹첸이 해결할 겁니다. 유연탄사업은 정리하기로 했으니 사무소 철수를 시작하십시오."

김창동은 그제야 안심이 됐는지 긴 숨을 크게 내쉬며 핸들을 바로잡았고, 경환은 오르는 취기에 서서히 잠에 빠져들었다. 깊은 잠에 빠졌던 경환은 자신을 부르는 소리에 감았던 눈을 떠 주위를 살폈지만, 승용차는 아직도 북경 외곽도로를 달리고 있을 뿐이었다.

"사장님, 주무시는데 죄송합니다. 본사의 황태수 부사장입니다. 받아보시죠."

휴스턴이 새벽시간임에도 불구하고 황태수가 전화를 했다면 급한 일이라고 판단한 경환은 서둘러 김창동이 건네주는 휴대폰을 받아 들었다.

"황 부사장님, 접니다. 안 좋은 일이라도 있는 건가요?"

[자세한 내용은 북경사무소에 팩스로 넣었습니다. 간단히 내용을 말씀드리자면 미쓰비시은행에서 JSC에 200억 엔의 융자를 승인했다고 합니다. 그리고 동경사무소의 보고로는 미쓰비시중공업과 JSC가 밀착되고 있다는 정보가 곳곳에서 포착되고 있다고 합니다.]

황태수와의 통화를 끝낸 경환은 차를 북경사무소로 돌렸다. 한 달 동안 여행을 다녀온 대가를 톡톡히 치르고 있다는 생각에 경환은 쓴웃음을 지어야 했다. 호사다마란 말이 맞는지는 몰라도 퀄컴을 인수하고 나서 북경과 동경 두 곳에서 동시에 악재가 터져 나왔다. 그러나 경환은 크게 신경 쓰지 않는 듯했다. 예전과 달리 SHJ의 구조와 기반이 탄탄해지고 있다는 믿음을 갖고 있었기 때문이었다. 북경사무소에 도착한 경환은 마사토와 코이치가 작성해 보내온 팩스를 천천히 읽어 내려갔다. SHJ가 움직일 수 없는 기막힌 타이밍에 전격적으로 이루어진 이번 융자로 금방이라도 끊길 것 같은 JSC의 질긴 숨통이 연장됐다는 사실에 경환은 씁쓸한 웃음을 지었다. 경환은 수화기를 들었다.

"나야. 자기한테 미안한데, 내가 바로 휴스턴으로 돌아가야 할 것 같아."

[무슨 일 있는 거예요?]

수정은 불안한 듯 경환에게 되물었지만, 경환은 수정에게 걱정을 끼치고 싶지는 않았다.

"별일 아니야. 내가 가서 해결할 일이 생겨서 그래. 자기는 며칠 쉬다가 오도록 하고, 하루나와 미셸은 먼저 미국으로 돌아가게 될 거야."

[그렇게 할게요. 잘 해결될 테니 너무 걱정하지 말아요. 정우하고 며칠 후에 돌아갈 테니 휴스턴에서 봐요.]

전화를 끊은 경환은 자신을 두 번씩이나 골탕 먹인 미쓰비시중공업이 괘씸했다. 그러나 지금은 응분의 대가를 받아낼 수 없기에 경환은 이만 벅벅 갈아야 했다. 자신의 뒤끝이 얼마나 지독한지 반드시 보여주겠다고 다짐한 경환은 알과 함께 북경사무소를 나와 미국으로 떠날 준비를 시작했다.

"회장님, 충분하지는 않지만, 한숨 돌릴 수 있게 됐습니다."

미쓰비시은행에서 들어온 200억 엔으로 JSC의 막혀 있던 유동자금에 숨통이 트이긴 했지만, 케이스케의 근심은 사라지지 않았다.

"구조조정안은 나온 게냐?"

"네, 500명을 감축하고 서울사무소를 포함해서 불필요한 해외지사와 국내 사업장 일부를 폐쇄하는 방향으로 안을 작성했습니다."

2,500명의 직원 중에서 500명을 감축한다면 그 여파는 상당할 수밖에 없었지만, JSC로서도 선택의 여지가 없다는 게 문제였다. 케이스케는 지팡이에 양손을 걸친 채 눈을 감았다. SHJ라는 호랑이의 접근을 막는데 성공하긴 했지만, 미쓰비시중공업이란 여우가 JSC의 목줄을 호시탐탐 노리는 상황이 맘에 들지 않았다. JSC가 요청한 300억 엔에서 200억 엔만 대출을 승인한 것도 JSC의 산소호흡기를 완전히 벗기지 않겠다는 의도가 숨겨져 있기 때문이라는 걸 케이스케는 알고 있었다. 빠른 시간 내에 돌파구를 찾지 못한다면 미쓰비시중공업에 JSC가 먹힐 수도 있는 문제였다.

"아직 난관을 풀었다고 보기 어렵다. 급한 사정 때문에 미쓰비시중공업의 도움을 받긴 했지만, 오히려 SHJ보다 조심해야 될 곳이 미쓰비시중공업이란 사실을 잊지 말거라."

혹시라도 JSC가 미쓰비시중공업의 작전에 말려들어 헤어나지 못한다면 보유한 기술과 특허를 제외하고 사업장과 회사는 공중분해 된다는 것을 어렵지 않게 예상할 수 있었다. 이것은 SHJ에 인수되는 것보다 결코 좋은 상황이라고 볼 수 없었기에 케이스케는 JSC의 명줄을 늘리기 위한 장고에 빠져들었다.

"회장님, 저도 그 부분을 가장 신경 쓰고 있습니다. 요코하마 건을 미쓰비시중공업과 공동수주 하더라도 국내 시장의 파이가 워낙 줄어든 탓에 단지 시간을 버는 정도밖에는 안 된다는 것 잘 알고 있습니다. 해외 시장을 개척해야 되는데…….”

료스케는 뒷말을 꺼낼 수가 없었다. SHJ가 일본 밖으로 나오는 걸 허용하지 않는다면 JSC의 해외 진출은 요원할 수밖에 없었기 때문이었다.

“SHJ도 이 상황을 알고 있을 텐데, 아무런 움직임이 없다는 게 맘에 걸리는구나. 다음 주 중으로 종신고용 포기를 포함한 대대적인 구조조정을 실행하도록 해라.”

휴스턴이 이 문제로 급박하게 움직이고 경환이 중국에서 급히 미국으로 건너가고 있다는 걸 케이스케는 알 수 없었다. JSC가 SHJ와 미쓰비시중공업의 처분만 기다려야 될 상황에서, 이번 미쓰비시은행의 신규 대출은 SHJ와 미쓰비시중공업의 합작관계에 틈을 만들었다.

마이애미 비치와 견주어도 손색이 없는 버지니아 비치엔 많은 관광객들이 해변을 채우고 있었다. 버지니아 비치의 상징물인 포세이돈 동상을 마주보는 카페 입구로 알이 천천히 걸어들어 가고 있었다.

“알, 반가워. 그래 노랑이 경호하러 태국 간다고 하더니, 잘 쉬다 온 거야?”

20대 후반으로 보이는 사내의 질문에 알의 인상은 구겨졌다. 아무리 극우주의 보수파라고 하지만, 인종차별을 아무렇게 생각하지 않는 자신의 친구가 알은 영 맘에 들지 않았다.

“에릭, 말은 가려서 하라고. 세상이 변하고 있어. 넌 주둥이 때문에 큰 고초를 겪게 될 거다.”

“충고 고마워. 시원한 맥주나 한 잔 마셔.”

에릭이 건네주는 맥주를 급하게 마신 알은 자리에 앉아 감자칩 한 조각을 입에 넣었다. 자신이 먼저 제안한 사업이긴 했지만, 에릭과는 언제부터인지 괴리감을 느끼고 있었다.

"결정은 한 거지? 모요크에 부지도 확보해 놨어."

"아직은 결정하지 못했다. 고민할 게 있어서."

답을 미루는 알의 모습에 에릭은 못마땅한 듯 인상을 쓰며 알을 노려봤다. 사업 구상과 부지까지 확보한 상태에서 특수부대 출신들을 끌어들이기 위해선 알의 합류가 절대적으로 필요한 상태였다.

"이봐, 이 사업은 무조건 성공할 수밖에 없는 사업이야. 우리 뒤에 딕이 있다고. 지금은 민주당 코흘리개가 백악관에 있어 활동 범위가 제한되어 있지만, 딕이 백악관에 들어간다면 우린 날개를 다는 거라고. 뭘 망설이는 거야!"

에릭은 망설이는 알을 다그쳤지만, 알은 묵묵히 맥주병을 들어 포세이돈의 손에 들린 삼지창을 바라볼 뿐이었다. 같은 NAVY SEAL 출신인 에릭 프린스는 자신과 달리 부유한 집안에서 성장해 석유시추회사인 할리버튼의 딕 체니의 지원까지 어렵지 않게 확보할 수 있었고, 작년 부친의 사망으로 회사를 13억 달러에 매각해 막대한 자금을 손에 쥔 상태였다. 특수요원 훈련기관으로 사업을 시작하지만, PMC 설립이 에릭의 최종목표였다. 에릭은 공화당이 백악관의 주인으로 입성하고, 불안정한 중동의 화약고에 불이 당겨질 때를 노려 사업을 확장시킨다는 계획을 세워 놓고 있었다.

"화약 냄새가 그리워 미치기 일보직전까지 갈 때도 많지만, 이 길이 나에게 옳은 길인지 의문이 들기 시작해서 말이지. 정부의 하수인이 될 수밖에 없다는 현실도 맘에 안 들고."

PMC의 최대 고객은 펜타곤이나 정보기관일 수밖에 없었고, 군인들의 희생을 줄이는 수단으로 용병을 투입하는 건 어쩌면 당연한 일이었다. 경환의 제안이 없었다면 오늘 이 만남은 알의 합류를 축하하는 자리였겠지만, 알의 마음은 조금씩 흔들리고 있었다. 특수부대와 정보요원들의 훈련기관을 만들자는 알의 제안을 에릭은 PMC로 확대했고, 동료들을 사지로 내모는 일이 알의 발목을 잡았다.

"너나 나, 그리고 합류할 직원들도 모두 같은 처지야. 피가 튀기는 전장을 떠나서는 살 수 없는 인간들이라고. 그건 너도 부정하지 못할 거다. 용병은 정부를 떠나서는 존립할 수 없는 사업이고. 결정해, 알."

사업 개시가 얼마 남지 않은 시기에 목을 빼고 알만 쳐다볼 수는 없다고 판단한 에릭은 알의 결단을 재촉하고 나섰다. 알이 합류하지 않는다면 서둘러 대체 인원을 수배할 생각이었다. 맥주병을 비운 알의 시선이 에릭의 눈에 고정됐다.

"미안하다. 난 빠져야겠다. 내 역할엔 카일 디푸어를 합류시키면 어렵지 않을 거야. 그리고 미셸도 같이 빠지게 될 거야. 나중에 기회가 되면 또 만나자고."

알의 답변에 에릭은 피식 웃으며 두 손을 올려 잡을 생각이 없음을 보여 줬다. 아쉽기는 하지만, 알의 말대로 카일을 대타로 내세우면 인원 확보는 어렵지 않을 거란 계산을 이미 마친 상태였기 때문이었다.

"알, 나중에 생각이 바뀌면 연락 달라고. 네 자리는 항상 만들어 놓고 기다리고 있을 테니까."

에릭이 던져 주는 명함을 손가락 사이에 끼워 넣은 알은 미련 없이 자리에서 일어나 카페를 벗어났다. 승용차에 올라 해변도로를 달리던 알은 차창 밖으로 들어오는 바다 냄새를 맡으며 에릭이 던져 준 명함을 바람에 날려 버렸다. 하늘로 한 번 치솟아 오르던 명함은 이내 동력을 잃고 모래 사장으로 추락했고, 블랙워터라고 쓰여 있는 명함은 모래 깊숙이 박혀 버렸다.

중국에서 급히 귀국한 경환은 회사로 직행했다. JSC나 미쓰비시중공업의 장난질에 대한 대책을 세우기 위해서가 아니라, 책임감이 남다른 코이치가 이번 일로 좌절하지 않을까 염려됐기 때문이었다. 이미 SHJ 사장실엔 간부들과 함께 잭의 모습도 보였다.

"잭, SHJ 합류를 환영합니다. 복잡한 문제를 해결할 때까지 기다려 주세요."

"대충 얘기는 들어서 압니다. 중요한 일부터 처리하셔야죠. 신경 쓰지 마십시오."

황태수가 건네주는 동경사무소의 정보보고서를 빠르게 읽어 내린 경환은 허탈한 웃음을 지었다. 200억 엔의 긴급자금 대출뿐만 아니라 요코하마 정유플랜트 확장공사에도 JSC와 미쓰비시중공업이 공동수주를 한다는 내용이었다. 이로써 두 회사의 밀월이 시작됐다는 것은 사실로 증명됐고, JSC를 인수한다는 경환의 목표는 멀어져갔다.

"사장님, 제 책임입니다. 거기까지 예상하지 못했습니다. 제가 책임을 지겠습니다."

고개를 들지 못하고 의기소침해 있는 코이치를 경환은 물끄러미 바라만 봤다. 부러질지언정 휘지 못하는 코이치의 성격이 여실히 드러나고 있었다.

"당연히 책임을 지셔야죠. 타케우치 부장님."

"사, 사장님. 이번 일은 어느 누구도 예측할 수 없었습니다. 책임을 물을 상황이 아니라고 봅니다."

책임을 지라는 경환의 대답에 황급히 황태수가 나서 만류를 했지만, 코이치는 경환의 말이 끝나기 무섭게 안주머니에서 사직서를 꺼내 경환의 책상 위에 조심스럽게 올려놓았다. 경환은 기가 막힌 표정을 보이며 코이치가 내려놓은 사직서를 집어 들어 만지작거렸지만, 봉투 안의 내용을 확인하지 않고 있었다. 주위 사람들의 난감해하는 표정을 본 경환은 사직서가 들어 있는 봉투를 찢어 쓰레기통에 던져 버렸다.

"타케우치 부장님, 전 제 식구를 버리지 않습니다. 제가 이렇게 쉽게 SHJ의 울타리에서 벗어나게 할 것 같습니까? 저는 JSC는 포기할 수 있어도 부장님은 포기 못합니다. 다들 들으세요. JSC는 이 순간부터 포기하고 잊어 버리겠습니다. 시기가 조금 늦어진다는 게 아쉽기는 하지만, 곧 JSC를 대신할 대타를 구할 수 있을 겁니다. 제가 책임을 지라고 말한 것은 그 대타를 구하는 작업을 타케우치 부장님이 맡으라는 것입니다."

보수적이고 배타적인 일본의 정서를 감안할 때 JSC의 인수가 쉽지는 않을 거란 생각을 경환은 하고 있었다. 혹시나 했지만, 일본의 반응은 역시나 빨랐다. 경환의 결심에 황태수는 안심하며 가슴을 쓸어내리고는 자신의 성급한 행동이 부끄러워 여전히 고개를 들지 못하는 코이치를 바라봤다.

"사장님, 성급한 행동을 보여 죄송합니다. 그리고 감사합니다."

"타케우치 부장님은 너무 강해서 탈입니다. 저기 최석현 부장님처럼 좀 유연해질 필요도 있다고 생각합니다. 두 분이 친구라면서 성격은 완전히 반대니……."

자신을 향해 머리를 깊게 숙이는 코이치의 등을 경환은 가볍게 두들겨 주었다. 코이치의 뒤에 서 있던 최석현은 왜 자기를 거론하느냐며 억울한 표정으로 경환을 바라봤지만, 경환은 최석현의 시선을 무시해 버렸다.

"사장님, 우리 의도를 사전에 들킨 게 아쉽기는 하지만, 미쓰비시중공업을 두고 볼 수는 없지 않습니까? JSC를 먹겠다는 의도가 보이는데, 만약 JSC의 집적된 노하우가 미쓰비시중공업에 들어가게 된다면 차후 우리의 강력한 적수가 될 수도 있다고 봅니다."

"황 부사장님 의견에 동감하지만, 마땅히 미쓰비시중공업을 손볼 대안이 없다는 게 골치 아프네요. 우리가 일본 시장에 들어갈 입장도 아니고."

경환 또한 미쓰비시중공업의 이중적인 행태에 맞대응을 하고 싶은 생각이 굴뚝같았지만, 해외 입찰에 미쓰비시중공업과 경쟁하는 것 외에는 딱히 좋은 수가 떠오르지 않았다.

"사장님, JSC를 살리는 게 어떻겠습니까? 이대로 놔두면 미쓰비시중공업에 떨어지게 되는 건 시간문제라고 봅니다. JSC 회장님이라면 충분히 그 문제까지 생각하고 있을 테니까요. JSC를 살려 놓는 게 우리에게도 유리하다고 판단합니다."

"타케우치 부장님의 말이 맞긴 하지만, 그냥 살려 주자니 영 자존심이 상해서 그럽니다."

코이치의 말도 일리는 있었다. 두 회사를 뭉치게 하는 것보다는 찢어 놓는 게 SHJ에도 유리하다는 걸 경환도 모르지 않았지만, 다 잡은 물고기를 그냥 놔 줘야 된다는 게 경환의 속을 쓰리게 했다. 코이치의 제안에 쉽게 결정을 내리지 못하고 고민이 계속되자 잭이 끼어들었다.

"사장님, JSC를 살리는 게 유리하다는 것은 누구나 다 압니다. 그러나 그냥 살려 줄 수도 없을 테니, 사장님께서 KBR을 이용할 때와 같은 방법을 쓰시면 어떻겠습니까?"

"제가 KBR을 이용한 방법이라니요?"

잭은 경환을 바라보며 희미한 웃음과 함께 경환의 질문에 대답해 나갔다.

"나이지리아 컨설팅을 이용해서 KBR의 특수플랜트 기술을 SHJ-화성플랜트에 이전하도록 옵션을 걸지 않았습니까? 제가 알기론 JSC는 LNG와 정유플랜트에 특화된 기술을 많이 보유하고 있습니다. JSC의 해외 시장 진출을 열어 주면서 그 기술을 SHJ가 전수받는다면, 이번 싸움은 무승부가 될 수도 있습니다."

잭의 제안에 경환은 고개를 끄덕거렸다. JSC의 기술을 얻어낼 수만 있다면 쓰린 속을 조금은 달랠 수 있을 것 같았다.

"잭의 제안이 지금 우리에겐 가장 좋은 대안이라고 생각합니다. JSC는 황태수 부사장님이 나서서 접촉해 보시고, 타케우치 부장님은 한국의 대후엔지니어링과 아동엔지니어링을 관심 있게 지켜보십시오. 지금은 아니지만, 곧 기회가 올 겁니다. 그리고 미쓰비시중공업과는 제 눈에 흙이 들어가기 전에는 합작은 없습니다. JSC를 막았듯이 총력을 다해 미쓰비시중공업과 경쟁구도를 유지하세요."

경환의 지시에 따라 직원들이 빠져나가자 린다가 조용히 다가왔다.

"제임스, 잭과는 나중에 얘기를 나누고 지금 만나 볼 사람이 있어요.

샌프란시스코에서 만났던 두 사람이 도착해 있어요."

큰 기대를 하지 않고 있던 래리와 세르게이의 도착 소식을 전달받은 경환은 린다를 앞세워 회의실로 향했다.

"래리, 세르게이, 오랜만입니다. SHJ에 합류하기로 한 결정 진심으로 환영합니다."

경환은 어색해하는 두 사람과 열정적으로 악수를 나눈 후 자리에 앉았다. 아직 구글의 창업자에 대한 정보는 확보하지 못했지만, 두 사람의 실력을 믿어 보고 싶었다. IT의 전반적인 기술에 대해서는 무지한 상태지만, 자신의 기억을 토대로 방향만 잡아 준다면 구글을 능가할 수도 있지 않을까라는 기대를 갖고 있었다.

"환영해 주셔서 감사합니다. 사장님."

"SHJ에서 또래를 만나게 돼서 저도 기분이 좋습니다. 공식적인 자리를 제외하고는 제임스라고 불러요. 참, 지금 머무는 곳이 어딥니까?"

옆에 있는 린다를 포함해 대부분의 간부들이 자신보다 나이가 많았던 관계로 경환은 자신보다 나이가 어린 두 사람의 합류가 SHJ에 활기를 불어넣는 계기가 되기를 바랐다. 경환이 친근하게 다가서자 긴장했던 두 사람의 얼굴이 풀어지기 시작했다.

"휴스턴 외곽에 있는 모텔에 숙소를 잡았습니다."

"린다, 최 부장에게 지시하셔서 회사와 가까운 곳에 아파트 두 채를 빨리 마련하라고 하세요. 연구에만 매진해야 될 사람들이니 두 사람의 생활과 관련된 모든 편의는 회사에서 신경을 써 주도록 하세요."

아직 특별한 성과도 보이지 않은 상태에서 경환이 자신들의 편의를 제공해 주는 모습을 본 래리와 세르게이는 경환의 남다른 배포에 흥분함과 동시에 자신들의 선택이 틀리지 않았다는 기대감이 부풀어 올랐다. 린다가 경환의 지시사항을 메모하고 있을 때 세르게이가 준비한 연구보고서를 경환에 건네주었다.

"제임스, 우선 자료를 봐 주십시오. 보면서 설명을 하겠습니다."

경환은 보고서를 넘기며 천천히 훑었지만, 자세한 기술적인 내용에 대해서는 여전히 머리에 정리가 되지 않았다. 단지 기본적인 시스템 개발은 완료한 상태로 검색엔진 개발을 준비한다는 결론만이 눈에 들어왔다.

"세르게이, 백럽의 이름을 페이지랭크로 바꿨네요. 괜찮네요. 그리고 검색엔진을 개발한다니 상당히 진척이 빠르군요."

경환이 처음에 봤던 백럽프로젝트는 무슨 이유인지는 모르겠지만, 페이지랭크로 이름이 변경되어 있었다. 그러나 경환은 크게 문제 삼지는 않았다. 그런데 경환은 연구보고에 빠져 있는 수익성 창출에 대한 문제로 인해 고민하는 모습을 보였다. 래리가 급히 나섰다.

"제임스, 무슨 고민을 하시는지 압니다. 저희는 컴퓨터공학자이다 보니 경제적인 측면에서의 수익성 창출 문제는 쉽게 풀 수가 없었습니다. 죄송합니다."

경환은 자신의 고민으로 인해 두 사람을 불안하게 만들었다는 생각에 다시 환한 웃음을 보이며 래리와 세르게이를 안심시켜 주려 노력했다.

"공학자들에게 수익성 창출까지 연구하라고 하면 당연히 무리라고 생각해요. SHJ엔 투자에 관한 연구원들이 있으니 두 사람은 신경 쓰지 말고 연구에만 매진하도록 하세요."

경환의 말에 힘을 얻은 두 사람은 페이지랭크에 대한 설명과 함께 검색엔진의 개발과 관련된 이론과 개발 방향 등을 경환에게 장황하게 늘어놓았다. 하지만 IT와는 동떨어진 삶을 살았던 경환의 귀에는 알아들을 수 없는 언어였을 뿐이었다. 간간이 고개를 끄덕여 설명하는 두 사람의 기를 살려 주었지만, 경환은 페이지랭크를 장착한 검색엔진을 통해 어떤 방식으로 수익을 창출하고 곧 창업될 구글과의 경쟁에서 앞서 나갈 것인가를 고민하고 있었다. IT 분야에 관심을 가지고 있었다면, 아니 구글의 창업자 이름만이라도 기억하고 있었다면 하고 후회했지만, 이미 버스는 떠난 뒤였다.

"래리, 말하는 중간에 끼어들어 미안하지만 아이디어가 하나 떠올라서요. 물론 마케팅이 중요하겠지만, 검색엔진이 개발되면 수익성 창출 문제를 해결할 수 있을지도 모르겠네요."

잠시 고개를 젖혀 정리를 한 경환은 말을 이어 갔다.

"만약 두 사람이 검색엔진을 개발한다 하더라도 특별한 무기가 없다면 야후의 아성에 대항하기 힘들 거라고 봅니다. 현재 단순한 광고 게재를 통해 수익을 창출하는 방식에서 벗어나 광고주와 웹사이트 소유자들을 연결시켜 윈-윈을 하자는 겁니다. 쉽게 말해 광고주는 웹사이트를 통해 더 많은 광고를 하게 하고, 웹사이트 소유자들은 우리를 통해 광고를 게재함으로써 수익을 보게 만드는 겁니다. 물론 우리와 수익을 배분하는 방식이 되겠지만요."

경환이 말을 마치자 래리와 세르게이는 눈만 멀뚱거리며 아무 말도 하지 못하고 있었다. 자신들이 며칠 밤낮을 고민해도 해결할 수 없었던 수익성 창출 문제를 한순간에 해결하는 경환이 도대체 어떤 인간인지 판단이 서질 않았기 때문이었다. 경환이 제안한 방법을 같이 연구 개발해

낸다면 기존의 검색엔진과는 확연히 다른 시스템을 구축해 야후의 독주에 제동을 걸 수도 있다는 생각이 두 사람을 흥분시켰다.

"제, 제임스. 연구할 가치가 충분히 있다고 판단됩니다. 마케팅 문제는 제임스에게 맡길 테니 저희는 시스템을 개발해 보겠습니다."

"제임스, 제가 올린 투자 내역에 대해 관심을 갖고 좀 살펴보세요."

"무, 무슨 말이에요? 린다. 작년부터 전폭적으로 투자에 관심을 갖고 린다를 밀어 줬는데, 섭섭하게 왜 그래요?"

경환이 두 사람과 자화자찬을 하는 사이 린다가 한숨을 내쉬며 경환을 몰아세웠고, 경환은 눈을 흘겨 린다의 하소연을 비껴 나가려 했다.

"제임스가 말한 이론과 같지는 않지만, 비슷한 이론을 연구하는 사람에게 우리가 투자를 하고 있어요. 실리콘밸리에 투자를 하면서 CPC(COST PER CLICK) 방식을 연구하는 빌 그로스란 사람의 이론에 관심을 가지고 투자를 집행했다고요. 제임스가 말한 이론과 CPC 방식을 접목하면 좋은 결과가 나올 수도 있겠네요."

린다의 날 선 대답에 머쓱해진 경환은 린다를 향해 윙크를 날려 미안함을 표현했다.

"클릭 수에 따라 미리 받은 광고비를 차감하는 방식이라면 장단점이 있을 것 같기도 하네요. 빌 그로스라는 사람과는 별도로 래리와 세르게이는 연구를 해 봐요. 두 시스템으로 시너지효과를 볼 수 있다고 판단되면 그때 다시 협의하고요."

회의가 어느 정도 마무리되고 있을 때 경환은 미간을 찡그리며 세르게이를 바라봤다.

"세르게이, 검색엔진 이름이 세르게이가 뭡니까? 아무리 자기가 개발한다고 해도 이건 좀 심하네요. 정 지을 이름이 없으면 제임스라고 하든지요."

"하하하."

경환의 농담에 세 사람은 허리를 의자 뒤로 젖히며 웃기 시작했다. 래리와 세르게이가 개발하려는 검색엔진의 이름이 세르게이라고 적힌 보고서를 보며 경환도 찡그리던 얼굴을 풀고 세 사람과 함께 웃었다.

"제임스가 저의 위대한 계획에 제동을 거시네요. 그건 편하게 부르기 위해서 임시로 붙인 거고요. 저희가 생각하는 이름은 따로 있어요. 제임스가 어떻게 생각할지는 모르겠지만."

"래리라는 이름만 아니라면 두 사람의 의견에 따를 테니 말해 봐요."

"네, 사실은 무한하게 성장하라는 의미에서 구골(GOOGOL)이라고 하려고요. 잘 모르시겠지만, 구골은 10의 100제곱을 뜻하는 말이거든요."

"뭐, 뭐라고요?"

경환은 자리에서 벌떡 일어났지만, 다리에 힘이 풀려 다시 주저앉을 수밖에 없었다. 그렇게 찾아 헤매던 구글의 창업자가 래리와 세르게이였다는 사실이 믿어지지 않았다. 경환은 어떤 면에서는 자신이 소홀하게 대했던 두 사람과의 첫 만남을 생각하며 가슴을 쓸어내렸다. 두 사람이 구글의 창업자란 사실을 알았다면 절대 소홀하게 대하지 않았겠지만, 경환의 기억에는 두 사람의 이름은 없었다. 놀란 가슴을 진정시킨 경환은 담담한 표정으로 두 사람을 바라봤다. 등잔 밑이 어둡다는 말이 결코 허언이 아니었다.

"래리, 세르게이. 구골이란 이름도 좋지만, 새로운 말을 만드는 것도 좋지 않을까요? 구골을 변형시켜 구글(GOOGLE)로 하면 어때요?"

"그것도 괜찮겠네요. 저희는 맘에 듭니다, 구글."

래리와 세르게이는 서로 얼굴을 마주보며 고개를 끄덕였다. 경환이 변형한 구글이 그리 나쁜 이름은 아니라고 생각했다. 경환은 혹시라도 두 사람이 딴생각을 하지 못하게 옭아 묶어야 했다.

"잘 들어요. 난 두 사람에게 무한의 지원을 할 겁니다. 우선은 두 사람이 필요한 장비와 인원을 원하는 만큼 제공하겠습니다. 그 단위가 1,000만 달러가 넘더라도 아낄 생각이 없어요."

경환의 통 큰 답변에 두 사람뿐만 아니라 린다의 얼굴까지 사색이 됐다. 퀄컴은 서서히 수익을 보이고 있어 린다의 걱정을 상쇄하고 있었지만, 무모하다고 생각할 정도로 앞뒤 가리지 않고 투자를 하는 경환의 성격을 잘 알고 있는 린다는 한숨만 내쉬었다.

"정식으로 계약합시다. 두 사람을 우선 SHJ의 IT 책임자로 정하고 검색엔진이 개발 완료되면, 두 사람을 파트너로 회사를 설립하겠습니다. 물론 각각 10%의 지분을 인정해 주는 조건에서요. 또한 소유권 행사는 할 수 없지만, 개발된 라이선스에 공동개발자로 명시하겠습니다. 어때요? 다른 조건이 필요하다면 얘기해 봐요."

래리와 세르게이는 정신을 차릴 수가 없었다. 개발자금뿐만 아니라 회사 설립과 설립된 회사의 지분 10%씩을 인정해 주겠다는 말이 실감이 나지 않았다. 페이지랭크가 경환을 이 정도로 흥분시켰다는 게 이해가 되지 않았다. 물론 경환이 제시한 광고를 통해 수익을 창출한다 하더라도 어느 정도의 파급효과가 있을지는 아직 미지수였기 때문이었다. 래리나 세르게이는 경환의 제안을 마다할 이유가 없다고 판단하며 세르게이가 조용히 입을 열었다.

"제임스, 제가 궁금한 건 지난번 실리콘밸리에서 말한 OS 부분입니다. 내용에 대해 말해 줄 수 있으신가요?"

"그게 가장 중요한 부분입니다. 페이지랭크나 검색엔진과는 비교도 할 수 없을 정도로. 두 사람의 능력으로도 벅찰 수 있다고 봐요. 퀄컴이나 SHJ가 소유한 라이선스 혹은 인수를 통해서 다방면의 기술을 얻어야만 진행할 수 있을 거예요. 궁금하면 계약서에 사인부터 해야 될 겁니다. 내 식구가 되기 전엔 절대 입을 열 생각이 없습니다."

경환은 세르게이의 요청을 단칼에 거절했다. 두 사람을 계약으로 묶어 버리기 전엔 안심할 수가 없었다. 래리와 세르게이는 서로의 얼굴을 쳐다본 후 가볍게 고개를 끄덕였다. 어디를 간다 해도 이보다 좋은 조건은 얻을 수 없다고 판단했고, 경환이 약속한 무한한 지원이 이뤄진다면 평소에 하고 싶었던 연구를 원 없이 해 볼 수 있다는 생각이 들었다.

"제임스가 말한 대로 이유를 막론하고 연구 지원을 약속해 주신다면 계약하겠습니다."

"저도 세르게이와 같은 생각입니다."

두 사람의 동의가 떨어지자 경환은 뛸 듯이 기뻤지만, 표정의 변화는 전혀 없었다. 퀄컴과 같은 아니, 퀄컴 이상의 영향력을 행사하는 두 사람을 얻는 데 성공한 경환은 애플이 살아나기 전에 지그시 밟아 줄 생각을 하자 온몸에 전율이 흘렀다.

"린다는 내가 한 내용을 근거로 로펌에 계약서를 의뢰하세요. 계약은 오늘 중에 이뤄져야 됩니다. 그리고 두 사람에게 연구할 수 있는 최적의 연구소를 알아보시고, 두 사람이 원하는 장비, 인원, 자금은 무한대로 제공하세요. 마지막으로 검색엔진 개발이 시작되면 마케팅팀을 구성해 지원해 줄 수 있도록 안을 만들어 보세요."

린다는 무슨 말을 하려다 급히 입을 닫아버렸다. 경환이 결심을 했다면 무슨 말을 한다 해도 추진한다는 것을 경험을 통해 이미 알고 있었기 때문이었다. 두 사람을 린다에게 맡긴 경환은 들뜬 기분으로 사무실로 돌아와 자신을 기다리는 잭과 얼굴을 마주했다.

"좋은 일이 있나 봅니다. 아까와는 달리 얼굴에 웃음이 가시질 않는 걸 보니."

"하하하, 그렇게 보입니까? 사실은 엄청난 친구들이 SHJ에 자기들 발로 걸어들어 왔거든요. 아마 퀄컴보다 큰 기업으로 성장하게 될 것 같아서요. 린다가 골이 나기는 했지만, 시간이 지나면 이해해 주겠죠. 그나저나 조안나와 같이 왔나요?"

"샌프란시스코를 정리하고 있습니다. 제가 사우디로 떠나고 난 후에 휴스턴으로 돌아올 예정입니다."

경환은 더 이상 잭의 개인사에 대해 묻지 않았다. 휴스턴의 분위기는 아직 잭의 식구들에게 호의적이지 않았고, 조안나를 남기고 떠나야 되는 잭의 마음 한구석을 불편하게 만들고 있다는 걸 경환은 놓치지 않았다.

"길어야 3년입니다. 사우디 공장을 맡아 키워 주세요. SHJ 중동 총본부장 역할을 해 주셔야 됩니다. 아직 잭에 대한 시선이 곱지만은 않겠지만, 그건 잭이 감당해야 될 몫이라고 생각합니다. 전 잭이 모든 걸 극복하고 휴스턴으로 금의환향하는 모습을 꼭 보고 싶습니다. 그리고 조안나는 걱정하지 마세요. 제가 최대한 조안나의 편의를 돌보겠습니다."

"감사합니다. 마지막 기회인 걸 잘 압니다. 불명예를 씻고 SHJ의 식구가 되도록 최선을 다해 보겠습니다."

경환은 자신의 회귀로 인해 좋지 않은 방향으로 바뀐 잭의 인생이 원래 자리로 돌아오고 있음을 알 수 있었다. 잭에게 진 빚을 갚을 수 있게 된 경환은 JSC를 손아귀에서 놓친 울분이 사라지는 쾌감을 맛보고 있었다.

1996년 5월로 접어들면서 SHJ도 서서히 변화의 조짐을 보였다. 퀄컴은 소액주주의 지분을 모두 매입한 후 상장을 폐지했고 래리와 세르게이는 페이지랭크를 장착할 검색엔진 개발이 한창이었다. 황태수가 이끄는 컨설팅은 경환의 별다른 조언이 없는 상태에서도 쿠웨이트 입찰을 성공시켜 퀄컴으로 대량의 자금이 빠져나가 긴축경영을 하고 있는 SHJ의 유동자금에 숨통을 열어 주었다. 하루가 다르게 조직화되고 커져 가는 SHJ와는 달리 한국의 경제엔 먹구름이 서서히 자리를 잡아 갔다.

과천종합청사 경제부 회의실에는 야심한 시각에도 불구하고 강석주 장관을 비롯한 간부들 전원이 모여 경제 이상동향에 대한 대책회의를 진행하고 있었지만, 회의 분위기는 무거울 수밖에 없었다. 저유가 정책에 반발한 OPEC이 1992년 5% 감산체제로 들어가면서부터 서서히 고개를 들던 유가가 1995년 이란제재로 인한 석유수출량의 급감과 1996년 이라크 후세인이 고유가 정책을 천명하면서 수출거부 사태로 이어지자 저유가 시대의 종지부를 찍게 되고, 한국 경제는 침체기로 들어서고 있었다.

"유가가 고개를 들고 우리의 주력 수출품목인 반도체의 가격 폭락이 예상되기 때문에 금년도 경상수지적자가 200억 달러를 넘길 수도 있다는 보고가 있습니다. 문제는 기업들의 수출에 비상등이 켜져 있어 내년도 상황 역시 예측하기 어렵다는 것입니다."

강석주는 터져 나오려는 두통을 잠재우기 위해 두통약을 빠르게 삼켰다. 반도체와 컴퓨터, 무선기기는 한국의 주력 수출항목으로 총 수출액의 21%를 담당하고 있었다. 1993년 MS의 WINDOWS 95 출현과 동시에 메모리 반도체 시장은 4메가 DRAM에서 16메가 DRAM으로 빠르게 교체되기 시작했고, 1995년 한국의 경제는 8.9%의 성장률을 달성하며 호황을 맞이하고 있었다. 그러나 대만을 위시한 후발기업들의 공급과잉 사태가 발생하면서 60달러대에 달하던 반도체 가격이 30달러대로 폭락했고 4/4분기엔 10달러 이하로 떨어질 수 있다는 경제보고서는 한국 경제의 발목을 잡았다. 더욱 큰 문제로 반도체를 대체할 마땅한 수출상품이 없다는 것이 강석주의 두통을 자극했다.

"재계의 분위기는 어떻습니까?"

"현재 메모리 반도체의 경우 오성전자를 위주로 64메가 DRAM을 넘어 128메가 DRAM을 개발 중에 있지만, 2년 후에나 직접적인 영향이 나타날 것으로 보고 있습니다. 고환율 정책과 단일 관세율 적용에 따른 제계의 불만이 상당합니다."

강석주도 고환율 정책에 대한 문제를 알고는 있었지만, 지금은 시기가 너무 좋지 않았다. 박재윤 경제수석의 의견을 무시한 것이 후회됐지만, 유가 상승과 OECD 가입을 목전에 둔 상황에서 선택할 수 있는 카드는 아니었다. 또한 사치품과 원자재 모두 8%의 관세를 적용함으로써 고환율로 수출에 타격을 받고 있는 기업들은 원자재 수입에 따른 8%의 관세에 이중고통을 당하고 있었다.

"단기 외채가 집중적으로 들어오는 것도 심각한 문제를 초래할 수 있습니다. 경상수지적자 총액이 320억 달러를 넘어가는 상황에서 외환보유고 330억 달러를 위협하는 수준입니다. 올 연말이면 적자 총액이 370억 달러에 달한다는 내부 보고가 있습니다. 숫자상으로 보자면 국가부도 위기에 빠질 수도 있습니다."

대기업의 수익성 감소에 따른 자금난 악화를 단기 외채로 풀어 나가고 있었고, 주력 수출품목의 단가 하락과 고환율에 따른 수출 감소로 적자 총액이 외환보유고를 앞서 가는 국가부도 사태에 이미 들어서고 있었다. 그러나 강석주의 머릿속은 OECD 가입을 통한 선진국 대열 진입이라는 보랏빛 환상에 빠져 있었다.

"장관님, 지금 와서 생각해 보니 박재윤 수석의 제안을 너무 무시하지 않았나 생각됩니다. 환율을 800원 후반대로 서서히 조정하고 단기 외채를 줄여야 된다는 의견을 신중히 검토해야 되지 않겠습니까?"

"국민적 관심사가 OECD 가입으로 쏠려 있는 지금 괜히 우리가 찬물을 끼얹을 필요는 없습니다. 그리고 우리의 주력 수출품의 세계경쟁력이 뒤처지지 않는다고 봅니다. 우선은 수출에 활로를 뚫을 수 있는 방안을 재계와 협의해 보세요. 그리고 오늘 회의내용이 밖으로 유출되지 않도록 모두들 보안에 신경 쓰세요."

마지막 기회가 될 수 있었던 이번 회의는 허무하게 끝나 갔다. 실질소득이 2만 달러도 되지 않는 상태에서 OECD 가입을 통해 선진국 대열에 합류하겠다는 환상은 부실하고 낙후된 한국의 금융여건을 생각하지도 않은 채 시장을 개방하게 했고, 자금난에 허덕이는 기업들은 무분별한 단기 외채를 통해 연명하고 있는 실정이었다. 경환의 바람과는 달리 한국은 역사의 수레바퀴에서 빠져나가지 못하고 있었다.

출근 후 꽃이 가득한 화병을 발견한 경환은 기분 좋은 하루를 시작했다. 이다나가 출산휴가로 빠진 자리를 하루나가 대행하면서 경환의 회사 생활은 조금씩 변화를 보였다. 빠르게 비서 업무를 숙지한 하루나는 커피를 건네주며 오늘 예정된 스케줄을 보고했다.

"사장님, 제이콥스 사장님은 쿡 부사장님과 회의하고 계십니다. 오후 2시 사모님 이름으로 병원 예약을 해 놓은 상태고요. 황태수 부사장님은 저녁 6시 비행기로 동경으로 출발하십니다. SHJ 타운과 관련해서 휴스턴 시 정부에서 면담을 요청해 오고 있습니다."

미국 생활에 적응했는지 일본에서의 어두운 표정은 하루나의 얼굴에서 더 이상 찾아볼 수가 없었다. 하나부터 열까지 경환의 생활 전반을 챙겨 주는 하루나에게 경환은 익숙해져 갔다.

"하루나의 커피는 언제나 좋네요. 커피 고마워요. 황 부사장님은 따로 만나지 않아도 되니 무리하지 말라고 전해 주시고, 휴스턴 시 정부와는 최석현 부장이 만나도록 지시하세요. 오후 스케줄은 따로 잡지 마시고. 특별한 일이 아니라면 병원에서 바로 퇴근할 생각입니다."

하루나가 사무실을 빠져나가자, 밖에서 대기 중이던 린다와 어윈이 사무실로 들어섰다.

"어서 오세요, 제이콥스 사장님. 인상이 별로 평온치 않아 보입니다. 무슨 일이라도 있으신가요?"

"아, 아닙니다. 어제 저녁 급하게 도착하느라 잠을 제대로 자질 못했나 봅니다."

더 이상 질문은 하지 않았지만, 어윈의 심정이 복잡하다는 것을 경환은 눈치로 알 수 있었다. 한국의 상용화가 성공하고 서서히 안착해 나가자 퀄컴의 수익은 안정세로 돌아서기 시작했고, 섣부른 판단으로 SHJ의 인수합병에 동의를 한 게 아니냐는 비판적인 목소리가 서서히 고개를 들고 있어 어윈의 심기를 불편하게 만들었다.

"SHJ-퀄컴의 상황은 어떻습니까?"

"안정적으로 흘러가고 있습니다. 사장님께서 신경을 써 주신 덕에 CDMA 2000 1X의 개발도 서두르고 있습니다. 그러나 오성전자에서 CDMA 칩을 생산하려는 움직임이 있고 에릭슨의 움직임도 심상치 않아 보입니다. 대책을 세워야 될 것 같습니다."

어윈은 속이 쓰렸지만, 자신의 결정을 후회하지 않았다. SHJ의 인수에 동의하지 않았다면 퀄컴의 파산은 현실화되어 이런 자리조차 가질 수 없었다는 것을 알고 있었다. 오성전자의 칩 생산은 큰 문제는 되지 않는다고 경환은 판단했다. 아직 오성전자의 해외 시장 점유율은 일부 모니터를 포함한 가전제품에 국한되어 있었고, 무선단말기가 알려지기까지는 시간이 필요했다. 그러나 GSM의 대표주자인 에릭슨은 문제가 심각할 수도 있었다.

"오성전자의 칩 생산에 라이선스 침해가 있는지 살펴보시고 혹시라도 침해를 당했다고 의심된다면 정식으로 특허소송을 제기하세요. 오성전자가 칩 생산을 강행하는 이유엔 한국 정부나 ETRI가 있을 수 있으니 초반 대응이 중요합니다. 문제는 에릭슨인데, 아직은 우리의 영향력이 크지 않으니 상황을 지켜보며 대응책을 연구해 보기로 합시다."

오성 그룹의 정보력과 추진력에 대해 잘 알고 있는 경환은 초반에 오성전자의 기를 꺾어 놓을 필요를 느꼈다. CDMA의 종주국으로 시스템과 단말기 생산에 우위를 점하고 있는 한국이라 해도, 원천 기술을 SHJ-퀄컴 손아귀에 쥐고 있는 한 무턱대고 칩 생산을 강행할 수는 없다고 판단한 경환은 강공책을 통해 백기를 받아 낼 생각이었다.

"제이콥스 사장님, 무슨 생각을 하시는지 잘 압니다. 저는 혼자 잘 먹고 잘살 생각은 없습니다. 최대한 비판적인 목소리를 다독여 주시고, 기술 개발과 라이선스 확보에 매진해 주세요. 회사가 성장 발전하게 된다면 직원들에게도 최대한 보상이 돌아가게 될 것입니다."

어윈은 자신의 생각을 들켰다는 것에 얼굴을 붉혔다. 상장도 폐지되고 모든 라이선스와 지분이 SHJ에 묶여 있는 지금 반전을 꾀할 수는 없었다. 어윈은 서둘러 화제를 돌리려 했다.

"감사합니다. 직원들의 복지에 신경을 쓰겠습니다. 그리고 중국의 장성공사에서는 기술지원과 함께 로열티 3.5%를 고집하고 있습니다. 협상이 쉽지 않게 흘러가는데, 중국 시장의 파괴력을 감안한다면 그 정도 선에서 합의를 하는 게 어떻겠습니까?"

경환이 퀄컴을 인수하지 않았다면 중국과의 협상은 중국의 뜻대로 갈 수밖에 없었지만, 경환은 중국의 입맛대로 움직일 생각 자체가 없었다.

"한국과 동일한 조건으로 밀어붙이세요. 중국은 GSM의 독과점에서 벗어나기 위해 CDMA를 선택한 거지, 우리가 예뻐서 접근을 하는 게 아닙니다. 중국과의 협상은 서두르는 쪽이 지게 돼 있습니다. 중국과의 협상은 속도를 조절하시면서 러시아와 미국에 집중한다면 중국은 우리의 제안에 따라올 수밖에 없을 겁니다. CDMA가 폭발적인 수요를 창출하기 시작하는 건 한국의 PCS사업이 시작되는 내년이 될 겁니다. 너무 조급해하면 우리가 손해를 볼 수도 있습니다."

"알겠습니다. 중국은 잠시 접고 러시아와의 접촉을 시작하겠습니다."

어원은 경환의 생각에 반박할 수 없었다. 자신은 중국의 시장 잠재력만 봤을 뿐이지만, 경환은 중국의 속사정까지 파악하고 있었기 때문이었다.

"우리가 IT부서를 만들어 검색엔진을 개발 중에 있다는 소식을 들으셨을 겁니다. 내년이면 서비스를 시작할 수 있을 것 같아 보이는데 저는 그때를 기점으로 SHJ-퀄컴과 합동 프로젝트를 수행할 생각입니다. 오랜 시간이 소요되겠지만, SHJ의 미래를 준비하기 위해서는 선택의 여지가 없습니다. 그때까지 기술 개발에 최선을 다해 주십시오. 제이콥스 사장님만 믿겠습니다."

"사, 사장님. 그럼 지난번에 말씀하셨던……."

경환은 긍정도 부정도 하지 않았다. 어원은 조인식이 끝난 후 경환이 자신에게 한 말을 기억해 냈다. 무선기기와 인터넷이 결합된다면 그 파장은 상상을 뛰어넘을 수 있지 않겠느냔 말을 꺼냈지만, 어원은 심각하게 받아들이지 않았다. 어원이 입을 다물고 생각에 빠져 있을 때 린다가 조용히 말을 꺼냈다.

"사장님, 헤지펀드가 움직이고 있습니다. 이미 단기 자금을 빙자해서 한국에 무차별적으로 들어가고 있습니다. 첫 타깃은 대만이 될 듯 보이는데, 최종 목표는 한국일 수도 있다는 연구소의 보고입니다."

자신이 막아 보려 노력했지만, 한국은 역사의 수순에 따라 천천히 맞물려 들어가고 있었다. 국민들은 OECD 가입으로 선진국이 된다는 환상에 빠져 있었지만, 해외 자본은 외채 상환 능력에 의구심을 품으며 한국의 OECD 가입을 비웃었다. 고비용 저효율에서 허덕이고 있는 한국 경제에는 OECD 가입이 독으로 작용하고 있는 것이 현실이었다. 아직도 한국 정부는 성장률 7.5%, 물가 4.5%, 경상수지 적자 60억 달러는 문제없다며 세 마리의 토끼를 잡겠다고 호언장담했지만, 이미 토끼는 멀리 도망가 버린 상태였다.

"한국의 외환위기는 이젠 통제를 할 수 없을 지경이네요. 내년 상반기까지 우리의 자금은 어느 정도 여유가 있을 것 같습니까?"

린다는 경환의 말뜻을 이해했는지 준비된 자료를 경환에게 건네면서 빠르게 답변했다. 경환의 지시에 의해 연구하긴 했지만, 현실화될지는 자신도 장담할 수 없었다. 그러나 2년 전부터 준비를 해 온 린다는 이 기회를 놓칠 수 없었다.

"플랜트 쪽의 사우디 입찰이 성공한다는 가정 하에 일부 가용자금을 제외하고 3억 달러까지는 확보할 수 있습니다. 연구소의 보고로는 한국의 원화가 공격당하고 단기 외채가 빠르게 빠져나가게 된다면 지금도 저평가된 주가는 바닥을 칠 거라는 예측을 하고 있습니다. 우선은 기술력을 가지고 있는 기업을 선정해 지분 확보에 주력하는 게 좋을 것 같습니다. 한국이 정상화된다면 상당한 차익을 볼 수 있습니다."

경환은 린다의 제안을 거절할 수 없었다. 한국의 IMF 사태가 눈에 보이는 상태에서 극히 일부이긴 하지만, 관여를 할 생각이었다. SHJ의 이득을 위해서도 어쩔 수 없다고 생각한 경환은 무거운 결심을 했다.

"준비하세요. 우선 저평가된 기업을 선정하시되 아동엔지니어링, 대후엔지니어링의 지분을 최대한 확보하세요. 오성전자도 잊지 마시고요. 이번 투자는 쿡 부사장에게 전적으로 맡기겠습니다."

두 사람이 빠져나가자 경환은 담배를 입에 물었다. 경환의 눈에는 금 모으기를 하는 국민들과 넘쳐나는 노숙자들의 모습이 선명하게 그려졌다.

수정과 함께 병원에 다녀온 후로 경환의 입가엔 웃음이 가시질 않았다. 정우 때와는 달리 입덧도 없었기 때문에 임신이란 확신을 가지고 있었음에도 불안했던 경환의 마음은 임신 4개월이라는 의사의 단 한마디에 눈 녹듯이 사라졌다.

"사장님, 좋은 일이라도 있으신가요?"

경환이 사무실에 돌아오자 하루나는 커피 한 잔과 보고서류를 건네며 경환의 달라진 표정을 바라보고 있었다.

"집사람이 둘째를 임신했다고 해서 기분 좋은 티가 났나 보네요. 자, 열심히 일해 보자고요. 황 부사장님은 동경에 도착했겠죠?"

산부인과를 예약해 달라는 지시에 어느 정도 예상을 하고 있었음에도, 경환의 입에서 나온 둘째라는 소리에 하루나의 표정은 잠시 굳어졌다. 하지만 빠르게 평정심을 되찾고 경환의 질문에 답을 해 나갔다.

"방금 동경사무소에 도착하셨다는 보고를 받았습니다. 오후에 JSC와 미팅이 잡혀 있다고 합니다. 그리고 어제 사장님께서 퇴근하시고 알이 연락을 해 왔습니다. 도착할 시간이 다 되어 갑니다."

경환은 헤어지기 전까지 답을 주지 않았던 알이 휴스턴에 도착했다는 하루나의 보고가 너무 반가웠다. 알의 합류로 자신이 맞춰 가는 퍼즐 한 조각이 자리를 잡았다는 생각에 경환은 흥분을 감추지 못했다.

"하루나, 알이 도착하면 최석현 부장을 불러 주세요. 그리고 회의가 끝나면 쿡 부사장을 대기시켜 주시고요."

지시를 마친 경환은 하루나가 건넨 커피를 음미하며 회귀 후 지금까지의 과정을 복기하고 있었다. 6년이란 시간 동안 많은 일들이 있었지만, 별 어려움 없이 지금 이 자리까지 오게 됐다는 안도보다 희수가 태어날 올해부터 어떻게 미래를 주도할 것인가가 경환의 최대 관심사로 자리 잡았다. 내년에 있을 한국의 외환위기는 자신에게는 또 한 번의 기회가 되겠지만, 고통받을 한국 국민들은 경환의 마음을 불편하게 했다. 경환의 고민이 계속되고 있을 때, 사무실 문이 열리고 알과 미셸 그리고 또 한 명의 사내가 들어왔다.

"하하하, 알. 반갑습니다. 제가 목 빠지게 기다리고 있었다는 걸 알기나 하십니까? 미셸도 반가워요."

알과 격하게 포옹을 나눈 경환은 세 사람을 자리에 앉힌 후 처음 보는 알의 동료를 물끄러미 쳐다봤다. 근육 잡힌 몸매와 날카로운 눈매는 그가 일반인은 아니라는 사실을 대변해 주고 있었다.

"사장님, 환영해 주셔서 감사합니다. 그리고 이 친구는 제 군대 동료로 훈련교관을 하던 카일 디푸어라고 합니다. 우여곡절 끝에 저와 같이하기로 했습니다."

"카일 디푸어입니다. 알에게 말씀 많이 들었습니다. 제가 SHJ에 필요한 사람이었으면 좋겠군요."

"하하하, 알이 믿는 친구라면 저는 언제든지 환영입니다. 세 분과 한 식구가 될 수 있어 저에게도 큰 영광입니다."

알을 카일을 바라보며 슬쩍 미소를 보였다. 알은 에릭과 결별한 후 군대 동료들과 접촉을 시도했지만, 의도적으로 카일과는 거리를 두었다. 에릭을 의식한 것도 있었지만, 자신보다는 에릭에게 합류하는 것이 카일을 위해서도 좋다는 생각이 들어서였다. 그런 알의 생각과는 달리 동료들에게 소식을 전해 들은 카일은 에릭의 제안을 거절하고 스스로 알을 찾아 왔다. 계산적이고 사업가 스타일인 에릭보다는 인간적인 냄새를 가지고 있는 알을 선택하는 건 어쩌면 자연스러운 행동이었다.

"잠시만요. 하루나, 최 부장은 아직인가요?"

"방금 도착하셨습니다."

경환의 재촉이 끝나기도 전에 문을 열고 들어온 최석현은 예전 군대에서나 느껴봤던 기운이 경환의 사무실에 흐르자 몸이 먼저 반응하며 세포 하나하나를 깨우고 있었다.

"소개하겠습니다. 최석현 부장이고 여러분들도 아시겠지만, 한국의 해병대 수색부대 출신입니다."

"그리고 이쪽 세 사람은 제 홍콩 여행을 경호했던 분들로 NAVY SEAL 출신들입니다. 최 부장님과 같이 일해야 되니 안면을 익히세요."

세 사람도 최석현의 기운을 느꼈는지 묘한 대치를 하고 있을 무렵, 경환의 소개로 네 사람은 알 수 없는 동료의식을 느끼며 긴장을 풀기 시작했다. 한국군과의 훈련을 통해 한국 해병대 수색부대의 실력을 익히 알고 있던 세 사람은 최석현에게 엄지를 추켜올려 보였다.

"자, 최 부장님도 이쪽으로 앉으세요. 알, 지금 함께하는 동료들이 몇이나 되죠?"

"아직 많지는 않습니다. 저희 셋을 포함해서 20명 정도가 같이 일하고 싶어 합니다. 사장님은 저희를 어떻게 쓰려고 계획 중이신가요?"

알의 대답을 들은 경환은 고개를 끄떡였다. 경환이 생각하는 인원에는 미치지 못했지만, 현재의 SHJ 규모를 봐서는 20명도 적지 않은 인원일 수 있었다. 알은 경환이 에릭과 같이 자신들을 일회용품처럼 쓰다 버리려고 한다면, 아쉽지만 경환에 대한 미련을 버릴 생각이었다. 네 사람의 눈이 경환에게 집중되자 경환은 심호흡을 한 번 내쉰 뒤 알의 질문에 답변했다.

“세 분이 봐서 알겠지만, SHJ의 규모는 그리 크지 않습니다. 그러나 내년부터는 상황이 달라질 것입니다. 여기 최 부장은 SHJ 타운 건설의 총책임을 맡고 있습니다. 또한 SHJ 사업장은 해외에 퍼져 있고 특히 정세가 불안한 중동에 집중되어 있습니다. 걱정 마세요. 저는 여러분들을 단순한 용병으로 활용할 생각은 전혀 없습니다. 지금부터 제 계획을 들어 보신 후에 결정해도 늦지 않을 겁니다.”

중동 얘기가 나오자 세 사람의 표정이 급격히 굳어지고 있다는 걸 느낀 경환은 우선 세 사람을 안심시켰다. 최석현은 직원들을 식구처럼 생각하는 경환이 단순한 용병으로 써먹기 위해 세 사람을 부르지는 않았을 거란 생각을 하며 어떤 말이 나올지 궁금해했다.

“제 뜻과는 다르게 회사의 규모가 커지게 되면 지킬 것이 많아지게 되더군요. 직원들의 안전을 지켜야 되고, 회사의 자산을 지켜야 되고, 더 나아가 회사의 기밀과 정보를 지켜야 됩니다. 저는 알이 그 일을 맡아 주셨으면 합니다. 최 부장과 SHJ 타운 건설을 함께 추진하시면서 경호와 경비, 정보 유출 방지에 대한 준비를 해 주세요. 당분간은 보안팀장으로 추진하시고 법인 설립을 같이 준비하시면 됩니다. SHJ 타운이 건설되기 전까지는 인원을 확충하십시오. 훈련에 대한 지원은 알이 원하는 만큼 제공해 드리겠습니다.”

휴스턴에 오기 전 SHJ에 대한 뒷조사는 이미 마친 상태였다. 다른 미국 기업들과 달리 직원에 대한 복지도 잘되어 있고, 쉽게 직원을 버리지 않는다는 것이 알의 마음을 움직였다. 자신과 함께할 동료들을 위해서라도 알은 확신을 가져야만 했다.

"저와 함께할 동료들에 대한 대우는 어떻게 됩니까? 기혼자들도 상당수 있습니다. 다들 휴스턴이 아닌 각 지역에 분산되어 있기 때문에 그들을 움직일 만한 조건이 있어야 됩니다. 그리고 단순한 경비 일을 원하지 않는 동료들도 있습니다."

경환은 빠르게 답을 주었다. 군인 출신들에게 말을 돌려 가며 설득한다면 오히려 역효과를 볼 거라는 생각에 잡설을 최대한 없애려 노력했다.

"정직원이 될 것입니다. SHJ 타운이 완공된다면 본인의 의사에 따라 이주가 가능하겠지만, 그 전까지는 훈련에 집중해야 될 것입니다. 단순한 경비일 외에 저희 해외 사업장의 안전과 보안도 같이 맡게 될 것입니다. 인원의 배치는 보안팀장이 해야 될 임무고요."

"감사합니다. 마지막으로 정보 유출을 방지하시겠다고 하셨는데, 정보를 운영할 조직을 따로 만드시겠다는 건가요?"

"필요하다면 그럴 수도 있습니다. 우선 제가 생각하는 정보 유출 방지는 온라인과 오프라인 두 분야로 생각하고 있습니다. 온라인은 알에게 무리이니 이 문제는 제가 따로 생각해 두고 있습니다. 오프라인에서의 정보 유출 방지에 대해 연구해 주세요. 그리고 보안팀의 훈련 및 총기 사용에 대한 문제는 최 부장이 해결해 줄 겁니다. 자, 이제 공은 알이 가지고 있습니다."

퀄컴과 구글을 손에 넣은 경환은 해킹 기술의 발달을 염두에 두지 않을 수 없었다. 경환이 제공하는 아이디어를 가지고 연구 개발되는 시스템이 외부로 유출된다면 그 손해는 계산이 불가능했기에 경환은 이 문제에 대한 대책을 시급히 마련할 생각이었지만, 알이 이해를 할 수 있는 문제는 아니었다. 자신이 결정할 문제는 아니라고 생각한 알은 카일과 미셸의 얼굴을 살폈고, 두 사람은 조용히 고개를 끄떡였다.

"신경 써 주셔서 감사합니다. 저희 20명은 SHJ에 합류하겠습니다. 당분간 최 부장과 일하면서 훈련에 집중하겠습니다."

알의 합류가 결정되자 경환은 급히 자리에서 일어난 세 사람과 악수를 나누며 말했다.

"최 부장님은 세 사람과 동료들의 거처를 준비해 주시고 시 정부와 협의해 훈련 장소를 물색해 보세요. 큰 어려움은 없을 겁니다. 보안팀의 모든 편의는 최 부장님이 신경 써 주시고요."

SHJ 타운 조성과 관련해 텍사스의 휴스턴과 댈러스, 캘리포니아의 실리콘밸리와 샌디에이고가 치열하게 유치전을 펼치고 있었다. 특히 SHJ가 있는 휴스턴과 퀄컴의 소재지인 샌디에이고의 유치전은 토지의 무상 제공과 건설비용 보조 등의 당근책을 써 가며 치열하게 물밑 경쟁을 하고 있어 최석현을 즐겁게 만들었다. 총기에 대한 규제가 다른 주에 비해 관대한 텍사스 주이고 유치전에서 선점할 수 있는 기회이기 때문에 휴스턴 시 정부도 훈련캠프 및 총기 사용에 거절할 입장은 아니라고 경환은 생각했다. 최석현이 세부적인 내용을 협의하기 위해 세 사람과 자리를 뜨자 기다리던 린다가 경환을 찾았다.

"알도 결국은 제임스의 화술에 넘어 오게 되는군요."

"린다, 저는 진실된 사람입니다. 알이 제 진심을 알아준 거지요."

린다는 인재라고 판단되면 눈에 불을 켜고 달려들어 무슨 수를 쓰든 자신의 사람으로 만드는 경환의 놀라운 화술에 감탄한 적이 한두 번이 아니었다. 과묵하고 조용한 성격인 알까지 SHJ에 합류되는 모습에 린다는 고개를 흔들 수밖에 없었다.

"제가 제임스의 화술을 어떻게 당하겠어요. 급하게 부른 이유는 뭔가요?"

"같이 래리와 세르게이를 보러 갑시다. 한동안 찾아가지를 못해서 궁금하기도 하고요. 개발이 어느 정도까지 됐는지 내 눈으로 확인하고 싶네요."

다운타운 외곽에 위치한 3층 건물 앞으로 승용차 한 대가 주차했다. 경환과 린다가 차에서 내려 건물 안으로 빠르게 사라졌다. 밖에서 볼 때와는 다르게 비교적 넓은 공간 안에는 십여 명의 젊은 직원들과 함께 분주하게 컴퓨터와 씨름하고 있는 래리와 세르게이의 모습이 보였다. 사무실 벽에 농구대가 설치되어 있는 것을 보자 경환은 농구공을 집어 농구대를 향해 던졌지만 공은 근처에도 가지 못하고 바닥으로 떨어졌다.

"제임스 오셨어요? 전화라도 주고 오시지."

"개발하느라 바쁜 사람들한테 뭔 전화를 해? 그냥 지나가는 길에 들렀어. 직원들 모습이 자유로워서 그런지 보기는 좋네, 활력도 넘치는 것 같고."

래리가 급히 자리에서 일어나려 했지만, 경환은 만류하며 래리를 향해 걸어갔다. 연구실을 이곳으로 정한 이유는 SHJ 본사가 있는 건물에 빈 공간을 찾을 수 없었던 이유도 있었지만, 출퇴근시간에 구애받지 않고 자유로운 분위기에서 일을 하라는 경환의 의도가 숨어 있었다. 그걸 증명이라도 하듯 연구실의 분위기는 회사라는 이미지보다는 대학의 동아리를 보는 것 같은 자유로움이 물씬 풍겼다. 린다의 표정이 밝지 않은 것을 본 경환은 조용히 린다에게 귓속말을 전했다.

"린다, 일하는 스타일이 다른 거니 이해를 해요. 이들은 정형화된 사고력이 아닌 창의력이 필요한 사람들이에요. 억압보다는 자유로움이 이들에겐 필요하다고 생각합니다."

린다의 이해를 구한 경환은 린다의 등을 두드리며 래리가 만지던 컴퓨터를 바라봤지만, 이해할 수 없는 내용뿐이었다.

"이상한 말을 할까 봐 미리 말하겠는데, 난 언제쯤이면 우리가 만든 검색엔진을 볼 수 있을지가 궁금한 것뿐이야. 그리고 내가 지원해 줄 게 있으면 말을 하고."

경환의 말뜻을 이해한 두 사람은 서로 바라보며 웃음을 교환하고는 경환의 궁금증을 해결해 주기 위해 래리가 나섰다.

"인원이 보강되어 진척이 빨리 되고 있습니다. 늦어도 겨울이 오기 전에는 시험 조작이 가능할 겁니다. 그리고 지원이 너무 잘돼서 탈이지만, 동료들과 연구를 하다 보면 밤을 샐 때가 많다 보니 잠시 짬을 내 쉴 만한 공간이 없는 게 좀 문제긴 해요."

"조금만 참아. 늦어도 2년 내에는 SHJ 타운으로 옮길 수 있을 거야. 문제는 쉴 공간인데 건물주와 상의해서 공간을 마련해 볼 테니, 힘들겠지만 당분간은 고생을 좀 해 줘야겠어."

연구 인원과 장비의 지원이 있어서인지 검색엔진의 개발은 예상보다 빨라지고 있었다. 경환은 구글의 성공을 의심하지는 않지만, 노력 없이 성공을 이룰 수 있다고 생각하지는 않았다. 기술 개발이야 두 사람에게 맡겨도 충분하겠지만, 문제는 마케팅이었다.

"제임스, SHJ 안에는 IT산업을 이해하며 경영할 전문경영인이 없다는 게 단점입니다. 리차드가 적임자이긴 하지만, SHJ-퀄컴에서 뺄 수 없는 상황이고요. 아직 시간이 있으니 제가 전문경영인을 한번 수배해 볼게요."

"그게 좋겠네요. 전문경영인은 린다가 맡아 주세요. 래리와 세르게이는 너무 연구에만 매달리지 말고 건강에도 신경 써."

래리와 세르게이는 경환이 자신들에게 신경 써 주는 모습에 감동했지만, 경환은 두 사람과 생각이 달랐다. 오랫동안 부려먹으려면 두 사람이 최대한 건강해야만 했기 때문이었다.

동경사무소는 황태수의 등장에 직원들 전체가 긴장한 표정이 역력했다. 플랜트의 책임경영을 맡고 있는 황태수는 경환보다 상대하기 어려웠고, 특별한 일이 없는 동경사무소가 폐쇄될 수도 있다는 유언비어는 직원들의 사기를 떨어트렸다. 예전과 달리 직원들의 표정이 밝지 못한 것을 발견한 황태수는 마사토를 찾았다.

"오카다 소장, 사무실 분위기가 왜 이러나? 본사에 보고하지 않은 문제가 있는 것 같은데 솔직히 말해 보게."

"저, 그게……."

마사토가 대답하지 못한 채 눈치를 보자 황태수는 대답을 다그쳤다. 한참을 망설이던 마사토가 한숨을 내쉰 후 입을 열었다.

"이번 북경사무소 폐쇄를 보면서 동경사무소도 폐쇄될 수 있다는 소문이 직원들 사이에 돌고 있습니다. 더군다나 부사장님께서 급히 동경에 오시다 보니……."

황태수는 어이가 없어 마사토의 얼굴만 뚫어지게 바라볼 뿐이었다.

자신이 불을 끄지 않으면 바닥에 떨어진 직원들의 사기와 불안감을 해소시킬 수 없다는 것을 안 황태수는 급히 마사토에게 지시를 내렸다.

"오카다 소장, 직원들을 다 불러 모으도록 하게."

코이치가 동경사무소에서 손을 떼고 한국 일에 매진하자 유언비어를 부정하던 마사토도 서서히 찾아드는 불안감에서 자유로울 수 없었다. 직원들이 한곳에 모이자 황태수는 직원들 한 명 한 명과 눈빛을 교환했지만, 황태수의 눈을 똑바로 쳐다보는 직원들은 없었다.

"어디서 이상한 소문이 났는지 모르겠지만, 동경사무소의 폐쇄는 없습니다. 그리고 국적을 떠나서 여러분들은 SHJ의 가족입니다. 가족을 버릴 사람은 SHJ 안에 아무도 없습니다. 북경사무소는 피치 못할 상황에서 폐쇄를 결정한 거고, 북경사무소의 직원들은 본인의 의사에 따라 한국과 미국 본사로 근무지 변경을 발령 낸 상태입니다. 그러니 헛소문에 현혹되지 말고 자신의 일에 최선을 다하세요. 여러분들의 뒤는 SHJ가 책임을 질 겁니다."

황태수의 말은 설득력이 있었다. 동요하던 직원들은 안도의 한숨을 내쉬며 불안했던 마음을 진정시켰다. 플랜트 업무가 경환에게서 황태수에게로 넘어간 사실을 동경사무소에서도 이미 알고 있었기 때문에 황태수의 말을 의심하는 직원들은 없었다.

"오카다 소장, 이후에 이런 일이 또다시 발생한다면 책임 소재를 명확히 가리겠네. 오늘 일은 더 이상 묻지 않겠네."

"죄송합니다, 부사장님. 다시는 이런 문제로 심려를 끼쳐드리지 않겠습니다."

마사토는 고개를 90도 각도로 꺾었고, 황태수는 그동안 맘고생 했을 마사토의 심정을 이해하고 있다는 듯 꺾여 있는 마사토의 등을 잡아 세웠다. JSC를 살리기 위해 온 일본 출장에서 동경사무소 직원들부터 살리게 된 황태수는 씁쓸할 수밖에 없었다.

"JSC와의 미팅은 차질이 없겠지?"

"곧 도착할 시간입니다. 의아해하고는 있지만, 미팅 제안을 거절하진 않더군요."

JSC를 노리던 SHJ는 케이스케의 노련함에 속절없이 당할 수밖에 없었다. 황태수는 쓰린 속을 달래며 JSC의 기술만큼은 최대한 빼먹을 작정을 하고 있었지만, 마땅히 케이스케의 눈을 가릴 만한 대책은 쉽게 찾아지지 않았다. 황태수의 고민이 깊어질 무렵 케이스케와 료스케가 동경사무소의 문을 열고 들어섰다.

"오랜만에 뵙겠습니다, 타케우치 회장님. 좋은 소식이 들리더군요. 축하드립니다."

"반갑소이다, 황태수 부사장님. 모든 게 SHJ 덕분입니다. 허허허."

처음부터 상대의 아픈 곳을 찔렀지만, 두 사람은 미소를 잃지 않았다. 회의실에 자리를 잡고 앉은 황태수와 케이스케는 서로의 표정을 조용히 살피기만 할 뿐 대화는 이어지지 않았다. 참다못한 료스케가 얼굴을 붉히며 말을 꺼냈다.

"우리와 무슨 할 얘기가 있다고 만나자고 했습니까? JSC의 인수를 획책하려던 계획이 틀어져 심기가 많이 불편해 보입니다, 황태수 부사장님."

료스케의 날 선 질문에도 황태수의 표정에는 변화가 없었다. 황태수는 료스케의 질문을 무시한 채 케이스케를 바라봤다. 어차피 이 싸움은 자신과 케이스케 둘의 싸움이라 생각했다. 케이스케는 료스케를 제지하지 않은 채 황태수를 바라보고만 있었다.

"하하하, 회장님을 당해 낼 수가 없군요. 제가 졌습니다. 뭐, 사실 우리가 JSC 인수에 관심이 없었다고 부정은 하지 않겠습니다. 포기를 하니 길이 보이더군요. JSC를 대신할 기업들은 전 세계에 널려 있습니다. 특히 요즘처럼 플랜트 시황이 좋지 못한 때라면, 오히려 SHJ에 구원의 손길을 기다리는 기업들도 많고요."

케이스케는 입술을 지그시 깨물었다. 황태수의 말대로 JSC를 대신할 기업은 그 수를 헤아릴 수 없을 정도로 많았다.

"그런데 말입니다. JSC는 결국 미쓰비시중공업 손에 떨어지게 됐으니 그게 좀 안타깝긴 합니다. 기술과 인력은 뿔뿔이 흩어지게 될 거고, 역사와 전통을 가진 JSC란 이름은 곧 사라지게 되겠네요."

"무슨 말을 하시는 겁니까! 희롱을 하려고 사람을 부른 겁니까!"

탁자를 주먹으로 내리치며 황태수에게 도발하는 료스케를 케이스케가 제지하고 나섰다. 황태수는 케이스케가 반응을 보이자 두 손을 겨드랑이에 끼며 등을 의자에 기댔다. 황태수의 면전에 지팡이를 날리고 싶었지만, 케이스케는 참아야 했다. 자금이 묶인 상태에서 해외 진출이 SHJ에게 막힌다면 결국은 미쓰비시중공업에 먹힐 수밖에 없는 상황을 부정할 수 없었다.

"황태수 부사장님, 우리를 놀리기 위해 이 자리를 만든 게 아니란 걸 알고 있습니다. 무슨 제안을 하시려는 겁니까?"

노련하게 대응하는 케이스케를 보며 황태수는 혀를 내둘렀다.

"그런 의도는 아니었지만, 그렇게 들으셨다면 제가 사과드리겠습니다. 회장님의 눈을 속일 수 없다는 걸 절실히 느낍니다. 그래서 단도직입적으로 제안을 할까 합니다. 금년에 있을 사우디 정유플랜트를 우리와 KENTZ가 공동입찰 한다는 것은 알고 계실 겁니다. 거기에 JSC를 참여시킬 수도 있다는 것을 말씀드리려고 이 자리를 마련했습니다."

"흠."

케이스케의 눈썹이 움찔하며 황태수의 제안에 반응하기 시작했다. SHJ와의 합작은 JSC의 상황을 호전시킬 수 있는 돌파구임에는 틀림없었지만, 넙죽 제안을 받아들일 수는 없었다. 빨리 먹는 떡이 체할 수도 있다는 사실이 케이스케를 주저하게 만들었다.

"갑자기 그런 제안을 한 의도를 모르겠군요. 제안의 뒷면에는 엄청난 조건이 숨겨져 있는 것 같습니다만."

"솔직히 말씀드리자면 JSC가 일본에 살아남아 있는 게 우리에게 유리하다는 결론을 내려서입니다. 병법에도 나와 있지 않습니까? 적을 뭉치게 하지 말고 찢어 놓으라는. 아직까지는 무패의 행진을 보이고 있지만, 우리 SHJ도 강력한 적이 나타난다면 불패신화는 깨지게 마련 아니겠습니까? 그때를 대비하려는 차원으로 생각해 주십시오."

솔직한 황태수의 말에 케이스케는 어이가 없는지 허탈한 웃음을 보였다. 많은 생각이 케이스케의 머릿속을 휘젓고 있었지만, SHJ의 손을 잡을 수도 그렇다고 잡지 않을 수도 없었다.

"이유가 그것뿐이요? 다른 이유가 있을 법도 한데, 얘기를 마저 듣고 결정하겠소."

"JSC의 LNG 플랜트 기술을 원합니다. 사우디 입찰을 성공하는 조건으로 기술이전을 해 준다면 기존 5%의 컨설팅비용을 3%로 조정해 줄 용의가 있습니다."

"그, 그건……."

케이스케의 손은 떨리기 시작했다. 결국 SHJ는 JSC의 기술을 이전받아 미래를 준비하겠다는 의도가 명백히 드러나고 있었다. 생각 같아서는 자리를 박차고 일어나겠지만, 이어지는 황태수의 말이 케이스케의 엉덩이를 무겁게 만들었다.

"이래 죽으나 저래 죽으나 JSC는 함정에 빠져 있는 상황입니다. 양수겸장의 신세란 걸 회장님도 모르시지 않을 겁니다. 기술이전을 통해 SHJ의 손을 잡든지 그냥 가만히 앉아 미쓰비시에 모든 걸 빼앗기든지 그건 회장님이 결정하십시오."

입술이 파르르 떨리며 황태수를 노려봤지만, 케이스케의 선택은 그리 오랜 시간이 걸리지 않았다.

황태수가 케이스케와 피 말리는 싸움을 하고 있을 때 샌디에이고 다운타운에 위치한 정통 스테이크 전문점인 FLEMING'S에는 어윈과 리차드가 장성공사 경영진들과 자리를 같이하고 있었다. 지루했던 회의는 서로 합의를 하지 못해 다음으로 넘겨야 했고, 내일이면 돌아갈 장성공사를 위해 조촐하게 저녁을 대접하려고 마련된 자리였다.

"합의를 이루지 못해 아쉽기는 하지만, 다음을 위해 건배를 제안합니다. 이곳 스테이크는 샌디에이고에서 가장 유명한 곳이니 미스터 판의 입맛에 맞으실 겁니다."

장성공사의 협상 대표로 샌디에이고에 온 판밍저 총경리는 어윈의 제안에 와인잔을 들어 건배를 나눴다. 이틀에 걸쳐 지루하게 합의를 시도했지만, 어윈과 리차드는 자신의 제안을 거절하며 한국과 동일한 조건을 제시할 뿐이었다. 왕샹첸의 조언으로 이들 뒤에 경환이 있다는 사실을 알고는 있었지만, 빈손으로 중국에 돌아간다면 자신의 무능을 나타내는 것으로 더 이상의 성공은 기대할 수 없는 입장이었다.

"한국은 소국입니다. 대국인 중국과는 시장 자체가 달라요. 두 분이 동의하지 않으신다면 우리 중국은 CDMA 방식 자체를 포기할 수도 있습니다. 답답합니다."

경환이 이 자리에 있었다면 노발대발했을 정도로 판밍저는 한국을 저평가하고 있었다. 어윈은 아직까지도 경환의 지시를 이해할 수 없었지만, SHJ-퀄컴은 이미 자신의 손을 떠나 있었다.

"미스터 판, 한국은 처음 우리에게 손을 내민 나라입니다. 시장 규모가 다르다는 이유로 한국을 배신할 수는 없지 않습니까? 우리의 조건은 바뀌지 않을 겁니다. 중국이 CDMA를 포기한다 하더라도 말입니다."

어윈은 계속되는 회의에 짜증이 났는지 불쾌한 목소리로 판밍저의 요청을 다시금 거절하고 나섰다. 판밍저는 와인을 다시 한 잔 가득 따른 후 주위의 시선을 의식하지 않은 채 벌컥거리며 잔을 비워 버렸다.

"로열티를 4%로 조정해서 제안하지 않았습니까? 우리의 성의를 무시하는 처사를 이해할 수가 없습니다."

조용히 스테이크를 썰던 리차드가 나이프를 접시에 올려놓았다. 더 이상 판밍저의 안하무인격인 태도를 참을 수 없었던 리차드는 판밍저를 몰아세웠다.

"미스터 판, 중국의 시장 잠재력을 무시하는 것은 아니지만, 중국이 CDMA를 포기하는 건 우리가 결정할 문제는 아닌 것 같습니다. 또한 우리도 중국을 포기할 수 있다는 것을 명심해야 할 겁니다. 우리는 중국을 대체할 시장으로 러시아와 동유럽과도 접촉하고 있습니다. 중국에만 말도 안 되는 특혜를 줄 생각이 없으니 더 이상 이 문제에 대해 왈가왈부하지 않기를 바랍니다."

판밍저의 얼굴이 붉게 물들며 리차드의 말에 격하게 반응하기 시작했다.

"SHJ의 사장이 한국인이라고 하더니 두 분도 소국인을 사장으로 둬 힘드신가 봅니다. 우리 정부는 이번 합의가 결렬된 것을 심각하게 바라볼 것입니다."

술에 취한 듯 판밍저는 도를 넘어서는 발언을 서슴지 않고 지껄였다. 인격모독을 당했다고 생각한 두 사람은 동시에 식사를 중단하고 판밍저를 쏘아봤다.

"오늘 문제는 정식으로 항의하겠소. 장성공사에서 우리가 납득할 만한 조치가 취해지지 않는다면 중국과 더 이상의 협상은 없을 것이오. 중국은 기업을 국가가 통치하지만, 미국은 자유민주주의라는 것을 알아야 할 거요. 오늘 먹은 밥값은 우리가 지불할 테니 마저 다 먹고 돌아가시오."

자신의 실수를 알아차린 판밍저는 급히 두 사람을 잡으려 했지만, 어윈과 리차드는 뒤도 돌아보지 않고 식당을 떠났다. 판밍저는 중국 측 협상단의 따가운 시선을 받으며 의자에 털썩 주저앉아 버렸다.

"자기 힘들지 않아? 정우 때는 입덧도 자주 하더만."

"그러게 말이에요. 둘째는 아주 착한 딸인가 봐요. 날 힘들게 하지 않는 걸 보면."

침대에 누워 팔베개를 해주는 경환의 품으로 수정이 다가오자, 경환은 수정을 감싸안아 주었다. 어렸을 때부터 힘든 가정형편으로 생각이 깊었던 희수를 생각하며 경환은 수정의 배를 쓰다듬었다.

"그럴 거야. 아주 착한 딸이 태어날 거야. 예쁘게 키워 보고 싶어, 남부럽지 않게."

반년만 지나면 그토록 기다렸던 희수를 만난다는 생각에 경환은 잠을 이룰 수 없었다. 항상 자신을 위로해 주고 자신의 곁을 지키다 처참한 죽음을 맞이한 희수를 더 이상 고통 속에 살게 하고 싶지 않았다. 희수 생각에 울컥해진 경환은 침대에서 일어났다. 자신의 생이 끝나고 영혼이 마몬의 손에 들어간다 하더라도 희수만 볼 수 있다면 그것으로 만족할 수 있었다.

"자기 왜 그래요? 평소와는 좀 달라 보여요."

"아니야. 둘째가 자기 배 속에 있다는 게 실감이 나지 않아서 그래. 걱정하지 마."

수정을 침대에 다시 뉘었지만, 경환은 여전히 잠을 들 수가 없었다. 희수에게 전생과는 다른 미래를 주기 위해서라도 이제는 SHJ의 이름을 세상에 알릴 필요가 있었다.

두툼한 서류를 손에 들고 경환을 찾은 린다는 피부에 탄력을 잃을 정도로 초췌한 모습이었다. 퀄컴의 수익이 안정화되고 지속적인 투자에 대한 결실이 보이고 있는 상황에서 한국에 대한 투자까지 검토하는 바람에 하루 24시간도 모자란 형편이었다. 대대적인 인원이 보충되고 있지만, 총괄은 린다의 몫이었기 때문에 린다의 업무량은 증폭되어 갔다.

"제임스, 한국 투자기업에 대한 분석을 하고 있는데, 대후엔지니어링은 100% 사원지주제로 운영되다 보니 지분 확보가 쉽지 않을 것 같네요."

"저도 그렇게 알고 있습니다. 그러나 대후 그룹이 심각한 자금난에 봉착하게 되면 상황이 바뀔 수도 있을 거예요. 명목은 대후 그룹에서 독립했다고 하지만, 실상은 대후 그룹의 입김이 상당히 작용하고 있을 거예요. 최대한 주시해 주세요."

100% 사원지주회사로 운영된다 하더라도 대후 그룹의 입김에서 자유로울 수는 없었다. 경환은 대후 그룹이 심각한 자금난에 봉착하게 되는 순간을 노려 대후엔지니어링을 손에 넣을 생각이었다.

"알겠어요. 제가 관여할 바는 아니지만, SHJ-화성플랜트를 확대 개편하는 방안도 좋지 않을까 생각이 들어요. 이번 JSC와의 합작으로 사우디 입찰을 성공한다면 LNG 플랜트의 기술도 확보될 텐데, KBR과 JSC의 기술과 본사에서 확보하고 있는 플랜트와 FPSO의 플랜트 기술을 SHJ-화성플랜트에 이전하게 되면 굳이 아동이나 대후를 인수할 필요가 있겠어요?"

황태수를 의식해 조심스럽게 말을 꺼낸 린다는 한 가지 놓친 부분이 있었다. 경환 또한 SHJ-화성플랜트를 단순 제작업체의 틀에서 벗어나게 하기 위해 끊임없이 KBR의 지분을 확보하려고 협상을 벌여왔지만, 윌리엄은 지분 23%를 내놓지 않고 있었다. 경영에 직접적인 힘을 쓰지는 못하지만, 23%의 지분은 경환의 속을 뒤집어 놓기에 충분한 숫자였다.

"저도 그 생각을 해 봤지만, KBR이 통 지분 내놓을 생각을 안 하니 그게 문제네요. KBR이 손을 털어 주면 좋겠는데 윌리엄의 고집을 꺾기가 어려워요."

린다뿐만 아니라 잭까지 SHJ에 합류하자 경환과의 타협을 모색하던 윌리엄은 태도를 바꿔 SHJ에 다시 칼날을 세우기 시작했다. 자신이 믿었던 두 사람을 경환에게 빼앗겼다는 자격지심이 윌리엄을 사로잡았다.

"한국 상황은 계속 관찰해 주시고, 다른 얘기나 합시다. 휴스턴 시 정부에서 우리의 이탈을 막기 위해 당근을 많이 제시하고 있다는데 린다는 어떻게 생각해요?"

최석현은 맡은 임무를 잘 수행하고 있었다. SHJ 본사가 지역을 옮길 수도 있다는 소식은 휴스턴 시 정부를 긴장시켰고, 실제로도 캘리포니아 주의 샌프란시스코와 샌디에이고의 러브콜이 쇄도했다. 또한 같은 텍사스 주의 댈러스까지 끼어들자 시 정부 간 자존심 문제로까지 확대되어, 위기감을 느낀 휴스턴 시 정부는 토지 무상 제공을 무기로 SHJ를 설득하고 나섰다.

"SHJ의 발판이 휴스턴인 점을 감안한다면 다른 지역으로 옮기는 부담도 만만치 않다고 봅니다. 휴스턴 시 정부에서 미개발지역이긴 하지만, 250에이커를 무상으로 제공한다는 제안을 받아들이는 게 좋지 않겠어요? 물론 개발은 우리 몫이 되겠지만요."

남아도는 땅을 무상으로 주고 생색을 내려 하지만, 경환은 최대한 더 받아 낼 생각이었다. 상수도와 전기, 도로시설이 확충되지 않는다면 배보다 배꼽이 커질 수도 있는 문제였기 때문이었다.

"좀 더 생각해 봅시다. 최대한 몸값을 올려놔야죠. 아마 리 브라운이 이 문제로 만나자고 하는 것 같은데, 당선 가능성이 있습니까?"

"여러 지역의 경찰국장을 역임했고 최근 뉴욕시 경찰청장을 했다는 점이 시민에게 어필하고 있어요. 여론도 우호적이고요. 당선 가능성이 높다고 보는 게 맞을 거예요."

내년에 있을 시장 선거에 출마하는 리 브라운은 클린턴 행정부 사람으로 보수 색채가 강한 휴스턴을 감안할 때, 민주당 후보인 리 브라운의 선전은 여러 사람을 놀라게 했다. 또한 여태껏 흑인 시장을 배출한 적이 없었던 휴스턴에 새바람이 불고 있었다.

"IT 전문 경영인 스카우트와 관련된 이력서들이에요. 한번 살펴보세요."

리 브라운과의 만남을 고민하던 경환은 린다가 건네주는 이력서를 살폈지만, 딱히 눈에 띄는 사람은 찾을 수가 없었다. 이력서를 천천히 넘기던 경환은 한 인물의 프로필에 시선이 고정됐다.

"린다, 이 사람에 대한 평가가 상당히 눈에 띄네요. 우리와 생각이 맞을 수도 있겠어요. 인터뷰를 잡아 보세요."

경환이 선택한 인물에 대한 헤드헌터의 평가는 반 MS 진영에서 수동적인 인터넷환경을 동영상과 음향, 게임 등 동적인 공간으로 변화시키는데 중요한 역할을 하는 JAVA 언어 개발의 책임자로 있다는 설명이었다. 버클리대에서 박사 과정을 밟고 애플의 경력을 가지고 있다는 것보다는 MS의 독점체제를 비판하고 있다는 것이 경환의 마음을 사로잡았다. 스마트폰의 개발을 염두에 두고 구글을 발전시켜 나갈 계획을 갖고 있는 경환의 생각과 어느 정도 맞을 수도 있었다.

"썬마이크로시스템즈에서 개발 매니저로 능력을 인정받고 있는 사람입니다. 문제는 노벨사에서 사장 자리를 제안하며 그를 스카우트하기 위해 공을 들이고 있다고 합니다. 우리의 제안을 받아들일지는 확실하지 않아요."

"흠, 그렇군요."

자신이 생각해도 아직은 불확실해 보이는 SHJ에 합류한다는 것은 말이 되지 않았다. 이 인물이 구글을 성공시킬지 또한 지금은 알 수 없지만, 경환은 이 인물을 놓치면 후회할지도 모른다는 생각이 머리를 떠나지 않았다.

"린다, 이 사람이 왠지 끌리네요. 미안하지만, 래리와 세르게이를 데리고 실리콘밸리에 가서 직접 제안해야겠네요. 우리에게 꼭 필요한 사람이라는 생각이 듭니다. 필요하다면 저라도 직접 건너가야 되지 않겠어요?"

"그렇게 준비할게요. 그리고 SHJ-퀄컴의 매출이 급격한 신장세로 접어들었습니다. 2/4분기의 매출이 1,670만 달러입니다. 문제는 QCP 단말기의 사업성이 크지 않다는 거예요. 일부 라인을 축소하거나 매각하는 게 어떨까요?"

쉽게 결정할 문제는 아니었다. 스마트폰에 관한 아이디어를 가지고 있었지만, 연구 개발을 위해선 많은 시간이 필요했다. 오성전자와 애플의 독주를 견제하기 위해서도 단말기 제조는 필요하다고 생각했지만, 지금 상황은 만만치 않았다.

"좀 더 연구해 보죠. 앞으로 단말기 경쟁은 성능과 더불어 디자인이 중요한 역할을 하게 될 겁니다. 우선 외주를 통해 획기적인 디자인과 타사 제품과 비교되는 기능 개발에 역점을 두라고 지시하세요. 그래도 안 되면 매각을 검토하시고요."

단말기의 새로운 기능과 디자인에 대한 기억을 더듬고 있을 때 하루나가 조용히 문을 열고 들어왔다.

"사장님, 미스터 리 브라운이 도착했습니다. 모실까요?"

"그렇게 하세요. 린다는 실리콘밸리 출장을 서두르시고요."

린다가 빠져나가자 동네에서 흔히 볼 수 있는 수수한 인상의 리 브라운이 보좌관과 함께 경환의 사무실로 들어섰다. 경환은 양복 상의를 걸치며 혹시라도 시장이 될지도 모르는 리 브라운에게 최대한 예의를 갖춰 맞이했다.

"미스터 브라운, SHJ에 오신 걸 환영합니다. SHJ의 대표 제임스 리입니다."

"휴스턴에서 촉망받는 젊은 기업인을 만나게 돼서 영광입니다. 리 패트릭 브라운입니다."

50대 후반의 리는 오랜 시간 경찰 쪽에 몸담은 사람이라서 그런지 수더분한 외모와는 달리 날카로운 눈매가 경환의 흥미를 당겼다. 경환은 리가 왜 자신을 주목하고 있는지가 무척 궁금했다.

"선거를 준비하고 계신다는 말은 들었습니다. 바쁘실 텐데 SHJ를 찾아 주신 이유를 여쭤 봐도 되겠습니까?"

"하하하, 젊으신 분이라 직설적이시군요. 그럼 저도 직설적으로 물어보겠습니다. 미스터 리는 민주당입니까, 공화당입니까?"

뜬금없이 자신의 정치 성향을 물은 리를 경환은 황당한 눈으로 쳐다봤다. 정치인을 잘못 상대해 두고두고 피곤한 일을 만들지 않기 위해 경환은 머리를 바쁘게 굴렸다.

"미스터 브라운, 저는 외국인입니다. 물론 저만의 정치 성향이 있기는 하지만, 제가 미국의 정치에 대해 논하는 것은 부적절하다고 생각합니다. 제 정치 성향이 궁금해서 여기까지 오시지는 않았다고 생각이 듭니다만."

젊은 사업가이면서도 급하지 않고 생각이 깊다고 느낀 리는 얼굴에 미소를 머금었다. 권모술수에 능하다며 입에 침을 튀기며 경환을 비하한 윌리엄의 말이 사실과 다르다는 것을 알 수 있었기 때문이었다. 다른 스케줄이 잡혀 있던 관계로 리는 길게 얘기를 끌고 나갈 수 없었다.

"SHJ가 사업장을 타 지역으로 옮길 수도 있다는 말이 들리더군요. 제가 SHJ를 찾은 이유는 이 문제를 협의하기 위해서입니다."

"결정을 한 건 아니지만, 검토하고 있는 건 사실입니다. 앞으로 사업을 확장하면서 저희에게 가장 유리한 지역을 선정하고 있습니다."

그제야 리의 방문 목적을 확인한 경환은 리가 어떤 조건을 내거는지 그의 의중을 살필 필요가 있었다. 이미 휴스턴 시로부터 250에이커를 확보한 경환은 서두를 필요가 없었다.

"불모지 땅을 250에이커 받아 봐야 무슨 소용이 있겠습니까? 혹시라도 제가 시장에 당선이 된다면 롱포인트 개발에 SHJ 타운을 포함하는 것도 좋지 않을까 생각하고 있습니다. 결정은 미스터 리의 손에 달려 있지만 말입니다."

직접적으로 지지해 달라는 표현을 하지는 않았지만, 자기의 손을 잡으라는 무언의 압력이었다. 롱포인트지역은 유색인종, 특히 아시아와 라틴계가 밀집된 지역으로, SHJ의 사업장을 끌어들일 수 있다면 밀리는 백인들의 지지를 유색인종의 지지로 상쇄할 수 있다는 계산을 하고 있는 듯했다. SHJ 입장에서 본다면 시 정부에서 제안한 지역보다는 상대적으로 롱포인트지역이 유리할 수도 있었다.

"좋은 제안을 주셔서 감사합니다. 그러나 저희는 내년 초에는 지역을 설정하고 기초공사를 시작해야 됩니다. 시기가 맞지 않을 수도 있겠습니다."

"그건 걱정하지 마세요. 시 의회와 일부 시민단체의 도움을 받을 수 있을 겁니다. 어느 조건이 SHJ에 유리할지 연구해 보세요."

잘하면 리를 이용할 수도 있다는 생각이 번뜩 경환의 머리를 스쳐 지나갔다.

"미스터 브라운, 제가 요새 큰 고민이 있습니다. KBR에서 가지고 있는 한국 자회사의 지분을 인수하고 싶은데 윌리엄이 움직이질 않네요. 좋은 조건을 제시했는데도 말입니다. 미스터 브라운이 윌리엄과 개인적인 친분이 있다고 하더군요. 이 문제가 해결되면 저도 결정을 쉽게 할 수 있을 텐데 안타깝습니다."

"하하하, 그러셨군요. 주말에 윌리엄을 한번 만나보겠습니다. 어려운 일이 있다면 당연히 서로 도와야지요."

서면으로 작성할 수는 없었지만, 두 사람은 서로에게 필요한 것을 하나씩 손에 쥘 수 있었다. 휴스턴에서 기반을 닦은 경환은 피치 못할 사정이 아닌 이상 휴스턴을 떠날 생각은 없었다. 단지 더 좋은 조건을 확보하기 위해 시 정부를 압박하는 차원이었지만, KBR이 가지고 있는 23%의 지분을 확보할 수 있는 기회까지 덤으로 얻을 수 있었다.

"료스케, 제안을 받아들인다고 황태수에게 전해 주거라."

"회장님, 다시 생각해 주십시오. 우리의 기술이 SHJ에 넘어가게 된다면 결국 우리는 토사구팽을 당하는 꼴이 되지 않겠습니까?"

료스케의 항변에도 케이스케의 결심을 바꿀 수는 없었다. 아무리 수를 부려 봐도 SHJ의 손을 잡지 않고서는 위기를 벗어날 길이 통 보이지 않았다.

"네 말이 틀리지는 않는다. 결국 SHJ에 기술을 빼앗긴 채 팽을 당하게 될 거야. 그러나 SHJ를 통해 해외 시장 개척을 하지 못한다면, 미쓰비시중공업의 아가리에 우리 스스로 머리를 집어넣게 될 게다."

"그, 그렇지만……."

료스케는 반박할 수가 없었다. 미쓰비시중공업은 벌써부터 JSC의 경영에 관여하기 위해 JSC의 반발을 무시한 채 서서히 압박의 강도를 높이고 있었다. 사면초가에 진퇴양난이란 표현이 어울릴 정도로 JSC의 상황은 회생할 기회가 요원한 상태였다.

"기술은 머물지 않는다. 우리가 SHJ에 넘겨 주더라도 최대한 시간을 벌면서 기존 기술의 향상과 신기술 개발에 매진할 수 있다면, 토사구팽 당하기 전에 도망갈 수도 있다고 본다. 아무런 시도조차 하지 않고 미쓰비시중공업에 먹히느니 난 1%의 가능성을 믿어 보고 싶구나."

"크으윽. 이런 수모를 겪게 만들어 죄송합니다, 아버지."

"병가지상사라 했다. 이번 일을 교훈 삼아 JSC를 다시 반석에 올려놓는 기회로 만들어야 된다. SHJ도 언젠가는 반드시 틈이 생기게 될 테니, 지금의 빚은 그때 가서 갚더라도 늦지 않을 게다."

료스케의 주먹은 심하게 떨리고 있었다. 자신의 안일한 대처로 JSC의 처지가 한순간에 나락에 떨어졌다는 것을 지금에서야 후회했지만, 이미 JSC는 회생이 불가능할 정도로 상처를 입은 상태였다.

실리콘밸리에 가기 전 샌디에이고를 먼저 방문한 경환은 래리, 세르게이와 함께 SHJ-퀄컴에 들어섰다. 독자 OS를 확보하고 스마트폰 시장 진출을 계획하고 있는 경환은 두 회사의 원활한 협조체제를 구축해야 했다.

"래리, 우리는 언제 이렇게 번듯한 건물에서 일할 수 있을까? 부럽다. 부러워."

"우리 아직 시작도 안 했잖아. 우선 구글부터 완료하고 생각해 보자고."

두 사람의 대화를 듣고 있던 경환은 두 사람을 슬쩍 쳐다보며 가볍게 미소를 지었다. 구글의 성장은 퀄컴을 능가하는 것이었지만, 아직은 사업체의 형태도 갖추지 못한 실체도 없는 상태였기 때문이었다.

"래리, 세르게이. 내가 장담하건대 SHJ-퀄컴보다 더 큰 사업체를 두 사람에게 만들어 줄 테니 너무 부러워하지 말도록 해. 그러기 위해선 에릭 슈미트를 반드시 전문경영인으로 합류시켜야 된다는 것 명심하고."

두 사람을 다독이며 SHJ-퀄컴에 들어서자 어윈과 리차드가 세 사람을 반겨 주었다. 사장실에 들어선 경환은 매출 증가로 수익이 개선되고 있다는 리차드의 보고를 받은 후 자신의 선택이 틀리지 않았다는 생각에 흐뭇한 미소를 지어 보였다.

"제이콥스 사장님, 장성공사와 원만한 합의가 되지 않았다고 보고받았습니다. 먼저 접촉하지 마시고 놔두십시오. 급한 건 중국이지 우리가 아닙니다. 다른 상황은 없나요?"

"중국은 사장님의 지시대로 서둘지 않겠습니다. 홍콩에 이어 러시아, 동유럽으로 방향을 전환할 생각입니다. 사실은 무선인터넷프로토콜 개발과 관련해 상황이 복잡하게 흘러가고 있습니다. 저희가 개발 중인 CDMA 2000 1X와도 연관이 있는 터라 쉽게 결정하지 못하고 있습니다."

경영과 사업이 아닌 IT 전문 분야에 대한 용어가 어윈의 입에서 나오자 경환은 당황했다. 공부하고 있다고는 하지만, 급격하게 진화하는 IT 기술에 대한 용어는 경환에게 있어 어렵기만 했다.

"혹시 모바일 단말기에서 인터넷 서비스를 가능하게 해주는 것을 말하나요? 무슨 문제가 있나요?"

경환은 정확한 뜻은 이해하지 못했지만, 휴대폰의 성장 과정을 알고 있는 터라 상당히 중요한 연구라는 사실은 인지하고 있었다. IT 분야에 대한 경험이 전혀 없는 경환으로서는 기술적인 내용보다는 이 기술로 휴대폰 시장에 큰 변화가 도래한다는 사실을 알고 있었기 때문에 심각하게 어윈의 다음 말을 기다렸다.

"네, 사장님 말씀이 맞습니다. 현재 에릭슨과 노키아, 모토로라 등 단말기업체들이 공동연구를 위해 뭉치고 있습니다. 내년에 포럼을 개최해 표준방식을 확정한다는 계획이라고 합니다. 마침 MS에서 공동개발을 제안해 왔는데 에릭슨 진영보다는 영향력이 작아 고민하고 있습니다."

경환은 자책할 수밖에 없었다. 이렇게 중요한 기술을 선도하지 못하고 끌려가야 되는 상황이 영 맘에 들지 않았기 때문이었다. 단순하게 스마트폰이 나오려면 적어도 10년은 기다려야 된다고 여유 있게 생각했지만, 스마트폰의 토대가 될 수 있는 기술과 시스템은 이미 싸움이 시작되고 있었다는 사실이 경환에게 충격으로 다가왔다.

"제이콥스 사장님. 우린 MS와 같이 갑시다. GSM의 대표주자인 에릭슨, 노키아와 함께한다면 득보다 실이 많을 것 같네요. 오성전자와 금성전자 등 한국 단말기업체들을 참여시킨다면 영향력을 높일 수 있다고 봅니다. 그리고 MS와의 협상으로 최대한 우리의 이득을 챙기셔야 됩니다."

"저도 사장님과 같은 의견입니다. GSM의 시장을 파고들어야 되는 우리 입장에서 부담이 될 수 있다고 생각했습니다. 조치를 취하겠습니다."

결정이 늦어지면 시기를 놓칠 수 있다는 생각에 경환은 본능적으로 MS와의 공동연구를 지시 내렸다. MS 역시 넘어야 될 벽이긴 하지만, 지금은 한 배를 탈 수밖에 없는 처지가 경환은 마음에 들지 않았다.

"참, 두 분께 소개를 시켜 드리겠습니다. 우리가 검색엔진을 개발한다는 소식은 들으셨을 겁니다. 여기 있는 래리와 세르게이가 개발팀장으로 있습니다. 곧 법인을 설립할 예정이고, 앞으로 SHJ-퀄컴과 함께 많은 기술을 연구 개발하셔야 됩니다."

경환의 소개에 각자 인사를 나눴고 회의는 계속 진행됐다. 무선인터넷이 활성화된다면 노트북과 PDA, 비디오 폰의 시장은 커질 수밖에 없었고 이 모든 것이 일체화된다면 스마트폰으로 발전한다는 생각에 경환은 시간이 그리 많지 않음을 느끼고 있었다.

"우선 휴대용 단말기에서 활용할 수 있는 기술을 개발해야 됩니다. 이미 개발된 기술이라면 인수나 합병을 통해 확보해야 되고요. 가전제품을 디지털화하여 인터넷과 연결하는 기술이나 음성인식 등 다방면의 기술을 확보하십시오. 우리의 최종목표는 PC와 휴대폰, 비디오 폰, 게임기 등을 총망라하는 단일 휴대기기를 만드는 것입니다. 거기에 따른 OS는 여기 있는 래리와 세르게이가 담당하겠지만, SHJ-퀄컴과 상호 긴밀한 동조체제를 구축하는 게 시급할 것 같습니다."

래리와 세르게이는 서로 눈을 맞추며 놀라고 있었다. 그동안 궁금해하던 경환의 계획을 이 자리에서 듣게 될 줄은 몰랐다. 단순하게 SHJ-퀄컴과 연관이 있을 것이란 생각은 했지만, 자신들이 생각한 내용보다 훨씬 큰 계획이었다.

"사장님, 그래서 QCP 라인을 정리하는 걸 반대하신 겁니까?"

"그렇습니다. 우리가 생산한 단말기의 단점은 디자인이라고 생각합니다. 소비자의 편리를 염두에 두지 않는다면 아무리 좋은 기술이 접목된 제품이라도 실패할 수밖에 없다고 생각합니다. 발상의 전환이 필요합니다."

경환은 손에 들고 있는 뭉툭한 모토로라 휴대폰을 탁자 위에 올려놓고 말을 이어갔다.

"이 제품은 지금 가장 잘나가는 모델이지만, 두껍고 크다 보니 휴대가 불편합니다. 총도 아닌데 허리춤에 차고 다니는 모습도 보기 안 좋고요. 만약 얇고 작아 주머니에 들어갈 수 있는 제품이나 접히는 휴대폰이 나오게 된다면 어떻겠습니까? 그리고 컬러액정을 장착하게 되면 어떨까요? 혹은 디지털 카메라를 부착한 휴대폰이라면 어떻겠습니까? 휴대폰의 기술은 소비자의 입장에서 생각해야 된다고 봅니다. 우선 휴대폰 제작과 관련한 디자인팀을 만드시고 기술 연구를 해 보도록 하세요. 그래도 안 된다면 그때 정리를 하겠습니다."

이 자리에 모인 사람들은 정신을 차릴 수가 없었다. 다들 경환이 쏟아내는 아이디어를 멍하게 쳐다볼 뿐이었다. 획기적인 경환의 아이디어를 들은 사람들은 거칠고 선이 굵은 플랜트업계의 오너라고는 생각할 수 없을 정도로 풍부한 아이디어를 가지고 있다는 사실에 놀랐다. 경환은 생각보다 빠르게 발전하고 있는 무선인터넷 기술에 초조해하며 한 번에 자신의 계획을 토해 내고 말았다. 넋 놓고 있다가는 단말기는 오성전자, 스마트폰은 애플에 선점당할 수도 있다는 생각이 경환을 채찍질했다.

"래리, 나 제임스가 갑자기 무서워진다. 우리는 단지 검색엔진을 개발하고 있을 뿐인데, 제임스는 이미 다른 것을 보고 있잖아."

회의를 마치고 경환이 어윈, 리차드와 장성공사와 오성전자 건을 협의하기 위해 자리를 이탈하자 세르게이가 황당한 표정을 지으며 래리에게 말을 건넸다.

"근데 제임스는 즉흥적으로 한 얘기가 아닌 것 같아. 이미 오래전부터 계획하고 있었던 느낌이 들더라고. 제임스가 원하는 기술이 접목된 제품이 나온다면 세계 시장을 흔들 수 있을 것 같지 않냐?"

"폭발력이 엄청나겠지. 결국 제임스가 우리에게 원하는 것은 자신의 계획을 실현할 수 있는 OS를 개발하라는 거잖아. 난 아까 소름이 다 돋더라고."

"두 사람 거기서 뭐해? 오늘 중으로 실리콘밸리에 도착하려면 서둘러야 되니 빨리 와."

경환이 부르는 소리에 정신을 차린 두 사람은 서둘러 움직였고, 세 사람은 바쁜 일정을 소화하기 위해 공항으로 향했다.

"쿡 부사장님, 오랜만이네요."

"김 부장님, 그동안 고생하셨어요. 쉬게 해드리지도 못해서 미안합니다. 지금 사장님께서 벌려 놓으신 일 때문에 제대로 쉬는 사람은 한 명도 없어요."

북경사무소를 정리한 김창동은 직원들의 의사에 따라 배치를 완료한 후 가장 늦게 휴스턴에 도착했다. 페이퍼컴퍼니이긴 했지만, 홍콩의 법인까지 폐쇄시키면서 장성궈의 비자금을 깔끔하게 처리한 상태였다.

"아닙니다. 북경에서 그동안 잘 놀았으면 이젠 본격적으로 일을 해야죠. 사실 저도 휴대폰 판매에 대한 경험과 지식이 없어 걱정이 많습니다."

"걱정하지 마세요. 기본적인 안은 본사에서 만들어 놓았습니다. 실질적으로 계획을 실행시킬 조직이 필요한 거니 힘들긴 하겠지만, 충분히 해낼 수 있을 겁니다."

오성전자와 금성전자의 휴대폰 판매독점권을 챙긴 SHJ는 미국과 캐나다의 판매망 구축이 시급한 상황이었다. 한국 제품에 대한 인식이 좋지 않은 상태이고 휴대폰 시장에선 빅3인 노키아, 모토로라, 에릭슨의 영향력이 크다 보니 총판을 맡을 대리상을 확보하기가 쉽지 않았다.

"알겠습니다. 우선 본사의 기획서를 살펴보고 움직이겠습니다. 여담이긴 합니다만 본사는 올 때마다 층수가 늘어나네요."

그동안 늘어나는 조직과 인원들로 인해 한 개 층을 늘려 빌딩의 세 개 층을 사용하고 있었지만, 이것도 이미 포화 상태였다.

"그만큼 우리가 발전하고 있다는 걸 증명하는 거 아니겠어요? 기업도 공개하지 않고 펀드도 받지 않으면서 확장하는 우리를 각계에서 주목할 정도니까요. 만약 SHJ 타운이 건설되기 시작하면 다시 한 번 시선을 받게 될 거예요."

"타운까지 조성한다고요?"

"사장님은 사업체가 분산되길 바라시지 않아요. 지금 SHJ 타운을 유치하기 위해 각 도시에서 쟁탈전이 벌어진 사실을 알면 더 놀라시겠네요."

린다는 김창동을 함부로 대하지 않았다. 자신보다 직급은 낮지만, 김창동은 SHJ의 초기 멤버였고 SHJ의 초기 운영자금까지 맡았었기 때문에 그 공로를 인정해 주고 있었다. 린다는 휴대폰 판매망 조성과 관련된 기획서를 건네며 김창동과 긴 얘기를 주고받았다.

오성전자 사장실을 향해 한재웅 상무가 바쁜 걸음으로 들어갔다. 인수 문제로 경환의 심기를 불편하게 만든 이후부터 오성전자와 SHJ의 관계는 좀처럼 좁혀지지 않고 평행선을 달리고 있었다. 오히려 이 문제로 인해 경쟁업체인 금성전자와 모토로라만 어부지리를 본 상황은 한재웅의 입지를 좁게 만들었다.

"사장님, SHJ-퀄컴이 무선인터넷프로토콜 개발을 MS와 손잡고 연구하기로 했답니다. 우리에게 참여를 요청해 왔는데 상황이 복잡하게 흘러가네요."

"SHJ-퀄컴 입장에선 에릭슨이 주도하는 WAP은 껄끄러울 수도 있겠죠. MS와 손잡은 건 필연이라는 생각이 듭니다. WAP과 WIP의 싸움이 재미있게 흘러가겠군요."

이세일 사장은 상황을 제대로 분석하고 있었지만, 어느 진영에 오성전자가 참여해야 될지에 대해서는 결정하지 못하고 있었다. WAP 진영의 참여를 주저해 GSM 시장을 등한시할 수도 없었고 WIP 진영의 요청을 거절해 SHJ-퀄컴과의 관계를 최악으로 몰고 갈 수도 없었다.

"금성전자에도 제안이 갔을 텐데, 그쪽 반응은 어떻습니까?"

"금성전자도 우리와 같은 고민을 하는 것 같습니다. 주저하고 있는 모습입니다."

아직 WAP 진영에서의 정식 요청을 받지는 못한 상태였지만, 내년 포럼을 시작으로 무선인터넷프로토콜의 표준화를 결정한다는 소식은 알고 있었다. 오성전자가 이 포럼에 초점을 맞춰 WAP 진영에 가담할 준비를 하고 있는 상황에서 SHJ-퀄컴의 제안은 이세일의 머리를 복잡하게 만들었다.

"그동안 SHJ에 당한 일을 생각하면 제안을 거절하고 싶은 생각이 굴뚝같습니다. 젊은 이경환 사장에게 우리가 얼마나 끌려다녔습니까? 아주 치가 떨립니다."

이세일은 경환에 대한 불편한 심정을 숨기지 않았다. 꼼수를 부린 것은 경환이 아닌 자신들이었지만, 이세일의 머리에는 자신들이 가해자란 생각보단 피해자란 의식이 강하게 작용했다.

"사장님, 저도 같은 생각이지만 앞으로 성장할 휴대폰 시장을 생각한다면 SHJ-퀄컴의 요청을 거절할 수도 없는 입장입니다. 우선 WIP 진영에 가담해 SHJ-퀄컴과의 관계를 회복하고 WAP 진영과도 관계를 지속하는 방법을 찾는 게 어떻습니까? 우리는 GSM과 CDMA 단말기를 모두 생산하니 두 진영의 이해를 얻는 데 큰 문제는 없다고 생각합니다."

"저도 같은 생각이지만, 그 여우 같은 이경환 사장이 뒤끝을 부리지 않을까 걱정이 앞섭니다. 이경환 사장의 잔재주에 우리가 한두 번 당했습니까?"

SHJ와 관련된 일을 추진하면서 그룹 회장의 문책을 수도 없이 당한 이세일은 경환과 다시 부딪칠 생각에 머리가 지끈거렸다.

"사실 우리도 잘못한 부분이 있으니 이번 일은 솔직하게 털어놓고 시작하는 게 좋지 않겠습니까? 이경환 사장이 나이는 어리지만, 의외로 통찰력이 상당하더군요. 이런 사람은 꼼수보다는 사실을 설명하고 이해를 구하는 게 좋은 방법이라고 생각합니다."

오성건설에서부터 시작된 악연을 한재웅은 끊고 싶었다. 항상 뒤에서 작업을 하다 경환에게 오히려 뒤통수를 맞았다는 사실을 한재웅은 상기했다. 여러 방법이 통하지 않을 땐 정석으로 접근하는 게 현명할 수도 있었다.

"한 상무의 말대로 진행해 봅시다. SHJ-퀄컴에게 WIP 개발에 참여하겠다고 통보하시고, 직접 우리의 입장에 대해 설명해 주세요. 결정을 했으면 금성전자보다 빨리 접근합시다."

한재웅은 즉시 WIP 개발에 참여할 것을 통보했고 WIP 개발은 속도를 내기 시작했다. 오성전자와 SHJ의 충돌로 어부지리를 봤던 금성전자는 WAP 진영의 눈치를 보느라 휴대폰 시장을 선점할 수 있는 호기를 놓쳐 버렸다.

경환은 SHJ 성장의 원동력이 될 수 있는 마지막 퍼즐을 맞추기 위해 실리콘밸리에 도착했다. 오랜만에 자신들이 생활하던 곳을 찾아왔다는 생각에 래리와 세르게이는 흥분을 감추지 못했지만, 경환은 조용히 생각에 잠겨 있을 뿐이었다. 실체도 없는 회사를 경영해 달라는 요청을 상대방이 어떻게 받아들일지 아직은 미지수였기 때문이었다.

"SHJ에서 나오셨습니까?"

깊은 생각에 잠겨 있던 경환은 급히 고개를 들어 상대방을 쳐다봤다. 사업가로는 보이지 않는 학교 선생님 같은 외모에 안경을 걸친 상대방은 이력서에서 본 사진과 별 차이가 없어 보였다.

"미스터 에릭 슈미트, 나와 주셔서 감사합니다. SHJ의 대표 제임스 리라고 합니다."

인사를 나누고 조용히 경환의 맞은편에 자리 잡은 에릭은 온화한 인상과는 달리 안경 뒤의 눈매는 날카로웠다. 며칠 전 SHJ에서 자신을 영입하고 싶어 한다는 헤드헌터의 전화를 받고 일언지하에 거절하려 했지만, 실리콘밸리에 무차별적으로 투자하고 있는 SHJ의 대표가 직접 온다는 소식이 에릭의 호기심을 자극했다.

"이 두 친구는 SHJ에서 IT 개발팀장을 맡고 있는 래리 페이지와 세르게이 브린입니다. 말을 질질 끌지 않겠습니다. 휴스턴에서 이곳까지 온 이유는 미스터 슈미트를 영입하기 위해서입니다."

"하하하, 성격이 너무 급하시네요. 저를 높이 평가해 주셨다는 점에는 감사를 드리지만, SHJ와 제가 같은 길을 가지는 못할 것 같습니다. 단지 실리콘밸리에 큰돈을 투자하고 있는 SHJ가 어떤 회사인지 궁금해서 나왔을 뿐입니다. 기분 나쁘셨다면 미안합니다."

경환은 크게 기분 상한 표정은 아니었다. 자신이 에릭이었다고 해도 SHJ를 선택하진 않았을 것이기 때문이었다. 경환의 직설적인 제안에도 에릭은 전혀 흔들리는 기색이 보이지 않았다.

"미스터 슈미트의 입장을 충분히 이해합니다. 휴스턴 촌구석에서 기름칠 해가며 밥 벌어먹고 있는 SHJ가 IT산업에 뛰어든다는 게 가당치도 않다는 거, 저도 잘 압니다. 그러나 IT산업이 다가오는 21세기를 이끄는 원동력이 된다는 사실을 미스터 슈미트도 부정하진 않으실 겁니다. 기업이 한곳에 머물게 되면 그 기업은 도태될 수밖에 없습니다. 저는 SHJ의 미래를 IT산업에 걸고 있기 때문에 오늘 이 자리에 있는 겁니다."

"IT산업에 SHJ의 미래를 걸고 계신다고 하셨는데, IT 열풍이 언제까지 가리라 보십니까?"

실리콘밸리를 중심으로 닷컴 열풍이 서서히 고개를 들고 있을 시기였다. 물론 2000년을 기점으로 닷컴버블이 몰락하면서 IT산업에 일대 변혁이 일어나지만 1996년인 지금은 IT산업의 몰락을 예견하는 사람은 전혀 없었다. 경환은 자신의 선택이 틀리지 않았다고 판단했지만, 에릭을 영입하는 건 말처럼 쉬워 보이지 않았다.

"저는 2000년을 넘어가면서 한 번 큰 조정기를 거치지 않을까 생각합니다. 미스터 슈미트는 SHJ가 아무런 생각도 없이 IT산업에 투자하고 있다고 생각하시나 봅니다. SHJ는 기술을 원하지 주가차익을 보려는 것은 절대 아닙니다."

에릭은 경환의 눈을 바라봤다. SHJ의 무차별 투자를 IT 열풍에 편승해 주가차익을 노리는 것으로 생각했던 에릭은 경환의 말이 신선하게 다가왔다. 또한 자신의 생각과 같이 IT산업의 몰락을 예상하면서도 정확히 연도를 짚었다는 것에 놀라지 않을 수 없었다.

"아, 그리고 참고로 하나 더 말씀드리자면, 퀄컴을 인수하면서 상장을 폐지한 것을 알고 계실 겁니다. SHJ가 설립하는 IT 법인도 상장을 통해 자금을 확보할 생각은 없습니다. 닷컴버블이 터지더라도 우린 갈 길만 갈 생각입니다."

"IT산업을 성장시키기 위해선 막대한 투자가 따라야 되는데, 펀딩이나 상장을 통하지 않고도 실현이 가능하다고 보십니까?"

실리콘밸리에 넘쳐나는 벤처기업의 목표는 미래를 선도하는 획기적인 기술을 개발하는 것보다는 펀드를 조성해 투자를 받거나 나스닥 상장을 통해 일확천금을 벌겠다는 생각이 대부분이었다. 펀딩이나 상장은 전혀 고려하지 않는다는 경환의 말이 에릭의 호기심을 자극했다.

"물론 제가 사회사업가는 아닙니다. 그러나 SHJ는 외부의 압력에 끌려다닐 생각이 없습니다. 다른 경쟁업체나 동종업체의 기술보다 뛰어나고 시대를 앞서는 제품과 서비스를 내놓게 된다면 수익은 자연히 따라오지 않겠습니까?"

경환은 구글을 통한 자신의 계획을 아직 합류가 불투명한 에릭에게 말해 줄 수는 없었다. 경환은 자신이 에릭을 인터뷰하는 건지 오히려 인터뷰를 당하는 건지 구분을 하지 못하는 상태에서 기습적으로 에릭에게 질문을 던졌다.

"제가 질문을 하나 하겠습니다. MS 독주를 허물어야 된다는 말을 한 것으로 알고 있습니다. 그러다 보니 JAVA를 연구하셨고, 리눅스의 대표주자인 노벨을 선택하신 것 같은데, 과연 리눅스로 MS OS를 허물 수 있다고 보십니까?"

생각지도 않은 경환의 질문에 기습을 당한 에릭은 쉽게 답할 수 없었다.

"제가 전문가는 아니지만, 리눅스의 취지는 좋다고 봅니다. 소스를 공개하고 리눅스 개발자들이 하나의 공동체를 형성한다는 것엔 저도 박수를 보내고 있고요. 그러나 일부 계층의 전폭적인 지지를 받는다 해도 마케팅과 대중성을 보자면 MS의 벽을 넘기는 어렵지 않겠습니까? 저는 단순하게 사업가의 안목으로 말씀드리는 겁니다."

"그래서 무슨 말을 하고 싶은 겁니까?"

목소리까지 떨며 격하게 반응하는 에릭에게 경환은 미소를 지어 보였다. 엔지니어인 에릭의 자존심을 슬쩍 건드린 경환은 미소를 지우고 에릭을 똑바로 쳐다봤다.

"PC의 OS와는 다른 획기적인 OS를 준비하려고 합니다. SHJ의 모든 자원과 역량을 쏟아부을 생각이고요. 현재 SHJ엔 IT 분야를 끌고 갈 전문경영인이 없습니다. 경영에 대한 모든 권한을 드릴 테니, SHJ에 합류해 주시죠."

순간 에릭의 눈이 떨리는 걸 확인한 경환은 진심을 다해 에릭의 합류를 재차 제안했다. 에릭은 안경을 벗어 얼굴에 흐른 땀을 닦아 내고는 큰 한숨을 내쉬었다.

"미스터 리의 제안은 감사하게 생각합니다. 그러나 저는 SHJ에 적합한 사람이 아니라고 생각합니다. 여기까지 오셨는데 좋은 답변을 드리지 못해 미안합니다."

크게 기대를 하지는 않았지만, 자신의 노력에도 꿈쩍하지 않는 에릭을 아쉬운 듯 바라보던 경환은 허탈한 마음에 고개를 돌려 한숨을 내쉬었다. 안정된 퀄컴에 비해 안정시킬 구글이 걱정되는 경환이었지만, 지금은 에릭을 설득할 수 없다는 것을 느꼈기에 기회를 다음으로 미룰 수밖에 없었다.

"알겠습니다. 초면에 실례가 많았습니다. 그러나 SHJ가 미스터 슈미트를 포기했다는 뜻은 아닙니다. 다음 기회에 다시 찾아뵙도록 하겠습니다."

래리와 세르게이와 함께 자리에서 일어나 식당을 빠져나가려는 순간 래리가 경환의 옷소매를 잡아당겼다.

"제임스, 에릭 슈미트란 사람이 우리에게 꼭 필요한가요?"

"내가 보기엔 너희 두 사람이 가지고 있지 못한 부분을 채워 줄 수 있는 사람이라고 생각해. 다음 기회에 다시 설득해 보자고. 오늘은 그만 돌아가는 게 좋겠어."

"제임스, 먼저 호텔에 돌아가세요. 사업가인 제임스보다는 같은 컴퓨터공학자인 우리들이 얘기해 볼게요. 분명 통하는 부분이 있을 거라는 생각이 들거든요."

래리와 세르게이는 황당해하는 경환에게 윙크하며 저 멀리 사라지려 하는 에릭을 향해 뛰어나갔다. 경환은 밑져야 본전이란 생각에 두 사람의 행동을 제지하지 않고 먼저 호텔로 돌아갔고 남은 세 사람의 대화는 밤늦도록 끊이지 않았다.

휴스턴은 11월로 접어들었지만, 한낮의 태양은 뜨겁기만 했다. SHJ의 사업이 확장되면서 주변의 움직임도 빨라지고 있었다. SHJ가 플랜트 컨설팅에서 벗어나 무선통신에 이어 IT산업에 본격적으로 진출한다는 소식으로 인해 SHJ 타운에 미온적인 태도를 보였던 텍사스 주 정부는 생각을 바꿔 SHJ가 텍사스를 벗어나지 못하도록 설득하기에 이르렀다. 이것은 SHJ가 성공가도를 달리고 있다는 이유도 있었지만, 캘리포니아 주 정부의 노골적인 러브콜을 사전에 방지하겠다는 의미가 강했다. 이렇듯 무선통신과 인터넷 분야로 사업을 확장하는 SHJ에 이목이 집중되고 있었다.

SHJ는 새로운 분야로 사업을 확장하면서도 기존 사업인 플랜트에 대한 업무 확장도 준비했다. 3년 동안의 컨설팅 노하우를 바탕으로 단독입찰을 준비하고 있던 SHJ는 JSC의 인수 실패와 더불어 KBR이 가지고 있는 SHJ-화성플랜트의 지분 23%에 발목이 잡혀 있었다. 경환이 눈을 돌린 한국의 아동과 대후는 앞으로 3년이 더 흐른 뒤에나 인수가 가능했기에 내년도 단독입찰을 준비하던 SHJ의 계획은 큰 차질을 보였다.

"리, 오래만이네. 선거도 얼마 남지 않았는데 준비는 잘돼 가고 있나? 내가 도와줄 일이 있으면 언제든지 얘기하게."

"고맙네. 윌리엄. KBR이 할리버튼과 뗄 수 없는 관계란 걸 잘 알고 있는데 공공연하게 나를 지지한다니 눈물이 날 정도야."

딕 체니가 사장으로 있는 할리버튼은 석유시추회사로 극보수주의를 표방했고, KBR은 할리버튼의 자회사였기에 민주당 출신인 자신을 지지한다는 건 쉽지 않은 결정이라 생각하고 있었다.

"자네가 의문을 품는 것도 무리는 아니지. 민주당을 지지하는 게 아니라 자네의 정책을 지지한다고 이해해 주게. 변화를 요구하는 휴스턴 시민들의 반응을 무시할 순 없지 않은가. 그나저나 선거 준비도 바쁠 텐데 날 보자고 한 이유가 뭔가?"

KBR의 공식 지원을 얻은 리가 바쁜 와중에도 자신을 찾은 이유가 윌리엄은 궁금했다. 자신의 도움이 필요한 특별한 이유가 있을 거라고 생각한 윌리엄은 여전히 미소를 짓고 있는 리를 바라봤다.

"자네 SHJ의 제임스 리란 친구와는 어쩌다 관계가 틀어진 건가?"

윌리엄은 리의 입에서 경환이 언급되자 급히 인상을 구겼다. SHJ가 휴스턴 아니 텍사스에서 가장 성공가도를 달리고 있다는 소식은 자신도 들었지만, 애써 모른 척하고 있었다. 리의 입에서 SHJ가 거론됐다면 KBR과 관련된 무언가가 있을 거라는 느낌을 받았지만, SHJ와의 협력체제가 FPSO 이후 단절된 상태에서 SHJ를 거론한 이유를 알기 힘들었다.

"더는 얘기를 꺼내지 말게. 우리와는 같은 길을 갈 수 없는 친구야."

노골적으로 불쾌감을 보이는 윌리엄의 태도에 리는 미소를 거둬들일 수밖에 없었다. 흑인인 자신이 선거에서 승리하기 위해서는 유색인종의 지지를 얻어야 했지만, 아시아계와 라틴계의 표는 분산되어 있어 리를 초조하게 만들었다. 시의회를 움직이고는 있지만, SHJ는 아직 자신의 제안에 대해 반응을 보이지 않았다.

"휴우, 내 솔직히 얘기하겠네. 롱포인트지역의 지지를 끌어 내지 못한다면 이번 선거는 초박빙으로 흘러갈 수밖에 없다 보니 내가 고민이 많네. SHJ를 끌어들인다면 분산된 지지를 모을 수 있다는 결론이 나와서 자네의 도움을 받고자 하는 걸세."

윌리엄도 SHJ 타운 건설과 관련된 소문은 듣고 있었다. 캘리포니아로 옮길 수도 있다는 소식에 텍사스 주 정부까지 SHJ를 설득하고 있다는 소식은 알았지만, 자신과는 전혀 상관없는 일이었다.

"나도 소문은 듣고 있네. 그게 나와 무슨 상관인가?"

"자네와 상관이 있어서 찾아온 걸세."

윌리엄은 여전히 불쾌한 표정을 감추지 않은 채 리를 바라봤다. 리에 대한 공식 지지를 표명한 상태에서 리가 낙선하게 된다면 KBR과 자신에게도 피해가 올 수 있었다. 경환에 대한 생각에 짜증이 몰려왔지만, 리의 부탁을 거절할 수도 없었다.

"무슨 관계가 있는지 말해 보게."

"SHJ를 롱포인트로 묶으려면 KBR이 가지고 있는 SHJ-화성플랜트의 지분 23%가 필요하네. 내가 알기론 거의 헐값에 23%를 사들였으니 몇 배 이익을 붙여 SHJ에 지분을 넘기게 된다면 자네도 좋은 거래가 될 거라고 보네만."

"그만하게. 난 그 지분을 절대 넘겨 줄 생각이 없어. 제임스의 발목을 잡기 위해서라도 난 그 지분을 팔 생각이 없네."

윌리엄이 격한 반응을 보이자, 리의 표정은 싸늘해졌다. 개인적인 악연을 들어 자신의 의견을 무시하는 윌리엄을 더 이상 두고 볼 수 없다는 판단을 내렸다.

"SHJ는 텍사스 주 정부의 만류에도 실리콘밸리와 샌디에이고 이주를 검토하고 있다는 소식이야. 미안하지만, 자네를 찾아오기 전에 딕 체니와 의견을 교환했네. 자네의 뜻과는 다르게 KBR이 가지고 있는 지분은 SHJ가 휴스턴을 떠나지 못하게 하는 도구로 쓰일 걸세."

경환은 리의 행동에 변화가 없자, 최석현을 통해 샌프란시스코와 샌디에이고 시 정부와 긴밀한 물밑 협상을 벌였다. 휴스턴의 기반을 무시할 수 없을 것이란 자신의 예상과는 달리 SHJ의 이주 가능성이 제기되자, 조급해진 리는 딕 체니와 정치적인 타협을 통해 합의를 이끌어 냈다. 그건 윌리엄을 쉽게 설득하기 어렵다는 것을 알고 있었기 때문이었다.

"자네가 지금 무슨 짓을 한지 알고는 있는 건가? SHJ-화성플랜트는 그 가치만 따져도 10억 달러가 넘어가는 기업이야. 아니 100억 달러를 넘길 수도 있는 회사란 말일세."

윌리엄의 분노는 하늘을 찔렀지만, 리의 싸늘한 표정에는 변화가 없었다. 자신에게는 10억 달러든 100억 달러든 소용이 없었다. 단지 내년에 있을 시장 선거에 승리하는 것에만 관심이 있을 뿐이었다.

출산을 몇 주 남기지 않은 수정의 배는 몰라보게 불러 있었다. 어느 정도 말귀를 알아듣는 정우도 엄마의 배에 자신의 동생이 들어 있다는 것을 아는지 벽에 그림을 그리는 것 이외에는 크게 말썽을 부리지 않았다. 경환은 걷기조차 힘들어하는 수정을 부축해 소파에 앉히고는 그림

그리기에 열중하고 있는 정우를 바라봤다.

"정우와 달리 희수는 순하네요. 입덧도 없었고 지금까지 배 속에 있으면서도 힘든 줄 몰랐어요. 그런데 어떻게 딸인 줄 알고 이름을 미리 지어 놓은 거예요?"

경환은 수정의 얼굴을 쓰다듬었다. 가장 가까운 자신의 아내였지만, 비밀을 말해 줄 수는 없었다. 어쩌면 죽는 순간까지 경환이 짊어지고 가야 될 짐이었다.

"북경에 있을 때 SHJ란 회사 이름을 만들었잖아. 아들은 정우, 딸은 희수. 새삼스러운 일도 아닌데, 뭘."

"딸이 아니었으면 어쩔 뻔했어요?"

"뭘 어쩌긴 어째? 딸이 태어날 때까지 힘을 써야지."

수정은 어이가 없는 듯 경환의 가슴에 기대고 있는 머리를 들어 경환을 바라봤고, 경환은 미소를 보이며 임신으로 터진 수정의 입술에 손을 가져다 댔다.

"조안나는 힘들어하지 않아? 자기라도 좀 편하게 대해줘."

"걱정 말아요. 우리와 어울리면서 많이 좋아지고 있어요. 아직 백인 사회에 적응하지 못하고 있지만, 시간이 지나면 괜찮아질 거예요. 요새 인준이 엄마 영어 가르친다고 매일 같이 붙어 다니고 있어요."

잭이 사우디로 떠나면서 홀로 남겨진 조안나는 백인 주류 사회에 접근하지 못하고 주변을 맴돌 수밖에 없었다. 수정을 포함한 SHJ에 속한 직원들의 부인들이 나서지 않았다면 조안나는 심각한 우울증에 빠질 수도 있었다.

"김 부장님도 일 때문에 출장이 잦은데 인준이 엄마와 조안나가 서로 잘 어울려서 다행이네."

"자기야, 희수가 어느 정도 자라고 나면 나도 일을 좀 하고 싶은데. 자기 생각은 어때요? 케이티도 일을 하고 있잖아요."

수정은 경환의 눈치를 보며 조심스럽게 말을 꺼냈다. 경환은 물끄러미 수정을 바라보며 생각에 잠겼다. 경환은 정우와 희수를 다른 사람 손에서 키우고 싶지는 않았지만, 일을 하고 싶어 하는 수정의 생각을 마냥 모른 체할 수도 없었다.

"나도 자기의 재능을 썩히고 싶지는 않아. 희수 태어나고 생각을 좀 해 보자."

"알았어요. 그렇게 할게요."

다소 실망한 표정이었지만, 지금은 태어날 희수를 위해 신경 써야 될 시기란 것을 알고 있었기에 수정은 보채지 않았다. 경환도 미술을 전공하고 석사까지 받은 수정을 집 안에만 가둬둔다는 게 맘이 내키지는 않았지만, 아직 어린 정우와 희수는 엄마의 손길이 필요한 시기였다.

"자기야, 아이들이 크기 전까지 집에서 일을 좀 해 볼래? 자기가 디자인 전공은 아니지만, 그래도 미술적인 감각은 있다고 보는데, 어때?"

"전공 분야도 아니고 내가 할 수 있을까요?"

수정은 걱정과 기대감이 상존하는 복잡한 심정을 눈빛에 담았고, 경환은 그런 수정을 살포시 껴안았다.

"내가 도와줄게. 우선 휴대폰에 대한 획기적인 디자인을 한번 생각해 봐. 현재 나와 있는 제품들과는 한눈에 봐도 차별을 느낄 수 있는 디자인이라면 더욱 좋을 것 같은데."

경환은 2000년대 초반 유행했던 디자인과 기능에 대해 조언해 준다면 수정을 통해 휴대폰의 일대 변혁을 꾀할 수도 있겠다는 생각이 들었다. 경환의 지시로 새롭게 만들어진 디자인팀은 경환을 만족시킬 만한 획기적인 아이디어를 만들어 내지 못하고 있어 경환을 답답하게 했기 때문에 경환은 수정의 손을 빌려 직접 관여할 생각을 하게 됐다.

"알았어요. 한번 해 볼래요."

경환은 자신감에 차 있는 수정의 이마에 살며시 입을 맞췄고 정우는 그런 두 사람의 입맞춤을 힐끗 보더니 별 관심이 없다는 듯 다시 그림 그리기에 열중했다.

제일 먼저 사무실에 출근한 하루나는 여느 때와 마찬가지로 경환의 책상을 닦고 정리하는 것으로 일과를 준비했다. 사무실 안은 경환이 좋아하는 원두커피 향이 은은히 퍼지고 있었다. 경환의 의자를 닦던 하루나는 의자의 등받이에 손을 가져다 대고선 한참 그 자세를 유지했다. 누구에게도 말할 수 없는 자신만의 감정을 속으로 삭이는 것은 쉽지 않았지만, 하루나의 비밀을 알고 있는 사람은 그 자신 외에는 아무도 없었다. 고개를 흔들며 한숨을 내쉬던 하루나는 다시 자신의 일에 몰두했다.

"어? 하루나는 도대체 잠도 없는 겁니까? 너무 일에만 신경 쓰지 말고 연애도 하고 그래요. 미혼 직원들이 하루나 때문에 밤잠을 설친다고 하던데."

"저는 생각 없습니다. 먼저 커피 한 잔 드릴게요."

출산을 한 이다나가 육아 문제로 인해 비서직에서 일반 사무직으로 직무 조정을 요청했고 경환은 이다나의 요청을 받아들여 투자분석팀의 사무직으로 보직을 변경시켜 주었다. 이다나가 빠진 비서직은 하루나의 몫이 됐고 하루나는 경환의 예상대로 역할을 잘 소화했다. 하루나가 건네주는 커피를 한 모금 넘긴 경환은 입안으로 퍼지는 커피 향에 몸을 의자 깊숙이 묻었다.

"하루나가 내리는 커피는 예술이네요. 고마워요."

"감사합니다. 회의실로 가셔야 될 시간입니다. 부서장들은 이미 모여 있습니다."

시계를 확인한 경환은 급히 피우던 담배를 비벼 끄고는 커피가 담겨 있는 머그잔을 든 채 서둘러 회의실로 향했다. 잡담으로 시끄럽던 회의실은 경환의 등장과 함께 조용해졌다.

"황 부사장님부터 보고해 주셨으면 합니다."

"JSC의 기술을 이전받기 위해 팀을 선발해 놓고 있습니다. 인원은 본사와 SHJ-화성플랜트에서 우선 선발했고, LNG 플랜트 전문가 10명을 따로 채용했습니다."

지난달에 있었던 사우디 프로젝트는 SHJ의 컨설팅을 KENTZ가 받아들여 JSC와 J.V 형식으로 참여했고 주위의 예상대로 무리 없이 입찰을 성공시킬 수 있었다. 물론 아람코에서 발주하는 이번 입찰은 SHJ와 아람코의 합작공장 물량을 확보한다는 이유를 들어 아람코의 물밑 지원이 있었다는 것은 SHJ만 알고 있는 상태였다.

"JSC가 장난을 못 치도록 철저히 검증하라고 하세요."

"걱정하지 않으셔도 됩니다. JSC가 장난을 치는 순간 막대한 위약금이 청구되도록 했습니다. 일본 정부의 보증을 받아 놨기 때문에 쉽게 장난을 치지는 못할 겁니다."

JSC의 숨통을 열어 주면서 SHJ는 가혹할 정도의 옵션을 내세워 JSC

에 대한 안전장치를 마련해 놓았다. 그중 하나가 은행의 이행보증이 아닌 일본 정부의 이행보증을 요구한 것으로 JSC는 난색을 표했지만, 결국 후생성 장관인 간 나오토를 통해 SHJ의 요구를 이행할 수밖에 없었다.

"그리고 KBR이 가지고 있는 SHJ-화성플랜트의 지분 23%는 1,400만 달러로 합의했습니다. 급한 건 우리고 아직은 KBR과 각을 세울 필요는 없다는 생각에 KBR의 요청을 받아들였습니다."

윌리엄과 합의한 리는 자신의 역할을 과대포장해 경환에게 통보해 왔고 경환은 SHJ 타운 건설과 관련해 리의 손을 잡기로 결정을 내렸다. 리를 이용한다면 1,400만 달러 이하로 금액을 낮출 수도 있었지만, 경환은 속 쓰려 할 윌리엄을 더 이상 자극할 생각은 없었다.

"서로 만족하는 선에서 끝낼 수 있어 다행이라고 생각합니다. 진행해 주시고, SHJ-화성플랜트를 기반으로 한국에 플랜트 전문 엔지니어링 법인을 설립할 준비를 해 주세요. 법인이 설립되면 그동안 축척된 기술과 경험을 토대로 플랜트 단독수주를 시작하게 될 것입니다."

"JSC의 기술을 이전받으면서 준비하겠습니다. 내년 하반기를 목표로 법인 설립을 준비한다면 큰 자금 없이도 자본금을 최대로 늘릴 수 있을 것 같습니다."

"그렇게 하세요. 그리고 이 준비는 타케우치 부장님이 맡아 주셔야 됩니다. 일본에 금의환향을 할 수는 없지만, 새로 생길 법인을 맡아 주셔야겠습니다. 그리고 한국 기업의 인수에도 관심을 가지시고요."

JSC의 인수가 실패로 돌아가면서 코이치는 한동안 슬럼프에 빠지기도 했었다. 경환은 그런 코이치를 바라보며 안타깝게 생각했지만, 위로의 말을 전하지는 않았다. JSC를 포기한 경환은 방향을 바꿔 한국에 법인을 설립할 준비를 시작했고, 코이치에게 약속한 금의환향은 일본이 아닌 한국으로 수정할 수밖에 없었다.

"축하하네. 난 아직도 부사장인데 자네가 먼저 사장을 달게 생겼구먼. 하하하."

"감사합니다, 사장님. 최선을 다하겠습니다."

한동안 고개를 들지 못하던 코이치는 황태수의 축하를 받자 눈가가 붉게 충혈된 모습으로 경환에게 고개를 숙여 감사를 표했다. 비록 일본은 아니지만, 한국에 설립될 법인을 통해 자신의 꿈을 이루겠다는 다짐이 코이치를 떨리게 했다.

"미쓰비시중공업에서 계속 접촉을 시도하고 있는데 급하긴 급한가 봅니다."

황태수는 재미있다는 표정을 지으며 말을 꺼냈지만, 경환의 인상은 급격히 구겨졌다. 미쓰비시중공업은 자금으로 JSC를 압박하려던 계획이 SHJ의 합작으로 무산되고 JSC의 자금에 숨통이 트이자 부리나케 SHJ와의 합작을 재추진했지만, SHJ는 일절 응하지 않고 있었다.

"미쓰비시 그룹의 자금을 지금은 당해 낼 수 없지만, SHJ의 이름이 존재하는 한 미쓰비시 그룹과는 어떠한 합작도 없다는 것을 다들 기억해 주십시오. 아울러 미쓰비시 그룹과 손잡는 기업은 SHJ의 잠재적인 경쟁업체라는 사실을 파트너들에게 주지시키십시오."

경환의 이 한마디로 미쓰비시중공업과의 관계는 종결됐고, 미쓰비시중공업은 알제리를 마지막으로 당분간 중동과 아프리카지역의 플랜트 입찰에 명함을 내밀지 못하는 신세로 전락하고 말았다.

"쿡 부사장님도 보고해 주세요."

미쓰비시중공업 때문에 짜증이 난 경환은 화제를 돌려 린다의 보고를 듣고자 했다. 플랜트와 달리 급격하게 성장하고 있는 투자와 IT에 대한 보고를 통해 기분을 전환하고 싶었다.

"우려와는 달리 SHJ-퀄컴의 성장세가 급격하게 높아지고 있습니다. 아직 적자를 면한 상태이긴 하지만, 내년도 한국의 PCS 서비스가 시작되면 매출 성장은 급격하게 이뤄질 것으로 봅니다. 또한 중국 장성공사의 CDMA 업무는 새로 생긴 CHINA UNICOM에 인수됐고 CHINA UNICOM에서 새롭게 접촉을 시도해 오고 있습니다. 검색엔진 구글은 시험가동 중에 있으며 법인이 설립되는 내년 1월 본격적인 서비스를 시작할 예정입니다. 투자로 확보한 라이선스는 두 회사로 이관 중이며 일부 나스닥에 상장된 기업들의 주가차익을 감안한다면 우리가 투자한 금액을 상회하고 있습니다."

작년부터 불기 시작한 닷컴 열풍 덕에 그동안 투자한 3억 달러에 가까운 자금은 나스닥에 상장된 기업들의 주가차익으로 이익실현을 마친 상태였다. 린다를 비롯해 무모한 투자라고 반대하던 직원들은 경환의 예측력과 추진력에 고개를 절레절레 흔들 뿐이었다.

"쿡 부사장님이 자금 운용을 제대로 해 준 덕분입니다. 나스닥에 상장된 기업들 일부는 정리해서 내년 한국에 투입될 자금을 확보하시고, 나머지는 1999년도 상반기에 일괄 정리하겠습니다. 중국과의 CDMA 협상은 우리의 원칙에서 한발도 양보하지 말라고 다시 지시를 내리십시오. 중국보다는 러시아와 동유럽에 신경 쓰라고 하세요. 문제는 디자인팀에서 올라오는 휴대폰 디자인 기획안인데 건질 만한 획기적인 아이디어가 눈에 띄질 않습니다. 다음 주에 제이콥스 사장과 디자인팀장을 휴스턴으로 부르세요. 결정을 해야 되겠습니다."

한국의 PCS 서비스가 시작되는 내년이면 다양한 종류의 단말기가 쏟아져 나오기 시작하고 우수한 기능과 새로운 디자인으로 무장한 한국 단말기는 서서히 세계 시장을 잠식한다는 걸 알고 있는 경환은 오성전자나 금성전자가 모델을 내놓기 전에 시장을 선점할 생각이었다. 그런 이유로 막대한 적자를 감수하면서 QCP 라인을 정리하지 않고 있었지만, 아직은 경환의 생각을 따라오지 못하고 있었다.

"최 부장님과 알은 요즘 어떻습니까?"

"KBR에서 지분 인수가 끝나는 대로 공식적으로 휴스턴 롱포인트지역으로의 이전 계획을 발표할 계획입니다. 다음 주면 조감도를 보실 수 있을 겁니다."

토지를 무상으로 받는다 하더라도 천문학적인 돈이 투입되어야 할 대공사였지만, 직원들과 달리 경환은 큰 걱정을 하지 않았다. 최석현의 말이 끝나자 알이 말을 이었다.

"현재 45명까지 인원을 확보하고 훈련 중입니다. 85명은 전투요원으로 경호와 시설경비를 목적으로 훈련을 진행하고 있습니다. 타운이 조성되기까지 인원을 최대한 확보하겠습니다. 다음 주부터는 사장님과 가족들의 경호 업무를 시작하도록 하겠습니다. 그리고 인원이 확충되는 시기에 맞춰 샌디에이고와 해외 현장에도 인원을 파견할 계획입니다."

경환의 얼굴은 상기되어 있었다. SHJ의 기반을 닦는 데 6년이란 시간이 흘렀고 경환은 앞만 보고 달려 왔다. 내년부터 시작될 SHJ의 화려한 등장을 경환은 손꼽아 기다렸다.

11월 27일 경환은 어제부터 잠을 이루지 못하고 밤새 거실을 서성일 수밖에 없었다. 그토록 기다리던 희수가 태어나는 날이었지만, 수정은 큰 진통을 느끼지 못한 채 깊은 잠에 빠져들어 경환의 마음은 초조해져만 갔다.

"이 서방, 조급해한다고 아기가 나오는 것도 아닌데 뭘 그렇게 조급해 하나?"

수정의 산달이 다가오자 부탁을 드리지도 않았지만, 장모님은 수정과 정우를 위해 미국행을 선택했다.

"그게 잘 안 되네요. 제가 지켜보고 있을 테니, 들어가 쉬세요."

아침이 다가올수록 경환의 심장은 급하게 뛰기 시작했다. 희수가 태어나야 될 시간은 11시 10분이었지만, 수정의 산통은 아직도 시작되지 않았다. 혹시라도 시간을 넘기게 된다면 자신이 기다리던 희수가 아닐지도 모른다는 생각이 경환의 머리를 떠나지 않고 있을 때 안방 문이 열리고 수정이 모습을 드러냈다.

"자기 안 자고 계속 거실에 있었어요?"

"난 괜찮아. 자기 몸은 좀 어때? 아직 소식이 없어?"

"많이는 아니지만, 조금씩 산통이 시작되는 것 같아요."

수정의 말이 떨어지자 경환은 급히 담당 의사에게 전화를 걸어 준비를 요청했고, 자는 정우를 안아 들고는 최석현의 집으로 향했다. 이미 최석현에게 부탁을 해 놓은 상태라 정우를 급히 맡기고 온 경환은 미리 챙겨놓은 짐을 들고는 천천히 수정을 부축해 병원으로 출발했다.

"제 아내의 상태는 어떻습니까?"

"분만실로 옮기는 중입니다. 미스터 리도 들어올 준비를 하세요."

"알겠습니다. 바로 준비해서 뒤따라 들어가겠습니다. 잘 부탁드리겠습니다."

경환은 장모님에게 상황을 설명하고 급히 옷을 갈아입은 후 분만실로 들어섰다. 분만용 의자 위엔 수정이 급한 숨을 몰아쉬고 있었고 경환은 수정의 손을 잡아 주었다.

"나 왔어. 힘들더라도 기운 내. 내가 옆에 있어 줄 테니까."

"알, 알았어요. 허억, 어디 가지 마세요. 헉, 헉."

수정은 서서히 찾아오는 고통에 아랫입술을 깨문 채 힘들어했고, 경환은 11시로 향하는 시계의 바늘을 쳐다보며 수정의 머리를 쓰다듬었다.

"미시즈 리, 조금만 힘을 내요. 아기의 머리가 보이고 있어요."

"흡…… 흡……. 헉, 헉."

수정은 사력을 다해 힘을 주고 있었지만, 희수의 울음소리는 아직 들리지 않았다. 경환은 수정의 손을 두 손으로 잡아 주며 고통스러워하는 수정을 애처로운 눈으로 바라볼 수밖에 없는 자신을 원망했다. 순간 수정의 손에 힘이 가해지며 고통에 찬 비명을 질렀다.

"헉, 헉, 아아악!"

비명과 함께 경환의 손을 잡고 있던 수정의 손은 맥없이 떨어지려 했고 경환은 수정의 손을 더욱 세게 감싸 쥐며 이마에 가져다 댔다. 경환은 차마 태어난 희수를 쳐다볼 용기가 나지 않았다. 분만실 안에 희수의 울음소리가 퍼지기 시작하고 나서야 경환은 감았던 눈을 뜰 수 있었다.

"응애, 응애."

"수고했어요. 예쁜 공주님을 안아 보세요."

담당 의사의 손에서 수정에게 건네진 희수는 언제 울었냐는 듯 울음을 그치고 수정의 품에 안겼다. 그제야 정신을 차린 경환은 시계를 바라봤고 시계는 11시 10분을 지나가고 있었다.

'마몬, 고맙다. 내 소원을 들어줬으니, 나도 너와의 약속을 지키마.'

경환은 진심을 다해 마몬에게 고마움을 전달하고 싶었다. 희수를 다시 만났다는 생각에 경환의 두 눈에는 뜨거운 눈물이 흘러내렸다. 경환은 급히 눈물을 감춘 후 희수를 안고 행복해하는 수정에게 말을 건넸다.

"자기야, 수고했어. 고생했고. 그리고 너무 고마워."

"자기도 고생했어요. 희수 한번 안아 보세요."

수정의 품에 안겨 있는 희수를 조심스럽게 안아 든 경환이 희수의 손가락에 검지를 가져다 대자 희수는 급히 경환의 검지를 감싸 쥐었다. 순간 희수의 눈이 경환과 마주치며 환한 웃음을 보이는 것 같았다.

'희수야, 앞으로 너는 다른 인생을 살게 될 거야. 아빠가 꼭 그렇게 만들어 줄게. 전생에서 못한 모든 걸 이루게 될 거야. 약속할게.'

수정과 희수를 살피느라 며칠 동안 출근을 미뤘던 경환은 에릭 슈미트의 전화를 받고 집을 벗어나야 했다. 대기 중인 승용차엔 알과 몇 명의 대원들이 정장을 입은 채 경환을 기다리고 있었다. 경호를 받는다는 것에 적응하기 힘들어 시기를 미루려 했지만, 희수가 태어난 후 지킬 것이 하나 더 생겼다는 생각에 경환은 알의 제안을 받아들였다. 알의 경호를 받으며 SHJ-구글에 도착한 경환은 서둘러 안으로 들어섰다.

"사장님, 축하합니다. 예쁜 공주님을 보셨다고 들었습니다."

"감사합니다. 슈미트 사장님의 합류로 마케팅 부분이 많이 강화됐다는 보고는 이미 받았습니다. 큰 기대를 하고 있습니다."

에릭은 경환을 반갑게 맞아 주며, 래리와 세르게이가 기다리고 있는 회의실로 향했다. 에릭은 래리와 세르게이의 열정에 감복해 노벨의 사장 자리를 마다하고 SHJ에 합류했고, 경환은 어윈과 같은 조건으로 에릭의 합류를 진심으로 반겼다. 경환의 선택이 틀리지 않았다는 것을 증명하듯 수익 창출이라는 문제에 대해 에릭은 경환의 의견을 최대한 반영한 마케팅전략을 수립해 놓고 있었다.

"래리, 세르게이. 요새 지내는 건 좀 어때? 건강에 신경 쓰라는 말 잊지 말고. SHJ 타운 건설이 시작되면 최우선으로 SHJ-구글의 사업장부터 만들 테니까 그때까지만 좀 참아."

"제임스, 그렇지 않아도 최 부장이 찾아와서 의견을 묻고 갔어요. 어마어마한 규모던데 밥값 못할까 봐 은근히 걱정까지 되던데요, 하하하."

"밥값 하려면 건강부터 챙겨. 출퇴근시간은 내가 관여할 생각은 없지만, 슈미트 사장을 포함해서 세 사람의 운동시간은 매일 챙길 테니까 알아서들 해."

신뢰를 바탕으로 한 경환의 말을 에릭은 흐뭇한 표정으로 듣고 있었다. 경직되고 보수적인 플랜트업종의 대표라는 선입견은 합류한 첫날부터 깨져 버렸다. IT업계의 특수성을 이해하고 배려하는 경환의 모습에 에릭은 자신의 생각이 잘못됐다는 것을 알 수 있었다.

"앉으십시오. 우선 구글은 테스트를 마치고 서비스 개시일을 조율하고 있습니다. 그 전에 사장님께 검색엔진이 구동되는 것을 확인시켜 드리겠습니다. 래리, 준비해 주겠나?"

래리는 능숙하게 컴퓨터를 조작했고 깔끔하게 디자인된 구글의 메인 화면이 화면에 나타났다. 경환은 구글의 검색 능력보다는 에릭이 어떻게 마케팅을 수립해 수익을 창출시킬 것인지에 더 관심을 가지고 있었지만, 에릭을 독촉할 생각은 하지 않았다. 페이지랭크가 장착된 구글에 대한 기술적인 설명이 한참 동안 진행되고 래리의 조작에 따라 화면이 바뀌어 갔다. 묵묵히 컴퓨터 화면만 바라보던 경환의 인내심이 슬슬 바닥을 보이고 있을 때, 에릭은 경환이 가장 궁금해하는 수익 창출에 대해 설명하기 시작했다.

"구글의 검색 능력은 기존의 검색엔진과는 차별화되어 있습니다. 그러나 검색엔진의 수익 창출은 아직까지는 광고를 통할 수밖에 없습니다. 우선은 검색엔진 서비스를 시작해 페이지랭크의 우수성을 알리는 데 집중해 한 달의 시간을 두고 네트워크 마케팅을 활용한 광고전략을 시작할 생각입니다."

이름이 좋아서 네트워크 마케팅이지 쉽게 말해 피라미드사업을 하겠다는 에릭의 말을 경환은 쉽게 이해하지 못했다.

"네트워크 마케팅이라면 가입자의 추천을 받아 신규 가입자를 확보해 나간다는 전략을 말하는 겁니까?"

"그렇습니다. 사장님의 아이디어에서 착안한 방법입니다. 광고주와 가입자를 연결시켜 광고수익을 가입자와 배분한다는 전략을 극대화하기 위해서는 가입자의 수를 필연적으로 늘려야 합니다. 그러기 위해선 추천인에게 일정한 수익을 보장해 주는 네트워크 마케팅이 필수라고 생각합니다. 일정 기간 우리의 플랫폼에 가입자를 끌어들여 판을 벌일 준비를 해야 된다고 판단했습니다."

"신규 가입자가 늘어날수록 광고주를 끌어들일 수 있고 광고주가 많아짐으로 가입자는 더 늘어난다 이 말씀인가요?"

"그렇습니다."

경환은 자신이 생각하지도 못한 네트워킹 마케팅, 즉 플랫폼전략을 구사하는 에릭의 마케팅 능력에 혀를 내두르고 있었다. 수익 창출에 대한 아이디어만 제공한 상태에서 이익을 극대화시키는 에릭의 마케팅전략은 기존의 검색엔진과는 확연한 차이를 보였다.

"두 번째 수익 창출을 극대화시키는 방법은 수익금 지급 지연 방식을 통해 막대한 자금을 운용한다는 전략입니다."

"고객의 수익금 지급을 지연한다면 신뢰에 타격을 입지 않겠습니까?"

"그렇지 않습니다. 가입자를 확보하기 전 일정 금액이 도달한 후에 수익금을 지불한다는 공시를 미리 해둔다면 신뢰의 문제는 해결할 수 있다고 봅니다. 가령 수익금 지급금액의 기준점을 100달러로 설정한다면 가입자의 수익이 100달러에 도달하기 전까지는 자금을 운용할 수 있다는 계산이 나옵니다. 가입자가 100만 명이라면 반만 계산하더라도 5,000만 달러의 운용자금을 확보할 수 있습니다."

경환은 열린 입이 닫히지 않았다. 수익금 지급 지연을 통해 확보할 수 있는 자금은 장부상 부채로 남아 있겠지만, 실제 현금은 장부와는 다르게 움직일 테니 상당한 자금을 가용할 수 있다는 계산이 나왔기 때문이었다. 경환은 마른침을 삼켰다.

"좋습니다. 우리의 플랫폼에 가입자를 끌어들이기 위해선 일정 기간 동안 과감한 투자가 필요하겠네요. 조만간 SHJ-퀄컴에서 새로운 휴대폰 모델을 발표할 생각이니 그 광고를 구글에서 하면서 네트워크 마케팅에 필요한 자금을 목표치에 도달할 때까지 집행하겠습니다. 슈미트 사장이 절 부른 이유가 이거라고 생각되는데, 다른 게 또 있습니까?"

"하하하, 사장님을 속일 수는 없네요. 다른 부탁은 신규 가입자의 확대에 따라 서버를 확충해야 될 필요도 있다는 겁니다."

"그건 걱정하지 마세요. 서버의 과부하가 걸리기 전에 미리 확충하도록 안을 만들어 선집행 하시고 후결제를 받으세요. SHJ-구글에 필요한 자원은 무한대로 공급하겠습니다."

경환은 SHJ-퀄컴과 SHJ-구글에 투자를 망설일 생각이 없었다. 경환이 다른 분야로 눈을 돌리기 위해서라도 두 회사의 성공은 반드시 필요했고 투자에 소홀해 시기를 놓치는 우를 범하는 미련할 짓을 할 생각은 전혀 없었다.

"제가 IT 전문가가 아니기 때문에 여러분들의 생각을 이해하기 어렵다는 것은 사실입니다. 그러나 SHJ의 미래는 IT산업이 이끈다는 것이 제 판단입니다. 따라서 SHJ의 모든 역량을 여러분들에게 쏟아부을 준비가 된 상태입니다. 슈미트 사장님은 이런 제 생각을 이해하시고 최선을 다해 주시기 바랍니다. 서비스 일정이 나오면 따로 보고해 주십시오."

"감사합니다. 사장님. 올해를 넘기지 않도록 박차를 가하겠습니다. 정확한 일정은 따로 보고 드리겠습니다."

"수고하셨습니다. 직원들의 건강에도 꼭 신경 써 주십시오. 연구에 매진하는 것도 좋긴 하지만, 휴식도 그만큼 중요합니다. 슈미트 사장님을 믿고 저는 이만 돌아가겠습니다."

기분 좋게 직원들과 인사를 나눈 경환의 얼굴엔 웃음이 가시질 않았다. 승용차에 탄 후에도 미소를 짓는 경환에게 알이 조심스럽게 말을 건넸다.

"사장님 기분이 좋아 보이십니다. 댁으로 모실까요?"

"그렇게 보이나요? 기분이 좋습니다. 제 딸도 태어났고, 기다리던 SHJ-구글의 사업도 가시권에 들어왔네요. 알은 최대한 보안팀 인원을 확충해 주세요. 회사가 커지다 보니 지킬 것이 많아지네요. 제가 욕심이 많은가 봅니다. 오늘은 집에서 쉬겠습니다."

아직 산후조리 중인 수정을 가볍게 안아 준 경환은 수정의 옆에서 잠들어 있는 희수를 하염없이 바라봤다.

"희수야, 역시 넌 복덩어리야. 네가 태어나고 아빠 일이 너무 잘 풀리고 있단다."

경환의 말이 끝나자 자고 있던 희수는 눈을 떠 경환을 바라보며 희미한 미소를 지었다. 순간 경환은 화들짝 놀라며 수정을 흔들었다.

"자기야, 봤어? 희수가 나하고 눈을 마주치면서 웃었어. 정말 신기하네."

"태어난 지 일주일도 안 된 희수가 어떻게 자기하고 눈을 맞춰요? 아무리 딸이 좋다고 하지만, 자기 너무 오버하는 거 아니에요?"

"그런가? 분명 눈을 마주쳤는데, 내가 착각했나 보네. 그리고 자기가 디자인한 휴대폰 모델들은 내일 정식으로 안건에 올릴 생각이야."

수정은 경환의 도움을 받아 틈틈이 휴대폰 디자인 작업을 해 왔다. 물론 경환의 아이디어가 곳곳에 숨겨져 있었지만, 수정의 기를 살려 주기 위해 수정의 의견이 충분히 반영될 수 있도록 노력한 흔적이 남아 있었다.

"정식 디자인팀이 있다면서 제가 만든 게 유용할까요?"

"내가 보기엔 자기가 디자인한 모델이면 휴대폰 시장에 충분히 먹히고도 남을 거야. 기대해도 좋으니까 앞으로도 부탁할게."

디자인 도안을 서류가방에 챙겨 넣은 경환은 수정 옆에 잠들어 있는 희수와 정우를 번갈아 바라보며 행복한 미소를 지었다.

SHJ 회의실엔 샌디에이고에서 올라온 어윈과 디자인팀원 전체가 모여 있었지만, 분위기는 무거웠다. 디자인팀을 구성하고 많은 시간이 흘렀지만, 경환이 원하는 획기적인 기능을 탑재한 디자인이 나오지 않고 있었기 때문이었다.

"디자인팀에서 제출한 기획안을 보면 기존 경쟁업체들의 모델들을 따라잡을 만한 획기적인 모델들은 없습니다. 제가 지난번 말씀드렸던 새로운 기능이나 획기적인 디자인들은 도대체 연구를 해 보시긴 한 겁니까?"

평소의 모습과 달리 큰 소리로 호통을 치는 경환의 모습에 회의실은 쥐 죽은 듯 조용하기만 했다. 디자인안이 올라올 때마다 경환은 자신의 의견을 담아 다시 내려보냈지만, 개선된 점이라고는 전혀 보이지 않았다. CDMA 2000 1X의 개발에 맞춰 새로운 모델을 선보이려던 경환의 계획은 처음부터 난관에 부딪쳤다.

"여기 오성전자의 단말기가 있습니다. 외형은 노키아나 모토로라와 별 차이가 없습니다. 그러나 가장 큰 차이점이 하나 있습니다. 오성전자의 단말기에는 SEND와 END가 자판의 상단에 위치해 있습니다. 디자인팀장은 이유가 무엇이라고 생각합니까?"

새롭게 채용된 디자인팀장은 경환의 질문을 받고 식은땀을 흘렸다. 기술팀과의 회의에 있어 획기적인 디자인에는 아직 한계가 있다는 이유로 최대한 휴대폰의 크기를 줄이는 데 중점을 두고 작업해 왔지만, 경환을 만족시키지는 못했다. 자판의 상단에 있든 하단에 있든 큰 차이를 느끼지 못하고 있었던 터라 디자인팀장은 쉽게 입이 떨어지지 않았다.

"저, 그, 그게……."

대답을 못하는 모습에 경환의 얼굴은 굳어졌다. 물론 경환은 오성건설 시절 그룹사에서 홍보 차원으로 발간한 휴대폰 변천사의 홍보물을 통해 알고 있는 지식이었지만, SHJ-퀄컴의 기술팀과 디자인팀의 구태의연한 사고방식을 깰 필요가 있었다.

"자판의 하단 면에 위치함으로 인해 소비자들이 휴대폰을 자주 떨어트린다는 것을 확인하고, 소비자의 편의를 위해 상단으로 올린 것입니다. 앞으로의 제품은 소비자의 눈높이를 맞추지 않고서는 결코 성공할 수 없다는 말입니다. 모든 제품은 소비자의 편의에 우선순위를 둬 기술과 기능에 디자인이 따라가야 하는 시대가 될 것입니다. 이 문제에 소홀히 하는 기업은 결코 살아남을 수 없을 것입니다. 아시겠습니까?"

경환은 마음먹었다는 듯이 회의에 참석한 인원을 깨기 시작했다. SHJ-퀄컴이 적자에서 벗어나 매출이 급성장하고 있다 보니 예전과 같은 절박한 모습이 경환의 눈에 보이지 않았다. 여기에서 안주할 마음이 전혀 없는 경환은 그동안 보여 왔던 이미지에서 벗어나 회의에 참석한 모든 직원들을 질책했다.

"그 자리에만 안주하려는 직원과는 같은 미래를 꿈꾸기 어렵다는 게 제 생각입니다. 제 지시가 계속 진행이 되지 않는다면 저도 특단의 조치를 취하게 될 것입니다. 또한 기술과 디자인에 대한 문제가 개선의 기미가 전혀 보이지 않는다면 QCP 라인은 과감하게 포기할 생각입니다. 휴대폰의 생산은 매각을 하거나 OEM 방식으로 전환하게 될 겁니다."

직원들을 가족과 같이 생각하던 경환의 입에서 해고의 의미로 받아들이기에 충분한 말이 나오자 회의의 분위기는 더욱 가라앉았다. 비 온 뒤 땅이 굳어지듯 이번의 경고에도 같은 현상이 반복된다면 경환은 과감히 정리할 생각이었다. SHJ-구글이 곧 서비스를 시작하고 플랜트 단독입찰과 SHJ 타운 건설을 준비 중인 상황에서 모른 척하고 이번 건을 넘길 수는 없었다.

"죄송합니다. 사장님. 제가 회사를 잘 이끌지 못했습니다. 사장님의 질책을 받아들여 심기일전하겠습니다. 한 번만 더 기회를 주십시오."

어원은 경환의 표정에서 굳은 의지를 확인하고는 서둘러 사태를 수습하기 위해 자신이 먼저 나섰다. 경환은 어원에게 수정이 만든 기획안을 건네주었다.

"제 아내가 만든 디자인안입니다. 두 가지 종류로 디자인됐고, 현재 사출 능력이나 기술력이 따라오지 않더라도 장기 계획을 통해 이 디자인을 기반으로 신제품을 개발하도록 하세요. 저는 내년 상반기 중으로 가시적인 성과를 기대해 보겠습니다. 가능하시겠습니까?"

어원과 디자인팀장은 경환이 건네준 디자인 도안을 보고는 말문이 막혔는지 눈만 껌뻑였다. 경환이 건네준 디자인은 사실 2000년이 넘겨서 나올 오성전자의 휴대폰을 참고한 것이었지만, 어원과 디자인팀장은 비전문가인 수정의 창의력에 고개를 들지 못했다.

"디자인은 폴더형과 슬라이드형 두 가지 종류입니다. 물론 올해 출시되어 히트를 치고 있는 모토로라의 스타텍을 참고한 폴더형이긴 하지만, 스타텍과는 무게나 디자인, 기능에서 차별화를 뒀습니다."

직사각형의 획일적인 기존 스타일에서 벗어나 곡선의 아름다움을 살린 일체형 폴더형으로 안테나를 내장형으로 디자인하고 검정색을 탈피,

휴대폰 전체를 은색으로 마감하여 마치 소형 우주선을 보는 듯한 형태를 하고 있었다. 오성전자에서 2002년 공전의 히트를 친 모델을 카피한 것이지만, 1996년인 지금 문제 삼을 기업은 어디도 없었다.

"정말 획기적인 디자인이라고 생각합니다. 그러나 문제는 컬러액정이나 내장형 스테레오 기능은 아직 기술적인 한계를 가지고 있다는 것입니다. 특히 슬라이드형이라고 명시된 모델은 아직은 무리입니다."

회의에 참석한 기술팀장은 기술적인 한계를 들어 난감한 표정을 지어 보였지만, 경환은 그런 모습을 더욱 강하게 질책하고 나섰다.

"안 된다고 생각하지 마세요. 남들과 같아서는 이 시장에서 살아남을 수가 없습니다. 전 세계를 뒤져서라도 기술력을 확보하세요. 분명 누군가도 우리와 같은 생각을 하고 있을지 모르는데 기술적인 한계만 탓하고 계실 겁니까? 내년 상반기 출시를 목표로 디자인과 기능을 보완해서 일주일 간격으로 성과물을 보고하세요."

경환도 이 제품에 CDMA 2000 1X가 정착되는 2000년 후에나 상용화된다는 것을 알고 있었지만, 그때까지 기다리고 있을 수는 없었다. 기술팀장과 디자인팀장은 경환이 건네준 두 가지 형태의 모델을 살피며 입술을 지그시 깨물었다.

"제이콥스 사장님, MS와의 WIP 공동개발과 CDMA 2000 1X는 언제 완료됩니까?"

회의의 분위기를 무겁게 잡는 경환의 태도에 회의에 참석한 직원들은 숨소리조차 크게 내지 못했다. 회의에 참석 중인 린다와 황태수 또한 평소와 다른 경환의 모습에 긴장하지 않을 수 없었다.

"WAP 진영과 속도를 맞출 수 있을 것 같습니다. WIP은 내년 상반기를 목표로 개발 중에 있고 CDMA 2000 1X는 테스트 예정입니다."

"아시겠지만, 그동안 본사가 희생을 하더라도 SHJ-퀄컴에 대한 자금 지원은 거의 무한대로 제공했습니다. 앞으로도 그렇게 하겠지만, 그에 따른 결과물을 이젠 보여 주셔야 됩니다. 안 된다는 부정적인 생각을 하는 사람과는 절대 같이 가지 않겠습니다. 이 점 항상 기억해 주세요."

퀄컴을 인수하면서 기술 개발에 많은 자금을 투자했고 CDMA 2000 1X는 빠른 성과를 보이고 있었다. 경환은 SHJ의 무한대의 자금 지원이 SHJ-퀄컴의 직원들을 나태하게 만든다는 생각을 지울 수 없어 오늘같이 살벌한 분위기를 연출한 것이었다. 긴장감과 목표의식을 잃게 된 기업은 도태될 수밖에 없다는 것이 경환의 생각이었다. 또한 만성적인 적자에서 벗어나 매출이 급성장하고 있다 보니 잘못된 인수합병이었다는 목소리가 SHJ-퀄컴 내부에서 끊이지 않고 있었기 때문에, 경환은 강공을 통해 분위기를 다시 잡을 필요를 느끼고 있었다.

"알겠습니다. 상반기 내로 새로운 기능을 탑재한 모델을 발표하도록 하겠습니다. 사모님을 디자인 고문으로 모시려고 하는데 사장님 생각은 어떻습니까?"

"그렇게 하세요."

SHJ-퀄컴 직원들은 어윈을 회의실에 남기고 마치 도살장에 끌려가는 모습들을 한 채 회의실을 빠져나갔다. 회의실에 남아 있는 린다와 황태수는 아직도 인상을 풀지 않고 있는 경환을 바라봤다.

"사장님, 너무 서두르시는 것 같습니다."

설득과 타협으로 회사를 이끌던 모습과는 달리 SHJ-퀄컴 직원들을 질책하는 모습을 낯설게 느낀 황태수가 조용히 경환에게 조언하고 나섰다.

"일부러 그랬습니다. 빠르게 변화하는 21세기에 살아남으려면 안주해서는 안 됩니다. 그건 SHJ-퀄컴뿐만 아니라 SHJ 모든 부서에 해당합니다. 우리는 그동안 실패를 모르고 이 자리까지 왔기 때문에 한 번의 실패로도 큰 좌절감에 빠질 수 있다고 봅니다. 자극이 필요하다고 생각했습니다. 제이콥스 사장님은 제 뜻을 이해해 주시기 바랍니다."

어윈의 고개를 끄떡여 경환의 말에 토를 달지 않았다. 자신이 생각해도 SHJ-퀄컴은 자극이 필요한 시기였기 때문이었다.

"CHINA UNICOM과는 협상이 어떻게 진행되고 있습니까?"

"장성공사와는 달리 적극적으로 협상에 임하고 있습니다. 단지 로열티 부분에서 4.5%로 제시를 하고 있습니다."

내년부터 4개 지역을 선정테스트 하겠다는 기본계획이 세워져 있었지만, 정작 중요한 로열티 협상은 경환의 지시에 의해 지지부진했다. 중국은 시장성을 이유로 들어 시간을 끌었지만, 정작 SHJ-퀄컴은 중국의 시간 끌기에 일절 대응하지 않고 있다는 게 문제였다.

"시간이 급한 건 우리가 아니니 중국보다 더 시간을 끌도록 하세요. 시스템 장비 선정은 반드시 우리가 따내야 됩니다."

"알겠습니다. 러시아와 동유럽 국가들과도 협의가 잘되고 있습니다. 내년도 시장 확대는 순조롭게 진행될 것 같습니다."

SHJ-퀄컴은 내년을 시작으로 폭발적인 성장세를 이어가게 될 것이기 때문에 한시라도 빨리 SHJ-퀄컴을 휴스턴으로 이전시킬 필요를 느끼고 있었다. 몸이 멀어지면 마음도 멀어진다는 말처럼, SHJ-퀄컴이 딴생각을 하지 못하도록 SHJ의 영역권으로 불러들여야만 했다.

"최 부장님, SHJ 타운은 잘 진행되고 있습니까? 이번 주에 조감도를 볼 수 있다고 하셨는데 준비는 되셨나요?"

경환의 말이 떨어지기가 무섭게 최석현은 탁자 위에 도면을 펼쳤다.

"리 브라운 측의 요청으로 공식적인 행사는 크리스마스 시즌이 끝나는 내년 1월로 합의한 상태입니다. 시 정부에서 달갑지 않게 보는 시선도 있긴 하지만, 낙후지역인 롱포인트의 개발에는 동의한 상태입니다."

중앙에 20층의 건물이 배치되고 좌우로 퀄컴과 구글의 건물이 배치되어 있는 모습은 경환의 마음을 설레게 하기 충분했다. 조감도를 바라보던 경환은 고개를 갸우뚱거리며 최석현을 찾았다.

"뒤쪽에 배치된 건물은 어떤 용도인가요? 그리고 직원들의 주택용지가 너무 작지 않나 생각되는데 그에 대한 보안책은 있습니까?"

"보안팀의 실내훈련장입니다. 알의 의견을 반영했습니다. 그리고 아파트와 주택을 분리해서 보완해 나갈 예정입니다."

경환은 직원들의 형평성을 고려해 주택을 무료로 제공할 생각은 하지 않았다. 물론 시세보다 약간 저렴한 수준에서 공급하게 되겠지만, 강제가 아닌 직원들의 선택에 맡길 생각이었다. 그 이유는 SHJ 타운의 주택들에 외부인이 들어오지 못하도록 주택 매매에 SHJ가 관여하려고 했기 때문이었다.

"내부 시설에 대한 설계는 SHJ-퀄컴과 SHJ-구글의 의견을 100% 반영시키세요. 각 회사의 근무환경이 다르다는 점을 항상 기억하시고요. 그런데 이쪽에 보이는 긴 공터는 무슨 용도입니까?"

시 정부에서 받은 250에이커 밖으로 빈 공간이 남아 있는 것을 본 경환은 무슨 의미가 있는 땅이라고 생각하긴 했지만, 그 용도에 대해서는 전혀 감을 잡지 못하고 있었다.

"앞으로 SHJ가 발전하게 된다면 250에이커도 사실 부족하다고 판단했습니다. 250에이커 주변의 공간이 개발되지 않도록 시 정부와 협의하고 있습니다. 그리고 사장님께서 말씀하신 공간은 사설 비행장 공간입니다. 지금은 무리겠지만, 준비는 해둬야 된다고 생각했습니다."

경환은 어이가 없는 듯 최석현을 향해 묘한 웃음을 지어 보였다. 경환도 자가용 비행기의 필요성을 느끼고 있던 터라 내년쯤 한두 대 구입할 생각은 했지만, 최석현은 경환의 생각에서 더 나아가 사설 비행장 운영까지 계획하고 있었다.

"장기 계획으로 추진할 필요가 있다고 생각합니다. 최 부장님께서 진행해 주세요. 그리고 자가용 비행기 두 대를 운영했을 때의 비용과 기종 선정에 대해 검토해 주십시오. 지금 당장 사겠다는 것은 아니니 서둘지는 마시고요."

"자가용 비행기는 내년 정도면 우리도 운영이 가능하다고 생각합니다. 직원들의 잦은 출장과 기동성을 살리기 위해서도 필요한 부분이고요."

린다까지 거들고 나서자 자가용 비행기 구매는 급물살을 타기 시작했다. 6년 전 군대 동기인 석우와의 술자리에서 농담 반 진담 반으로 한 소리가 현실로 나타나기 시작하자 경환은 감회에 빠져들었다. 1996년의 12월도 이렇게 빠르게 흘러가고 있었다.

작년 12월 12일 프랑스 외무부에 OECD 가입서를 위탁, 정회원 자격을 획득한 한국은 환호성을 지르며 선진국 대열에 합류했다는 자아도

취에 빠져 있었지만, 한국의 경제 상황은 깊은 수렁으로 빠져들어 가고 있었다. 그것을 증명이라도 하듯 '한강의 기적은 이미 끝났다'는 부즈 앨런 앤드 해밀턴 보고서를 시작으로 1997년 새해가 밝자마자 OECD와 IBRD에서 '1997년은 경제적으로 한국인에게만 가혹한 한 해가 될 것 같다'라는 충격적인 보고서가 연이어 발표되고 있었지만, 한국 정부는 여론을 조작하며 이런 우려를 가리기에만 급급했다. 경상수지누적적자 372억 달러는 332억 달러의 외환보유고를 초과해 사실상 1997년 1월부터 국가부도 상태에 빠져들었다.

'드디어 시작이 된 건가?'

경환은 한보철강이 여신과 지급보증을 합쳐 5조 7,000억 원을 일으킨 후 최종 부도처리 됐다는 기사를 읽으며 긴 한숨을 내쉬었다. 한국의 외환위기 상황은 코앞에 닥쳐왔지만, SHJ의 여력으로 IMF 사태를 막는다는 건 어불성설이었다. 한보철강을 시작으로 삼미 그룹과 진로 그룹, 기아 그룹 등 한국의 중견그룹이 줄줄이 쓰러지고 결국엔 국가부도 사태까지 가는 위기 상황이 서서히 피부로 느껴졌지만, 한국은 평온하기만 했다. 경제학자들과 재계에서 제기되는 위기론을 무시하고 있는 한국 정부의 행태에 경환은 분노했지만, 망국으로 이끄는 문민정부 또한 한국 국민의 선택을 받은 정권이란 사실은 변할 수 없었다.

"하루나, 쿡 부사장을 불러 주세요."

"알겠습니다. 사장님."

사무실에 무거운 공기가 흐를 정도로 경환은 알 수 없는 먹먹함에 가슴이 답답해졌다. 박재윤 경제수석의 경질이 있은 후부터 경환은 한국 정부에 대한 기대를 포기한 상태였다. 두 손으로 얼굴을 감싸며 깊은 고민에 빠져 있던 경환은 사무실로 들어오는 린다를 보며 급히 자세를 바로 잡았다.

"제임스, 안색이 좋지 않네요. 고민이라도 있는 건가요?"

"한국의 외환위기가 점차 현실로 다가오다 보니 마음이 불편하네요."

린다는 경환의 고민을 이해했다. SHJ에 합류하고 제일 먼저 받은 업무가 헤지펀드의 동향과 아시아의 외환위기 가능성에 대한 연구였지만, 그 당시엔 경환의 지시를 이해하지 못했었다. 헤지펀드의 아시아 외환 시장 공격이 본격화된 지금 경환의 지시가 단순한 연구가 아닌 한국의 외환위기를 막아보려는 시도였다는 것을 알고 린다는 경악을 금치 못했다. 3년 전에 어떻게 헤지펀드의 농간을 미리 예측할 수 있었는지 린다는 아직도 이해할 수 없었지만, SHJ가 지금 이 자리에까지 올 수 있었던 데에는 경환의 예측력과 추진력이 밑바탕에 깔려 있었기에 너무 깊게 고민하지는 않았다.

"한국 정부는 제임스의 경고를 무시했어요. 오히려 제임스의 의견에 동조한 관리를 내치기까지 했다는 걸 잊지 마세요. 우리가 한국을 위해 할 수 있는 건 아무것도 없다고 봐요."

복잡한 심정을 위로하려 했던 린다의 말도 경환의 답답한 마음을 풀어 주지는 못했다. 눈을 감은 채 한참을 망설이던 경환은 결심이 섰는지 린다를 향해 입을 열었다.

"제가 지시했던 자금은 어느 정도까지 확보됐나요? 3억 달러보다는 많을 것 같은데."

"저희가 투자한 기업들이 상장되면서 주가차익을 많이 보고 있어요. 무리하지 않는 선이라면 5억 달러까지는 가능해 보여요. 그러나 IT 열풍이 부는 지금, 주식을 정리한다는 게 솔직히 망설여집니다. SHJ 타운 건설이 시작되면 막대한 자금이 투입되어야 하는데, 불확실한 한국이다 보니……."

경환의 어두운 얼굴을 살피던 린다는 말을 끝마치지 못하고 입을 닫았다. 그동안 투자한 IT기업의 주가는 하루가 다르게 상승했고 지금 정리한다면 막대한 손해를 감수할 수밖에 없기 때문이었다.

"애국심은 아닙니다. 그러나 한국의 알짜기업들이 헤지펀드의 농간에 흔들리고 외국자본에 넘어가는 상황이 마음에 들지 않는 것도 사실이고요. 저평가되어 있는 한국 기업에 투자하는 것도 SHJ의 이익에 부합된다고 봅니다. 린다의 말을 들어보면 무리할 경우 8억 달러까지는 가능하겠네요."

한국의 주가총액이 150조 원을 넘어가는 상황에서 8억 달러로 입지를 다진다는 건 말이 안 되는 상황이지만, IMF 체제에 본격적으로 들어가는 1998년에 주가는 300포인트까지 곤두박질치며 주가총액이 64조 원으로 떨어지게 되고 환율이 1,900원대로 고공행진을 한다면 지금의 8억 달러는 20억 달러 이상의 가치를 지닐 수 있었다.

"5월부터 자금을 확보하고 한국 상황을 주시하세요. 혹시라도 한국 정부가 대응을 하지 못해 국가부도 상태까지 가게 된다면 그때가 투자의 적기라고 생각합니다."

"그렇게 할게요. 자금 운용에 무리가 되지 않는 선에서 자금을 최대한 확보해 놓고 한국 상황을 주시하겠습니다."

애국심이 아니라고 하지만, 린다는 한국의 상황에 조금이나마 개입하려는 경환의 심정을 이해하기로 했다. 그동안 한국 정부와의 좋지 못한 관계에서도 경환은 SHJ를 한국과 연결하기 위해 부단히 노력해 왔다는 것을 알고 있었다. JSC의 인수를 포기한 후 한국에 법인을 설립하려는 이유도 같은 맥락이라고 생각한 린다는 경환의 밑바탕에 깔려 있는 한국에 대한 애정을 SHJ의 자금에 무리가 되지 않는다면 막을 생각이 없었다.

"SHJ-구글은 다음 주에 서비스를 시작한다고 하더군요. 린다가 신경을 좀 써 주세요."

"인원을 계속 충원하고 있어요. 세 사람이 스탠퍼드, 버클리 출신이다 보니 많은 인재들이 모이고 있습니다. 자본금 1,000만 달러가 들어가 있으니 당분간 자금 문제는 없을 거예요."

"고생했어요. 서비스 초기엔 슈미트 사장도 어려움이 많을 거예요. 많은 시행착오를 하게 될지도 모릅니다. 그때마다 통제하겠다는 생각은 버리시고, 철저히 지원자의 입장에서 슈미트 사장의 경영방침을 지지해 주세요."

경환은 구글이 자리 잡기 위해서는 많은 시행착오와 어려움이 있을 것임을 각오하고 있었다. 그러나 자금과 관리를 담당하고 있는 린다가 초반의 어려움을 통제로 풀어 나갈지도 모른다는 생각에 린다의 자제를 요청하고 나섰다. 경환은 에릭과 래리, 세르게이를 비전문가인 린다가 통제하기 시작하면 그들의 창의력에 제동을 거는 일밖에 될 수 없다는 것을 우려했다. 다행히 린다가 경환의 요청에 별다른 반응 없이 수긍하는 모습을 보이자 경환은 비로소 안심했다.

청와대 비서실장 집무실엔 강석주 경제부 장관이 심각한 표정으로 문기석 비서실장의 질타를 묵묵히 견디고 있었다.

"지금 상황이 심각하다는 건 잘 알고 계실 겁니다. 도대체 강 장관은 대책이 있기나 한 겁니까? 아무리 레임덕이 시작되고 있다지만, 경제 관료들의 복지부동한 자세에 개탄을 금치 못하겠습니다."

한보철강이 무너지고 정계와 금융계의 밀착이 연이어 터져 나오면서 정권에 대한 비판으로 번지고 있는 상황은 상당히 심각한 수준이었다. 벌써부터 차기 정권에 줄을 서기 위해 고급 관료들의 이탈이 시작되면서 청와대의 레임덕은 빠르게 진행됐다.

"각 기업들의 자금경색이 심각할 정도라는 보고를 받았습니다. 한보철강에 이어 삼미와 기아자동차, 진로, 대농 등 이루 헤아릴 수 없는 기업들이 부도 위험에 빠져 있다고 하는데 경제부에서는 어떤 대책을 마련해 놓고 있습니까?"

강석주는 허리를 소파에 기대며 허공을 바라봤다. 고평가된 환율과 원자재의 관세 정책으로 기업들의 수출에 빨간불이 켜진 지 오래됐고 단기 외채를 끌어다 구멍을 메우고 있는 상황도 한계에 직면하고 있다는 것을 누구보다 잘 알았지만, 모든 정책을 OECD 가입에 맞추다 보니 기업들의 부도 사태는 손댈 수 없을 정도로 심각한 상황이었다.

"그동안 방만한 경영을 한 기업들 스스로 만든 상황입니다. 더 이상은 정부에서 해결해 줄 수 있는 상황도 아닙니다. OECD에 가입한 지 얼마 되지 않은 상태에서 정부가 개입을 할 수도 없는 상황입니다. 정리할 기업은 정리가 돼야 하지 않겠습니까?"

원론만 되풀이하고 있는 강석주의 대답에 문기석은 인상을 찡그렸다. 현재 한국 기업의 평균 부채비율은 338%로 대만의 85%, 미국의 159%, 일본의 206%에 비해 상당히 높은 상태였다. 차입금으로 경영을 하고 있다고 해도 과언이 아닐 정도로 한국 기업은 빚내서 빚을 갚는 형태였다. 경기가 급속도로 냉각되고 수출에 빨간불이 들어온 상태에서 차입금 조달에 어려움이 발생한 기업들의 유동자금 악화는 어쩌면 당연한 수순일 수밖에 없었다.

"대기업 하나가 무너지게 되면 파생되는 여파가 심각하다는 것을 모르십니까? 강 장관은 이 서류를 본 적이 있습니까?"

문기석은 신경질적으로 서류 하나를 강석주 앞에 던져 놓았다.

"이 문서는 박재윤 수석이 일전에 만든 문서가 아닙니까? 타당성 없다는 결론이 난 것으로 알고 있습니다. 갑자기 이 문서를 꺼낸 이유가 무엇입니까?"

강석주는 서류를 몇 장 넘기지도 않은 채 다시 덮어 버렸다. 자신의 치부를 드러내려는 문기석 앞에서 강석주의 얼굴은 붉어져 갔다.

"경제부에서 가능성 없다는 결론을 보였다지만, 내용을 무시할 수도 없는 상황 아닙니까? 박 수석이 예상한 시나리오대로 흘러간다고 생각하지는 않으십니까? 현재 경상수지적자는 외환보유고를 넘어섰습니다. 이 문서에 나와 있듯이 헤지펀드와 결탁한 해외자본이 외환 시장을 공격한다면 막을 자신이 있습니까?"

"그, 그건…… 가능성이 제로입니다. 성장과 수출에 대한 기초변수들이 외환위기를 겪었던 멕시코와는 다르기 때문에 우리와 비교를 한다는 건 말도 안 됩니다. 이 보고서와 같은 일은 발생하지 않을 것입니다. 그러나 종금사의 단기 외채 차입은 제재를 해야 될 필요가 있다고 봅니다."

문민정부는 24개의 투자금융회사를 종금사로 전환시켜 국제금융 업무와 리스 업무까지 허용하였고, 후발 종금사들은 단기 외채를 차입해 장기 리스로 운용하는 방식으로 사업을 확대하고 있었지만, 정부의 실세들과 결탁한 이들 종금사에 대한 관리감독은 허술할 수밖에 없었다. 금융실명제로 성공을 거두는 듯했지만, 종금사를 확대한 정책은 문민정부 최악의 실책으로 외환위기의 주범이 되었다.

"이미 어르신께 이 보고서를 전달했습니다. 박 수석의 말로는 처음 이 시나리오를 작성한 사람은 따로 있다고 하더군요. 모두들 위기라고 하는데 강 장관만 무사태평인 것 같습니다."

자신의 입지를 살리기 위해 박재윤까지 경질시킨 강석주는 입술을 지그시 깨물었다. OECD 가입을 위해 불철주야 뛰어다녔다고 자부하고 있었지만, 1997년 들어서부터 막히기 시작한 경제 상황이 강석주의 발목을 잡았다.

희수를 바라보는 재미에 빠져 정시에 퇴근하던 경환은, 오늘도 서둘러 자리를 정리했다. 양복 상의를 걸치고 사무실을 나서려는 순간 하루나가 급히 문을 열고 들어섰다.

"사장님, 한국에서 온 전화입니다. 청와대라고 하는데 연결시킬까요?"

전혀 생각지도 않은 청와대의 전화에 경환은 인상부터 구겨졌다. 한국 정부와는 박재윤 수석 이후 전혀 관계하지 않고 있었기 때문에 갑작스런 전화에 경환의 심정은 다시 복잡해질 수밖에 없었다.

"하루나, 연결시켜 주세요. 알에게는 바로 내려가겠다고 전달해 주시고요."

하루나가 조용히 사무실을 빠져나가자 경환은 신경질적으로 수화기를 집어 들었다.

"이경환입니다."

[초면에 실례하겠습니다. 비서실장으로 있는 문기석이라고 합니다.]

비서실장이 직접 전화를 걸어 온 이유를 전혀 감을 잡을 수 없었던지, 경환은 한동안 아무 말도 꺼낼 수가 없었다. 또한 청와대와 연결돼 좋은 일이 없었던 경환은 좋은 기분으로 문기석과 통화를 할 생각이 없었다.

"국정으로 바쁘실 텐데 먼 미국까지 무슨 일로 전화를 주셨는지요?"

[아직도 목소리에 날이 서 있으시군요. 저도 박재윤 수석의 퇴진을 안타깝게 생각하고 있는 사람입니다.]

문기석의 입에서 박재윤이 거론되자 경환은 일어선 몸을 의자에 앉히며 수화기를 고쳐 잡았다.

"박 수석님과는 한두 번 만난 게 전부다 보니 개인적인 친분을 나누는 사이는 아닙니다. 제가 퇴근을 준비 중에 있습니다. 미사여구는 빼고 말씀해 주셨으면 합니다."

중국 유학을 시작으로 한국 정부와는 항상 엇박자를 보였던 경환은 문기석과의 통화가 달갑지 않았다. 줄 생각 없이 항상 바라기만 하는 한국 정부의 행태에 경환의 인내심도 한계에 도달했다.

[흠, 흠. 알겠습니다. 박재윤 수석이 작성한 외환위기 가능성에 관한 보고서를 다시 검토하고 있는 중입니다. 실제 작성한 분이 이 사장님이라는 말을 듣고 실례인 줄 알지만, 전화를 드린 겁니다. 한국을 한번 방문해 주실 수 있으시겠습니까?]

"죄송합니다. 한국을 방문할 시간적인 여유가 없습니다. 저는 사업가지 경제학자가 아닙니다. 조언은 경제를 담당하는 장관님이나 경제학자에게 구하는 게 순서라고 봅니다."

경환은 일언지하에 문기석의 요청을 거절해 버렸다. 박재윤이 작성한 보고서를 검토한다고 하지만, 이미 때를 놓친 상태에서 뒷북을 치는 자리에 참여할 마음은 없었다.

[애국심에 호소할 생각은 없습니다. 물론 경제학자들의 조언을 구할 수도 있습니다. 그러나 이 사장님은 지금의 한국 상황을 객관적으로 판단해 줄 수 있다고 생각했습니다. 이 사장님의 신조가 GIVE AND TAKE 라고 하더군요. 무엇이 필요합니까?]

다짜고짜 주고받자는 문기석의 제안에 경환은 어이가 없었다. 답변을 하지 못하고 장고에 빠졌던 경환은 입을 열어 문기석의 제안에 대답하기 시작했다.

《다시 사는 인생》 4권에 계속

생각정거장

생각정거장은 매경출판의 새로운 브랜드입니다. 세상의 수많은 생각들이 교차하는 공간이자 저자와 독자의 생각이 만나 신비로운 여행을 시작하는 곳입니다. 그 여정의 충실한 길잡이가 되어드리겠습니다.

다시 사는 인생 3권

초판 1쇄 2016년 5월 1일

지은이 마인네스
펴낸이 전호림 **제2편집장 및 담당PD** 권병규 **펴낸곳** 매경출판㈜
등 록 2003년 4월 24일(No. 2 - 3759)
주 소 우)04557 서울시 중구 충무로 2(필동 1가) 매일경제 별관 2층
홈페이지 www.mkbook.co.kr
전 화 02)2000 - 2610(기획편집) 02)2000 - 2636(마케팅) 02)2000 - 2606(구입 문의)
팩 스 02)2000 - 2609 **이메일** publish@mk.co.kr
인쇄 · 제본 ㈜M - print 031)8071 - 0961

ISBN 979-11-5542-447-6 (04810)
ISBN 979-11-5542-451-3 (set)
값 12,000원